쉽게 읽는 월인석보 4

月印千江之曲 第四·釋譜詳節 第四

지은이 **나찬연**은 1960년에 부산에서 태어났다. 부산대학교 국어국문학과를 나오고(1986), 같은 학교 대학원에서 문학석사(1993)와 문학박사(1997)학위를 받았다. 지금은 경성대학교 국어국문학과에서 교수로 재직하고 있으면서 국어학, 국어 교육, 한국어 교육 분야의 강의를 맡고 있다.

* 홈페이지: '학교 문법 교실 (http://scammar.com)'에서는 이 책의 내용과 관련된 자료를 온라인으로 제공합니다. 본 홈페이지에 개설된 자료실과 문답방에 올려져 있는 다양한 정보를 자유롭게 이용할 수 있고, 이 책의 내용에 대하여 저자의 답변을 받을 수 있습니다.
* 전화번호 : 051-663-4212
* 전자메일 : ncy@ks.ac.kr

주요 논저

우리말 이음에서의 삭제와 생략 연구(1993), 우리말 의미중복 표현의 통어·의미 연구(1997), 우리말 잉여 표현 연구(2004), 옛글 읽기(2011), 벼리 한국어 회화 초급 1, 2(2011), 벼리 한국어 읽기 초급 1, 2(2011), 제2판 언어·국어·문화(2013), 제2판 훈민정음의 이해(2013), 근대 국어 문법의 이해-강독편(2013), 국어 어문 규범의 이해(2013), 표준 발음법의 이해(2013), 제5판 중세 국어 문법의 이해-이론편(2014), 제5판 중세 국어 문법의 이해-주해편(2014), 제5판 중세 국어 문법의 이해-강독편(2014), 제5판 중세 국어 문법의 이해-서답형 문제편(2014), 중세 국어 문법의 이해-입문편(2015), 학교문법의 이해1(2015), 학교문법의 이해2(2015), 제4판 현대 국어 문법의 이해(2015), 쉽게 읽는 월인석보 서·1·2·4·7·8(2017~2018), 쉽게 읽는 석보상절 3·6·9(2018)

쉽게 읽는 **월인석보 4**(月印釋譜 第四)

©나찬연, 2018

1판 1쇄 인쇄__2018년 12월 10일
1판 1쇄 발행__2018년 12월 20일

지은이__나찬연
펴낸이__양정섭

펴낸곳__도서출판 경진
　　　　등록__제2010-000004호
　　　　이메일__mykyungjin@daum.net
　　　　사업장주소__서울특별시 금천구 시흥대로 57길(시흥동) 영광빌딩 203호
　　　　전화__070-7550-7776　팩스__02-806-7282

값 27,000원

ISBN 978-89-5996-587-8 94810
ISBN 978-89-5996-507-6(set)

쉽게 읽는

월인석보 4

月印千江之曲 第四·釋譜詳節 第四

나찬연

경진출판

『월인석보』는 조선의 제7대 왕인 세조(世祖)가 부왕인 세종(世宗)과 소헌왕후(昭憲王后), 그리고 아들인 의경세자(懿敬世子)를 추모하기 위하여 1549년에 편찬하였다.

『월인석보』에는 석가모니의 행적과 석가모니와 관련된 인물에 관한 여러 일화가 소개되어 있다. 따라서 이 책은 불교를 배우는 이들뿐만 아니라, 국어 학자들이 15세기 국어를 연구하는 데에도 매우 귀중한 자료가 된다. 특히 이 책은 국어 문법 규칙에 맞게 한문 원문을 번역되었기 때문에 문장이 매우 자연스럽다. 따라서 『월인석보』는 훈민정음으로 지은 초기의 문헌임에도 불구하고, 당대에 간행된 그 어떤 문헌보다도 자연스러운 우리말 문장으로 지은 문헌이라고 할 수 있다.

이처럼 『월인석보』가 중세 국어와 국어사 연구에 매우 중요한 역할을 하기 때문에, 일찍부터 이 책은 중세 국어 연구의 대상이 되었고 현대어로 옮기는 작업도 이루어졌다. 그 대표적인 성과가 '세종대왕기념사업회'에서 편찬한 『역주 월인석보』의 모둠책이다. 『역주 월인석보』의 간행 작업에는 허웅 선생님을 비롯한 그 분야의 대학자들이 참여하였기 때문에, 『역주 월인석보』는 그 차제로서 대단한 업적이다. 그러나 이 『역주 월인석보』는 1992년부터 순차적으로 간행되었는데, 간행된 책마다 역주한 이가 달라서 내용의 번역이나 형태소의 분석, 그리고 편집 방법이 통일되지 못한 아쉬움이 있다. 지은이는 이러한 점을 감안하여 15세기의 중세 국어를 익히는 학습자들이 『월인석보』를 쉽게 이해할 수 있도록, 현대어로 옮기는 방식과 형태소 분석 및 편집 형식을 새롭게 바꾸었다. 이러한 편찬 의도를 반영하여 이 책의 제호도 『쉽게 읽는 월인석보』로 정했다.

이 책은 중세 국어 학습자들이 『월인석보』를 쉽게 이해할 수 있는 책을 편찬하겠다는 원래의 취지를 살리기 위하여, 다음과 같은 방법으로 책의 내용과 형식을 구성하였다.

첫째, 현재 남아 있는 『월인석보』의 권 수에 따라서 이들 문헌을 현대어로 옮겼다. 이에 따라서 『월인석보』의 1, 2, 4, 7, 8, 9 등의 순서로 현대어 번역 작업이 이루진다. 둘째, 이 책에서는 『월인석보』의 원문의 영인을 페이지별로 수록하고, 그 영인 바로 아래에 현대어 번역문을 첨부했다. 셋째, 그리고 중세 국어의 문법을 익히는 이들에게 편의를 제공하기 위하여, 원문의 텍스트에 나타나는 어휘를 현대어로 풀이하고 각 어휘에 실현된 문법 형태소를 형태소 단위로 분석하였다. 넷째, 원문 텍스트에 나타나는 불교 용어를 쉽게 풀이함으로써, 불교의 교리를 모르는 일반 국어학자도『월인석보』의 내용을 이해할 수 있도록 하였다. 다섯째, 책의 말미에 [부록]의 형식으로 [원문과 번역문의 벼리]를 실었다. 여기서는『월인석보』의 텍스트에서 주문장의 사이에 삽입되어 있는 협주문(夾註文)을 생략하여 본문 내용의 맥락이 끊기지 않게 하였다. 여섯째, 이 책에 쓰인 문법 용어와 약어(略語)의 정의와 예시를 책 머리의 '일러두기'와 [부록]에 수록하여서, 이 책을 통하여 중세 국어를 익히려는 독자에게 도움을 주었다.

이 책에 쓰인 문법 용어는 가급적『고등학교 문법』(2010)에서 사용되는 문법 용어를 그대로 사용하였다. 다만 일부 문법 용어는 허웅 선생님의『우리 옛말본』(1975), 고영근 선생님의『표준중세국어문법론』(2010), 지은이의『중세 국어 문법의 이해―이론편』에서 사용한 용어를 빌려 썼다. 중세 국어의 어휘 풀이는 대부분 '한글학회'에서 지은『우리말 큰사전 4―옛말과 이두 편』의 내용을 참조했으며, 일부는 남광우 님의『교학고어사전』을 참조했다. 각 어휘에 대한 형태소 분석은 지은이가 2010년에『우리말연구』의 제27집에 발표한「옛말 문법 교육을 위한 약어와 약호의 체계」의 논문과『중세 국어 문법의 이해―주해편, 강독편』에서 사용한 방법을 따랐다.

그리고 불교와 관련된 어휘는 국립국어원의 인터넷판『표준국어대사전』, 인터넷판의『두산백과사전』, 인터넷판의『한국민족문화대백과』, 인터넷판의『원불교사전』, 한국불교대사전편찬위원회의『한국불교대사전』, 홍사성 님의『불교상식백과』, 곽철환 님의『시공불교사전』, 운허·용하 님의『불교사전』등을 참조하여 풀이하였다.

이 책을 간행하는 데에는 여러 사람의 도움이 있었다. 지은이는 2014년 겨울에 대학교 선배이자 독실한 불교 신자인 정안거사(正安居士, 현 동아고등학교의 박진규 교장)을 사석에서 만났다. 그 자리에서 정안거사로부터 국어학자뿐만 아니라 일반 사람들도 부처님의 생애를 쉽게 알 수 있는 책이 필요하다는 당부의 말을 들었는데, 이 일이 계기가 되어서『쉽게 읽는 월인석보』의 모둠책이 세상에 나오게 되었다. 그리고 고려대학교 교육대학원의 국어교육전공에 재학 중인 나벼리 군은『월인석보』의 원문의 모습을 디지털 영상으로 제작하고 편집하는 작업을 해 주었다. 이 책을 출판해 주신 도서출판 경진의 홍정표 대표님, 그리고 거친 원고를 수정하여 보기 좋은 책으로 편집해 주신 양정섭 이사님과 노경민 선생님께 감사의 뜻을 전한다.

정안거사님의 뜻과 지은이의 바람이 이루어져서, 중세 국어를 익히거나 석가모니 부처의 일을 알고자 하는 일반인들에게 이 책이 조금이나마 도움이 되기를 바란다.

2018년 12월
나찬연

▌차례

1. 이 책에서 형태소 분석에 사용하는 문법적 단위에 대한 약어는 다음과 같다.

범주	약칭	본디 명칭	범주	약칭	본디 명칭
품사	의명	의존 명사	조사	보조	보격 조사
	인대	인칭 대명사		관조	관형격 조사
	지대	지시 대명사		부조	부사격 조사
	형사	형용사		호조	호격 조사
	보용	보조 용언		접조	접속 조사
	관사	관형사		평종	평서형 종결 어미
	감사	감탄사		의종	의문형 종결 어미
불규칙 용언	ㄷ불	ㄷ 불규칙 용언		명종	명령형 종결 어미
	ㅂ불	ㅂ 불규칙 용언	어말 어미	청종	청유형 종결 어미
	ㅅ불	ㅅ 불규칙 용언		감종	감탄형 종결 어미
어근	불어	불완전(불규칙) 어근		연어	연결 어미
	접두	접두사		명전	명사형 전성 어미
	명접	명사 파생 접미사		관전	관형사형 전성 어미
	동접	동사 파생 접미사		주높	상대 높임의 선어말 어미
	조접	조사 파생 접미사		객높	주체 높임의 선어말 어미
파생 접사	형접	형용사 파생 접미사		상높	객체 높임의 선어말 어미
	부접	부사 파생 접미사		과시	과거 시제의 선어말 어미
	사접	사동사 파생 접미사		현시	현재 시제의 선어말 어미
	피접	피동사 파생 접미사	선어말 어미	미시	미래 시제의 선어말 어미
	강접	강조 접미사		회상	회상 표현의 선어말 어미
	복접	복수 접미사		확인	확인 표현의 선어말 어미
	높접	높임 접미사		원칙	원칙 표현의 선어말 어미
조사	주조	주격 조사		감동	감동 표현의 선어말 어미
	서조	서술격 조사		화자	화자 표현의 선어말 어미
	목조	목적격 조사		대상	대상 표현의 선어말 어미

---

* 이 책에서 쓰인 '문법 용어'와 '약어(略語)'에 대한 자세한 내용은 [부록]에 첨부된 '문법 용어의 풀이'를 참고하기 바란다.

2. 이 책의 형태소 분석에서 사용되는 약호는 다음과 같다.

부호	기능	용례
#	어절의 경계 표시.	철수가 # 국밥을 # 먹었다.
+	한 어절 내에서의 형태소 경계 표시.	철수 + -가 # 먹- + -었- + -다
( )	언어 단위의 문법 명칭과 기능 설명.	먹(먹다) - + -었(과시) - + -다(평종)
[ ]	파생어의 내부 짜임새 표시.	먹이[먹(먹다)- + -이(사접)-]- + -다(평종)
	합성어의 내부 짜임새 표시.	국밥[국(국) + 밥(밥)] + -을(목조)
-a	a의 앞에 다른 말이 실현되어야 함.	-다, -냐 ; -은, -을 ; -음, -기 ; -게, -으면
a-	a의 뒤에 다른 말이 실현되어야 함.	먹(먹다)-, 자(자다)-, 예쁘(예쁘다)-
-a-	a의 앞뒤에 다른 말이 실현되어야 함.	-으시-, -었-, -겠-, -더-, -느-
a(← A)	기본 형태 A가 변이 형태 a로 변함.	지(← 짓다, ㅅ불) - + -었(과시) - + -다(평종)
a(↞ A)	A 형태를 a 형태로 잘못 적음(오기)	국빱(↞ 국밥) + -을(목)
Ø	무형의 형태소나 무형의 변이 형태	예쁘- + -Ø(현시)- + -다(평종)

3. 다음은 중세 국어의 문장을 약어와 약호를 사용하여 어절 단위로 분석한 예이다.

> 불휘 기픈 남ᄀᆞᆫ ᄇᆞᄅᆞ매 아니 뮐ᄊᆡ 곶 됴코 여름 하ᄂᆞ니   [용가 2장]

① 불휘: 불휘(뿌리, 根) + -Ø(← -이: 주조)
② 기픈: 깊(깊다, 深)- + -Ø(현시)- + -은(관전)
③ 남ᄀᆞᆫ: 낡(← 나모: 나무, 木) + -ᄋᆞᆫ(-은: 보조사)
④ ᄇᆞᄅᆞ매: ᄇᆞᄅᆞᆷ(바람, 風) + -애(-에: 부조, 이유)
⑤ 아니: 아니(부사, 不)
⑥ 뮐ᄊᆡ: 뮈(움직이다, 動)- + -ㄹᄊᆡ(-으므로: 연어)
⑦ 곶: 곶(꽃, 花)
⑧ 됴코: 둏(좋아지다, 좋다, 好)- + -고(연어, 나열)
⑨ 여름: 여름[열매, 實: 열(열다, 結)- + -음(명접)]
⑩ 하ᄂᆞ니: 하(많아지다, 많다, 多)- + -ᄂᆞ(현시)- + -니(평종, 반말)

4. 단, 아래의 경우에는 예외적으로 다음과 같은 방법으로 어절의 짜임새를 분석한다.

가. 명사, 동사, 형용사는 특별한 경우가 아니면 품사의 명칭을 표시하지 않는다.
단, 의존 명사와 보조 용언은 예외적으로 각각 '의명'과 '보용'으로 표시한다.

① 부톄: 부텨(부처, 佛) + - ㅣ(←-이: 주조)
② 괴오쇼셔: 괴오(사랑하다, 愛)- + -쇼셔(-소서: 명종)
③ 올ᄒ시이다: 옳(옳다, 是)- + -ᄋ시(주높)- + -이(상높)- + -다(평종)

나. 한자말로 된 복합어는 더 이상 분석하지 않는다.

① 中國에: 中國(중국) + -에(부조, 비교)
② 無上涅槃을: 無上涅槃(무상열반) + -을(목조)

다. 특정한 어미가 다른 어미의 내부에 끼어들어서 실현될 때에는 다음과 같이 표기한다. 이때 단일 형태소의 내부가 분리되는 현상은 '…'로 표시한다.

① 어리니잇가: 어리(어리석다, 愚: 형사)- + -잇(←-이-: 상높)- + -니…가(의종)
② 자거시늘: 자(자다, 宿: 동사)- + -시(주높)- + -거…늘(-거늘: 연어)

라. 형태가 유표적으로 존재하지 않으면서도 문법적이 있는 '무형의 형태소'는 다음과 같이 'Ø'로 표시한다.

① 가ᄆ라 비 아니 오는 짜히 잇거든
   • ᄀᆞᄆ라: [가물다(동사): ᄀᆞ믈(가뭄, 旱: 명사) + -Ø(동접)-]- + -아(연어)
② 바ᄅᆞ 自性을 ᄉᆞᄆᆺ 아ᄅᆞ샤
   • 바ᄅᆞ: [바로(부사): 바ᄅᆞ(바르다, 正: 형사)- + -Ø(부접)]
③ 불휘 기픈 남ᄀᆞᆫ
   • 불휘(뿌리, 根) + -Ø(←-이: 주조)
④ 내 ᄒᆞ마 命終호라
   • 命終ᄒᆞ(명종하다: 동사)- + -Ø(과시)- + -오(화자)- + -라(←-다: 평종)

마. 무형의 형태소로 실현되는 시제 표현의 선어말 어미는 다음과 같이 표기한다.

① 동사나 형용사의 종결형과 관형사형에서 나타나는 '과거 시제 표현'의 무형의 선어말 어미는 '-Ø(과시)-'로, '현재 시제 표현'의 무형의 선어말 어미는 '-Ø(현시)-'로 표시한다.

   ㉠ 아들들히 아비 죽다 듣고
     ·죽다: 죽(죽다, 死: 동사)- + -Ø(과시)- + -다(평종)
   ㉡ 엇던 行業을 지서 惡德애 뻐러딘다
     ·뻐러딘다: 뻐러디(떨어지다, 落: 동사)- + -Ø(과시)- + -ㄴ다(의종)
   ㉢ 獄은 罪 지믄 사믐 가도믄 싸히니
     ·지믄: 짓(짓다, 犯: 동사)-+ -Ø(과시)- + -ㄴ(관전)
   ㉣ 닐굽 히 너무 오라다
     ·오라(오래다, 久: 형사)- + -Ø(현시)- + -다(평종)
   ㉤ 여슷 大臣이 힝뎌기 왼 둘 제 아라
     ·외(외다, 그르다, 誤: 형사)- + -Ø(현시)- + -ㄴ(관전)

② 동사나 형용사의 연결형에 나타나는 과거 시제나 현재 시제 표현의 무형의 선어말 어미는 표시하지 않는다.

   ㉠ 몸앳 필 뫼화 그르세 다마 男女를 내ᅀᆞᄫᅵ니
     ·뫼화: 뫼호(모으다, 集: 동사)- + -아(연어)
   ㉡ 고히 길오 놉고 고ᄃᆞ며
     ·길오: 길(길다, 長: 형사)- + -오(←-고: 연어)
     ·놉고: 놉(높다, 高: 형사)- + -고(연어, 나열)
     ·고ᄃᆞ며: 곧(곧다, 直: 형사)- + -ᄋᆞ며(-으며: 연어)

③ 합성어나 파생어의 내부에서 실현되는 과거 시제나 현재 시제 표현의 무형의 선어말 어미는 표시하지 않는다.

   ㉠ 왼녁: [왼쪽, 左: 욇(오른쪽이다, 右)- + -은(관전▷관접) + 녁(녘, 쪽: 의명)]
   ㉡ 늘그니: [늙은이: 늙(늙다, 老)- + -은(관전) + 이(이, 者: 의명)]

『월인석보』의 해제

　세종대왕은 1443년(세종 25년) 음력 12월에 음소 문자(音素文字)인 훈민정음(訓民正音)의 글자를 창제하였다. 훈민정음 글자는 기존의 한자나 한자를 빌어서 우리말을 표기하는 글자인 향찰, 이두, 구결 등과는 전혀 다른 표음 문자인 음소 글자였다. 실로 글자의 역사상 유래를 찾아볼 수 없는 매우 독창적인 글자이면서도, 글자의 수가 28자에 불과하여 아주 배우기 쉬운 글자였다.

　훈민정음을 창제한 이후에 세종은 이 글자를 널리 보급하기 위하여 훈민정음의 제자 원리를 이론화하고 성리학적인 근거를 부여하는 데에 힘을 썼다. 곧, 최만리 등의 상소 사건을 통하여 사대부들이 훈민정음에 대하여 취하였던 부정적인 인식과 태도를 파악하였으므로, 이를 극복하는 적극적인 방법으로 훈민정음 글자에 대한 '종합 해설서'를 발간하기로 하였는데, 이것이 곧 『훈민정음 해례본』이다.

　그리고 새로운 글자를 창제하고 반포하는 데에 그치는 것이 아니라, 실제로 백성들이 널리 사용할 수 있도록 하기 위하여 여러 가지 뒷받침 사업을 진행하였다. 이를 위하여 세종은 새로운 문자인 훈민정음을 이용하여 국어의 입말을 실제로 문장의 단위로 적어서 그 실용성을 시험하는 작업을 수행하였다. 그 첫 번째 노력으로 『용비어천가(龍飛御天歌)』의 노랫말을 훈민정음으로 지어서 간행하였는데, 이로써 훈민정음 글자로써 국어의 입말을 실제로 적을 수 있는 가능성을 보였다. 그리고 소헌왕후 심씨가 사망함에 따라서 세종은 왕후의 명복을 빌기 위하여 아들인 수양대군(首陽大君)으로 하여금 석가모니의 연보(年譜)를 훈민정음으로 번역하여 『석보상절(釋譜詳節)』을 편찬하게 하였다. 이어서 『석보상절』의 내용을 바탕으로 『월인천강지곡(月印千江之曲)』을 직접 지어서 간행하였다. 이로써 국어의 입말을 훈민정음으로써 완벽하게 구현할 수 있음을 보였다. 그리고 한문본인 『훈민정음 해례본』의 내용 중에서 '어제 서(御製 序)'와 예의(例義)를 훈민정음으로 번역한 것도 대략 이 무렵의 일인 것으로 추정된다.

　세종이 승하한 후에 문종(文宗), 단종(端宗)에 이어서 세조(世祖)가 즉위하였는데, 1458년(세조 3년)에 세조의 맏아들인 의경세자(懿敬世子)가 요절하였다. 이에 세조는 1459년(세조 4년)에 부왕인 세종(世宗)과 세종의 정비인 소헌왕후 심씨, 그리고 요절한 의경세자의 명복을 빌기 위하여 『월인석보(月印釋譜)』를 편찬하였다. 그리고 어린 조카 단종을 폐위하고 왕위에 오른 후에, 단종을 비롯하여 자신의 집권에 반기를 든 수많은 신하를 죽인 업보에 대한 인간적인 고뇌를 불법의 힘으로 씻어 보려는 것도 『월인석보』를 편찬한 간접적인 동기였다.

『월인석보』는 세종이 지은『월인천강지곡(月印千江之曲)』의 내용을 본문으로 먼저 싣고, 그에 대응되는『석보상절(釋譜詳節)』의 내용을 붙여 합편하였다. 합편하는 과정에서 책을 구성하는 방법이나 한자어 표기법, 그리고 내용도 원본인『월인천강지곡』이나『석보상절』과 부분적으로 차이를 보인다. 예를 들어서『월인천강지곡』에서는 한자음을 표기할 때 '씨時'처럼 한글을 큰 글자로 제시하고, 한자를 작은 글자로써 한글의 오른쪽에 병기하였다. 반면에『월인석보』에서는 '時씽'처럼 한자를 큰 글자로써 제시하고 한글을 작은 글자로써 한자의 오른쪽에 병기하였다. 그리고 종성이 없는 한자음을 한글로 표기할 때에『월인천강지곡』에서는 '씨時'처럼 종성 글자를 표기하지 않았는데,『월인석보』에서는 '동국정운(東國正韻)식 한자음의 표기법'에 따라서 '時씽'처럼 종성의 자리에 음가가 없는 'ㅇ' 글자를 종성의 위치에 달았다. 이러한 차이는『월인천강지곡』과『석보상절』을 합본하여『월인석보』를 편찬하는 과정에서 어쩔 수 없이 한자음을 표기하는 방법을 통일하였기 때문에 일어났다.

『월인석보』는 원간본인 1, 2, 7, 8, 9, 10, 12, 13, 14, 15, 17, 18, 23권과 중간본(重刊本)인 4, 21, 22권 등이 남아 있다. 그 당시에 발간된 책이 모두 발견된 것은 아니어서, 당초에 전체 몇 권으로 편찬하였는지 알 수가 없다.

『석보상절』,『월인천강지곡』,『월인석보』의 편찬은 세종 말엽에서 세조 초엽까지 약 13년 동안에 이룩된 사업이다. 따라서 그 최종 사업인『월인석보』는 석가모니의 일대기를 기술하는 사업을 완결 짓는 결정판이다. 따라서『월인석보』는『석보상절』,『월인천강지곡』과 더불어 훈민정음(訓民正音)이 창제된 이후 제일 먼저 나온 불경 번역서로서의 가치가 있다. 그리고 세종과 세조 당대에 쓰였던 자연스러운 말과 글의 모습이 잘 반영되어 있어서, 중세 국어나 국어사를 연구하는 데에도 매우 귀중한 가치가 있는 문헌으로 평가받고 있다.

『월인석보 제사』의 해제

　『월인석보 제사』(月印釋譜 第四)는 현재 '청주 고인쇄 박물관'에 소장 중인 복각본이다. 이 책은 『월인석보』의 일반적인 구성에 따라서 『월인천강지곡』의 기육십칠(其六十七)에서 기구십삼(其九十三)까지의 운문을 먼저 싣고, 이에 대응되는 『석보상절』의 산문을 합쳐서 실었다. 전체적인 장수는 총 66장으로 구성되어 있는데, 67장 이후는 낙장된 상태이다. 『월인석보 제사』의 내용을 요약하면 다음과 같다.

　구담 보살(瞿曇菩薩)이 보리수 아래에서 정각(正覺)을 이루려고 고행할 때에, 마왕(魔王)인 파순(波旬)이 구담 보살의 수행을 방해하였으나, 구담 보살이 마왕을 물리치고 정각을 이루었다. 세존이 열반한 뒤에 가섭존자(迦葉尊者), 아난존자(阿難尊者), 상나화수존자(商那和修尊者), 우바국다존자(優婆鞠多尊者)에게 세존의 정법이 전해졌다. 이때 우바국다존자가 마돌라국에서 설법하려 할 때에 마왕 파순이 설법을 방해하였으나, 우바국다존자가 마왕 파순을 교화하여 하늘로 올라가게 하였다. 그 후에 마돌라국의 안에 있는 수많은 중생이 우바국다존자의 설법을 듣고 출가하여 아라한(阿羅漢)을 이루었다. 세존이 고행한 뒤에 2월 초이레에 마왕을 항복시키고 입정(入定)하여 삼명(三明)과 육신통(六神通)을 얻고 팔정도(八正道)를 이루셨으며, 십팔불공법(十八不共法)과 십신력(十神力)과 사무외(四無畏)를 얻으셨으므로, 무량한 일체의 중생과 고취(高趣)들이 모두 기뻐하였다. 탄왕(彈王)이 세존께 "세존의 공덕은 누가 증명하느냐?"라고 물으니, 육종(六種)으로 진동하여 지신(地神) 등이 "내가 증명한다."라고 하였다. 정각을 이루신 여래께서 적멸도량(寂滅道場)에 계셨는데, 41위의 법신대사(法身大士)와 천룡팔부(天龍八部)가 구름처럼 모여서 노사나(盧舍那)의 신(身)을 나타내시어 화엄경(華嚴經)을 설법하셨다. 세존은 자기가 얻은 묘법(妙法)을 설법하였으나 중생들이 이해하지 못하므로 차라리 열반(涅槃)에 드시려 했다. 그러나 대법천왕(大法天王)을 비롯한 여러 천왕과 천중들이 간절하게 설법을 청하므로 삼승(三乘)을 설법하시니, 시방(十方)의 부처들이 내려와서 찬탄하셨다. 세존이 차리니가 숲에서 가부좌하고 있을 때에 북천축국(北天竺國)의 두 장사아치가 숲을 지나가다가 세존에게 공양을 하였다. 세존은 장사치들의 공양을 받고 그들에게 머리털과 손톱을 주어서 고향에 돌아가서 탑을 세우게 하였다. 세존이 전세의 선록왕(善鹿王) 시절에 새끼를 밴 사슴의 사정을 듣고 선록왕 그 대신에 범마달왕(梵摩達王)에게 공상(供上)되기를 청하여서 범마달왕을 교화하였다. 그리고 세존이 전세의 인욕선인(忍辱仙人)인 시절에 가리왕에게 수족을 베임으로써 가리왕(歌利王)을 교화하였다.

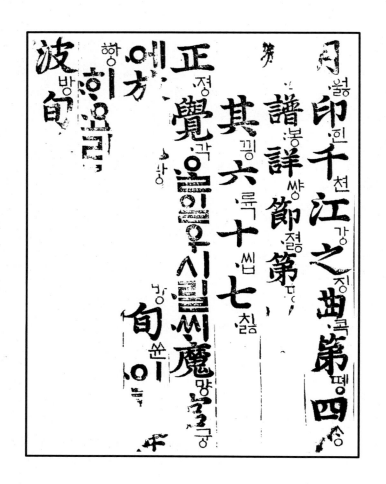

月印千江之曲(월인천강지곡)　第四(제사)

釋譜詳節(석보상절)　第四(제사)

　　其六十七(육십칠)

　(태자가) 正覺(정각)을 이루시겠으므로, 魔宮(마궁)에 放光(방광)하시어 波旬
(파순)이를 降服(항복)하게 하리라 (하였니라)

　波旬(파순)이 (三十二相의) 꿈을 꾸고 臣下(신하)와

月_윓印_힌千_천江_강之_징曲_콕 第_똉四_숭*

譜_봉詳_썅節_졇弟_똉四_숭

其_끵六_륙十_씹七_칧

正_졍覺_각¹⁾을 일우시릴씨²⁾ 魔_망宮_궁³⁾에 放_방光_광ᄒᆞ샤⁴⁾ 波_방旬_쓘이를⁵⁾ 降_행히요리라⁶⁾

波_방旬_쓘이 ᄭᅮ믈⁷⁾ ᄭᅮ고⁸⁾ 臣_씬下_행와

---

* 『월인석보』 제4권에는 원문이 훼손되어서 글자를 판독하기가 어려운 부분이 많이 있다. 이 중에서 『월인천강지곡』에 해당하는 내용은 세종 때에 지은 『월인천강지곡』의 내용을 참조하여 기워 넣었다. 그리고 『석보상절』에 해당하는 내용은 중국의 양(梁)나라 때에 승우(僧祐)가 지은 『석가보』(釋迦譜)와 당나라 때에 도선(道宣)이 지은 『석가씨보』(釋迦氏譜)에 실린 내용을 참조하거나, 또는 앞뒤의 문맥을 고려하여 훼손된 글자를 추정하여 복구했다.

1) 正覺: 정각. 일체의 참된 모습을 깨달은 더할 나위 없는 지혜이다.

2) 일우시릴씨: 일우[이루다, 成: 일(이루어지다, 成: 자동)- + -우(사접)-]- + -시(주높)- + -ㄹ씨(-므로: 연어, 이유)

3) 魔宮: 마궁. 마왕(魔王)이 사는 대궐이다. ※ '魔王(마왕)'은 천마(天魔)의 왕인, 파순(波旬)인데, 정법(正法)을 해치고 중생이 불도에 들어가는 것을 방해하는 귀신이다.

4) 放光ᄒᆞ샤: 放光ᄒᆞ[방광하다: 放光(방광: 명사) + -ᄒᆞ(동접)-]- + -샤(←-시-: 주높)- + -Ø(←-아: 연어) ※ '放光(방광)'은 부처가 광명을 내는 것이다.

5) 波旬이를: 波旬이[파순이: 波旬(파순: 인명) + -이(접미, 어조 고름)] + -를(목조) ※ '파순(波旬)'은 사마(四魔)의 하나이다. 선인(善人)이나 수행자가 자신의 궁전과 권속을 없앨 것이라 하여 정법(正法)의 수행을 방해하는 마왕이다. 석가모니가 보리수 아래에서 성도(成道)할 때에도 파순의 방해를 받았는데, 석가모니는 먼저 혜정(慧定)에 들어 마왕을 굴복시킨 다음 대각(大覺)을 이루었다고 한다.

6) 降히요리라: 降히[항복시키다: 降(항: 불어) + -ᄒᆞ(동접)- + -ㅣ(←-이-: 사접)-]- + -오(화자)- + -리(미시)- + -라(←-다: 평종)

7) ᄭᅮ믈: ᄭᅮᆷ(꿈, 夢) + -을(목조)

8) ᄭᅮ고: ᄭᅮ(꾸다, 夢)- + -고(연어, 계기)

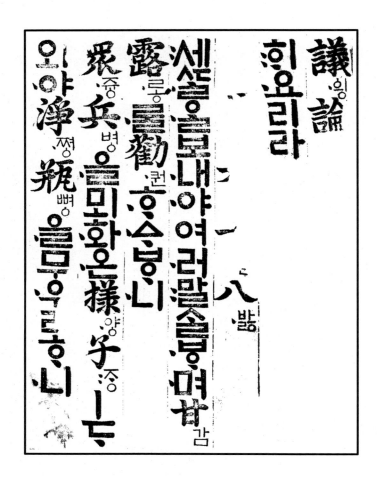

議論(의논)하여, 瞿曇(구담)이를 降服(항복)하게 하리라 (하였니라.)

其六十八(기육십팔)

(마왕이) 세 딸을 보내어 여러 말(言)을 사뢰며, 甘露(감로)를 (태자에게) 勸 (권)하였으니.

(마왕이) 衆兵(중병)을 모아 백 가지의 樣子(양자)가 되어, 淨瓶(정병)을 움 직이게 하려 하였으니.

議_읭論_론ᄒᆞ야 瞿_꿍曇_땀이를[9] 降_{ᅘᅡᇰ}히요리라

　其_끵六_륙十_씹八_밣

세 ᄯᆞᆯ을[10] 보내야 여러 말 ᄉᆞᆯᄫᅡ며[11] 甘_감露_롱[12]를 勸_퀀ᄒᆞᅀᆞᄫᆞ니[13] 衆_즁兵_병[14]을 뫼화[15] 온[16] 攘子_{양ᄌᆞ}[17]ㅣ ᄃᆞ외야[18] 淨_쪙瓶_뼝[19]을 무우려[20] ᄒᆞ니[21]

---

9) 瞿曇이를: 瞿曇이[구담이: 瞿曇(구담: 인명) + -이(접미, 어조 고름)] + -를(목조) ※ '瞿曇(구담)'은 인도의 석가(釋迦) 종족의 성(姓)이다. 여기서는 도(道)를 이루기 전의 석가모니를 이르는 말이다.

10) ᄯᆞᆯ을: ᄯᆞᆯ(딸, 女) + -을(목조)

11) ᄉᆞᆯᄫᅡ며: 숣(← 숣다, ㅂ불: 사뢰다, 白)- + -ᄋᆞ며(연어, 나열)

12) 甘露: 감로. 천신(天神)의 음료로서, 하늘에서 내리는 단이슬이라는 뜻이다. 불교 경전에서는 부처님의 교법이 중생을 잘 제도하는 데에 비유하는 예로 쓰이기도 한다.

13) 勸ᄒᆞᅀᆞᄫᆞ니: 勸ᄒᆞ[권하다: 勸(권: 불어) + -ᄒᆞ(동접)-]- + -ᅀᆞᆸ(← -ᅀᆞᆸ-: 객높)- + -Ø(과시)- + -ᄋᆞ니(평종, 반말) ※ 고영근(2010)에서는 이때의 '-ᄋᆞ니'는 높임과 낮춤의 중간 단계의 상대 높임을 표현하는 평서형 종결 어미로 처리하였다. 반면에 허웅(1975)에서는 '-니-'는 확정법의 선어말 어미로 처리하였는데, '-니-'의 뒤에 '-이다'가 생략된 형태로 보았다. 여기서는 고영근(2010)에 따라서 반말의 평서형 종결 어미로 처리한다.

14) 衆兵: 중병. 귀신, 짐승 따위 여러 잡동사니로 이루어진 군사이다.

15) 뫼화: 뫼호(모으다, 集)- + -아(연어)

16) 온: 백, 百(관사, 양수)

17) 攘子: 양자. 모양, 모습. ※ 원문의 '攘子'는 '樣子'를 오기한 것으로 보인다.

18) ᄃᆞ외야: ᄃᆞ외(되다, 爲)- + -야(← -아: 연어)

19) 淨瓶: 정병. 청정(淸淨)한 물을 담는 병(瓶)이다.

20) 무우려: 무우[← 뮈우다(움직이게 하다, 搖動): 무(← 뮈다: 움직이다, 動, 자동)- + -우(사접)-]- + -려(← -우려: 연어, 의도)

21) ᄒᆞ니: ᄒᆞ(하다: 보용, 의도)- + -Ø(과시)- + -니(평종, 반말)

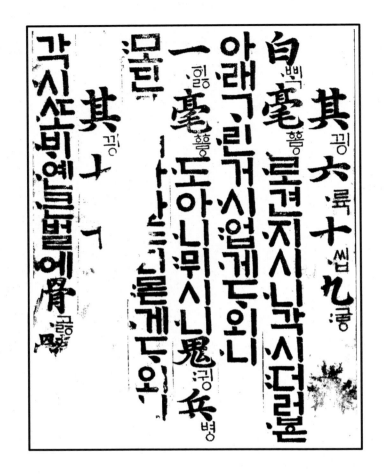

其六十九(기육십구)

(태자가) 白毫(백호)로 (여자들을) 겨누시니, 여자가 더러운 아랫도리를 가린 것이 없게 되었으니.

(태자가) 一毫(일호)도 아니 움직이시니, 鬼兵(귀병)들의 모진 무기가 (태자께) 나아가 대들지 못하게 되었으니.

其七十(기칠십)

여자가 또 배에는 큰 벌레, 骨髓(골수)에는 작은

其끵六륙十씹九굴

白삑毫흫[22]로 견지시니[23] 각시[24] 더러른[25] 아래[26] ᄀ린[27] 거시 업게
ᄃ외니[28]

一ᅙᅵᆶ毫흫[29]도 아니 뮈시니 鬼귕兵병[30] 모딘[31] 잠개[32] 나ᅀᅡ[33] 드디[34]
몯게[35] ᄃ외니

其끵七칧十씹

각시 쏘[36] 비옌[37] 큰 벌에[38] 骨곯髓쉉옌[39] 효ᄀᆞᆫ[40]

---

22) 白毫: 백호. 부처의 두 눈썹 사이에 있는 희고 빛나는 가는 털로서, 이 털에서 나오는 광명이 무량세계를 비춘다.
23) 견지시니: 견지(겨누다, 擬)- + -시(주높)- + -니(연어, 설명 계속)
24) 각시: 각시(여자, 女) + -Ø(←-이: 주조) ※ 여기서 '각시'는 태자의 정각(正覺)을 막으려던 마녀(魔女)이다.
25) 더러른: 더렇(← 더럽다, ㅂ불: 더럽다, 汚)- + -Ø(현시)- + -은(관전)
26) 아래: 아랫도리. 下體.
27) ᄀ린: ᄀ리(가리다, 蔽)- + -Ø(과시)- + -ㄴ(관전)
28) ᄃ외니: ᄃ외(되다, 爲)- + -Ø(과시)- + -니(평종, 반말)
29) 一毫: 일호. 한 가닥의 털이라는 뜻으로, 극히 작은 정도를 이르는 말이다.
30) 鬼兵: 귀병. 신이 보낸 군사라는 뜻으로, 신출귀몰하여 적이 도저히 맞싸울 수 없는 강한 군사를 비유적으로 이르는 말이다.
31) 모딘: 모디(← 모딜다: 모질다, 虐)- + -Ø(현시)- + -ㄴ(관전)
32) 잠개: 무기, 武器.
33) 나ᅀᅡ: 났(← 낫다, ㅅ불: 나아가다, 進)- + -아(연어)
34) 드디: 드(← 들다: 들다, 달려들다, 突入)- + -디(-지: 연어, 부정)
35) 몯게: 몯[← 몯ᄒ다(못하다, 不能: 보용, 부정): 몯(못, 不能: 부사, 부정) + -ᄒ(동접)-]- + -게 (연어, 피동)
36) 쏘: 또. 又(부사)
37) 비옌: 빈(배, 腹) + -예(←-에: 부조, 위치) + -ㄴ(←-는: 보조사, 주제)
38) 벌에: 벌레, 蟲.
39) 骨髓옌: 骨髓(골수, 뼈속) + -예(←-에: 부조, 위치) + -ㄴ(←-는: 보조사, 주제) ※ '骨髓(골수)'는 뼈의 중심부인 골수 공간(骨髓空間)에 가득 차 있는 결체질(結締質)의 물질이다.
40) 효ᄀᆞᆫ: 횩(작다, 小)- + -Ø(현시)- + -은(관전)

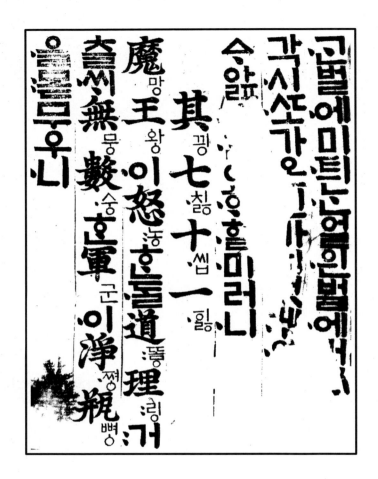

벌레, 밑에는 엉긴 벌레이더니.

여자가 또 가운데에는 개, 어깨에는 뱀과 여우, 앞뒤에는 아이와 할머니이더니.

其七十一(기칠십일)

魔王(마왕)이 怒(노)한들, 道理(도리)가 허망하므로 無數(무수)한 軍(군)이 淨瓶(정병)을 못 움직이었으니.

벌에 미틔ᄂᆞᆫ[41] 얼읜[42] 벌에러니[43]

각시 ᄯᅩ 가온ᄃᆡᆫ[44] 가히[45] 엇게옌[46] ᄇᆞ얌[47] 여ᅀᅳ[48] 앒뒤헨[49] 아히[50]
할미러니[51]

  其ᇮ七칧十씹一힗

魔망王왕이 怒ᇰᄒᆞᆫ들[52] 道ᄃᆞᆯ理링 거츨씨[53] 無뭉數숭ᄒᆞᆫ 軍군[54]이 淨쪙瓶
뼝을 몯 무우니[55]

---

41) 미틔ᄂᆞᆫ: 밑(밑, 低)+-의(-에: 부조, 위치)+-ᄂᆞᆫ(보조사, 주제)
42) 얼읜: 얼의(엉기다, 凝)-+-Ø(과시)-+-ㄴ(관전)
43) 벌에러니: 벌에(벌레, 蟲)+-Ø(←-이-: 서조)-+-러(←-더-: 회상)-+-니(평종, 반말)
44) 가온ᄃᆡᆫ: ① 가온ᄃᆡ(가운데, 中)+-Ø(←-이: -에, 부조, 위치)+-ㄴ(←-ᄂᆞᆫ: 보조사, 주제) ②
   가온ᄃᆡ(가운데, 中)+-ㄴ(←-ᄂᆞᆫ: 보조사, 주제)
45) 가히: 개, 犬.
46) 엇게옌: 엇게(어깨, 肩)+-예(←-에: 부조, 위치)+-ㄴ(←-는: 보조사, 주제)
47) ᄇᆞ얌: 뱀, 蛇.
48) 여ᅀᅳ: 여우, 狐.
49) 앒뒤헨: 앒뒤ㅎ[앞뒤, 前後: 앒(앞, 前)+뒤ㅎ(뒤, 後)]+-에(부조, 위치)+-ㄴ(←-는: 보조사,
   주제)
50) 아히: 아이, 兒.
51) 할미러니: 할미[할머니, 婆: 하(크다, 大)-+-ㄹ(←-ㄴ: 관전)+미(←어미: 어머니, 母)]+-
   이(서조)-+-러(←-더-: 회상)-+-니(평종, 반말)
52) 怒ᇰᄒᆞᆫ들: 怒ᇰᄒᆞ[노하다: 怒(노: 불어)+-ᄒᆞ(동접)-]-+-ㄴ들(연어, 양보, 불구)
53) 거츨씨: 그츠(←거츨다: 허망하다, 妄)-+-ㄹ씨(-므로: 연어, 이유)
54) 軍: 군. 귀군(鬼軍)이다.
55) 무우니: 무우[←뮈우다(움직이다, 흔들다, 搖): 뮈(움직이다, 動: 자동)-+-우(사접)-]-+-Ø
   (과시)-+-니(평종, 반말)

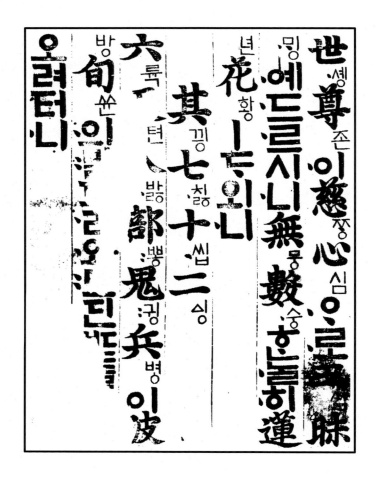

世尊(세존)이 慈心(자심)으로 三昧(삼매)에 드시니, 無數(무수)한 (무기의) 날이 蓮花(연화)가 되었으니.

其七十二(기칠십이)

六天(육천)의 八部(팔부)의 鬼兵(귀병)이 波旬(파순)의 말을 듣고 (태자가 앉아 있는 곳으로) 와서, (태자의 정각을 방해하려는) 모진 뜻을 이루려 하더니.

世_솅尊_존⁵⁶⁾이 慈_쭝心_심⁵⁷⁾♀로 三_삼昧_밍예⁵⁸⁾ 드르시니⁵⁹⁾ 無_뭉數_숭흔 늘
히⁶⁰⁾ 蓮_련花_황⁶¹⁾ㅣ ᄃ외니

 其_끵七_칧十_씹二_싱

六_륙天_텬⁶²⁾ 八_밣部_뽕⁶³⁾ 鬼_귕兵_병⁶⁴⁾이 波_방旬_쓘의 말 드러⁶⁵⁾ 와 모딘
ᄠᅳᆮᆯ⁶⁶⁾ 일우오려⁶⁷⁾ 터니⁶⁸⁾

---

56) 世尊: 세존. 여래 십호(如來十號)의 하나이다. 세상에서 가장 존귀하다는 뜻으로, '부처'를 달
리 이르는 말이다

57) 慈心: 자심. 중생을 사랑하고 가엾게 여기는 마음이다.(= 자비심, 慈悲心)

58) 三昧예: 三昧(삼매) + -예(←-에: 부조, 위치) ※ '三昧(삼매)'는 잡념을 떠나서 오직 하나의 대
상에만 정신을 집중하는 경지이다. 이 경지에서 바른 지혜를 얻고 대상을 올바르게 파악하게
된다.

59) 드르시니: 들(들다, 入)- + -으시(주높)- + -니(연어, 설명 계속)

60) 늘히: 늘ㅎ(날, 칼날, 刃) + -이(주조)

61) 蓮花ㅣ: 蓮花(연화, 연꽃) + -ㅣ(←-이: 보조)

62) 六天: 육천. 육욕천(六欲天) 중에서 여섯 번째 하늘인 '타화자재천(他化自在天)'을 이른다. 제
육천(第六天)인 타화자재천(他化自在天)에 마왕(魔王)이 있으면서 부처가 정각(正覺)을 이루는
것을 방해한다. ※ 욕계(慾界)에는 여섯 하늘이 있는데, 사천왕천(四天王天), 야마천(夜摩天),
도리천(忉利天), 도솔천(兜率天), 낙변화천(樂變化天), 타화자재천(他化自在天)이 그것이다. 이
중에서 위의 둘은 수미산(須彌山)에 있으므로 지거천(地居天)이라 하고, 아래 넷은 공중에 있
으므로 공거천(空居天)이라고 한다.

63) 八部: 팔부. 사천왕(四天王)에 딸린 여덟 귀신이다. 건달바(乾闥婆), 비사사(毘舍闍), 구반다(鳩
槃茶), 아귀, 제용중, 부단나(富單那), 야차(夜叉), 나찰(羅刹) 등이다.

64) 鬼兵: 귀병. 귀신이 보낸 군사라는 뜻으로, 신출귀몰하여 적이 도저히 맞싸울 수 없는 강한 군
사를 비유적으로 이르는 말이다.

65) 드러: 들(← 듣다, ㄷ불: 듣다, 聞)- + -어(연어)

66) ᄠᅳᆮᆯ: ᄠᅳᆮ(뜻, 志) + -을(목조)

67) 일우오려: 일우[이루다, 成: 일(이루어지다, 成: 자동)- + -우(사동)-]- + -오려(연어, 의도)

68) 터니: ㅎ(← ᄒᆞ다: 하다, 보용, 의도)- + -더(회상)- + -니(평종, 반말)

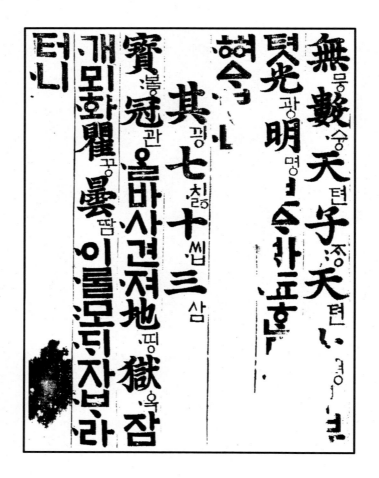

無數(무수)한 天子(천자)와 天女(천녀)가 부처의 光明(광명)을 보아, 좋은 마음을 내었으니.

其七十三(기칠십삼)

(마왕이) 寶冠(보관)을 벗어 (한 군데를) 겨누어 地獄(지옥)의 무기를 모아, 瞿曇(구담)이를 반드시 잡아라 하더니.

無_뭉數_숭 天_텬子_즁[69] 天_텬女_녕[70]ㅣ 부텻 光_광明_명 보ᅀᆞ바[71] 됴ᄒᆞᆫ[72] ᄆᆞ 슴을[73] 내혀ᅀᆞᄫᅵ니[74]

    其_끵七_칧十_씹三_삼

寶_볼冠_관[75]을 바사[76] 견져[77] 地_띵獄_옥[78] 잠개 뫼화[79] 瞿_꿍曇_땀이를 모 딗[80] 자ᄇᆞ라[81] 터니[82]

---

69) 天子: 천자. 삼천대천(三千大千)에 있는 모든 아들들이다.

70) 天女: 천녀. 삼천대천(三千大千)에 있는 모든 딸들이다.

71) 보ᅀᆞ바: 보(보다, 見)-+-ᅀᆞᆸ(←-ᄌᆞᆸ-: 객높)-+-아(연어)

72) 됴ᄒᆞᆫ: 둏(좋다, 善)-+-Ø(현시)-+-은(관전)

73) ᄆᆞ슴을: ᄆᆞ슴(마음, 心)+-을(목조)

74) 내혀ᅀᆞᄫᅵ니: 내혀[내다, 出: 나(나다, 出: 자동)-+-ㅣ(←-이-: 사접)-+-혀(강접)-]-+-ᅀᆞᆸ (←-ᄌᆞᆸ-: 객높)-+-Ø(과시)-+-ᄋᆞ니(평종, 반말)

75) 寶冠: 보관. 훌륭하게 만든 보배로운 왕관이다.

76) 바사: 밧(벗다, 脫)-+-아(연어)

77) 견져 : 견지(겨누다, 指)-+-어(연어)

78) 地獄: 지옥. 죄업을 짓고 매우 심한 괴로움의 세계에 난 중생이나 그런 중생의 세계이다. 섬부주의 땅 밑, 철위산의 바깥 변두리 어두운 곳에 있다고 한다. 팔대 지옥, 팔한 지옥 따위의 136종이 있다.

79) 뫼화: 뫼호(모으다, 集)-+-아(연어)

80) 모딗: 반드시, 必(부사)

81) 자ᄇᆞ라: 잡(잡다, 捕)-+-ᄋᆞ라(명종, 아주 낮춤)

82) 터니: ᄒ(←ᄒᆞ다: 말하다, 曰)-+-더(회상)-+-니(평종, 반말)

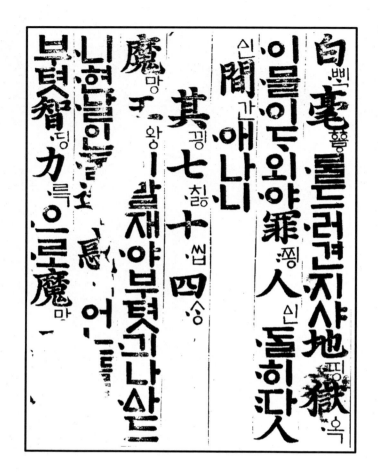

(태자가) 白毫(백호)를 들어서 (한 군데를) 겨누시어, 地獄(지옥)이 물이 되어 罪人(죄인)들이 다 人間(인간)에 났으니.

其七十四(기칠십사)

魔王(마왕)이 말이 빨라서 부처께 나아 달려드니, 몇 날인들 迷惑(미혹)을 어찌 풀리?

부처의 智力(지력)으로 魔王(마왕)이

白_삥毫_흫룰 드러⁸³⁾ 견지샤⁸⁴⁾ 地_띵獄_옥이 믈이⁸⁵⁾ 드외야⁸⁶⁾ 罪_쬉人_신들

히⁸⁷⁾ 다 人_신間_간애⁸⁸⁾ 나니⁸⁹⁾

其_끵七_칧十_씹四_숭

魔_망王_왕이 말⁹⁰⁾ 재야⁹¹⁾ 부텻긔⁹²⁾ 나삭⁹³⁾ 드니⁹⁴⁾ 현⁹⁵⁾ 날인들⁹⁶⁾ 迷_몡

惑_훽⁹⁷⁾ 어느⁹⁸⁾ 플리⁹⁹⁾

부텻 智_딩力_륵¹⁰⁰⁾으로 魔_망王_왕이

---

83) 드러: 들(들다, 擧)- + -어(연어)
84) 견지샤: 견지(겨누다, 掂)- + -샤(←-시-: 주높)- + -∅(←-아: 연어)
85) 믈이: 믈(물, 水) + -이(보조)
86) 드외야: 드외(되다, 爲)- + -야(←-아: 연어)
87) 罪人들히: 罪人들ㅎ[죄인들: 罪人(죄인) + -들ㅎ(-들: 복접)] + -이(주조)
88) 人間: 인간. 사람이 사는 세상이다.
89) 나니: 나(나다, 現)- + -∅(과시)- + -니(평종, 반말)
90) 말: 말, 馬.
91) 재야: 재(재다, 빠르다, 速)- + -야(←-아: 연어)
92) 부텻긔: 부텨(부처, 佛) + -씌(-께: 부조, 상대)
93) 나삭: 낫(← 낫다, ㅅ불: 나아가다, 進)- + -아(연어)
94) 드니: 들(들다, 대들다, 入)- + -니(연어, 설명 계속)
95) 현: 몇, 幾(관사, 미지칭)
96) 날인들: 날(날, 日) + -인들(-인들: 보조사, 양보) ※ '-인들'은 서술격 조사인 '이다'의 어간에 연결 어미인 '-ㄴ들'이 붙어서 형성된 파생 보조사이다.
97) 迷惑: 미혹. 무엇에 홀려 정신을 차리지 못하는 것이다.
98) 어느: 어찌, 何(부사, 미지칭)
99) 플리: 플(풀다, 解)- + -리(의종, 반말, 미시) ※ 고영근(2010)에서는 이때의 '-리'는 높임과 낮춤의 중간 단계의 상대 높임을 표현하는 미래 시제의 의문형 종결 어미로 처리하였다. 반면에 허웅(1975)에서는 '-리-'는 미정법의 선어말 어미로 처리하였는데, '-리-'의 뒤에 '-잇가'나 '-잇고'가 생략된 형태로 보았다. 여기서는 고영근(2010)에 따라서 반말의 의문형 어미로 처리하였다.
100) 智力: 지력. 지혜를 나타내는 힘이다.

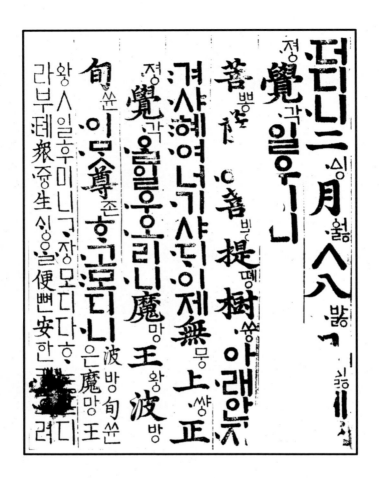

엎어지니 二月(이월)의 八日(팔일)에 正覺(정각)을 이루셨으니.

菩薩(보살)이 菩提樹(보리수)의 아래에 앉아 계시어 헤아려서 여기시되 "이제 無上正覺(무상정각)을 이루겠으니, 魔王(마왕)인 波旬(파순)이 가장 尊(존)하고 모지니【波旬(파순)은 魔王(마왕)의 이름이니 '가장 모질다.' 하는 뜻이다. 부처가 衆生(중생)을 便安(편안)하게 하려

업더디니[1] 二ᇰ月웛ㅅ 八밠日ᅀᅵᇙ에 正져ᇰ覺각[2] 일우시니[3]

菩뽕薩ᇙ[4]이 菩뽕提똉樹쓩[5] 아래 안자 겨샤 혜여[6] 너기샤듸[7] 이제
無뭉上샤ᇰ正져ᇰ覺각[8]을 일우오리니[9] 魔망王와ᇰ[10] 波방旬쓘[11]이 믓[12] 尊존ᄒ
고 모디니[13] 【波방旬쓘은 魔망王와ᇰㅅ 일후미니[14] ᄀ자ᇰ 모디다 ᄒ논[15] ᄠ디라[16]
부톄[17] 衆즁生ᄉᆡᆼ을 便뻔安한케[18] 호려[19]

---

1) 업더디니: 업더디(엎어지다, 엎드려지다, 伏)- + -니(연어, 설명 계속)
2) 正覺: 정각. 올바른 깨달음이다. 일체의 참된 모습을 깨달은 더할 나위 없는 지혜이다.
3) 일우시니: 일우[이루다, 成: 일(이루어지다, 成: 자동)- + -우(사접)-]- + -시(주높)- + -Ø(과 시)- + -니(평종, 반말)
4) 菩薩: 보살. 부처가 전생에서 수행하던 시절에, 수기를 받은 이후의 몸이다. 여기서는 싯다르 타 태자를 이른다.
5) 菩提樹: 보리수. 석가모니가 그 아래에서 변함없이 진리를 깨달아 불도(佛道)를 이루었다고 하 는 나무이다.
6) 혜여: 혜(헤아리다, 깊이 생각하다, 計)- + -여(←-어: 연어)
7) 너기샤듸: 너기(여기다, 念)- + -샤(←-시-: 주높)- + -듸(←-오듸: -되, 설명 계속)
8) 無上正覺: 무상정각. 더할 나위 없이 훌륭한 부처의 깨달음이다.
9) 일우오리니: 일우[이루다, 成: 일(이루어지다, 成: 자동)- + -우(사접)-]- + -오(화자)- + -리 (미시)- + -니(연어, 설명 계속)
10) 魔王: 마왕. 천마(天魔)의 왕이다. 정법(正法)을 해치고 중생이 불도에 들어가는 것을 방해하는 귀신이다.
11) 波旬: 사마(四魔)의 하나이다. 선인(善人)이나 수행자가 자신의 궁전과 권속을 없앨 것이라 하 여 정법(正法)의 수행을 방해하는 마왕을 이른다. 석가모니가 보리수 아래에서 성도(成道)할 때에도 이의 방해를 받아 먼저 혜정(慧定)에 들어 마왕을 굴복시킨 다음 대각(大覺)을 이루었 다고 한다.
12) 믓: 가장. 最(부사)
13) 모디니: 모디(←모딜다: 모질다, 惡)- + -니(연어, 설명 계속)
14) 일후미니: 일홈(이름, 名) + -이(서조)- + -니(연어, 설명 계속)
15) ᄒ논: ᄒ(하다, 曰)- + -ㄴ(←-ᄂᆞ-: 현시)- + -오(대상)- + -ㄴ(관전)
16) ᄠ디라: ᄠᆮ(뜻, 意) + -이(서조)- + -Ø(현시)- + -라(←-다: 평종)
17) 부톄: 부텨(부처, 佛) + -ㅣ(←-이: 주조)
18) 便安케: 便安ᄒ[←便安ᄒ다(편안하다): 便安(편안: 명사) + -ᄒ(형접)-]- + -게(연어, 사동)
19) 호려: ᄒ(← ᄒ다: 보용, 사동)- + -오려(-려: 연어, 의도)

[5앞]

하시거든 (파순이) 가로막으며, 중이 부처의 법(法)을 배우거든 (파순이) 아무렇게나 어지럽히어, 罪(죄)가 매우 크므로 '모질다' 하였니라. 】, 저(= 파순)를 오게 하여 먼저 降服(항복)시키고야 三界(삼계)의 衆生(중생)을 濟渡(제도)하리라." 하시고, 서른여드레를 菩提樹(보리수)를 보시며 道理(도리)를 생각하시니, 天地(천지)가 진동(振動)하더니 큰 光明(광명)을 펴시어 魔王宮(마왕궁)을 가리시는데,

커시든[20] ㄱ른[21] 거티며[22] 쥬이[23] 부텻 법을 비호습거든[24] 아므례나[25] 어즈려[26]

罪쬥 못 클씨[27] 모다다 ㅎ니라[28] 】 뎌를[29] 오게 ㅎ야 몬져[30] 降행服뽁히

오샤[31] 三삼界갱[32] 衆즁生싱을 濟곙渡똥호리라[33] ㅎ시고 셜혼 여드래

를[34] 菩뽕堤똉樹쓩 보시며 道똘理링 스랑ㅎ시니[35] 天텬地띵 드러치더

니[36] 큰 光광明명을 펴샤 魔망王왕宮궁을 □□□대[37]

---

20) 커시든: ㅎ(← ㅎ다: 하다, 보용, 의도)- + -시(주높)- + -거…든(-거든: 연어, 조건)

21) ㄱ른: 가로, 가로로, 橫(부사)

22) 거티며: 거티(걸리다, 거리끼다, 礙)- + -며(연어, 나열) ※ 'ㄱ른 거티다'는 '가로막다'나 '방해하다'로 의역하여 옮긴다.

23) 쥬이: 즁(중, 僧) + -이(주조)

24) 비호습거든: 비호[배우다, 學: 빟(버릇이 되다, 길들다, 習: 자동)- + -오(사접)-]- + -습(객높)- + -거든(연어, 조건)

25) 아므례나: [아무렇게나, 某(부사): 아므례(아무렇게: 부사) + -나(보조사▷부접)]

26) 어즈려: 어즈리[어지럽히다, 亂: 어즐(어질: 불어) + -이(사접)-]- + -어(연어)

27) 클씨: 크(크다, 大)- + -ㄹ씨(-므로: 연어, 이유)

28) ㅎ니라: ㅎ(하다, 曰)- + -∅(과시)- + -니(원칙)- + -라(← -다: 평종)

29) 뎌를: 뎌(저, 저 사람, 彼: 인대, 정칭) + -를(목조)

30) 몬져: 먼저, 先(부사)

31) 降服히오샤: 降服히[항복하게 하다, 항복시키다: 降伏(항복: 명사) + -ㅎ(동접)- + -ㅣ(← -이-: 사접)-]- + -오(← -고: 연어, 계기) + -샤(보조사, 한정 강조)

32) 三界: 삼계. 중생이 생사 왕래하는 세 가지 세계로서, 욕계(欲界), 색계(色戒), 무색계(無色界)이다.

33) 濟渡호리라: 濟渡ㅎ[← 濟渡ㅎ다(제도하다): 濟渡(제도: 명사) + -ㅎ(동접)-]- + -오(화자)- + -리(미시)- + -라(← -다: 평종)

34) 여드래롤: 여드래[여드레, 八日: 여듧(여덟, 八: 수사, 양수) + -애(명접)] + -롤(목조)

35) 스랑ㅎ시니: 스랑ㅎ[생각하다, 思惟: 스랑(생각, 思: 명사) + -ㅎ(동접)-]- + -시(주높)- + -니(연어, 설명 계속)

36) 드러치더니: 드러치(진동하다, 振動)- + -더(회상)- + -니(연어, 설명 계속)

37) □□□대: ㄱ리(가리다, 覆蔽)- + -시(주높)- + -ㄴ대(-는데, -니: 연어, 반응) ※『월인석보』의 원문의 글자가 훼손되었는데, 승우(僧祐)가 지은『석가보』에는 이 부분이 '覆蔽(= 덮어 가리었다)'로 되어 있다. 이를 참조하여 훼손된 부분의 내용을 'ㄱ리신대'로 추정하였다.

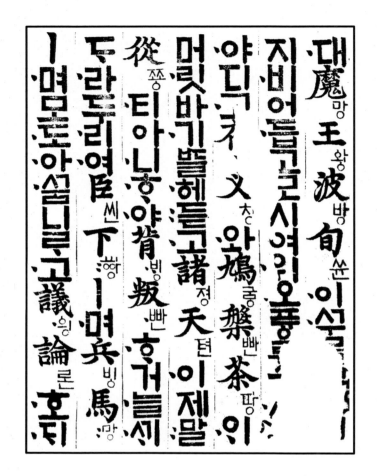

魔王(마왕)인 波旬(파순)이 꿈을 꾸니, 집이 어둡고 못이 마르고 악기가
헐어지고, 夜叉(야차)와 鳩槃茶(구반다)의 머리통이 뜰에 떨어지고, 諸天
(제천)이 자기의 말을 從(종)하지 아니하여 背叛(배반)하거늘, (파순이) 깨
닫고 두려워하여 臣下(신하)며 兵馬(병마)를 모아서 꿈을 이르고 議論(의
논)하되

魔_망王_왕 波_방旬_쓘이 ᄭᅮ믈[38] □□[39] 지비 어듭고[40] 모시[41] 여위오[42] 풍륫가시[43] 히야디고[44] 夜_양叉_창[45]와 鳩_굴槃_빤茶_땅[46]이 머릿바기[47] ᄠᅳ헤[48] ᄠᅳᆯ고[49] 諸_졍天_텬[50]이 제[51] 말 從_쭁티[52] 아니ᄒᆞ야 背_빙叛_빤ᄒᆞ거늘 ᄭᅵᄃᆞ라[53] 두리여[54] 臣_씬下_행ㅣ며[55] 兵_병馬_망ㅣ며 모도아[56] 숨 니ᄅᆞ고[57] 議_읭論_론호ᄃᆡ[58]

---

38) ᄭᅮ믈: ᄭᅮᆷ[꿈, 夢: ᄭᅮ(꾸다, 夢: 동사)- + -ㅁ(명접)] + -을(목조)

39) □□: ᄭᅮ(꾸다, 夢)- + -니(연어, 설명 계속) ※『월인석보』의 원문에는 두 음절의 글자가 훼손되었는데, 문맥과 훼손된 부분의 음절 수를 고려하여 'ᄭᅮ니'로 추정하였다.

40) 어듭고: 어듭(어둡다, 闇冥)- + -고(연어, 나열)

41) 모시: 못(못, 池) + -이(주조)

42) 여위오: 여위(여위다, 마르다, 枯渴)- + -오(←-고: 연어, 나열)

43) 풍륫가시: 풍륫갓[악기, 풍물, 樂器: 풍류(풍류) + -ㅅ(관조, 사잇) + 갓(감, 것, 材料)] + -이(주조)

44) 히야디고: 히야디(← ᄒᆞ야디다: 헐어지다, 破壞)- + -고(연어, 나열)

45) 夜叉: 야차. 팔부(八部)의 하나로서, 사람을 괴롭히거나 해친다는 사나운 귀신이다. ※ '八部(팔부)'는 사천왕(四天王)에 딸린 여덟 귀신이다. 건달바(乾闥婆), 비사사(毘舍闍), 구반다(鳩槃茶), 아귀, 제용중, 부단나(富單那), 야차(夜叉), 나찰(羅利)이다.

46) 鳩槃茶: 구반다. 팔부(八部)의 하나이다. 사람의 정기를 빨아먹는다는 귀신으로, 사람의 몸에 머리는 말의 모양을 하고 있는 남방 증장천왕의 부하이다.

47) 머릿바기: 머릿박[머리통, 頭: 머리(머리, 頭) + -ㅅ(관조, 사잇) + 박(통, 桶)] + -이(주조)

48) ᄠᅳ헤: ᄠᅳᇂ(뜰, 地) + -에(부조, 위치)

49) ᄠᅳᆯ고: ᄠᅳᆯ(듣다, 떨어지다, 墮)- + -고(연어, 나열)

50) 諸天: 제천. 모든 하늘이나 천상계의 모든 천신(天神)이다. 여기서는 모든 천신을 이른다.

51) 제: 저(자기, 其: 인대, 재귀칭) + -ㅣ(←-의: 관조) ※ '저'는 파순(波旬)을 대용하였다.

52) 從티: 從ᄒ[← 從ᄒᆞ다(종하다, 따르다): 從(종: 불어) + -ᄒᆞ(동접)-] + -디(-지: 연어, 부정)

53) ᄭᅵᄃᆞ라: ᄭᅵᄃᆞᆯ(← ᄭᅵᄃᆞᆮ다, ᄃ불: 깨달다, 꿈을 깨다, 悟)- + -아(연어)

54) 두리여: 두리(두려워하다, 懼)- + -여(←-어: 연어)

55) 臣下ㅣ며: 臣下(신하) + -ㅣ며(←-이며: 접조)

56) 모도아: 모도[모으다, 會: 몬(모이다, 會: 자동)- + -오(사접)-] + -아(연어)

57) 니ᄅᆞ고: 니ᄅᆞ(이르다, 說)- + -고(연어, 계기)

58) 議論호ᄃᆡ: 議論ᄒ[← 議論ᄒᆞ다(의논하다): 議論(의논: 명사) + -ᄒᆞ(동접)-] + -오ᄃᆡ(-되: 연어, 설명 계속)

"어찌 하여야 저 瞿曇(구담)이를 (내가) 가서 降服(항복)시키려뇨?" 魔王
(마왕)의 세 딸이 이르되【세 딸은 悅彼(열피)와 喜心(희심)과 多媚(다미)이
다.】 "우리가 능히 瞿曇(구담)의 마음을 잃게 하겠으니 염려 마십시오."
하고, 대단히 莊嚴(장엄)하여 菩薩(보살)께 와서 禮數(예수)하고 일곱 번
감돌고 사뢰되, "太子(태자)가 나실 때에는

엇뎨⁵⁹⁾ ᄒ야ᅀᅡ⁶⁰⁾ 뎌 瞿_꿍曇_땀이를⁶¹⁾ 가 降_행服_뽁히려뇨⁶²⁾ 魔_망王_왕이 세 ᄯᆞ리⁶³⁾ 닐오ᄃᆡ⁶⁴⁾【세 ᄯᆞ른⁶⁵⁾ 悅_{ᅇᅯᇙ}彼_빙와 喜_횡心_심과 多_당媚_밍왜라⁶⁶⁾】우리⁶⁷⁾ 어루⁶⁸⁾ 瞿_꿍曇_땀이 ᄆᆞᅀᆞ믈 일케⁶⁹⁾ 호리니⁷⁰⁾ 분별⁷¹⁾ 마ᄅᆞ쇼셔⁷²⁾ ᄒ고 ᄀᆞ장 莊_장嚴_엄ᄒ야⁷³⁾ 菩_뽕薩_삻ᄭᅴ 와 禮_롕數_숭ᄒᅀᆞᆸ고⁷⁴⁾ 닐굽 번 값돌오⁷⁵⁾ ᄉᆞᆯ보ᄃᆡ⁷⁶⁾ 太_탱子_{ᄌᆞ}□□□□□⁷⁷⁾

---

59) 엇뎨: 어찌, 何(부사)

60) ᄒ야ᅀᅡ: ᄒ(하다, 爲)- + -야ᅀᅡ(←-아ᅀᅡ: 연어, 필연적 조건)

61) 瞿曇이를: 瞿曇이[구담이: 瞿曇(구담) + -이(명접, 어조 고름)] + -를(목조) ※ '瞿曇(구담)'은 원래 인도의 석가(釋迦) 종족의 성(姓)이다. 여기서는 싯다르타 태자를 가리키는 말이다.

62) 降服히려뇨: 降服히[항복하게 하다, 항복시키다: 降服(항복: 명사) + -ᄒ(동접)- + -ㅣ(←-이-: 사접)-] + -리(미시)- + -어(확인)- + -뇨(의종, 설명)

63) ᄯᆞ리: ᄯᆞᆯ(딸, 女) + -이(주조)

64) 닐오ᄃᆡ: 닐(←니ᄅᆞ다: 이르다, 言)- + -오ᄃᆡ(-되: 연어, 설명 계속)

65) ᄯᆞ른: ᄯᆞᆯ(딸, 女) + -은(보조사, 주제)

66) 多媚왜라: 多媚(다미: 인명) + -와(접조) + -ㅣ(←-이-: 서조)- + -∅(현시)- + -라(←-다: 평종)

67) 우리: 우리(우리, 我等: 인대, 1인칭, 복수) + -∅(←-이: 주조)

68) 어루: 능히, 能(부사)

69) 일케: 잃(잃다, 失)- + -게(연어, 사동)

70) 호리니: ᄒ(←ᄒ다: 보용, 사동)- + -오(화자)- + -리(미시)- + -니(연어, 설명 계속, 이유)

71) 분별: 염려, 걱정, 分別.

72) 마ᄅᆞ쇼셔: 말(말다, 勿: 보용, 부정)- + -ᄋᆞ쇼셔(-으소서: 명종, 아주 높임)

73) 莊嚴ᄒ야: 莊嚴ᄒ[장엄하다: 莊嚴(장엄: 명사) + -ᄒ(동접)-] + -야(←-아: 연어) ※ '莊嚴(장엄)'은 좋고 아름다운 것으로 꾸미는 것이다.

74) 禮數ᄒᅀᆞᆸ고: 禮數ᄒ[예수하다: 禮數(예수: 명사) + -ᄒ(동접)-] + -ᅀᆞᆸ(객높)- + -고(연어, 계기) ※ '禮數(예수)'는 명성이나 지위에 알맞은 예의와 대우이다.

75) 값돌오: 값돌[감돌다: 값(←감다: 蟠, 감다)- + 돌(돌다, 廻)-] + -오(←-고: 연어, 계기)

76) ᄉᆞᆯ보ᄃᆡ: 숣(←숣다, ㅂ불: 사뢰다, 白)- + -오ᄃᆡ(-되: 연어, 설명 계속)

77) 太子□□□□□: 『석가보』에는 이 부분의 내용이 "太子生時(太子가 태어나실 때에는)"으로 되어 있다. 따라서 이 부분의 내용을 "太子ㅣ 나싫 제ᄂᆞᆫ"으로 추정한다.

萬神(만신)이 侍衛(시위)하더니, (태자께서) 어찌하여 天位(천위)를 버리시고 이 나무 밑에 와 계십니까? 우리가 天女(천녀)이니 오늘 우리 몸을 太子(태자)께 바칩니다. (우리는) 가려운 데도 잘 긁으며 시큰시큰 저리는 데도 잘 주므르니, 太子(태자)가 피곤하면 잠시 누워 쉬시며 甘露(감로)를

萬_먼神_씬⁷⁸⁾이 侍_씽衛_윙ᄒᆞᆸ□□ □□⁷⁹⁾ 天_텬位_윙⁸⁰⁾ ᄇᆞ리시고⁸¹⁾ 이 나

모 미틔⁸²⁾ 와 겨시니잇가⁸³⁾ 우리 天_텬女_녕ㅣ로니⁸⁴⁾ 오늘 우리 모ᄆᆞᆯ

太_탱子_중ᄭᅴ 받ᄌᆞᆸ노이다⁸⁵⁾ ᄇᆞ라ᄫᆞᆫ⁸⁶⁾ ᄃᆡ도⁸⁷⁾ 잘 디기ᅀᆞᄫᆞ며⁸⁸⁾ 싀저리

ᄂᆞᆫ⁸⁹⁾ ᄃᆡ도 잘 주므르ᅀᆞᆸ노니⁹⁰⁾ 太_탱子_중ㅣ ᄀᆞᆺᄇᆞ시란ᄃᆡ⁹¹⁾ 져근덛⁹²⁾ 누

ᄫᅥ⁹³⁾ 쉬시며 甘_감露_롱⁹⁴⁾ᄅᆞᆯ

---

78) 萬神: 만신. 수많은 신(神)이다.

79) 侍衛ᄒᆞᆸ□□ □□: 『석가보』에는 훼손된 부분의 내용이 "太子生時 萬臣侍御 何棄天位來此樹下"로 되어 있다. 이를 참조하여 이 부분의 내용을 "侍衛ᄒᆞᆸ더니 엇디"로 추정한다. ※ '侍衛(시위)'는 임금이나 어떤 모임의 우두머리를 모시어 호위하는 것이다. 또는 그런 사람이다.

80) 天位: 천위. 천자(天子)의 지위이다. '천자(天子)'는 천제(天帝)의 아들, 즉 하늘의 뜻을 받아 하늘을 대신하여 천하를 다스리는 사람이라는 뜻으로, 군주 국가의 최고 통치자를 이르는 말이다.

81) ᄇᆞ리시고: ᄇᆞ리(버리다, 棄)- + -시(주높)- + -고(연어, 계기)

82) 미틔: 밑(밑, 下) + -의(-에: 부조, 위치)

83) 겨시니잇가: 겨시(계시다, 在: 보용, 완료 지속, 높임)- + -잇(←-이-: 상높, 아주 높임)- + -니…가(의종, 판정) ※ 의문문에 의문사인 '엇디'가 실현된 것으로 추정했을 때에, 이 문장은 설명 의문문이므로 서술어가 '겨시니잇고'의 형태가 되어야 한다. 그러나 이 의문문이 수사 의문문으로 기능한다고 보면, '겨시니잇가'의 형태로 실현되는 것도 가능하다.

84) 天女ㅣ로니: 天女(천녀) + -ㅣ(←-이-: 서조)- + -로(←-오-: 화자)- + -니(연어, 설명 계속) ※ '天女(천녀)'는 하늘을 날아다니며 하계 사람과 왕래한다는 여자 선인(仙人)이다.

85) 받ᄌᆞᆸ노이다: 받(바치다, 奉)- + -ᄌᆞᆸ(객높)- + -ᄂ(←-ᄂᆞ-: 현시)- + -오(화자)- + -이(상높, 아주 높임)- + -다(평종)

86) ᄇᆞ라ᄫᆞᆫ: ᄇᆞ랍(← ᄇᆞ랍다, ᄇ불: 가렵다, 癢)- + -Ø(현시)- + -은(관전)

87) ᄃᆡ도: ᄃᆡ(데, 處: 의명) + -도(보조사, 첨가)

88) 디기ᅀᆞᄫᆞ며: 디기(← ᄃᆡ기다: 긁는 듯이 쪼다)- + -ᅀᆞ(←-ᅀᆞᆸ-: 객높)- + -ᄋᆞ며(연어, 나열)

89) 싀저리ᄂᆞᆫ: 싀저리(시큰시큰하고 저리다)- + -ᄂᆞ(현시)- + -ㄴ(관전)

90) 주므르ᅀᆞᆸ노니: 주므르(주므르다, 按摩)- + -ᅀᆞᆸ(객높)- + -ᄂ(←-ᄂᆞ-: 현시)- + -오(화자)- + -니(연어, 설명 계속)

91) ᄀᆞᆺᄇᆞ시란ᄃᆡ: ᄀᆞᆺᄇᆞ[가쁘다, 힘들다, 피곤하다, 疲: ᄀᆞᆺ(← ᄀᆞᆲ다: 힘겨워하다, 疲極, 자동)- + -ᄇᆞ(형접)-] + -시(주높)- + -란ᄃᆡ(-는데: 연어, 조건, 가정)

92) 져근덛: [잠시, 暫(부사): 젹(적다, 少)- + -은(관전) + 덛(덧: 의명, 시간)]

93) 누ᄫᅥ: 눟(← 눕다, ᄇ불: 눕다, 偃)- + -어(연어)

94) 甘露: 감로. 천하가 태평할 때에 하늘에서 내린다고 하는 단 이슬이다.

롤좌쇼셔ᄒᆞ고【甘감露롱ᄂᆞᆫ 이스라라ᄂᆞᆫ 하ᄂᆞᆳ 種죵種죵 차바ᄂᆞᆯ 寶봄器킝예 다마 받ᄌᆞᄫᆞ니【器킝는 그릇 사라미라】 菩뽕薩삻이 아무라토아 아니ᄒᆞ시고 眉밍間간앳 ᄒᆡᆫ 터리로 견지니【眉밍間간ᄋᆞᆫ 눈섭 ᄉᆞ이라】 그 ᄯᆞᆯᄃᆞᆯ히 제 몸 보니 더러ᄫᅳᆫ ᄃᆡ 다 ᄀᆞ린 거시 업고 한 벌에 五옹臟짱ᄋᆞᆯ ᄲᆞᆯ오【五옹臟짱ᄋᆞᆫ 념통과 肝간

자시소서." 하고【甘露(감로)는 단 이슬이다.】, 하늘의 種種(종종) 음식을 寶器(보기)에 담아 바치니【器(기)는 그릇이다.】, 菩薩(보살)이 아무렇지도 아니하시고 眉間(미간)에 있는 흰 털로 (여자들을) 겨누시니【眉間(미간)은 눈썹의 사이이다.】, 그 딸들이 제 몸을 보니 더러운 데가 다 가린 것이 없고 수많은 벌레가 五臟(오장)을 빨고【五臟(오장)은 심장과 肝(간)과 지라와

좌쇼셔⁹⁵⁾ ᄒ고【甘_감露_롱ᄂᆞᆫ ᄃᆞᆫ⁹⁶⁾ 이스리라⁹⁷⁾】 하ᄂᆞᇙ⁹⁸⁾ 種_죵種_죵⁹⁹⁾ 차바ᄂᆞᆯ¹⁰⁰⁾ 寶_봉器_킝예¹⁾ 다마 받ᄌᆞᄫᆞᆯ대²⁾【器_킝는 그르시라】 菩_뽕薩_삻이 아ᄆᆞ라토³⁾ 아니ᄒᆞ시고 眉_밍間_간앳⁴⁾ 흰⁵⁾ 터리로⁶⁾ 견지시니⁷⁾【眉_밍間_간은 눈섭⁸⁾ ᄉᆞᅀᅵ라⁹⁾】 그 ᄯᆞᆯ들히¹⁰⁾ 제¹¹⁾ 모믈 보니 더러ᄫᅳᆫ¹²⁾ ᄯᅡ히¹³⁾ 다 ᄀᆞ린¹⁴⁾ 거시 업고 한¹⁵⁾ 벌에¹⁶⁾ 五_옹臟_짱ᄋᆞᆯ¹⁷⁾ ᄲᅡᆯ오¹⁸⁾【五_옹臟_짱은 ᄆᆞᅀᆞᆷ¹⁹⁾과 肝_간과 만하²⁰⁾와

---

95) 좌쇼셔: 좌(← 좌시다: 자시다, 드시다, ‘먹다’의 높임말, 食)- + -쇼셔(-소서: 명종, 아주 높임)

96) ᄃᆞᆫ: ᄃᆞ(← ᄃᆞᆯ다: 달다, 甘)- + -Ø(현시)- + -ㄴ(관전)

97) 이스리라: 이슬(이슬, 露) + -이(서조)- + -Ø(현시)- + -라(←-다: 평종)

98) 하ᄂᆞᇙ: 하ᄂᆞᆯ(← 하ᄂᆞᆯㅎ: 하늘, 天) + -ㅅ(-의: 관조)

99) 種種: 종종. 여러 가지이다.

100) 차바ᄂᆞᆯ: 차반(음식, 飮食) + -ᄋᆞᆯ(목조)

1) 寶器예: 寶器(보기) + -예(←-에: 부조, 위치) ※ ‘寶器(보기)’는 보배로 만든 그릇이다.

2) 받ᄌᆞᄫᆞᆯ대: 받(바치다, 獻)- + -ᄌᆞᇦ(←-ᄌᆞᆸ-: 객높)- + -ᄋᆞᆫ대(-으니: 연어, 반응)

3) 아ᄆᆞ라토: 아ᄆᆞ랗(아무렇다: 형사)- + -Ø(←-디: -지, 연어, 부정) + -도(보조사, 강조) ※ ‘아ᄆᆞ라토’는 ‘아ᄆᆞ라티도’에서 연결 어미인 ‘-디’가 탈락된 형태이다.

4) 眉間앳: 眉間(미간) + -애(-에: 위치) + -ㅅ(-의: 관조) ※ ‘眉間앳’는 ‘미간에 있는’으로 의역하여서 옮긴다.

5) 흰: 히(희다, 白)- + -Ø(현시)- + -ㄴ(관전)

6) 터리로: 터리(털, 毛) + -로(부조, 방편)

7) 견지시니: 견지(겨누다, 擬)- + -시(주높)- + -니(연어, 설명 계속, 이유)

8) 눈섭: [눈썹, 眉: 눈(눈, 目) + 섭(-썹: 섶, 잡초, 薪)]

9) ᄉᆞᅀᅵ라: ᄉᆞᅀᅵ(사이, 間) + -이(서조)- + -Ø(현시)- + -라(←-다: 평종)

10) ᄯᆞᆯ들히: ᄯᆞᆯ들ㅎ[딸들, 女等: ᄯᆞᆯ(딸, 女) + -들ㅎ(-들: 복접)] + -이(주조)

11) 제: 저(저, 自: 인대, 재귀칭) + -ㅣ(←-의: 관조)

12) 더러ᄫᅳᆫ: 더릴(← 더럽다, ㅂ불: 더럽다, 汚)- + -Ø(현시)- + -은(관전)

13) ᄯᅡ히: ᄯᅡㅎ(데, 곳, 處) + -이(주조)

14) ᄀᆞ린: ᄀᆞ리(가리다, 掩)- + -Ø(과시)- + -ㄴ(관전)

15) 한: 하(크다, 大)- + -Ø(현시)- + -ㄴ(관전)

16) 벌에: 벌에(벌레, 蟲) + -Ø(←-이: 주조)

17) 五臟: 오장. ‘심장(心臟), 간장(肝臟), 비장(脾臟), 폐장(肺臟), 신장(腎臟)’이다.

18) ᄲᅡᆯ오: ᄲᅡᆯ(빨다, 咂)- + -오(←-고: 연어, 나열, 계기)

19) ᄆᆞᅀᆞᆷ과: ᄆᆞᅀᆞᆷ(심장. 心臟) + -과(접조)

20) 만하: 지라. 비장(脾臟)이다. ‘만하’를 ‘말하’로 표기한 곳도 있다.

부아와 콩팥이다. 】 骨髓(골수)마다 작은 벌레들이 나거늘, 그 딸들이 즉시 구토(嘔吐)하고 제 몸을 다시 보니, 왼편에는 뱀의 머리가 되고 오른편에는 여우의 머리가 되고, 가운데는 개의 머리가 되고, 등에는 할머니를 업고 앞에는 죽은 아기를 안고 있더니, 그 딸들이 두려워하여 소리치고 물러나서 걸어 가며, 자기의 아래를 부하²¹⁾와 콩퐛기라²²⁾ 】 骨_곯髓_쉉마다²³⁾ 효근 □□□히²⁴⁾ 나거늘 그 쓸
들히 즉자히²⁵⁾ □□□고²⁶⁾ 제 모몰 다시 보니 왼녀긘²⁷⁾ ᄇᆞ야민²⁸⁾
머리²⁹⁾ ᄃᆞ외오³⁰⁾ 올ᄒᆞ녀긘³¹⁾ 엿의³²⁾ 머리 ᄃᆞ외오 가온딘³³⁾ 가히³⁴⁾
머리 ᄃᆞ외오 드의ᄂᆞᆫ³⁵⁾ 할미³⁶⁾ 업고 알핀³⁷⁾ 주근 아기 아냇더니³⁸⁾
그 쓸들히 두리여³⁹⁾ 우르고⁴⁰⁾ 믈리⁴¹⁾ 거러 가며 제 아래롤⁴²⁾

---

21) 부하: 부아, 허파, 肺.

22) 콩퐛기라: 콩퐛(콩팥, 腎) + -이(서조)- + -∅(현시)- + -라(←-다: 평종) ※ 현대 국어의 '콩팥 (腎)'에 대응되는 15세기 국어의 어휘는 '콩퐛'과 '콩퐞/콩퐛'의 두 형태가 쓰였다.

23) 骨髓마다: 骨髓(골수) + -마다(보조사, 각자)

24) 효근 □□□히:『월인천강지곡』의 기칠십(其七十)에 기술된 내용과『석가보』의 내용을 참조하여, 훼손된 부분의 내용을 '효근 벌애돌히'로 추정한다. '효근 벌애돌히'는 다음과 같이 분석된다. 횩(작다, 小)- + -∅(현시)- + -은 # 벌애돌ㅎ[벌레들, 蟲等]: 벌에(벌레, 蟲) + -돌ㅎ(-들: 복접)] + -이(주조)

25) 즉자히: 즉시, 卽(부사)

26) □□□고:『석가보』에는 이 부분을 '嘔吐'로 표현하고 있으므로, 훼손된 부분을 '욕욕ᄒᆞ고'나 '욕죠기 ᄒᆞ고'로 추정한다. 중세 국어에서 '욕욕'나 '욕죠기/욕쥭이'는 '토할 듯 메스꺼운 느낌(=구토)'을 표현하는 말이다.

27) 왼녀긘: 왼녁[왼편, 左: 외(왼쪽이다, 左: 형사)- + -ㄴ(관전) + 녁(녘, 쪽, 便: 의명)] + -의(-에: 부조, 위치) + -ㄴ(←-는: 보조사, 주제)

28) ᄇᆞ야민: ᄇᆞ얌(뱀, 蛇) + -의(관조)

29) 머리: 머리(머리, 頭) + -∅(←-이: 보조)

30) ᄃᆞ외오: ᄃᆞ외(되다, 生)- + -오(←-고: 연어, 나열)

31) 올ᄒᆞ녀긘: 올ᄒᆞ녁[오른편, 右: 옳(오른쪽이다, 右: 형사)- + -은(관전) + 녁(녘, 쪽, 便: 의명)] + -의(-에: 부조, 위치) + -ㄴ(←-는: 보조사, 주제)

32) 엿의: 엿(← 여ᅀᆞ: 여우, 狐) + -의(관조)

33) 가온딘: 가온딘(가운데, 中) + -ㄴ(← -ᄂᆞᆫ: 보조사, 주제)

34) 가히: 가ㅎ(← 가히: 개, 狗) + -의(관조)

35) 드의ᄂᆞᆫ: 둥(등, 背) + -의(-에: 부조, 위치) + -ᄂᆞᆫ(보조사, 주제)

36) 할미: [할머니, 老母: 하(크다, 大: 형사)- + -ㄹ(←-ㄴ: 관전) + 미(← 어미: 어머니, 母)]

37) 알핀: 앎(앞, 前) + -의(-에: 부조, 위치) + -ㄴ(←-ᄂᆞᆫ: 보조사, 주제)

38) 아냇더니: 안(안다, 抱)- + -아(연어) + 잇(← 이시다: 있다, 보용, 완료 지속)- + -더(회상)- + -니(연어, 설명 계속)

39) 두리여: 두리(두려워하다, 驚)- + -여(←-어: 연어)

40) 우르고: 우르(소리치다, 포효하다, 號)- + -고(연어, 계기)

41) 믈리: [물러나서, 却(부사): 믈ㄹ(← 므르다, 물러나다, 却: 동사)- + -이(부접)]

42) 아래롤: 아래(아래, 下, 低 + -롤(목조)

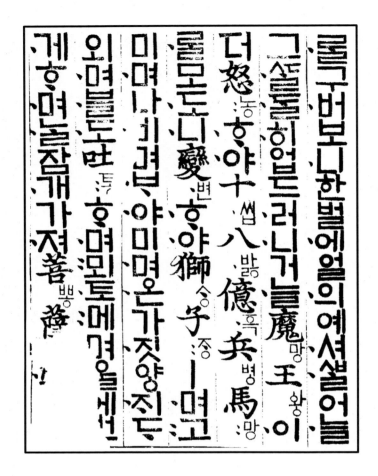

굽어보니 많은 벌레가 엉기어 있어서 (아래를) 빨거늘, 그 딸들이 엎드려
서 가거늘, 魔王(마왕)이 더 怒(노)하여 十八億(십팔억) 兵馬(병마)를 모으
니, (그 병마들이) 變(변)하여 獅子(사자)며 곰이며 나비며 뱀이며 온갖 모
습이 되며, 불도 吐(토)하며 산도 메며 우레와 번게가 치며 무기를 가져
菩薩(보살)을 두르니,

구버보니[43] 한 벌에[44] 얼의예셔[45] 샐어늘[46] 그 쏠들히 업드러[47] 니거늘[48] 魔망王왕이 더 怒농ᄒ야 十씹八밣億흑 兵병馬망[49]를 모도니[50] 變변ᄒ야 獅ᄉᆞᆼ子중ㅣ며[51] 고미며[52] 나비며[53] ᄇᆞ야미며[54] 온가짓[55] 양지[56] ᄃᆞ외며 블도[57] 吐통ᄒ며[58] 뫼토[59] 메며[60] 울에[61] 번게 ᄒ며 늘잠개[62] 가져 菩뽕薩삻□□□□[63]

---

43) 구버보니: 구버보[굽어보다, 見: 굽(굽다, 曲)- + -어(연어) + 보(보다, 見)-]- + -니(연어, 설명 계속)
44) 벌에: 벌에(벌레, 蟲) + -Ø(←-이: 주조)
45) 얼의예셔: 얼의(엉기다, 凝)- + -여(← -어: 연어) + 이시(있다: 보용, 완료 지속)- + -어(연어)
46) 샐어늘: 샐(빨다, 嗍)- + -어늘(←-거늘: 연어, 상황)
47) 업드러: 업들(← 업듣다, ㄷ불: 엎드리다, 匍)- + -어(연어)
48) 니거늘: 니(가다, 去)- + -거늘(연어, 상황)
49) 兵馬: 병마. 병사(兵士)와 군마(軍馬)를 아울러서 이르는 말이다.
50) 모도니: 모도[모으다, 集: 몯(모이다, 集: 자동)- + -오(사접)-]- + -니(연어, 설명 계속)
51) 獅子ㅣ며: 獅子(사자) + -ㅣ며(←-이며: 접조)
52) 고미며: 곰(곰, 熊) + -이며(접조)
53) 나비며: 납(원숭이, 猿) + -이며(접조)
54) ᄇᆞ야미며: ᄇᆞ얌(뱀, 蛇) + -이며(접조)
55) 온가짓: 온가지[가지가지, 百種(관사): 온(← 오은: 온, 全, 관사) + 가지(가지, 種類: 의명)] + -ㅅ(-의: 관조) ※ '온가지'는 '온갖'으로 의역하여 옮긴다.
56) 양지: 양ᄌᆞ(양자, 모습, 樣子) + -ㅣ(←-이: 보조)
57) 블도: 블(불, 火) + -도(보조사, 첨가)
58) 吐ᄒ며: 吐ᄒ[토하다: 吐(토: 명사) + -ᄒ(동접)-]- + -며(연어, 나열)
59) 뫼토: 뫼ᄒ(산, 山) + -도(보조사, 첨가)
60) 메며: 메(메다, 둘러메다, 짊어지다, 擔)- + -며(연어, 나열)
61) 울에: 우레, 천둥. 雷.
62) 늘잠개: [날이 있는 무기, 戈矛: 늘(← 늘ᄒ: 날, 칼날, 刃) + 잠개(무기, 武器)]
63) □□□□: 원문에서 훼손된 부분에 대응되는 『석가보』의 내용은 '繞'이다. 이와 같은 『석가보』의 내용과 문맥을 감안하여, '菩薩□□□□'을 '菩薩ᄋᆞᆯ 두르니'로 추정한다. ※ '두르니'는 '두르(두르다, 繞)- + -니(연어, 설명 계속)'로 분석된다.

菩뽕薩삻·이 慈쭝心심·오·로 ᄒᆞ나·호·터·럭·도
무·디아·니·ᄒ·야·겨·시·니·빗·난·야ᇰᆞ·도 더·욱
도·ᄐᆞ·시·니 鬼·귕兵·병·이·갓·가·ᄫᅵ·나ᅀᅡ·드·디·몯·ᄒᆞ·더·라 【鬼·귕兵·병·은·귓·것·잇兵·병馬·망ㅣ·라】魔·망王·왕
·이大·땡怒·농·ᄒ·야 【大·땡怒·농·ᄂᆞᆫ·ᄀᆞ·장怒·농·ᄒᆞᆯ·씨·라】六·륙
天·텬과 【六·륙天·텬·은 欲·욕界·갱 六·륙天·텬·이·라】八·밣部·뽕
·애盡·찐數·숭·히 兵·병馬·망·니ᄅᆞ·와 (니ᄅᆞ·와·다)

菩薩(보살)이 慈心(자심)으로 하나의 털도 움직이지 아니하고 계시니 빛난 모습도 더욱 좋아지시더니, 歸兵(귀병)이 가까이 나아가 들어가지 못하더라.【鬼兵(귀병)은 귀신의 兵馬(병마)이다.】魔王(마왕)이 大怒(대로)하여【大怒(대로)는 매우 怒(노)하는 것이다.】六天(육천)과【六天(육천)은 欲界(욕계) 六天(육천)이다.】八部(팔부)에 盡數(진수)히 兵馬(병마)를 일으켜서

菩_뽕薩_삻이 慈_쭝心_심으로⁶⁴⁾ 흔 터럭도⁶⁵⁾ 무우디⁶⁶⁾ 아니코⁶⁷⁾ 겨시니 빗난⁶⁸⁾ 양즈 더욱 됴터시니⁶⁹⁾ 鬼_귕兵_병⁷⁰⁾이 갓가비⁷¹⁾ 몯 나사⁷²⁾ 드 습더라⁷³⁾【鬼_귕兵_병은 귓것⁷⁴⁾ 兵_병馬_망ㅣ라】魔_망王_왕이 大_땡怒_농ᄒ야【大 _땡怒_농는 ᄀ장 怒_농홀 씨라⁷⁵⁾】六_륙天_텬⁷⁶⁾과【六_륙天_텬은 欲_욕界_갱六_륙天_텬이 라】八_밣部_뽕⁷⁷⁾애 盡_찐數_숭히⁷⁸⁾ 兵_병馬_망 니르와다⁷⁹⁾

---

64) 慈心으로: 慈心(자심, 자비심)+-으로(부조, 방편)

65) 터럭도: 터럭(털, 毛)+-도(보조사, 강조)

66) 무우디: 무우[← 뮈우다(움직이다, 움직이게 하다, 使動): 뮈(움직이다, 動: 자동)-+-우(사 접)-]+-디(-지: 연어, 부정)

67) 아니코: 아니ᄒ[← 아니ᄒ다(아니하다, 不: 보용, 부정): 아니(아니, 不: 부사, 부정)+-ᄒ(동 접)-]+-고(연어, 진행)

68) 빗난: 빗나[빛나다, 發光: 빗(← 빛: 빛, 光)+나(나다, 發)-]+-∅(과시)-+-ㄴ(관전)

69) 됴터시니: 둏(좋아지다, 好: 동사)-+-더(회상)-+-시(주높)-+-니(연어, 설명 계속)

70) 鬼兵: 귀병. 귀신이 보낸 군사라는 뜻으로, 신출귀몰하여 적이 도저히 맞싸울 수 없는 강한 군 사를 비유적으로 이르는 말이다.

71) 갓가비: [가까이, 近(부사): 갓갑(← 갓갑다, ㅂ불: 가깝다, 近, 형사)-+-이(부접)]

72) 나사: 낫(← 낫다, ㅅ불: 나아가다, 進)-+-아(연어)

73) 드습더라: 드(← 들다: 들다, 入)-+-습(객높)-+-더(회상)-+-라(←-다: 평종) ※ '몯 나사 드습더라'는 '나아가 들지 못하더라'로 의역하여 옮긴다.

74) 귓것: [귀신, 鬼神: 귀(귀, 鬼)+-ㅅ(관조, 사잇)+것(것: 의명)]

75) 씨라: ᄊ(← ᄉ: 것, 의명)+-이(서조)-+-∅(현시)-+-라(←-다: 평종)

76) 六天: 육천. 욕계(慾界)에 속한 여섯 하늘이다. 사천왕천(四天王天), 야마천(夜摩天), 도리천(忉 利天), 도솔천(兜率天), 낙변화천(樂變化天), 타화자재천(他化自在天)이다.

77) 八部: 팔부. 사천왕(四天王)에 딸린 여덟 귀신이다. 건달바(乾闥婆), 비사사(毘舍闍), 구반다(鳩 槃茶), 아귀, 제용중, 부단나(富單那), 야차(夜叉), 나찰(羅刹)이다.

78) 盡數히: [진수히, 무수히(부사): 盡數(진수: 명사)+-ᄒ(←-ᄒ-: 동접)-+-이(부접)] ※ '盡數 (진수)'는 수량의 전부이다.

79) 니르와다: 니르완[일으키다: 닐(일어나다, 起: 자동)-+-으(사접)-+-완(강접)-]+-아(연어)

瞿曇ᄭᅴ 이제 가라 ᄒᆞ니【盡ㅅ쩡數숭는 數숭ㅅᄀᆞ자ᇰ 다ᄒᆞᆯ 씨라】귓것들히 구룸 지픗ᄒᆞ더니 귓것들ᄒᆡ 머리 쇠머리 ᄀᆞᆮ고 마ᅀᆫ 구여ᇰ 구마다 쇠살 도다 붉거시ᄉᆞ며 엿의 머리 ᄀᆞᆮ고 눈 한 귓거시 소리 霹픽靂륵 ᄀᆞᆮᄒᆞ니도 이시며 귓것 ㅅ 大땡將쟈ᇰ軍군들ᄒᆞᆫ 모기 여슷 머리오 가ᄉᆞ매

瞿曇(구담)에게 가라 하니【盡數(진수)는 數(수)의 끝까지 다하는 것이다. 】 귀신들이 구름이 일어나듯 하더니, 귀신들이 머리가 쇠머리와 같고 마흔 개의 귀에 귀마다 쇠 화살이 돋아 붉게 달아 있으며, 여우의 머리와 같고 눈이 큰 귀신이 소리가 霹靂(벽력) 같은 것도 있으며, 귀신의 大將軍 (대장군)들은 하나의 목에 여섯 머리이고, 가슴에 여섯

瞿_꿍曇_땀이 게⁸⁰⁾ 가라 ᄒ니【盡_찐數_숭는 數_숭ㅅ ᄀ장⁸¹⁾ 다홀 씨라⁸²⁾】 귓것

들히⁸³⁾ 구룸⁸⁴⁾ 지픠ᄃᆞᆺ⁸⁵⁾ ᄒ더니 귓것들히 머리 쇠머리⁸⁶⁾ ᄀᆞᆮ고⁸⁷⁾ 마

ᄉᆞᆫ⁸⁸⁾ 귀예 귀마다 쇠⁸⁹⁾ 사리⁹⁰⁾ 도다⁹¹⁾ 븕긔⁹²⁾ 다라⁹³⁾ 이시며⁹⁴⁾ 엿

의⁹⁵⁾ 머리 ᄀᆞᆮ고 눈 한⁹⁶⁾ 귓거시 소리 霹_펵靂_력⁹⁷⁾ ᄀᆞᄐᆞ니도⁹⁸⁾ 이시며

귓거싀 大_땡將_쟝軍_군들ᄒ⁹⁹⁾ ᄒᆞᆫ 모기¹⁰⁰⁾ 여슷 머리오¹⁾ □□□ □슷²⁾

---

80) 瞿曇이 게: 瞿曇(구담) + -이(관조) # 게(거기에: 의명, 위치) ※ '瞿曇이 게'는 '구담에게'로 의역하여서 옮긴다.

81) 數ㅅ ᄀ장: 數(수) + -ㅅ(-의: 관조) ᄀ장(끝까지: 의명) ※ '數ㅅ ᄀ장'은 '數(수)의 끝까지'라고 하는 뜻이다.

82) 다홀 씨라: 다ᄒ[다하다, 盡: 다(다, 悉: 부사) + -ᄒ(동접)-] + -ㄹ(관전) # ᄊ(← ᄉ: 것, 의명) + -이(서조)- + -∅(현시)- + -라(← -다: 평종)

83) 귓것들히: 귓것들ᄒ[귀신들: 귀(귀, 귀신, 鬼) + -ㅅ(관조, 사잇) + 것(것, 者: 의명) + -들ᄒ(-들: 복접)] + -이(주조)

84) 구룸: 구름, 雲.

85) 지픠ᄃᆞᆺ: 지픠(일어나다, 생기다, 起)- + -ᄃᆞᆺ(-듯: 연어, 흡사)

86) 쇠머리: 쇠머리[쇠머리, 牛頭: 쇼(소, 牛) + -ㅣ(← -의: 관조, 사잇) + 머리(머리, 頭)] + -∅(← -이: -와, 부조, 비교)

87) ᄀᆞᆮ고: ᄀᆞᆮ(← ᄀᆞᆮ다 ← ᄀᆞᆮᄒ다: 같다, 如)- + -고(연어, 나열)

88) 마ᄉᆞᆫ: 마흔, 四十(관사, 양수)

89) 쇠 : 쇠, 鐵.

90) 사리: 살(살, 화살, 箭) + -이(주조)

91) 도다: 돋(돋다, 生)- + -아(연어)

92) 븕긔: 븕(붉다, 赤)- + -긔(-게: 연어, 도달)

93) 다라: 달(달다, 熖)- + -아(연어)

94) 이시며: 이시(있다: 보용, 완료 지속)- + -며(연어, 나열)

95) 엿의: 엿(← 여ᅀᅳ: 여우, 狐) + -의(관조)

96) 한: 하(크다, 많다, 大, 多)- + -∅(현시)- + -ㄴ(관전)

97) 霹靂: 벽력, 벼락.

98) ᄀᆞᄐᆞ니도: ᄀᆞᇀ(← ᄀᆞᇀ다 ← ᄀᆞᆮᄒ다: 같다, 如)- + -∅(현시)- + -ᄋᆞᆫ(관전) # 이(것, 者: 의명) + -도(보조사, 첨가)

99) 大將軍들ᄒ: 大將軍들ᄒ[대장군들: 大將軍(대장군) + -들ᄒ(-들: 복접)] + -ᄋᆞᆫ(보조사, 주제)

100) 모기: 목(목, 頸) + -익(관조)

1) 머리오: 머리(머리, 頭) + -∅(← -이-: 서조)- + -오(← -고: 연어, 나열)

2) □□□ □슷: '가ᄉᆞ매'는 가ᄉᆞᆷ(가슴, 胸) + -애(-에: 부조, 위치) ※ 『석가보』에 이 부분이 '胸有六面'으로 기술되어 있는 것을 감안하여, 원문의 훼손된 부분을 '가ᄉᆞ매 여슷'으로 추정한다.

> ·숫·치오·믈·뼈·는·치오·코맹·서·리
> 골·론·사·리어·듣 모·화·무·위사·룸쏘·ᄂᆞ
> 네·피흐·더·니·셜·리·ᄂᆞᆫ·라·오나·ᄂᆞᆫ 魔망
> ·왕·이·귓·것·ᄃᆞ·려닐·오·ᄃᆡ 瞿꿍曇땀·이
> ·눈·어딘사·ᄅᆞ미·라 呪·즁·ᄅᆞᆯ잘ᄒᆞ·ᄂᆞᆫ法·법·이
> 잇·다ᄂᆞ·니 呪·즁·는 西셍天텬·ㅅ마·래
> 이·시·니ᄒᆞᆫ 諸정佛·뿛·ㅅ秘·빙密·밇 陁땅羅랑尼닝·니 모·도
> ·호ᄆᆞᆯ·씀神씬智딩妙·묳用·용·이·신·니·ᄒᆞᆫ

낮이요 무릎에 두 낯이요, 몸에 있는 털이 모양은 화살인데 몸을 움직이어 사람을 쏘고 눈에 피가 흐르더니, (마왕에게) 빨리 달려오거늘 魔王(마왕)이 귀신더러 이르되 "瞿曇(구담)이는 어진 사람이라서 呪(주)를 잘하는 法(법)이 있느니라." 하고 【呪(주)는 西天(서천)의 말에 陀羅尼(다라니)이니, '모아서 잡았다.'한 뜻이니, 諸佛(제불)의 秘密(비밀)한 말씀, 神智(신지), 妙用(묘용)이시니, 한

느치오[3] 무루페[4] 두 느치오 모맷[5] 터리[6] 고른[7] 사리어든[8] 모믈

뮈워[9] 사름 쏘고[10] 누네 피 흐르더니 샐리[11] ᄃ라오나늘[12] 魔ᇝ王왕

이 귓것ᄃ려[13] 닐오ᄃᆡ[14] 瞿꿍曇땀이ᄂᆞᆫ[15] 어딘[16] 사ᄅᆞ미라[17] 呪즇를

잘 ᄒᆞᆯ 法법이 잇ᄂᆞ니라[19] ᄒᆞ고【呪즇는 西솅天텬[20] 마래 陁땅羅랑尼닝[21]니

모도[22] 잡다[23] 혼[24] ᄠᅳ디니 諸졍佛뿛ㅅ 秘빙密밇ᄒᆞᆫ 말ᄊᆞᆷ 神씬智딩[25] 妙ᄝᅭᆸ用용[26] 이

시니 혼

---

3) 느치오: 놓(낯, 面) + -이(서조)- + -오(←-고: 연어, 나열)

4) 무루페: 무릎(무릎, 膝) + -에(부조, 위치)

5) 모맷: 몸(몸, 身) + -애(-에: 부조, 위치) + -ㅅ(-의: 관조)

6) 터리: 터리(털, 毛) + -∅(←-이: 주조)

7) 고른: 골(꼴, 모양, 형체, 形)- + -ᄋᆞᆫ(보조사, 주제)

8) 사리어든: 살(살, 화살, 箭) + -이(서조)- + -어든(←-거든: -ㄴ데: 연어, 설명 계속)

9) 뮈워: 뮈우[움직이다, 奮: 뮈(움직이다, 떨치다, 奮: 자동)- + -우(사접)-]- + -어(연어)

10) 쏘고: 쏘(쏘다, 射)- + -고(연어, 계기)

11) 샐리: [빨리, 速(부사): ᄲᆞᄅ(빠르다, 速: 형사)- + -이(부접)]

12) ᄃ라오나늘: ᄃ라오[달려오다, 疾走: 둘(← 둗다, ㄷ불: 달리다, 走)- + -아(연어) + 오(오다, 來)-]- + -나늘(←-거늘: 연어, 상황)

13) 귓것ᄃ려: 귓것[귀신들: 귀(귀, 귀신, 鬼) + -ㅅ(관조, 사잇) + 것(것, 者: 의명)] + -ᄃ려(-더러, -에게: 부조, 상대)

14) 닐오ᄃᆡ: 닐(← 니ᄅᆞ다: 이르다, 말하다, 告)- + -오ᄃᆡ(-되: 연어, 설명 계속)

15) 瞿曇이ᄂᆞᆫ: 瞿曇이[구담이: 瞿曇(구담: 인명) + -이(접미, 어조 고름)] + -ᄂᆞᆫ(보조사, 주제)

16) 어딘: 어디(← 어딜다: 어질다, 善)- + -∅(현시)- + -ㄴ(관전)

17) 사ᄅᆞ미라: 사름(사람, 人)- + -이(서조)- + -라(←-아: 연어)

18) 呪: 주. 다라니주. 곧, 범문(梵文)으로 된 비밀스러운 주문이다.

19) 잇ᄂᆞ니라: 잇(← 이시다: 있다, 有)- + -ᄂᆞ(현시)- + -니(원칙)- + -라(←-다: 평종)

20) 西天: 서천. 인도(印度)의 옛 이름이다.

21) 陁羅尼: 타라니, 다라니. 범문(梵文)으로 된 비밀스러운 주문이다. 범문을 번역하지 아니하고 음(音) 그대로 외는 일이다. 자체에 무궁한 뜻이 있어 이를 외는 사람은 한없는 기억력을 얻고, 모든 재액에서 벗어나는 등 많은 공덕을 받는다고 한다.

22) 모도잡다: 모도잡[모아서 잡다, 총괄하다, 摠: 몯(모이다, 集: 자동)- + -오(부접) + 잡(잡다, 執)-]- + -∅(과시)- + -다(평종)

23) 잡다: 잡(잡다, 執)- + -∅(과시)- + -다(평종)

24) 혼: ᄒᆞ(← ᄒᆞ다: 하다, 曰)- + -∅(과시)- + -오(대상)- + -ㄴ(관전)

25) 神智: 지혜. 신령스럽고 기묘한 지혜이다.

26) 妙用: 묘용. 신묘(神妙)한 효용이다.

字쭝도 이시며 여러 字쭝도 이시며 字쭝 업스니도 잇ᄂᆞ니 ᄒᆞᆫ 字쭝로도 그지업슨 法법을 모도자바 邪썅曲콕을 ᄒᆞ야ᄇᆞ리고 正졍을 셰며 모딘 이ᄅᆞᆯ 업게 ᄒᆞ고 됴ᄒᆞᆫ 이ᄅᆞᆯ 낼 씨라 呪즁ᄂᆞᆫ ᄯᅩ 願원ᄒᆞ논 야이니 이 法법으로 願원ᄒᆞ야 願원대로 ᄃᆞ외에 ᄒᆞᄂᆞ니 諸정佛뽈ㅅ ᄆᆞᅀᆞ매 잇ᄂᆞᆫ 妙묭用용이샤 ᄆᆞᄎᆞ매 몯 아ᅀᆞᄫᆞ리라 ᄯᅩ 鬼귕神씬王왕ㅅ 일후미니 王왕ㅅ 일후믈 니ᄅᆞ면 귓거시 두리여 숨ᄂᆞ니 眞진言ᅙᅥᆫ이라도 ᄒᆞᄂᆞ니라 ᄯᅩ 제 구스를 四ᄉᆞ兵병을 ᄆᆡᇰᄀᆞ라 虛헝空콩ᄋᆞ로셔ᄂᆞ려오니라波

字(자)도 있으며 여러 字(자)도 있으며 字(자)가 없는 것도 있나니, 한 字(자)로도 그지없는 法(법)을 모아서 잡아, 邪曲(사곡)을 헐어버리고 正(정)을 세우며 모진 일을 없게 하고 좋은 일을 나게 하는 것이다. 呪(주)는 '또 願(원)하는 것'이니, 이 法(법)으로 願(원)하여 願(원)대로 되게 하나니, (呪는) 諸佛(제불)의 마음에 있는 妙用(묘용)이시어 끝내 못 알리라. 또 (呪는) 鬼神王(귀신왕)의 이름이니, 王(왕)의 이름을 이르면 귀신이 두려워하여 숨나니, 眞言(진언)이라고도 하느니라. 】 또 제 구슬로 四兵(사병)을 만들어 虛空(허공)으로부터서 내려왔니라.

字쫑도 이시며 여러 字쫑도 이시며 字쫑 업스니도[27] 잇ᄂ니 ᄒ 字쫑로도[28] 그지

업슨[29] 法법을 모도 자바 邪쌍曲콕[30]을 ᄒ야ᄇ리고[31] 正졍을 셰며[32] 모딘 이ᄅ

업게 ᄒ고 됴ᄒ 이ᄅ 낼[33] 씨라 呪쯣ᄂ 쏘[34] 願원ᄒ 씨니 이 法법으로 願원ᄒ야

願원 다히[35] ᄃ외에[36] ᄒᄂ니 諸졍佛뿛 ᄆᅀᆞ맷[37] 妙묳用용이샤[38] 몯내[39] 아ᅀᆞᄫ리

라[40] 쏘 鬼귕神씬王왕이 일후미니 王왕ㅅ 일후믈 니르면 귓거시 두리여 숨ᄂ니

眞진言언이라도[41] ᄒᄂ니라 】 쏘 제 구슬로 四ᄉᆞ兵병[42]을 밍ᄀ라[43] 虛헝

空콩ᄋ로셔[44] ᄂ려오니라[45]

---

27) 업스니도: 없(없다, 無)- + -Ø(현시)- + -은(관전) # 이(것, 者: 의명) + -도(보조사, 첨가)

28) 字로도: 字(자, 글자) + -로(방편) + -도(보조사, 강조)

29) 그지업슨: 그지없[그지없다, 無限: 그지(한계, 限: 명사) + 없(없다, 無: 형사)-]- + -Ø(현시)- + -은(관전)

30) 邪曲: 사곡. 요사스럽고 교활한 것이다.

31) ᄒ야ᄇ리고: ᄒ야ᄇ리(헐어버리다, 없애 버리다, 毀)- + -고(연어, 나열)

32) 셰며: 셰[세우다, 立: 셔(서다, 立: 자동)- + -ㅣ(←-이-: 사접)-]- + -며(연어, 나열)

33) 낼: 내[내다, 出: 나(나다, 出: 자동)- + -ㅣ(←-이-: 사접)-]- + -ㄹ(관전)

34) 쏘: 또, 又(부사)

35) 다히: 대로(의명)

36) ᄃ외에: ᄃ외(되다, 爲)- + -에(←-게: 연어, 사동)

37) ᄆᅀᆞ맷: ᄆᅀᆞᆷ(마음, 心) + -애(←-에: 부조, 위치) + -ㅅ(-의: 관조) ※ 'ᄆᅀᆞ맷'은 '마음에 있는'으로 의역하여 옮긴다.

38) 妙用이샤: 妙用(묘용) + -이(서조)- + -샤(←-시-: 주높)- + -Ø(←-아: 연어)

39) 몯내: [끝내 못(부사): 몯(못, 不能: 부사, 부정) + -내(부접)]

40) 아ᅀᆞᄫ리라: 아(← 알다: 알다, 知)- + -ᅀᆞᇦ(←-ᅀᆞᆸ-: 객높)- + -ᄋ리(미시)- + -라(←-다: 평종)

41) 眞言이라도: 眞言(진언) + -이(서조)- + -Ø(현시)- + -라(←-다: 평종) + -도(보조사, 첨가) ※ '眞言(진언)'은 진실하여 거짓이 없는 말이라는 뜻으로, 비밀스러운 어구를 이르는 말이다.

42) 四兵: 사병. 전륜왕(轉輪王)을 따라다니는 네 종류의 병정이다. 상병(象兵), 마병(馬兵), 차병(車兵), 보병(步兵)이다.

43) 밍ᄀ라: 밍글(만들다, 作)- + -아(연어)

44) 虛空ᄋ로셔: 虛空(허공) + -ᄋ로(부조, 방향) + -셔(-서: 위치, 강조)

45) ᄂ려오니라: ᄂ려오[내려오다, 降下: ᄂ리(내리다, 降)- + -어(연어) + 오(오다, 來)-]- + -Ø(과시)- + -니(원칙)- + -라(←-다: 평종)

방
旬쓩이 菩뽕薩삻ᄭᅴ 슬ᄫᅡ너 욋니
러가디아니ᄒᆞ면너를자바바ᄅᆞᆯ가온
ᄃᆡ나가더두리라菩뽕薩삻이닐ᄋᆞ샤
ᄃᆡ네내淨쪙瓶뼝을몬져뮈우고ᅀᅡ 쪙淨
瓶뼝은조ᄒᆞᆫ瓶뼝이라 나ᄅᆞᆯ더디리라ᄒᆞ야시ᄂᆞᆯ
波방旬쓩의八밣十씹億ᅙᅳᆨ 귓것ᄃᆞᆯ히
그瓶뼝을뮈우다가몯ᄒᆞ니라波방旬

波旬(파순)이 菩薩(보살)께 사뢰되, "너야말로 일어나서 가지 아니하면, 너를 잡아 바다의 가운데에다가 던지리라." 菩薩(보살)이 이르시되, "네가 나의 淨甁(정병)을 먼저 움직이게 하고서야【淨甁(정병)은 깨끗한 甁(병)이다. 】나를 던지리라." 하시거늘, 波旬(파순)의 八十億(팔십억) 귀신들이 그 甁(병)을 움직이게 하다가 못 하였느니라. 波旬(파순)이

波_방旬_쓘이 菩_뽕薩_삻씌 슬보듸[46] 너옷[47] 니러[48] 가디 아니ᄒᆞ면 너를
자바[49] 바ᄅᆞᆳ[50] 가온듸다가[51] 더듀리라[52] 菩_뽕薩_삻이 니ᄅᆞ샤듸[53] 네
내 淨_쪙瓶_뼝을[54] 몬져 뮈우고ᅀᅡ[55] 【淨_쪙瓶_뼝은 조ᄒᆞᆫ[56] 瓶_뼝이라】 나ᄅᆞᆯ[57]
더디리라 ᄒᆞ야시ᄂᆞᆯ[58] 波_방旬_쓘의 八_밣十_씹億_흑 귓것들히 그 瓶_뼝을
뮈우다가[59] 몯ᄒᆞ니라 波_방旬_쓘이

---

46) 슬보듸: 숣(← 숣다, ㅂ불: 사뢰다, 白) + -오듸(-되: 연어, 설명 계속)

47) 너옷: 너(너, 汝: 인대, 2인칭) + -옷(← -곳: 보조사, 한정 강조)

48) 니러: 닐(일어나다, 起)- + -어(연어)

49) 자바: 잡(잡다, 捕)- + -아(연어)

50) 바ᄅᆞᆳ: 바ᄅᆞᆯ(바다, 海) + -ㅅ(-의: 관조)

51) 가온듸다가: 가온듸(가운데, 中) + -다가(보조사, 위치 강조)

52) 더듀리라: 더디(던지다, 擲)- + -우(화자)- + -리(미시)- + -라(← -다: 평종)

53) 니ᄅᆞ샤듸: 니ᄅᆞ(이르다, 言)- + -샤(← -시-: 주높)- + -듸(← -오듸: -되, 설명 계속)

54) 淨瓶: 정병. 물을 담는 병으로, 물 가운데서도 가장 깨끗한 물을 넣는 병을 이른다. 정병에 넣
   는 정수(淨水)는 또한 중생들의 고통과 목마름을 해소해 주는 감로수(甘露水)와도 서로 통하
   여, 감로병 또는 보병(寶瓶)이라고도 일컫는다. 정병은 본래 깨끗한 물을 담는 수병으로서 승
   려의 필수품인 18물(物)의 하나이던 것이, 차츰 부처님 앞에 정수를 바치는 공양구(供養具)로
   서 그 용도의 폭이 넓어지게 되었다.

55) 뮈우고ᅀᅡ: 뮈우[움직이게 하다: 뮈(움직이다, 動: 자동)- + -우(사접)-] + -고(연어, 계기) + -
   ᅀᅡ(-야: 보조사, 한정 강조)

56) 조ᄒᆞᆫ: 좋(깨끗하다, 맑다, 淨)- + -Ø(현시)- + -은(관전)

57) 나ᄅᆞᆯ: 나(나, 我) + -ᄅᆞᆯ(목조)

58) ᄒᆞ야시ᄂᆞᆯ: ᄒᆞ(하다, 曰)- + -시(주높)- + -야…야ᄂᆞᆯ(← -거ᄂᆞᆯ: 연어, 상황)

59) 뮈우다가: 뮈우[움직이게 하다: 뮈(움직이다, 動: 자동)- + -우(사접)-] + -다가(연어, 동작의
   전환)

쑨 이ᄲᅩ너교ᄃᆡ이 兵병馬망ㅣ ᄒᆞ다가 瞿꿍曇땀이ᄅᆞᆯ 降ᅘᅡᆼ服뽁 몯ᄒᆡᆯ까 ᄒᆞ야 제 寶볼冠관ᄋᆞᆯ 바사 閻염羅랑王왕宮궁 마ᄉᆞᆫ 해건져 다ᄒᆞ니 閻염羅랑ᄂᆞᆫ ᄀᆞ리마딘 일지수므ᄀᆞ리마골씨 閻염羅랑ㅣ 瞻졈部뽕라 ᄒᆞ니라 閻염羅랑王왕宮궁이 瞻졈部뽕洲즁ㅅ아래 五옹百ᄇᆡᆨ 由율旬씐 나가 잇ᄂᆞ니 귓것마ᄉᆞ룰 다ᄒᆞᆫ ᄯᅡ히니 그에 王왕이 이쇼ᄃᆡ 오누의니 다 地띵獄옥ᄋᆞᆯ ᄆᆡᆼᄀᆞ라 두고 오라비ᄂᆞᆫ 남

또 여기되 '이 兵馬(병마)가 혹시 瞿曇(구담)이를 못 降服(항복)시킬까?' 하여, 제 寶冠(보관)을 벗어 閻羅王宮(염라왕궁)의 가까운 곳에 겨누어서 【閻羅(염라)는 '가리어 막았다' 하는 뜻이니, 모진 일을 짓는 것을 가리어서 막으므로 '閻羅(염라)다' 하였니라. 閻羅王宮(염라왕궁)이 瞻部洲(섬부주)의 아래 五百(오백) 由旬(유순)을 지나가서 있나니, 귀신의 관청을 다 주관하는 땅이니, 거기에 王(왕)이 있되 (그 왕이) 오누이니 다 地獄(지옥)을 만들어 두고, 오라비는 남자의

쏘 너교딕⁶⁰⁾ 이 兵_병馬_망ㅣ⁶¹⁾ 흐다가⁶²⁾ 瞿_꿍曇_땀이를 몬 降_행服_뽁힐까⁶³⁾ 흐야 제 寶_볼冠_관⁶⁴⁾을 바사⁶⁵⁾ 閻_염羅_랑王_왕宮_궁⁶⁶⁾ 마촘⁶⁷⁾ 싸해⁶⁸⁾ 견져⁶⁹⁾【閻_염羅_랑ᄂᆞᆫ ᄀᆞ리막다⁷⁰⁾ 흐논 ᄠᅳ디니 모딘 일 지수믈⁷¹⁾ ᄀᆞ리마글씨⁷²⁾ 閻_염羅_랑ㅣ라 흐니라 閻_염羅_랑王_왕宮_궁이 贍_썸部_뽕洲_즇⁷³⁾ㅅ 아래 五_옹百_빅 由_율旬_쑨⁷⁴⁾ 디나가 잇ᄂᆞ니 귓것 마ᅀᆞᄅᆞᆯ⁷⁵⁾ 다 ᄀᆞᅀᆞ마ᄂᆞᆫ⁷⁶⁾ 싸히니 그에⁷⁷⁾ 王_왕이 이쇼딕⁷⁸⁾ 오누의니⁷⁹⁾ 다 地_띵獄_옥 밍ᄀᆞ라 두고 오라비ᄂᆞᆫ 남지늬⁸⁰⁾

---

60) 너교딕: 너기(여기다, 念)- + -오딕(-되: 연어, 설명 계속)

61) 兵馬: 병마. 병사(兵士)와 군마(軍馬)를 아울러 이르는 말이다.

62) 흐다가: 혹시, 만약, 若(부사)

63) 降服힐까: 降服히[항복하게 하다, 항복시키다: 降服(항복: 명사) + -ㅎ(동접)- + -ㅣ(← -이-: 사접)-]- + -ㄹ까(의종, 판정, 미시)

64) 寶冠: 보관. 보석으로 꾸민 관이다. 혹은 훌륭하게 만든 보배로운 왕관이다.

65) 바사: 밧(벗다, 脫)- + -아(연어)

66) 閻羅王宮: 염라왕궁. 염라왕이 거처하는 궁(宮)이다. ※ '閻邏王(염라왕)'은 저승에서, 지옥에 떨어지는 사람이 지은 생전의 선악을 심판하는 왕이다.(= 염라대왕)

67) 마촘: 가까운 곳. 근처. 근방. 近處(의명)

68) 싸해: 싸ㅎ(땅, 데, 地) + -애(-에: 부조, 위치)

69) 견져: 견지(겨누다, 擬)- + -어(연어)

70) ᄀᆞ리막다: ᄀᆞ리막[가리어 막다: ᄀᆞ리(가리다, 掩)- + 막(막다, 碍)-]- + -Ø(과시)- + -다(평종)

71) 지수믈: 짓(← 짓다, ㅅ불: 짓다, 作)- + -움(명전) + -을(목조)

72) ᄀᆞ리마글씨: ᄀᆞ리[가리어 막다: ᄀᆞ리(가리다, 掩)- + 막(막다, 碍)-]- + -을씨(-므로: 연어, 이유)

73) 贍部州: 섬부주. 사주(四洲)의 하나이다. 수미산 남쪽에 있다는 대륙으로, 인간이 사는 곳이다.

74) 由旬: 유순. 고대 인도의 이수(里數) 단위이다. 소달구지가 하루에 갈 수 있는 거리로서 80리인 대유순, 60리인 중유순, 40리인 소유순의 세 가지가 있다.

75) 마ᅀᆞᄅᆞᆯ: 마ᅀᆞᆯ(관청, 마을, 官, 村) + -ᄋᆞᆯ(목조)

76) ᄀᆞᅀᆞ마ᄂᆞᆫ: ᄀᆞᅀᆞ마[← ᄀᆞᅀᆞᆷ알다(주관하다, 管掌): ᄀᆞᅀᆞᆷ(감, 材: 명사) + 알(알다, 知)-]- + -ᄂᆞ(현시)- + -ㄴ(관전)

77) 그에: 거기에, 彼處(지대, 정칭)

78) 이쇼딕: 이시(있다, 有)- + -오딕(-되: 연어, 설명 계속)

79) 오누의니: 오누의[오누이, 男妹: 오(← 오라비: 오라비, 오빠, 男) + 누의(누이, 妹)] + -Ø(← -이-: 서조)- + -니(연어, 설명 계속)

80) 남지늬: 남진(남자, 男) + -의(관조)

지느ᅵ이롤 다ᄉᆞ리고 누의ᄂᆞᆫ 겨지비 이롤 다ᄉᆞ릴ᄊᆡ 雙쌍王왕이라도 ᄒᆞᄂᆞ니라 法법王왕이라 ᄒᆞᄂᆞ니라 饒ᅀᅲᆯᄂᆞᆫ 비를 씨라】 한 귓것ᄃᆞᆯ의ᅌᅴ 야 너희 獄옥卒ᄍᆕ와【獄옥卒ᄍᆕᄋᆞᆫ 地띵獄옥앳 罪쬥人ᅀᅵᆫ 다ᄉᆞᆯ호ᄂᆞᆫ 거시라】阿항鼻삥地띵獄옥앳 연자ᇰᄋᆞᆯ 갈히며 슬히며 火황爐로ㅣ며 다 가져 閻염浮뿌提똉로 오라 ᄒᆞ야 뫼호고 魔망王왕 波방旬쓘이구

일을 다스리고 누이는 여자의 일을 다스리므로, 雙王(쌍왕)이라고도 하느니라. 또 衆生(중생)을 饒益(요익)하게 하므로 法王(법왕)이라고 하느니라. 饒(요)는 배부른 것이다.】 많은 귀신에게 알려, "너희가 獄卒(옥졸)과 (함께)【獄卒(옥졸)은 地獄(지옥)에 있는 罪人(죄인)을 다루는 것이다. 】 阿鼻地獄(아비지옥)에 있는 연장을, 칼이며 수레며 火爐(화로)며 다 가져서 閻浮提(염부제)로 오라." 하여 (귀신과 옥졸을) 모으고, 魔王(마왕) 波旬(파순)이

이를 다스리고[81] 누의는[82] 겨지비 이를 다스릴씨 雙쌍王왕이라도[83] ᄒᆞᄂᆞ니라 ᄯᅩ
衆즁生싱을 饒ᅀᅭ益혁게[84] 홀씨 法법王왕이라도 ᄒᆞᄂᆞ니라 饒ᅀᅭᄂᆞᆫ 비브를[85] 씨라 】
한[86] 귓것 알외야[87] 너희[88] 獄옥卒졸와[89]【獄옥卒졸은 地띵獄옥앳 罪쬥人
신 달호ᄂᆞᆫ[90] 거시라[91] 】阿항鼻삥地띵獄옥앳[92] 연자ᄋᆞᆯ[93] 갈히며[94] 슬히며[95]
火황爐롱ㅣ며 다 가져 閻염浮뿔提똉로 오라 ᄒᆞ야 뫼호고[97] 魔망王
왕 波방旬쓘이

---

81) 다스리고: 다스리[다스리다, 治: 다ᄉᆞᆯ(다스려지다: 자동)- + -이(사접)-]- + -고(연어, 나열)

82) 누의는: 누의(누이, 姉/妹) + -ᄂᆞᆫ(보조사, 주제)

83) 雙王이라도: 雙王(쌍왕) + -이(서조)- + -Ø(현시)- + -라(←-다: 평종) + -도(보조사, 첨가)

84) 饒益게: 饒益[← 饒益ᄒᆞ다(요익하다): 饒益(요익: 명사) + -ᄒᆞ(동접)-]- + -게(연어, 사동) ※ '饒益(요익)'은 자비로운 마음으로 중생에게 넉넉하게 이익을 주는 것이다.

85) 비브를: 비브르[배부르다, 饒: 비(배, 腹) + 브르(부르다, 滿)-]- + -ㄹ(관전)

86) 한: 하(많다, 多)- + -Ø(현시)- + -ㄴ(관전)

87) 알외야: 알외[알리다, 告: 알(알다, 知)- + -오(사접)- + -ㅣ(←-이-: 사접)-]- + -야(←-아: 연어)

88) 너희: 너희[너희, 汝等: 너(너, 汝: 인대, 2인칭) + -희(복접)] + -Ø(←-이: 주조)

89) 獄卒와: 獄卒(옥졸) + -와(접조) ※ '獄卒(옥졸)'은 옥사쟁이이다. 지옥 안에서 가지가지의 무서운 형상을 하고 여러 가지 고문하는 도구로 죄인을 괴롭게 하는 졸병이다.

90) 달호ᄂᆞᆫ: 달호(다루다, 省)- + -ᄂᆞ(현시)- + -ㄴ(관전)

91) 거시라: 것(것, 者: 의명) + -이(서조)- + -Ø(현시)- + -라(←-다: 평종)

92) 阿鼻地獄앳: 阿鼻地獄(아비지옥) + -애(-에: 부조, 위치) + -ㅅ(-의: 관조) ※ '阿鼻地獄(아비지옥)'은 팔열 지옥(八熱地獄)의 하나이다. 오역죄를 짓거나, 절이나 탑을 헐거나, 시주한 재물을 축내거나 한 사람이 가는데, 한 겁(劫) 동안 끊임없이 고통을 받는다는 지옥이다.

93) 연자ᄋᆞᆯ: 연장(연장, 具) + -ᄋᆞᆯ(목조)

94) 갈히며: 갈ㅎ(칼, 刀) + -이며(접조)

95) 슬히며: 슬히(← 술위: 수레, 輪) + -며(←-이며: 접조) ※ '슬히'의 형태와 의미를 알 수 없다. 『석가보』에는 '갈히며 슬히며'를 '刀輪'으로 기술하고 있다. 곧, 본문의 '슬히'는 '輪'에 대응되는데, 이때의 '슬히'는 15세기 국어에 쓰인 '술위(輪)'와 관련이 있는 것으로 보인다. 참고로 15세기의 '술위'는 그 뒤의 시기에는 '수뤼'나 '술의'의 형태로 변한다.

96) 火爐: 화로. 숯불을 담아 놓는 그릇이다. 주로 불씨를 보존하거나 난방을 위하여 쓴다.

97) 뫼호고: 뫼호(모으다, 集)- + -고(연어, 계기)

세딜어쎨리 瞿뽕曇땀이롤害ᅘᆡᆼ호라 ᄒ니【害ᅘᆡᆼ는 길쌍ᄒᆞ는주 우홀로셔브리며더 혼 쇠며갈히며슬히며놀잡개롤히ᄒᆞ盧ᄛᅌᅥᆼ 空콩애엇비주디菩뽕薩ᇙ씌갓가비 오올롱더니그쁴菩뽕薩ᇙ이慈쫑 心심三삼昧밍예드르시니ᄂᆞᆫ三삼昧밍 고대一ᅙᅵᇙ定띠ᇰ호다혼마리니아뫼일 慈쫑心심

쩌렁쩌렁하게 고함을 쳐서 "빨리 瞿曇(구담)이를 害(해)하라."하니【害 (해)는 죽이는 것이다. 】, 위로부터서 불이며 더운 쇠며 수레며 날이 있 는 무기들이 虛空(허공)에서 서로 뒤엉키되 菩薩(보살)께 가까이 오는 것 을 못 하더니, 그때에 菩薩(보살)이 慈心(자심) 三昧(삼매)에 드시니【三 昧(삼매)는 '正(정)한 곳에 一定(일정)하였다.'라고 한 말이니, 아무 일도 마음 에 없어 (마음에 오직) 正(정)뿐이니, 慈心(자심)

구세딜어[98] 샐리 瞿뀽曇땀이를 害행ᄒ라[99] ᄒ니【害행ᄂ 주길 씨라】
우흐로셔[100] 브리며[1] 더븐[2] 쇠며[3] 갈히며 슬히며 늘잠개들히[4] 虛형
空콩애 섯비주듸[5] 菩뽕薩삻씌 갓가비[6] 오믈[7] 몯 ᄒ더니 그 ᄢᅴ[8]
菩뽕薩삻이 慈쫑心심[9] 三삼昧밍[10]예 드르시니[11]【三삼昧밍ᄂ 正정ᄒᆫ 고
대[12] 一힗定뗭ᄒ다[13] 혼[14] 마리니 아못[15] 일도 ᄆᆞᅀ매 업서 正정 ᄲᅮ니니[17] 慈쫑
心심

---

98) 구세딜어: 구세딜(← 구세디르다: 振吼)-+-어(연어) ※ '구세디르다'의 형태와 의미를 알 수 없다. 다만, '디ᄅ다/디르다'가 '소리를 지르다'의 뜻을 나타고, 『석가보』에 이 부분을 '振吼(진후)'로 기술했다. 이를 감안하여 '구세딜어'를 '쩌렁쩌렁하게 고함쳐서'로 추정하여 옮긴다.

99) 害ᄒ라: 害ᄒ[해하다, 죽이다: 害(해: 명사)+-ᄒ(동접)-]-+-라(명종)

100) 우흐로셔: 웋(위, 上)+-으로(부조, 방향)+-셔(-서: 보조사, 위치 강조)

1) 브리며: 블(불, 火)+-이며(접조)

2) 더븐: 덯(← 덥다, ㅂ불: 덥다, 熱)-+-Ø(현시)-+-은(관전)

3) 쇠며: 쇠(쇠, 鐵)+-며(←-이며: 접조)

4) 늘잠개들히: 늘잠개들ᇂ(날이 있는 무기들, 戈矛: 늘(← 늘ᇂ: 날, 칼날, 刃)+잠개(무기, 武器)+-들ᇂ(-들: 복접)]+-이(주조)

5) 섯비주듸: 섯빚[← 섯빗다(서로 뒤엉키다, 交攪): 섯(← 셧다: 섞이다, 交, 混)-+빚(← 빗다: 가로지르다, 비뚤다, 攪)-]-+-우듸(-되: 연어, 설명 계속) ※ '섯비주듸'의 형태와 의미를 알 수 없다. 여기서는 『석가보』에 '交攪(교횡)'으로 기술된 것을 감안하여, '섯비주듸'를 '섯빗구듸'를 오각한 형태로 추정하여 '서로 뒤엉키다'로 옮긴다.

6) 갓가비: [가까이, 近(부사): 갓갑(← 갓갑다, ㅂ불: 가깝다, 형사)-+-이(부접)]

7) 오믈: 오(오다, 來)-+-ㅁ(←-옴: 명전)+-올(목조)

8) ᄢᅴ: ᄢ(← ᄢ: 때, 時, 의명)+-의(-에: 부조, 위치, 시간)

9) 慈心: 자심. 자비심(慈悲心). 중생을 사랑하고 가엾게 여기는 마음이다.

10) 三昧: 삼매. 잡념을 떠나서 오직 하나의 대상에만 정신을 집중하는 경지이다. 이 경지에서 바른 지혜를 얻고 대상을 올바르게 파악하게 된다.

11) 드르시니: 들(들다, 入)-+-으시(주높)-+-니(연어, 설명 계속)

12) 고대: 곧(곳, 處: 의명)+-애(-에: 부조, 위치)

13) 一定ᄒ다: 一定ᄒ[일정하다: 一定(일정: 명사)+-ᄒ(동접)]-+-Ø(과시)-+-다(평종) ※ '一定(일정)'은 어떤 것의 크기, 모양, 범위, 시간, 성질 따위가 하나로 정해져 있는 것이다.

14) 혼: ᄒ(← ᄒ다: 謂)-+-Ø(과시)-+-오(대상)-+-ㄴ(관전)

15) 아못: 아모(아무, 某: 지대, 부정칭)+-ㅅ(-의: 관조)

16) 正: 정. 올바른 것.

17) ᄲᅮ니니: ᄲᅮᆫ(뿐, 唯: 의명, 한정)+-이(서조)-+-니(연어, 설명 계속)

三삼昧·ᄆᆡᆼ는 慈ᄍᆞᆼ心심 ᄲᅮᆫ 겨·실·씨·라】 ᄂᆞᆯ·콯·마·다 蓮련ㅅ·고
지·나·며 울·에·와 번·게·와 무·뤼·와 비·왜 다
五ᅌᅩᆼ色·ᄉᆡᆨ 고·지 ᄃᆞ외·니·라 菩뽕薩·삻·이
眉밍間간·앳 ᄒᆡᆫ 터·리·롤 ᄌ·녹ᄌ느·기 드·
·르·샤 阿ᄒᆞᆼ鼻·뼁地·띵獄·옥·ᄋᆞᆯ 견지·시·니
터·리·예셔·큰 ·므·리 ·브·서 ·큰 ·브·리 ᄌ·간·ᄢ·
·디거·늘 罪ᄍᆡᆼ人·ᅀᅵᆫ ᄃᆞᆯ·히 보·고 제·여·곰

三昧(삼매)는 慈心(자심)만이 계신 것이다. 】 (칼)날의 끝마다 蓮(연)꽃이 나며, 우레와 번게와 우박과 비가 다 五色(오색)의 꽃이 되었느니라. 菩薩(보살)이 眉間(미간)에 있는 흰 털을 천천히 드시어 阿鼻地獄(아비지옥)을 겨누시니, 털에서 큰 물이 부어 큰 불이 잠깐 꺼지거늘, 罪人(죄인)들이 보고 제각기

三삼昧밍는 慈쭝心심 쁜 겨실 씨라 】 놄[18) 긋마다[19) 蓮련ㅅ고지[20) 나며

울에와[21) 번게와[22) 무뤼와[23) 비왜[24) 다 五옹色식 고지 드외니라[25)

菩뽕薩삻이 眉밍間간앳[26) 힌[27) 터리를[28) ᄌᆞᆨᄌᆞᄂᆞ기[29) 드르샤[30) 阿항鼻

뼝地띵獄옥[31) 올 견지시니[32) 터리예셔 큰 므리[33) 브서[34) 한 브리[35)

잢간[36) 뼈디거늘[37) 罪쮕人신들히[38) 보습고[39) 제여곰[40)

---

18) 놄: 놀(← 날ㅎ: 날, 칼날, 刃) + -ㅅ(-의: 관조)

19) 긋마다: 긋(끝, 末) + -마다(보조사, 각자)

20) 蓮ㅅ고지: 蓮ㅅ곶[연꽃, 蓮花: 蓮(연) + -ㅅ(관조, 사잇) + 곶(꽃, 花)] + -이(주조)

21) 울에와: 울에(우레, 雷聲) + -와(접조)

22) 번게와: 번게(번게, 電) + -와(접조)

23) 무뤼와: 무뤼(우박, 雨雹) + -와(접조)

24) 비왜: 비(비, 雨) + -와(접조) + -ㅣ(← -이: 주조)

25) 드외니라: 드외(되다, 爲)- + -∅(과시)- + -니(원칙)- + -라(← -다: 평종)

26) 眉間앳: 眉間(미간) + -애(← -에: 부조, 위치) + -ㅅ(-의: 관조) ※ '眉間앳'은 '미간에 있는'으로 의역하여 옮긴다.

27) 힌: 히(희다, 白)- + -∅(현시)- + -ㄴ(관전)

28) 터리를: 터리(털, 毛) + -를(목조) ※ '힌 터리'는 '白毫(백호)'를 직역한 말이다. 백호는 부처의 두 눈썹 사이에 있는 희고 빛나는 가는 터럭으로, 광명이 일어나서 무량세계를 비춘다.

29) ᄌᆞᆨᄌᆞᄂᆞ기: [천천히, 徐(부사): ᄌᆞᆨᄌᆞᆨ(자늑자늑: 부사) + -∅(← -ᄒᆞ-: 형접)- + -이(부접)] ※ '자늑자늑기'는 동작이 조용하며 가볍고 진득하게 부드럽고 가벼운 모양을 나타내는 부사이다.

30) 드르샤: 들(들다, 擧)- + -으샤(← -으시-: 주높)- + -∅(← -아: 연어)

31) 阿鼻地獄: 아비지옥. 팔열 지옥(八熱地獄)의 하나이다. 오역죄를 짓거나, 절이나 탑을 헐거나, 시주한 재물을 축내거나 한 사람이 가는데, 한 겁(劫) 동안 끊임없이 고통을 받는다는 지옥이다.

32) 견지시니: 견지(겨누다, 擬)- + -시(주높)- + -니(연어, 설명 계속)

33) 므리: 믈(물, 水) + -이(주조)

34) 브서: 븟(← 붓다, ㅅ불: 붓다, 注)- + -어(연어) ※ 『석가보』에는 '브서'에 대응되는 한자를 '流'로 기술하고 있는데, 이를 감안하면 '브서'를 '흘러'로 의역하여 옮길 수 있다.

35) 브리: 블(불, 火) + -이(주조)

36) 잢간: [잠깐, 暫(부사): 잠(잠: 暫) + -ㅅ(관조, 사잇) + 간(간, 間)]

37) 뼈디거늘: 뼈디[꺼지다, 滅: ᄢᅥ(← ᄢᅳ다: 끄다, 消火)- + -어(연어) + 디(지다: 보용, 피동)-]- + -거늘(연어, 상황)

38) 罪人들히: 罪人들ㅎ[죄인들: 罪人(죄인: 명사) + -들ㅎ(-들: 복접)] + -이(주조)

39) 보습고: 보(보다, 見)- + -습(객높)- + -고(연어, 계기)

40) 제여곰: 제각각, 제각기, 스스로, 自(부사)

지운罪쭹ᄅ·ᆞᆯ아·라ᄆᄉ·ᄆᄉ·ᆫ환ᅘᆢ야南
남無뭉佛뿛·을일·콛天텬·니ᄂᆞ는歸귕命ᄆ·ᆼ南남無뭉命ᄆ·ᆼ
명·ᄒᆞᆼ다·ᄒᆞᆫ·ᄠᄃᆞ·니歸귕命ᄆ·ᆼ은歸귕命ᄆ·ᆼ
내命·ᄆᆼ을·브텨·씌가·져갈·ᄊᆞ라ᄀᆞ因힌
緣원·으로人신間간·애汃·나니魔망王왕
·이이런相샹·을보·고시·름ᄒ·야도
라·가·니·라菩뽕薩·삻ᄉ·힁·텋·리바룩六륙
·륙天텬·에가·아그·ᄐᆡ·여·러蓮련·ᄉᆞ고

지은 罪(죄)를 알아, 마음이 시원하여 南無(나무) 佛(불)을 일컬으니【南無(나무)는 '歸命(귀명)하였다.' 한 뜻이니, 歸命(귀명)은 내 命(명)을 부처께 가져가는 것이다. 】, 그 因緣(인연)으로 (죄인들이) 人間(인간)에 다 나니, 魔王(마왕)이 이런 相(상)을 보고 시름하여 돌아갔니라. 菩薩(보살)의 흰 털이 바로 六天(육천)에 가서 그 끝에 여러 蓮(연)꽃이

지순⁴¹⁾ 罪_쬉를 아라 ᄆᆞᅀᆞ미⁴²⁾ 싀환ᄒᆞ야⁴³⁾ 南_남無_뭉⁴⁴⁾ 佛_뿛을 일ᄏᆞᆮ
ᄌᆞᆸ니⁴⁵⁾【南_남無_뭉는 歸_귕命_명ᄒᆞ다⁴⁶⁾ 혼 ᄠᅳ디니 歸_귕命_명은 내 命_명을 부텨ᄭᅴ 가
져갈 씨라】 그 因_{ᅙᅵᆫ}緣_원으로 人_{ᅀᅵᆫ}間_간⁴⁷⁾애 다 나니 魔_망王_왕이 이런
相_샹⁴⁸⁾을 보ᅀᆞᆸ고 시름ᄒᆞ야⁴⁹⁾ 도라가니라 菩_뽕薩_삻ㅅ 힌 터리⁵⁰⁾ 바
ᄅᆞ⁵¹⁾ 六_륙天_텬⁵²⁾에 가아 그 그테⁵³⁾ 여러⁵⁴⁾ 蓮_련ㅅ고지

---

41) 지순: 짓(← 짓다, ㅅ불: 짓다, 作)- + -Ø(과시)- + -우(대상)- + -ㄴ(관전)

42) ᄆᆞᅀᆞ미: ᄆᆞᅀᆞᆷ(마음, 心) + -이(주조)

43) 싀환ᄒᆞ야: 싀환ᄒᆞ[시원하다, 淸涼: 싀환(시원: 불어) + -ᄒᆞ(형접)-]- + -야(←-아: 연어)

44) 南無: 나무. 돌아가 의지한다는 뜻으로, 믿고 받들며 순종함을 이르는 말이다. 부처나 보살들
의 이름 앞에 붙인다.

45) 일ᄏᆞᆮᄌᆞᆸ니: 일ᄏᆞᆮ(일컫다, 稱)- + -ᄌᆞᆸ(←-ᄌᆞᆸ-: 객높)- + -ᄋᆞ니(연어, 설명 계속)

46) 歸命ᄒᆞ다: 歸命ᄒᆞ[귀명하다: 歸命(귀명: 명사) + -ᄒᆞ(동접)-]- + -Ø(과시)- + -다(평종) ※ '歸
命(귀명)'은 삼보(三寶)에 돌아가 몸과 마음을 불도에 의지하는 것이다.

47) 人間: 인간. 사람이 사는 세상이다.

48) 相: 상. 일이 일어나는 모양이다.

49) 시름ᄒᆞ야: 시름ᄒᆞ[시름하다, 愁: 시름(시름, 愁: 명사) + -ᄒᆞ(동접)-]- + -야(←-아: 연어)

50) 터리: 터리(털, 毛) + -Ø(←-이: 주조)

51) 바ᄅᆞ: [바로, 直(부사): 바ᄅᆞ(바르다, 正: 형사)- + -Ø(부접)]

52) 六天: 육천. 욕계(慾界)에 속한 여섯 하늘이다.(= 欲六天) 사천왕천(四天王天), 야마천(夜摩天),
도리천(忉利天), 도솔천(兜率天), 낙변화천(樂變化天), 타화자재천(他化自在天)이다.

53) 그테: 긑(끝, 末) + -에(부조, 위치)

54) 여러: 여러, 多(관사, 양수)

나니, 그 蓮(연)꽃에 일곱 부처가 앉아 계시며【일곱 부처는 毗婆尸佛(비파시불)과 尸棄佛(시기불)과 毗舍浮佛(비사부불)과 拘留孫佛(구류손불)과 拘那含牟尼佛(구나함모니불)과 迦葉波佛(가섭파불)과 釋迦文佛(석가문불)이시니라.】, 그 흰 털이 無色界(무색계)에 이르도록 가서 다 비추시니 (그 흰 털이) 순수한 玻瓈鏡(파려경)과 같으신데【鏡(경)은 거울이다.】, 八萬四千(팔만사천)의 天女(천녀)들이

나니 그 蓮련ㅅ고재 닐굽 부톄⁵⁵⁾ 안자 겨시며【닐굽 부텨는 毗삥婆뼁
尸싱佛뿛⁵⁶⁾와 尸싱棄킝佛뿛⁵⁷⁾와 毗삥舍샹浮뿛佛뿛⁵⁸⁾와 拘궁留륳孫손佛뿛⁵⁹⁾와 拘궁
那낭含ᅘᅡᆷ牟믈尼닝佛뿛⁶⁰⁾와 迦강葉셥波방佛뿛⁶¹⁾와 釋셕迦강文문佛뿛왜시니라⁶²⁾】
그 흰 터리 無뭉色식界갱⁶³⁾예 니르리⁶⁴⁾ 가아 다 비취시니⁶⁵⁾ 고른⁶⁶⁾
玻팡瓈렝鏡경이⁶⁷⁾ ᄀᆞ트신대⁶⁸⁾【鏡경은 거우뤼라⁶⁹⁾】 八밣萬먼四ᄉᆞᆼ千천 天텬
女녕들히⁷⁰⁾

---

55) 닐굽 부텨: 일곱 부처. ※ '일곱 부처'는 '과거칠불(過去七佛)'을 이르는데, 석가모니불과 그 이
전에 출현하였다는 여섯 부처이다. 비파시불(毗婆尸佛), 尸棄佛(시기불), 비사부불(毗舍浮佛),
구류손불(拘留孫佛), 구나함모니불(拘那含牟尼佛), 가섭파불(迦葉波佛), 석가문불(釋迦文佛)이다.

56) 毗婆尸佛: 비파시불. 과거칠불(過去七佛) 중에서 첫째 부처이다. 장엄겁(莊嚴劫) 중에 출현하
여 파파라수(波波羅樹) 아래에서 성불하였다고 한다.

57) 尸棄佛: 시기불. 과거칠불의 둘째 부처이다. 인간의 수명이 7만 살 때 난 부처로, 분타리나무
아래에서 깨달음을 얻고 세 차례 설법하여 25만의 제자를 제도하였다.

58) 毗舍浮佛: 비사부불. 과거칠불의 셋째 부처이다. 인간의 수명이 6만 살 때 난 부처. 바라(婆羅)
나무 아래에서 깨달음을 얻고 두 차례 설법하여 13만의 제자를 제도하였다.

59) 拘留孫佛: 구류손불. 과거칠불의 넷째 부처이다. 인간의 수명이 4만 살 때 난 부처로, 안화성
에서 태어났으며 시리수 아래에서 깨달음을 얻고 한 차례 설법하여 4만의 제자를 제도하였다.

60) 拘那含牟尼佛: 구나함모니불. 과거 칠불의 다섯째 부처이다. 오잠바라(烏暫婆羅) 나무 아래에
서 깨달음을 얻고, 한 차례 설법하여 3만의 제자를 제도하였다.

61) 迦葉波佛: 가섭파불. 과거 칠불의 여섯째 부처이다. '가섭불(迦葉佛)'이라고도 한다.

62) 釋迦文佛왜시니라: 釋迦文佛(석가문불) + -와(접조) + -ㅣ(←-이-: 서조) + -∅(현시) + -니
(원칙) + -라(←-다: 평종) ※ '석가문불(釋迦文佛)'은 과거 칠불의 일곱째 부처이다. '석가보
니불(釋迦牟尼佛)'이라고도 하는데, 현세의 부처이다.

63) 無色界: 무색계. '욕계(慾界), 색계(色界), 무색계(無色界)' 등 삼계(三界)의 하나이다. 육체와
물질의 속박을 벗어난 정신적인 사유(思惟)의 세계를 이른다.

64) 니르리: [이르도록, 至(부사): 니를(이르다, 至: 동사) + -이(부접)]

65) 비취시니: 비취(비추다, 照) + -시(주높) + -니(연어, 설명 계속, 이유)

66) 고른: 고른(순수하다, 純, 一切) + -∅(현시) + -ㄴ(관전)

67) 玻瓈鏡이: 玻瓈鏡(파려경) + -이(-과: 부조, 비교) ※ '玻瓈鏡(파려경)'은 파려/파리(頗黎)로 된
거울이다. '파려(玻璃)'는 불교에서 말하는 일곱 가지 보석 가운데 수정(水晶)을 이른다.

68) ᄀᆞ트신대: 귿(← 귿ᄒᆞ다: 같다, 如) + -ᄋᆞ시(주높) + -ㄴ대(-는데, -니: 연어, 반응)

69) 거우뤼라: 거우루(거울, 鏡) + -ㅣ(←-이-: 서조) + -∅(현시) + -라(←-다: 평종)

70) 天女들히: 天女들ᄒᆡ[천녀들: 天女(천녀: 명사) + -들ᄒᆡ(-들: 복접)] + -이(주조) ※ '天女(천녀)'
는 하늘을 날아다니며 하계 사람과 왕래한다는 여자 선인(仙人)이다.

몯ᄒᆞ·히 魔망王왕·올보·니브·를브·를나모·ᄀᆞᆮ·고오·직 菩뽕薩·삻ᄉ·白·삑毫ᅘ·ᅘ相·샹光광·올ᄋᆞ·올워·ᅀᆞᄫ·ᅡ【白·삑毫ᅘ·ᅘ相·샹ᄋᆞᆫ·흰터·릿·양·지·라】無뭉數·숭ᄒᆞᆫ天텬子·ᄌᆞ·와天텬女녕·돌·히·다無뭉上·썅菩뽕提똉道·ᄯᅩᆼ·애 發·벓心심ᄒᆞ·니·라魔망王왕·이다·시兵병馬·망·ᄅᆞᆯ니ᄅ·와·다ᄂᆞ·려·와·제나·ᅀᅡ菩뽕薩·삻ᄭᅴᆮ·드

魔王(마왕)을 보니 불에 눌은 나무와 같고, 오직 菩薩(보살)의 白毫相(백호상)의 光(광)을 우러러【白毫相(백호상)은 흰 털의 모양이다. 】無數(무수)한 天子(천자)와 天女(천녀)들이 다 無上菩提道(무상보리도)에 發心(발심)하였느니라. 魔王(마왕)이 다시 兵馬(병마)를 일으켜서 내려와, 제(=마왕)가 나아가서 菩薩(보살)께 들어서

魔_망王_왕을 보니 블 누른[71] 나모[72] 곧고[73] 오직 菩_뽕薩_삻ㅅ 白_삑毫_흫相_샹[74] 光_광을 울워ᅀᄫᅡ[75]【白_삑毫_흫相_샹은 힌 터럿 양지라[76]】無_뭉數_숭흔 天_텬子_즁와 天_텬女_녕들히 다 無_뭉上_썅菩_뽕提_똉道_똫[77]애 發_벓心_심ᄒᆞ니라[78] 魔_망王_왕이 다시 兵_병馬_망 니ᄅᆞ와다[79] ᄂᆞ려와[80] 제[81] 나ᅀᅡ[82] 菩_뽕薩_삻씌 드ᅀᄫᅡ[83]

---

71) 누른: 눌(← 눋다, ㄷ불: 燋)- + -Ø(과시)- + -은(관전) ※ '눋다(燋)'는 누런빛이 나도록 조금 타는 것이다.

72) 나모: 나무, 木.

73) 곧고: 곧(← 곹다 ← 곧ᄒᆞ다: 같다, 如)- + -고(연어, 나열)

74) 白毫相: 백호상. 흰 털의 모습이다.

75) 울워ᅀᄫᅡ: 울워(← 울월다: 우러르다, 瞻)- + -ᅀᆞᇦ(← -ᅀᆞᇦ-: 객높)- + -아(연어)

76) 양지라: 양ᄌᆞ(모습, 狀) + -ㅣ(← -이-: 서조)- + -Ø(현시)- + -라(←-다: 평종)

77) 無上菩提道: 무상보리도. 최고의 깨달음에 도달하는 가르침이나 더 없는 깨달음의 길이다.

78) 發心ᄒᆞ니라: 發心ᄒᆞ[발심하다: 發心(발심: 명사) + -ᄒᆞ(동접)-]- + -Ø(과시)- + -니(원칙)- + -라(←-다: 평종) ※ '發心(발심)'은 불도의 깨달음을 얻고 중생을 제도하려는 마음을 일으키는 일이다.

79) 니ᄅᆞ와다: 니ᄅᆞ왇[일으키다, 起: 닐(일어나다, 起: 자동)- + -ᄋᆞ(사접)- + -왇(강접)-]- + -아(연어)

80) ᄂᆞ려와: ᄂᆞ려오[내려오다, 降來: ᄂᆞ리(내리다, 降)- + -어(연어) + 오(오다, 來)-]- + -아(연어)

81) 제: 저(저, 자기, 自: 인대, 재귀칭) + -ㅣ(← -이: 주조)

82) 나ᅀᅡ: 낭(← 낫다, ㅅ불: 나아가다, 前)- + -아(연어)

83) 드ᅀᄫᅡ: 드(← 들다: 들다, 入)- + -ᅀᆞᇦ(← -ᅀᆞᇦ-: 객높)- + -아(연어)

소ᄫᅡᆯ겨스구웁더니 菩쁗薩삻ᄋᆡ 智딩
慧휑力륵으로 ᄯᅡ홀 누르시니【力륵은
즉자히 地띵動뚱ᄒᆞ니 魔망王왕이며
제 귓거슬 다 갓고로디니라 菩쁗薩삻
삻覺각ᄋᆞᆯ 일우시니라
이 魔망王왕 降ᅘᅡᆼ服뽁ᄒᆞ시고ᅀᅡ 正
힘이라】
받ᄌᆞᄫᆞᆫ 호미 ᄒᆞ리 粥쥭 ᄀᆞᆮᄒᆞ니라
당者쟝 ᄯᅡᆯ
服뽁魔망王왕降ᅘᅡᆼ服뽁ᄒᆞ샤미 長

말(言)을 겨루더니, 菩薩(보살)이 智慧力(지혜력)으로 땅을 누르시니【力(역)은 힘이다.】 즉시 地動(지동)하니 魔王(마왕)이며 제(= 마왕의) 귀신들이 다 거꾸러졌느니라. 菩薩(보살)이 魔王(마왕)을 降服(항복)시키시고야 正覺(정각)을 이루셨느니라.【魔王(마왕)을 降服(항복)시키신 것이 長者(장자)의 딸이 (보살께) 粥(죽)을 바친, 같은 해이다.】

말⁸⁴⁾ 겻구숩더니⁸⁵⁾ 菩_뽕薩_삻이 智_딩慧_꿰力_륵⁸⁶⁾으로 싸홀 누르시니【力

륵은 히미라⁸⁷⁾】 즉자히⁸⁸⁾ 地_띵動_똥ᄒᆞ니 魔_망王_왕이며 제 귓것들히 다

갓고로디니라⁸⁹⁾ 菩_뽕薩_삻이 魔_망王_왕 降_행服_뽁히시고ᅀᅡ⁹⁰⁾ 正_정覺_각⁹¹⁾을

일우시니라⁹²⁾【魔_망王_왕 降_행服_뽁히샤미⁹³⁾ 長_댱者_쟝⁹⁴⁾ ᄯᆞ리⁹⁵⁾ 粥_쥭 받ᄌᆞᄫᆞᆫ⁹⁶⁾

ᄒᆞᆫ⁹⁷⁾ 히라⁹⁸⁾】

---

84) 말: 말, 言.

85) 겻구숩더니: 겻구(겨루다, 難)- + -숩(객높)- + -더(회상)- + -니(연어, 설명 계속)

86) 智慧力: 지혜력. 보살이 갖추고 있는 10가지 능력으로서, 중생의 마음과 행위를 아는 능력이다.

87) 히미라: 힘(힘, 力) + -이(서조)- + -Ø(현시)- + -라(←-다: 평종)

88) 즉자히: 즉시, 卽(부사)

89) 갓고로디니라: 갓고로디[거꾸러지다: 갓골(← 갓ᄀᆞᆯ다: 거꾸로 되다, 倒, 동사)- + -오(부접) + 디(지다, 落)-]- + -Ø(과시)- + -니(원칙)- + -라(←-다: 평종)

90) 降服히시고ᅀᅡ: 降服히[항복시키다: 降服(항복: 명사) + -ᄒᆞ(동접)- + -ㅣ(←-이-: 사접)-]- + -시(주높)- + -고(연어, 계기) + -ᅀᅡ(보조사, 한정 강조)

91) 正覺: 정각. 올바른 깨달음이다. 일체의 참된 모습을 깨달은 더할 나위 없는 지혜이다.

92) 일우시니라: 일우[이루다, 成: 일(이루어지다, 成: 자동)- + -우(사동)-]- + -시(주높)- + -Ø(과시)- + -니(원칙)- + -라(←-다: 평종)

93) 降服히샤미: 降服히[항복시키다: 降服(항복: 명사) + -ᄒᆞ(동접)- + -ㅣ(←-이-: 사접)-]- + -샤(←-시-: 주높)- + -ㅁ(←-옴: 명전) + -이(주조)

94) 長者: 장자. 덕망이 뛰어나고 경험이 많아 세상일에 익숙한 어른이나, 큰 부자를 점잖게 이르는 말이다. 고대 인도에서는 좋은 집안에서 태어나서 많은 재산을 가지고 덕을 갖춘 사람을 높여서 이르는 말이다.

95) ᄯᆞ리: ᄯᆞᆯ(딸, 女) + -이(관조, 의미상 주격) ※ 'ᄯᆞ리'는 형식적으로는 관형격이지만, 의미적으로는 관형절 속에서 주격으로 기능한다.

96) 받ᄌᆞᄫᆞᆫ: 받(바치다, 獻)- + -ᄌᆞᇦ(←-ᄌᆞᆸ-: 객높)- + -Ø(과시)- + -은(관전)

97) ᄒᆞᆫ: 한, 같은, 一, 同(관사, 양수)

98) 히라: 히(해, 年) + -Ø(←-이-: 서조)- + -Ø(현시)- + -라 ※『석보상절 제삼』에 따르면, 보살이 가도산(伽闍山)의 고행림(苦行林)에서 수행할 때에, 한 장자(長者)의 딸이 죽(粥)을 쑤어서 보살에게 바쳤다. 본문에서 장자의 딸이 보살께 죽을 바쳤다는 것은 바로 그 일을 이른 것이다. 이 해에 부처님이 성도(成道)하였는데, 대략 B.C. 589년으로 추정한다.

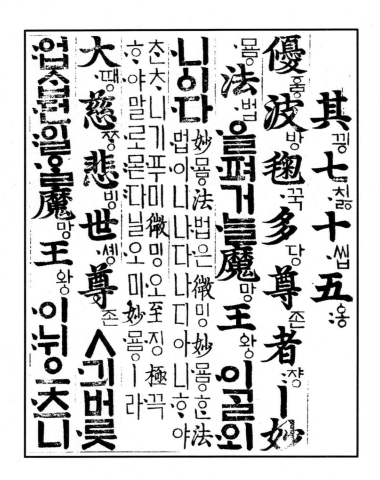

其七十五(기칠십오)

　優波毱多尊者(우파국다 존자)가 妙法(묘법)을 펴거늘 魔王(마왕)이 덤볐습니다.【妙法(묘법)은 微妙(미묘)한 法(법)이니, 나타나지 아니하여 찬찬히 깊은 것이 微(미)이요, 至極(지극)하여 말로 못다 이르는 것이 妙(묘)이다.】

　大慈悲(대자비) 世尊(세존)께 버릇없던 일을 魔王(마왕)이 뉘우쳤습니다.

其끵七칧十씹五옹

優홀波빙毱꾹多당⁹⁹⁾ 尊존者쟝ㅣ 妙묠法법¹⁰⁰⁾을 펴거늘 魔망王왕이 그위니이다¹⁾【妙묠法법은 微밍妙묠ᄒᆞᆫ 法법이니 나다나디²⁾ 아니ᄒᆞ야 츤츤니³⁾ 기푸미⁴⁾ 微밍오⁵⁾ 至징極끅ᄒᆞ야 말로 몯다⁶⁾ 닐오미⁷⁾ 妙묠ㅣ라 】大땡慈쫑悲빙⁸⁾ 世셍尊존ㅅ긔⁹⁾ 버릇업습던¹⁰⁾ 일을 魔망王왕이 뉘으츠니이다¹¹⁾

---

99) 優波毱多: 우파국다. 산스크리트어 upagupta의 음사이다. 상나화수(商那和修) 존자로부터 불법을 전해 받은 제삼세(第三世) 조사(祖師)이며, 아육왕(阿育王)의 스승이다. 마돌라(摩突羅)국에 출생하여, 17세에 상나화수에게 가서 배우고 아라한과(阿羅漢果)를 얻었다. 아육왕을 위하여 우타산으로부터 화씨성에 이르러 설법하고, 왕에게 권하여 부처님의 유적에 8만 4천의 탑을 세웠다고 한다.

100) 妙法: 묘법. 불교의 신기하고 묘한 법문(法文)이다.

1) 그위니이다: 그위(덤비다, 침범하다, 觸惱)- + -Ø(과시)- + -니(원칙)- + -이(상높, 아주 높임)- + -다(평종)

2) 나다나디: 나다나[나타나다, 現: 낟(나타나다, 現)- + -아(연어) + 나(나다, 出)-]- + -디(-지: 연어, 부정)

3) 츤츤니: [찬찬히, 차근차근히(부사): 츤츤(찬찬: 불어) + -Ø(←-ᄒᆞ-: 형접)- + -이(부접)]

4) 기푸미: 깊(깊다, 深)- + -움(명전) + -이(주조)

5) 薇오: 薇(미: 불어) + -Ø(←-이-: 서조)- + -오(←-고: 연어, 나열)

6) 몯다: [못다, 다하지 못하여(부사): 몯(못, 不能: 부사, 부정) + 다(다, 悉: 부사)]

7) 닐오미: 닐(← 니ᄅᆞ다: 이르다, 說)- + -옴(명전) + -이(주조)

8) 大慈悲: 대자비. 넓고 커서 끝이 없는 부처나 보살의 자비이다.

9) 世尊ㅅ긔: 世尊(세존) + -ㅅ긔(-께: 부조, 상대) ※ '-ㅅ긔'는 관형격 조사인 '-ㅅ'과 의존 명사인 '긔(거기에, 彼處)'가 결합하여 형성된 부사격 조사이다.

10) 버릇업습던: 버릇없[← 버릇없다(버릇없다, 無禮): 버릇(버릇, 慣: 명사) + 없다(없다, 無: 형사)-]- + -습(객높)- + -더(회상)- + -ㄴ(관전) ※ 객체 높임의 선어말 어미는 원칙적으로 행위의 객체인 목적어나 부사어를 높일 때에 쓰이므로, 동사에서 실현되는 것이 일반적이다. 그러나 상태나 지정(指定)의 '대상'을 높일 때에는 형용사나 '이다'에도 실현되는 경우가 있다. '버릇업습던'에서 '-습-'은 형용사인 '버릇없다'에 실현되었다.

11) 뉘으츠니이다: 뉘웇(뉘우치다, 悔)- + -Ø(과시)- + -으니(원칙)- + -이(상높, 아주 높임)- + -다(평종)

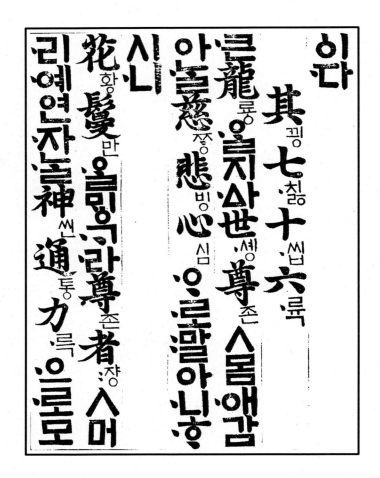

其七十六(기칠십육)

(마왕이) 큰 龍(용)을 만들어 世尊(세존)의 몸에 감거늘 (세존이) 慈悲心(자비심)으로 말을 아니 하셨으니.

(마왕이) 花鬘(화만)을 만들어 尊者(존자)의 머리에 얹거늘 (우파국다 존자가) 神通力(신통력)으로

其끵七칢十씹六륙

큰 龍룡을 지ᅀᅡ[12] 世솅尊존ㅅ 몸애[13] 감아ᄂᆞᆯ[14] 慈쭝悲빙心심ᄋᆞ로 말 아니 ᄒᆞ시니[15]

花황鬘만[16]을 ᄆᆡᇰᄀᆞ라[17] 尊존者쟝ㅅ 머리예[18] 연자ᄂᆞᆯ[19] 神씬通통力륵으로

---

12) 지ᅀᅡ: 짓(← 짓다, ㅅ불: 짓다, 만들다, 作)- + -아(연어)

13) 몸애: 몸(몸, 身) + -애(-에: 부조, 위치)

14) 감아ᄂᆞᆯ: 감(감다, 纏縛)- + -아ᄂᆞᆯ(-거늘: 연어, 상황)

15) ᄒᆞ시니: ᄒᆞ(하다, 爲)- + -시(주높)- + -Ø(과시)- + -니(평종, 반말)

16) 화만: 花鬘. 승방(僧坊)이나 불전(佛前)을 장식하는 장신구의 하나이다. 본디 인도의 풍속이다.

17) ᄆᆡᇰᄀᆞ라: ᄆᆡᇰᄀᆞᆯ(만들다, 作)- + -아(연어)

18) 머리예: 머리(머리, 頭) + -예(← -에: 부조, 위치)

19) 연자ᄂᆞᆯ: 엱(얹다, 著)- + -아ᄂᆞᆯ(-거늘: 연어, 상황)

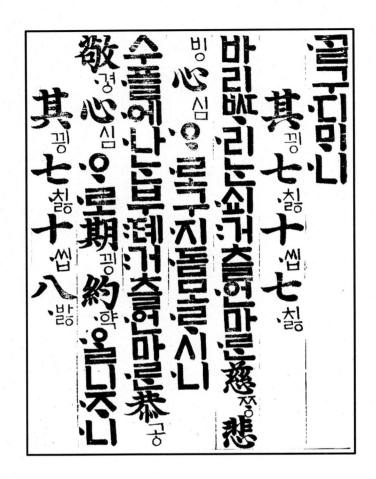

목을 굳게 매었으니.

其七十七(기칠십칠)

바리를 부수는 소가 망령되건마는 (부처가) 慈悲心(자비심)으로 꾸짖는 것을 모르셨으니.

수풀에 나타나는 부처가 망령되건마는 (우파국다 존자가) 恭敬心(공경심)으로 期約(기약)을 잊었으니.

其七十八(기칠십팔)

모글²⁰⁾ 구디²¹⁾ 미니²²⁾

其_끵七_칧十_씹七_칧

바리²³⁾ ᄲᆞ리ᄂᆞᆫ²⁴⁾ 쇠²⁵⁾ 거츨언마른²⁶⁾ 慈_쭝悲_빙心_심ᄋᆞ로 구지돔²⁷⁾ 모ᄅ
시니²⁸⁾

수플에²⁹⁾ 나ᄂᆞᆫ³⁰⁾ 부톄³¹⁾ 거츨언마른 恭_공敬_경心_심ᄋᆞ로 期_끵約_약³²⁾을
니즈니³³⁾

其_끵七_칧十_씹八_밣

---

20) 모글: 목(목, 頸) + -ᄋᆞᆯ(목조)
21) 구디: [굳게, 堅(부사): 굳(굳다, 堅: 형사)- + -이(부접)]
22) 미니: 미(매다, 結)- + -Ø(과시)- + -니(평종, 반말)
23) 바리: 바리. 鉢. 바리때이다. 절에서 쓰는 승려의 공양 그릇으로서, 나무나 놋쇠 따위로 대접처
   럼 만들어 안팎에 칠을 한다.
24) ᄲᆞ리ᄂᆞᆫ: ᄲᆞ리(부수다, 깨뜨리다, 破)- + -ᄂᆞ(현시)- + -ㄴ(관전)
25) 쇠: 쇼(소, 牛) + -ㅣ(←-이: 주조)
26) 거츨언마른: 거츨(거칠다, 망령되다, 妄)- + -언마른(←-건마른: -건마는, 연어) ※ 15세기 국
   어에서 '거츨다'는 '荒(거칠다, 사납다)'의 뜻과 '妄(허망하다, 망령스럽다)'의 뜻으로 쓰이는 동
   음이의어이다. 그런데 '荒(거칠다, 사납다)'의 뜻을 나타내는 '거츨다'는 어간이 [평성-거성]의
   성조를 취하는데 반해서, '妄(허망하다, 망령스럽다)'의 뜻으로 쓰이는 '거츨다'는 [상성-평성]
   의 성조를 취한다. 본문에 표현된 '거츨다'는 [상성-평성]의 성조를 취하므로 '妄'의 뜻으로 보
   아서 '허망하다'로 옮긴다. ※ '-건마른'은 이어진 문장에서 앞 절의 일이 이미 어떠하니 뒤 절
   의 사태는 이러할 것이 기대되는데도, 그렇지 못함을 나타내는 연결 어미이다. 기대가 어그러
   지는 데 대한 실망의 느낌이 비친다.
27) 구지돔: 구짇(꾸짖다, 叱)- + -옴(명전)
28) 모ᄅ시니: 모ᄅ(모르다, 無知)- + -시(주높)- + -Ø(과시)- + -니(평종, 반말)
29) 수플에: 수플[수풀, 林: 숳(숲, 林) + 플(풀, 草)] + -에(부조, 위치)
30) 나ᄂᆞᆫ: 나(나다, 現)- + -ᄂᆞ(현시)- + -ㄴ(관전)
31) 부톄: 부텨(부처, 佛) + -ㅣ(←-이: 주조)
32) 期約: 기약. 때를 정하여 약속하거나 그러한 약속이다.
33) 니즈니: 닞(잊다, 忘)- + -Ø(과시)- + -ᄋᆞ니(평종, 반말)

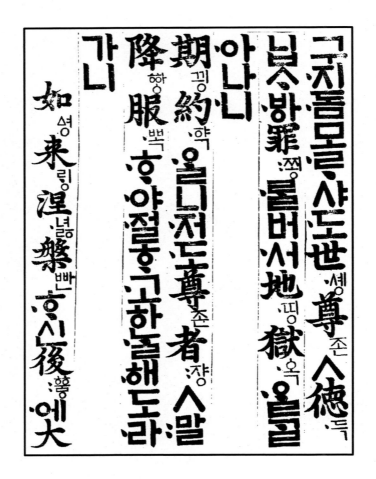

　　(마왕이 세존의) 꾸짖음을 모르셔도 世尊(세존)의 德(덕)을 입어서 罪(죄)를 벗어 地獄(지옥)을 갈아서 났으니.

　　(우파국다 존자가) 期約(기약)을 잊어도 (마왕이) 尊者(존자)의 말에 降服(항복)하여 절하고 하늘에 돌아갔으니.

　　如來(여래)가 涅槃(열반)하신 後(후)에

구지돔 모ᄅ샤도³⁴⁾ 世_솅尊_존ㅅ 德_득 닙ᄉᄫᅡ³⁵⁾ 罪_쬥를 버서³⁶⁾ 地_띵獄_옥³⁷⁾을 ᄀᆞᆯ아³⁸⁾ 나니³⁹⁾

期_끵約_햑을 니저도⁴⁰⁾ 尊_존者_쟝ㅅ 말 降_{ᅘᅢᆼ}服_뽁ᄒᆞ야 절ᄒᆞ고⁴¹⁾ 하ᄂᆞᆯ해⁴²⁾ 도라가니⁴³⁾

如_{ᅀᅧ}來_링⁴⁴⁾ 涅_넗槃_빤⁴⁵⁾ᄒᆞ신 後_{ᅘᅮᇢ}에

---

34) 모ᄅ샤도: 모ᄅ(모르다, 無知)-+-샤(←-시-: 주높)-+-도(←-아도: 연어, 양보, 불구)
35) 닙ᄉᄫᅡ: 닙(입다, 당하다, 被)-+-ᅀᆞ(←-ᅀᆞᆸ-: 객높)-+-아(연어)
36) 버서: 벗(벗다, 脫)-+-어(연어)
37) 地獄: 지옥. 죄업을 짓고 매우 심한 괴로움의 세계에 난 중생이나 그런 중생의 세계이다. 또는 그런 생존이다. 섬부주의 땅 밑, 철위산의 바깥 변두리 어두운 곳에 있다고 한다. 팔대 지옥, 팔한 지옥 따위의 136종이 있다.
38) ᄀᆞᆯ아: ᄀᆞᆯ(갈다, 替)-+-아(연어)
39) 나니: 나(나다, 現)-+-Ø(과시)-+-니(평종, 반말)
40) 니저도: 닞(잊다, 忘)-+-어도(연어, 불구, 양보)
41) 절ᄒᆞ고: 절ᄒᆞ[절하다, 拜: 절(절, 拜: 명사)+-ᄒᆞ(동접)-]-+-고(연어, 계기)
42) 하ᄂᆞᆯ해: 하ᄂᆞᆯㅎ(하늘, 天)+-애(-에: 부조, 위치)
43) 도라가니: 도라가[돌아가다, 歸: 돌(돌다, 回)-+-아(연어)+가(가다, 去)-]-+-Ø(과시)-+-니(평종, 반말)
44) 如來: 如來(여래)+-Ø(←-이: 주조) ※ '如來(여래)'는 '여래 십호(如來十號)'의 하나이다. 진리로부터 진리를 따라서 온 사람이라는 뜻으로 '부처'를 달리 이르는 말이다.
45) 涅槃: 열반. 모든 번뇌의 얽매임에서 벗어나고, 진리를 깨달아 불생불멸의 법을 체득한 경지이다. 불교의 궁극적인 실천 목적이다. 여기서는 '입적(入寂)'의 뜻으로 부처나 승려가 죽는 것을 이른다.

迦ᄀᆞᆼ葉셥尊者쟝ㅣ正정法법을 맛ᄃᆞᆺ뱃다가 阿항難난尊者쟝 맛뎌ᄂᆞᆯ 阿항難난尊者쟝ㅣ 商샹那낭和ᅘᅪᆼ修슈尊者쟝 맛뎌ᄂᆞᆯ 商샹那낭和ᅘᅪᆼ修슈尊者쟝ㅣ 優優波방毱ᄭᅮᆨ多당尊者쟝ㅣ 맛디니【부텨 涅녏槃빤ᄒᆞ샤미 나히 닐흔아호비러시니 穆목王왕ㄱ 쉰세찻 ᄒᆡ

大迦葉尊者(대가섭 존자)가 正法(정법)을 맡아 있다가 阿難尊者(아난 존자)에게 맡기거늘, 阿難尊者(아난 존자)가 商那和修尊者(상나화수 존자)에게 맡기거늘, 商那和修尊者(상나화수 존자)가 優波毱多尊者(우파국다 존자)에게 맡기니【 부처가 涅槃(열반)하신 것은 나이가 일흔아홉이시더니, 穆王(목왕)의 쉰세째의 해인

大땡迦강葉셥尊존者쟝[46] ㅣ 正졍法법[47]을 맏ᄌᆞ바[48] 잇다가[49] 阿항難난尊존者쟝[50] 맛뎌늘[51] 阿항難난尊존者쟝ㅣ 商샹那낭和황修슝尊존者쟝[52] 맛뎌늘 商샹那낭和황修슝尊존者쟝ㅣ 優훙波방毱꾹多당尊존者쟝[53] 맛디니【부텨 涅녏槃빤ᄒᆞ샤ᄆᆞᆫ 나히[54] 닐흔아호비러시니[55] 穆목王왕ㄱ[56] 쉰세찻[57] 히

---

46) 大迦葉尊者: 대가섭 존자. 석가모니의 10대 제자의 한 사람(?~?)인 가섭(迦葉)을 높여서 이르는 말이다. 욕심이 적고 엄격한 계율로 두타(頭陀)를 행하였고 교단의 우두머리로 존경을 받았다.

47) 正法: 정법. 바른 교법(敎法)이다.

48) 맏ᄌᆞ바: 맏(← 맜다: 맡다, 任)- + -ᄌᆞᇦ(← -ᄌᆞᆸ-: 객높)- + -아(연어)

49) 잇다가: 잇(← 이시다: 있다, 보용, 완료 지속)- + -다가(연어, 동작의 전환)

50) 阿難尊者: 아난 존자. 석가모니의 십대 제자 가운데 한 사람(?~?)인 아난(阿難)을 높여서 이르는 말이다. 십육 나한의 한 사람으로, 석가모니 열반 후에 경전 결집에 중심이 되었으며, 여인 출가의 길을 열었다.

51) 맛뎌늘: 맛디[맡기다, 任: 맜(맡다, 任: 타동)- + -이(사접)-]- + -어늘(연어, 상황)

52) 商那和修尊者: 상나화수 존자. 불교의 삼세(三世) 조사(祖師)인 상나화수(商那和修)를 높여서 이르는 말이다. 인도 라자그리하에서 출생하였으며, 아난존자(阿難尊者)에게서 법을 받아서 우파국다(優波毱多)에게 전하였다.

53) 優波毱多尊者: 우파국다 존자. 상나화수 존자로부터 불법을 전해 받은 사세(四世) 조사(祖師)이며, 아육왕의 스승이다. 마돌라(摩突羅)국에 출생하여, 17세에 상나화수(商那和修)에게 가서 배우고 아라한과를 얻었다. 아육왕을 위하여 우타산으로부터 화씨성에 이르러 설법하고, 왕에게 권하여 부처님의 유적에 8만 4천의 탑을 세웠다고 한다.

54) 나히: 나ㅎ(나이, 歲) + -이(주조)

55) 닐흔아호비러시니: 닐흔아홉(일흔아홉, 九: 수사, 양수) + -이(서조)- + -러(← -더-: 회상)- + -시(주높)- + -니(연어, 설명 계속)

56) 穆王ㄱ: 穆王(목왕: 인명) + -ㄱ(-의: 관조) ※ '穆王(목왕)'은 주(周)나라의 제5대 왕이다. 이름은 희만(姬滿)이고, 소왕(昭王)의 아들이다. 기원전 10세기경 사람이다.

57) 쉰세찻: 쉰세차[쉰셋째(수사, 서수): 쉰(쉰, 五十: 수사, 양수) + 세(← 세ㅎ: 셋, 수사, 양수) + -차(-째: 접미, 서수)] + -ㅅ(-의: 관조)

壬심申신이·오 大·땡迦강葉·셥尊존
者:쟝ㅣ 阿항難난尊존者:쟝ㅣ 法·법
辰씬이·오 考·콤王왕ㄱ 다仌찻ㅅ
맛·듀民민·오 阿항難난尊존者:쟝ㅣ 商샹
那낭和뽕修슘尊존者:쟝ㅣ 法·법
屬·쑣王왕 열한·차 癸·귕巳·씨
·오 商샹那낭和뽕修슘尊존者:쟝ㅣ
優훃波방趜·꿇多당尊존者:쟝
ㅣ 優훃波방趜·꿇多당 宣쉰王왕ㄱ
法·법 맛·듀民민 宣쉰王왕ㄱ 乙·힔未·밍라
人ㅿ·믈·둘·훓 찻ㅎ리
趜·꿇多당ㅣ 摩망突·똟羅랑國·귁
에큰說·쉃法·법 ·호·려ㅎ니 나·랏사·룸

優훃波방

壬申(임신)이요, 大迦葉尊者(대가섭 존자)가 阿難尊者(아난 존자)께 法(법)을 맡긴 것은 考王(고왕)의 다섯째 해인 丙申(병신)이요, 阿難尊者(아난 존자)가 商那和修尊者(상나화수 존자)께 法(법)을 맡긴 것은 厲王(여왕) 열한째 해인 癸巳(계사)이요, 商那和修尊者(상나화수 존자)가 優波趜多尊者(우파국다 존자)께 法(법)을 맡긴 것은 宣王(선왕)의 스물둘째 해인 乙未(을미)이다. 】優波趜多(우파국다)가 摩突羅國(마돌라국)에서 큰 說法(설법)을 하려 하니, 나라의 사람이

壬심申신이오 大땡迦강葉섭尊존者쟝ㅣ 阿항難난尊존者쟝ㅅ긔 法법 맛됴몬[58] 考콜王[59]ㄱ 다ᄉᆞᆺ찻 ᄒᆡ 丙병辰씬이오 阿항難난尊존者쟝ㅣ 商샹那낭和ᅘᅪ修슐尊존者쟝ㅅ긔 法법 맛됴몬 厲렝王[60] 열흔찻 ᄒᆡ 癸궝巳쑹ㅣ오 商샹那낭和ᅘᅪ修슐尊존者쟝ㅣ 優ᅙᅮᇢ波방毱ᄭᅮ우多당尊존者쟝ㅅ긔 法법 맛됴몬 宣쉔王[61]ㄱ 스믈둘찻 ᄒᆡ 乙ᅙᅳᇙ未밍라】 優ᅙᅮᇢ波방毱ᄭᅮ우多당ㅣ 摩망突똫羅랑國귁[62]에 큰 說ᄉᆑᇙ法법 ᄒᆞ려[63] ᄒᆞ니 나랏 사ᄅᆞ미

---

58) 맛됴몬: 맛디[맡기다, 任: 맜(맡다, 任: 자동)-＋-이(사접)-]-＋-옴(명전)＋-은(보조사, 주제)

59) 考王: 고왕. 중국 주(周) 나라의 왕이다.

60) 厲王: 여왕. 중국 주(周) 나라의 제10대 왕이다.(재위 ? ~ B.C. 841)

61) 宣王: 선왕. 중국 주(周) 나라의 제11대 왕(재위 B.C. 828~782)이다.

62) 摩突羅國: 마돌라국. 산스크리트어, 팔리어 mathurā의 음사이다. 인도의 야무나(Yamuna) 강 중류 지역, 델리(Delhi) 남쪽에 인접해 있던 고대 국가이다.

63) 호려: ᄒᆞ(← ᄒᆞ다: 하다, 爲)-＋-오려(-려: 연어, 의도)

미틀고만히 모다 오나ᄂᆞᆯ 優ᅙᅩᆷ波방毱ᄭᅮᆨ
多땅ㅣ 아래 如ᅀᅧᆼ来ᄅᆡᆼ 說쒀ᇙ法법ᄒᆞ
싫썽ᄭᅴᆷᄃᆞᆯ 사ᄅᆞᆷ 앉ᄂᆞᆫ 法법ᄀᆞᆮ通ᄐᆞᆼᄒᆞ야
그날 모ᄋᆞᆺ는 四ᄉᆞᆼ衆즁·을 四ᄉᆞᆼ衆즁·은 比뼹丘쿵
쿵尼닝·ᄂᆞᆫ 優ᅙᅩᆷ婆빵塞ᄉᆡᆨ優ᅙᅩᆷ婆빵夷ㅣ·니 比뼹丘쿵尼닝·ᄂᆞᆫ 숭·아·니
라優ᅙᅩᆷ婆빵塞ᄉᆡᆨ·은 清쳥淨쪙ᄒᆞᆫ 男남人ᅀᅵᆫ
신·이·오 優ᅙᅩᆷ婆빵夷잉·ᄂᆞᆫ 清쳥淨쪙ᄒᆞᆫ
지·비·라 혼 마리·니 지·비 사라·도 戒갱·를
·로 디녀 佛뿛法법 믿ᄂᆞᆫ 사ᄅᆞᆷ·이·라
半반

듣고 많이 모여서 오거늘, 優波毱多(우파국다)가 예전에 如來(여래)가 說法(설법)하실 적에 모인 사람이 앉은 法(법)과 같이 하여, 그 날 모여 있는 四衆(사중)을 【四衆(사중)은 比丘(비구)·比丘尼(비구니)·優婆塞(우바새)·優婆夷(우바이)니, 尼(이)는 女(여)이니 比丘尼(비구니)는 여승(女僧)이다. 優婆塞(우바새)는 淸淨(청정)한 南人(남인)이요, 優婆夷(우바이)는 "淸淨(청정)한 여자다." 한 말이니, 집에 살아도 戒(계)를 지녀서 佛法(불법)을 믿는 사람이다. 】

듣고 만히⁶⁴⁾ 모다⁶⁵⁾ 오나늘⁶⁶⁾ 優_흫波_방趜_꾹多_당ㅣ 아래⁶⁷⁾ 如_셩來_링 說
_쉃法_법ᄒᆞ싫 저긔⁶⁸⁾ 모든⁶⁹⁾ 사름 앗논⁷⁰⁾ 法_법 ᄀᆞ티⁷¹⁾ ᄒᆞ야 그 날
모댓는⁷²⁾ 四_숭衆_즁을【四_숭衆_즁은 比_뼁丘_쿻 比_뼁丘_쿻尼_닝 優_흫婆_뻥塞_{ᄉᆡㄱ} 優_흫
婆_뻥夷_잉니 尼_닝는 女_녕ㅣ니 比_뼁丘_쿻尼_닝는 숭이라⁷⁴⁾ 優_흫婆_뻥塞_{ᄉᆡㄱ}은 淸_쳥淨_쪙ᄒᆞᆫ
男_남人_{ᅀᅵᆫ}이오 優_흫婆_뻥夷_잉는 淸_쳥淨_쪙ᄒᆞᆫ 겨지비라⁷⁵⁾ ᄒᆞᆫ 마리니 지븨⁷⁶⁾ 사라도⁷⁷⁾
戒_갱⁷⁸⁾를 디녀⁷⁹⁾ 佛_뿛法_법 ᄒᆞᄂᆞᆫ⁸⁰⁾ 사르미라 】

---

64) 만히: [많이, 多(부사): 많(많다, 多: 형사)- + -이(부접)]
65) 모다: 몯(모이다, 集)- + -아(연어)
66) 오나늘: 오(오다, 來)- + -나늘(←-거늘: -거늘, 연어, 상황)
67) 아래: 옛날, 昔.
68) 저긔: 적(적, 時) + -의(-에: 부조, 위치, 시간)
69) 모든: 몯(모이다, 集)- + -∅(과시)- + -은(관전)
70) 앗논: 앗(← 앗다 ← 앉다: 앉다, 坐)- + -ㄴ(←-ᄂᆞ-: 현시)- + -오(대상)- + -ㄴ(관전)
71) ᄀᆞ티: [같이, 如(부사): 곹(← ᄀᆞᆮᄒᆞ다: 같다, 如, 형사)- + -이(부접)]
72) 모댓는: 몯(모이다, 集)- + -아(연어) + 잇(← 이시다: 보용, 완료 지속)- + -ᄂᆞ(현시)- + -ㄴ(관전)
73) 四衆: 사중. 부처의 네 종류 제자로서, '비구(比丘), 비구니(比丘尼), 우바새(優婆塞), 우바이(優婆夷)'이다. 비구(比丘)는 출가하여 구족계(具足戒)를 받은 남자 승려이며, 비구니(比丘尼)는 출가하여 구족계를 받은 여자 승려이다. 그리고 우바새(優婆塞)는 속세에 있으면서 불교를 믿는 남자이며, 우바이(優婆夷)는 불교를 믿으면서 삼귀(三歸), 오계(五戒)를 받은 세속의 여자이다.
74) 숭이라: 숭(숭, 중, 僧) + -이(서조)- + -∅(현시)- + -라(←-다: 평종) ※ '숭'은 문맥상 '녀숭(여승, 女僧)을 오기한 형태로 보인다.
75) 겨지비라: 겨집(여자, 女) + -이(서조)- + -∅(현시)- + -라(←-다: 평종)
76) 지븨: 집(집, 家) + -의(-에: 부조, 위치)
77) 사라도: 살(살다, 住)- + -아도(연어, 불구)
78) 戒: 계. 죄를 금하고 제약하는 것이다. 율장(律藏)에서 설한 것으로, 소극적으로는 그른 일을 막고 나쁜 일을 멈추게 하는 힘이 되고, 적극적으로는 모든 선을 일으키는 근본이 된다.
79) 디녀: 디니(지니다, 持)- + -어(연어)
80) ᄒᆞᄂᆞᆫ: ᄒᆞ(하다, 爲)- + -ᄂᆞ(현시)- + -ㄴ(관전) ※ '佛法ᄒᆞᄂᆞᆫ'은 문맥상 '佛法을 믿는'으로 의역하여서 옮긴다.

독·티안치·고【모·든 사른·미 안존·딘 ㅌ·리 半반드·리 ㄱ·튼더·니·라】諸졍佛·뿛·이 說·쉃法·법 ㅎ·시논 次·충第·똉·로 四·ㅅ諦·뎽法·법을 니른·더·니 魔망王왕·이 眞진珠즁·를 비·허 모·든 사른·미 ㅁ·ㅿ·ㅁ·을 어즈·려 ㅎ나·토 得·득道·똘ㅎ·야 아·니ㅎ·야 優ㅎ·ㅸ波방毱·꾹多당ㅣ 뉘 所·송作·작인·고 ㅎ·야 보·니【作·작·ㄴ 지·슬·씨·니 所·송作·작·ㄴ ㅈ·ㅿ·다 ㅎ·돗·ㅎ·ㄴ 마·리·라】魔망王왕

半(반)달같이 앉히고【모인 사람이 앉은 터가 半(반)달 같더니라. 】諸佛(제불)이 說法(설법)하시는 次第(차제, 차례)같이 四諦法(사제법)을 이르더니, 魔王(마왕)이 眞珠(진주)를 뿌려 여러 사람의 마음을 어지럽혀 하나도 得道(득도)를 못하게 하여, 優波毱多(우파국다)가 "(이 일이) 누구의 所作(소작)인가?" 하여 보니【作(작)은 짓는 것이니, 所作(소작)은 '저질렀다.' 하듯 한 말이다. 】, 魔王(마왕)의

半_반돌⁸¹⁾ ㄱ티 안치고⁸²⁾【 모든 사른미 안존⁸³⁾ 터히⁸⁴⁾ 半_반돌 근더니라⁸⁵⁾ 】 아

랫 諸_정佛_뿛⁸⁶⁾ 說_쉃法_법ᄒ시논⁸⁷⁾ 次_충第_똉⁸⁸⁾ ㄱ티 四_숭諦_뎅法_법⁸⁹⁾을 니

르더니 魔_망王_왕이 眞_진珠_즁를 비허⁹⁰⁾ 모든⁹¹⁾ ᄆᅀᆞ믈 어즈려⁹²⁾ ᄒ나

토⁹³⁾ 得_득道_똘 몯게⁹⁴⁾ ᄒ야늘⁹⁵⁾ 優_흫波_방鞠_꾹多_당ㅣ 뉘⁹⁶⁾ 所_송作_작인고⁹⁷⁾

ᄒ야 보니【作_작은 지슬⁹⁸⁾ 씨니 所_송作_작은 저즈다⁹⁹⁾ ᄒ듯¹⁰⁰⁾ ᄒ 미리라¹⁾】 魔_망

王_왕이

---

81) 半돌: 半돌[반달: 半(반) + 돌(달, 月)]
82) 안치고: 안치[앉히다, 坐: 앉(앉다, 坐: 자동)- + -히(사접)-]- + -고(연어, 계기)
83) 안존: 앉(앉다, 坐)- + -Ø(과시)- + -오(대상)- + -ㄴ(관전)
84) 터히: 터ㅎ(터, 坐) + -이(주조)
85) 근더니라: 근(← 근ᄒ다 ← 근ᄒ다: 같다, 如)- + -더(회상)- + -니(원칙)- + -라(← -다: 평종)
86) 諸佛: 제불, 모든 부처님이다.
87) 說法ᄒ시논: 說法ᄒ[설법하다: 說法(설법: 명사) + -ᄒ(동접)-]- + -시(주높)- + -ㄴ(← -ᄂᆞ-: 현시)- + -오(대상)- + -ㄴ(관전)
88) 次第: 차제, 차례.
89) 四諦法: 사제법. 영원히 변하지 않는 네 가지 성스러운 진리를 이른다. 곧, '고제(苦諦), 집제(集諦), 멸제(滅諦), 도제(道諦)'를 이른다. '고제(苦諦)'는 현세에서의 삶은 곧 고통이라고 하는 진리를 이르며, '집제(集諦)'는 괴로움의 원인은 끝없는 애집(愛執)에 있다는 진리를 이른다. 그리고 '멸제(滅諦)'는 모든 욕망을 벗어나서 괴로움이 소멸한 열반의 경지를 이상이라고 풀이하는 진리를 이르며, '도제(道諦)'는 번뇌와 업을 끊고 열반에 도달하는 길을 이른다.
90) 비허: 빟(뿌리다, 散)- + -어(연어)
91) 모든: [모든, 諸(관사): 몯(모이다, 集)- + -은(관조▷관접)] ※ '모든 ᄆᆞ숨'은 '衆心(중심)'을 직역한 말인데, '衆心'은 '여러 사람의 마음'이다.
92) 어즈려: 어즈리[어지럽히다, 亂: 어즐(어질: 불어) + -이(사접)-]- + -어(연어)
93) ᄒ나토: ᄒ나ㅎ(하나, 一: 수사, 양수) + -도(연어, 강조)
94) 몯게: 몯[← 몯ᄒ다(못하다, 不能): 몯(못, 不: 부사, 부정) + -Ø(← -ᄒ-: 동접)-]- + -게(연어, 사동)
95) ᄒ야늘: ᄒ(하다: 연어, 사동)- + -야늘(← -아늘: 연어, 상황)
96) 뉘: 누(누구, 誰: 인대, 미지칭) + -ㅣ(← -의: 관조)
97) 所作인고: 所作(저지른 일: 명사) + -이(서조)- + -Ø(현시)- + -ㄴ고(-ㄴ가: 의종, 설명)
98) 지슬: 짛(← 짓다, ㅅ불: 짓다, 만들다, 作)- + -을(관전)
99) 저즈다: 저즈(← 저즐다: 저지르다, 爲)- + -Ø(과시)- + -다(평종)
100) ᄒ듯: ᄒ(하다, 曰)- + -듯(연어, 흡사)
1) 미리라: 밀(← 말: 말, 言) + -이(서조)- + -Ø(현시)- + -라(← -다: 평종)

왕(王)이 所·ᄉᆞᆼ作·작 인 고ᄃᆞᆯ·아니라 그 後·ᅘᅮᇢ
예 한 사ᄅᆞ·미 掬·꾹多·당尊존者·쟝ㅣ
說·ᅀᅯᇙ法·법 홀·쩌긔 眞진珠즁ㅣ 듣·더
라 듣·고 구·스·를 어·드·라 오·ᄂᆞ다ᄉᆞ·로
모·ᄃᆞᆫ 사ᄅᆞ·미 더 하·더라 둘·찻 說·ᅀᅯᇙ法·법
·ᄒᆞᄂᆞᆳ래 魔망王왕 이·ᄯᅩ 金금 비
·ᄅᆞᆯ·ᄒᆞ야·ᄃᆞᆫ 사ᄅᆞ·미 ᄆᆞᅀᆞ·ᄆᆞᆯ 어·즈려

所作(소작)인 것을 알았니라. 그 後(후)에 많은 사람이 "掬多尊者(국다존자)
가 說法(설법)할 적에 眞珠(진주)가 떨어지더라." 듣고 구슬을 얻으러 오
니, 그 탓으로 모인 사람이 더 많아지더라. 둘째의 說法(설법)하는 날에
魔王(마왕)이 또 金(금)비를 오게 하여, 모인 사람의 마음을 어지럽혀서

所_송作_작인 고들²⁾ 아니라³⁾ 그 後_흫에 한 사르미 毱_꾹多_당尊_존者_쟝 說_쉃法_법흫 저긔 眞_진珠_즁ㅣ 듣더라⁴⁾ 듣고 구슬 어드라⁵⁾ 오니 그 다스로⁶⁾ 모든⁷⁾ 사르미 더 하더라⁸⁾ 둘찻⁹⁾ 說_쉃法_법흫 나래¹⁰⁾ 魔_망王_왕이 쏘¹¹⁾ 金_금비 오긔¹²⁾ ᄒᆞ야 모든 사르미 ᄆᆞᅀᆞᄆᆞᆯ 어즈려

---

2) 고들: 곧(것, 者: 의명) + -을(목조)
3) 아니라: 아(← 알다: 알다, 知)- + -Ø(과시)- + -니(원칙)- + -라(← -다: 평종)
4) 듣더라: 듣(떨어지다, 雨)- + -더(회상)- + -라(← -다: 평종)
5) 어드라: 얻(얻다, 取)- + -으라(연어, 목적)
6) 다스로: 닷(탓: 의명, 원인) + -으로(부조, 방편)
7) 모든: 몯(모이다, 集)- + -Ø(과시)- + -은(관전)
8) 하더라: 하(많아지다, 多, 增: 동사)- + -더(회상)- + -라(← -다: 평종)
9) 둘찻: 둘차[둘째, 第二(수사, 서수): 둘(← 둘ㅎ: 둘, 二, 수사, 양수) + -차(-째: 접미, 서수)] + -ㅅ(-의: 관조)
10) 나래: 날(날, 日) + -애(-에: 부조, 위치, 시간)
11) 쏘: 또, 又(부사)
12) 오긔: 오(오다, 來)- + -긔(-게: 연어, 사동)

ᄒᆞ나토 得ᄠᆞᆨ道ᄠᅩᆯ몯게ᄒᆞ야ᄂᆞᆯ尊존
者쟝ㅣ入십定ᄠᅨᆼᄒᆞ야【入십定ᄠᅨᆼ은三삼昧ᄆᆡᆼ예
라들쌔誰뉘所송作작인고보니魔망王왕
ᄋᆡ所송作작인ᄃᆞᆯ아니라세찻說
ᄉᆑᇙ法법ᄒᆞ다래날랏사ᄅᆞ미다몯다
왯더니魔망王왕이ᄯᅩ풍류ᄒᆞ는天텬
女녕ᄅᆞᆯᄆᆡᇰᄀᆞ라모ᄃᆞᆫ사ᄅᆞ미ᄆᆞ ᅀᆞ ᄆᆞᆯ

하나도 得道(득도)를 못하게 하거늘, 尊者(존자)가 入定(입정)하여【入定(입정)은 三昧(삼매)에 드는 것이다. 】"누구의 所作(소작)인가?"(하여서) 보니, 魔王(마왕)의 所作(소작)인 것을 알았느라. 셋째의 說法(설법)하는 날에 나라의 사람이 다 모여 와 있더니, 魔王(마왕)이 또 풍류하는 天女(천녀)를 만들어 모인 사람의 마음을

ᄒᆞ나토[13] 得득道똫[14] 몯게 ᄒᆞ야늘 尊존者쟝ㅣ 入십定뗭ᄒᆞ야[15]【入십定뗭은 三삼昧밍[16]예 들 씨라】 뉘 所송作작인고 보니 魔망王왕이 所송作작인 들[17] 아니라 세찻[18] 說쉃法법ᄒᆞᆯ 나래 나랏[19] 사ᄅᆞ미 다 모다 왯더니 魔망王왕이 ᄯᅩ 풍류홇[20] 天텬女녕[21]를 밍ᄀᆞ라[22] 모든 사ᄅᆞ미 ᄆᆞᅀᆞᆷ

---

13) ᄒᆞ나토: ᄒᆞ나ᅘ(하나, 一: 수사, 양수) + -도(보조사, 강조)

14) 得道: 득도. 오묘한 이치나 도를 깨닫는 것이다.

15) 入定ᄒᆞ야: 入定ᄒᆞ[입정하다: 入定(입정: 명사) + -ᄒᆞ(동접)-] + -야(←-아: 연어) ※ '入定(입정)'은 삼업(三業)을 그치게 하고 선정(禪定)에 들어가는 일이다. ※ '三業(삼업)'은 몸, 입, 뜻으로 짓는 세 가지 업인 '신업(身業), 구업(口業), 의업(意業)'이다. 그리고 '禪定(선정)'은 한마음으로 사물을 생각하여 마음이 하나의 경지에 정지하여 흐트러짐이 없는 것이다.

16) 三昧: 삼매. 잡념을 떠나서 오직 하나의 대상에만 정신을 집중하는 경지이다. 이 경지에서 바른 지혜를 얻고 대상을 올바르게 파악하게 된다.

17) 들: ᄃ(← ᄃᆞ: 것, 者, 의명) + -ᄋᆞᆯ(목조)

18) 세찻: 세차[셋째, 第三(수사, 서수): 세(← 세ᅘ: 셋, 三, 수사, 양수) + -차(-째: 접미, 서수)] + -ㅅ(-의: 관조)

19) 나랏: 나라(← 나라ᅘ: 나라, 國) + -ㅅ(-의: 관조)

20) 풍류홇: 풍류ᄒᆞ[풍류하다: 풍류(풍류, 妓樂: 명사) + -ᄒᆞ(동접)-] + -ㅭ(관전)

21) 天女: 천녀. 하늘을 날아다니며 하계 사람과 왕래한다는 여자 선인(仙人)이다. 머리에 화만(華鬘)을 쓰고 몸에는 깃옷을 입고 있으며, 음악을 좋아한다고 한다.

22) 밍ᄀᆞ라: 밍ᄀᆞᆯ(만들다, 作)- + -아(연어)

어지럽혀 하나도 得道(득도)를 못하게 하고, 魔王(마왕)이 매우 기뻐하여 이르되 "麹多(국다)의 說法(설법)을 잘 훼방놓았다." 하더니, 尊者(존자)가 한 나무 아래에 앉아 入定(입정)하여 "누구의 所作(소작)인가?" 하여 보는 때에, 魔王(마왕)이 曼茶羅華(만다라화)로 花鬘(화만)을 만들어

어즈려 ᄒᆞ나토 得득道똘 몯게 ᄒᆞ고 魔망王왕이 ᄀᆞ장[23] 깃거[24] 닐오
ᄃᆡ[25] 毱꾹多당이 說쉃法법을 잘 헤듀티과라[26] ᄒᆞ더니 尊존者쟝ㅣ ᄒᆞᆫ
나모 아래 안자 入십定ᄠᅵᆼᄒᆞ야 뉘 所송作작인고 ᄒᆞ야 보는 ᄆᆞᄃᆡ예[27]
魔망王왕이 曼만陁땅羅랑花황[28]로 花황鬘만[29]을 밍ᄀᆞ라

---

23) ᄀᆞ장: 매우, 大(부사)

24) 깃거: 깄(기뻐하다, 歡)- + -어(연어)

25) 닐오ᄃᆡ: 닐(← 니르다: 이르다, 言)- + -오ᄃᆡ(-되: 연어, 설명 계속)

26) 헤듀티과라: 헤듀티(훼방놓다, 방해하다, 破壞)- + -Ø(과시)- + -과(← -어-: 확인)- + -Ø(← -
오-: 화자)- + -라(← -다: 평종) ※ '헤듀티다'의 형태와 의미를 확인할 수 없다. 그러나 이 글
의 저경인 『아육왕전』에는 '破壞(파괴)'로 기술되어 있고, 15세기 국어에서 '헤여디다'가 '무너
지다'의 뜻을 나타낸다. 이러한 점을 감안하면, 어간인 '헤듀티다'의 '헤듀티-'는 [헤(파괴되다,
무너지다: 자동)- + 디(지다, 落: 자동)- + -우(사접)- + -티(강접)-]로 분석할 가능성이 있다.

27) ᄆᆞᄃᆡ예: ᄆᆞᄃᆡ(때, 순간, 단계, 경우, 節) + -예(← -에: 부조, 위치, 시간)

28) 曼陁羅花: 만다라화. 천상계에 핀다고 하는 성스러운 흰 연꽃이다.

29) 花鬘: 승방(僧坊)이나 불전(佛前)을 장식하는 장신구의 하나이다.

曼만 陁땅 羅랑 花황
라고·지·니 힌고·지·라 혼 마리·라 鞠·국
多·ᅵ 모기·연·젼·ᄂᆞᆯ 尊者·ᅵ 즉
·자·히 뉘 所숭 作·작·인·고 보·아 魔망 王왕
·인 所숭 作·작·인·ᄃᆞᆯ 아·니·라 尊者·존
·너·기 魔망 王왕·이 ᄌᆞᆼ·내 說·쎯
法·법·을 어즈·린·ᄂᆞ·니 부텨·엇·뎌
·를 降·ᅘᅡᆼ 服·뽁·히·디 아·니·ᄒᆞ·시·돗·던·고

【 曼茶羅華(만다라화)는 하늘의 꽃이니, 흰 꽃이라 한 말이다. 】 鞠多(국다)의 목에 얹거늘, 尊者(존자)가 즉시 "누구의 所作(소작)인가?" 보아서 魔王(마왕)의 所作(소작)인 것을 알았니라. 尊者(존자)가 여기되 "魔王(마왕)이 자주 내 說法(설법)을 어지럽히나니, 부처가 어찌 저자를 降服(항복)시키지 아니하셨던가?"

【 曼_만陁_땅羅_랑花_황는 하눐 고지니³⁰⁾ 힌 고지라 혼 마리라 】 毱_꾹多_당ㅣ 모기³¹⁾ 연저늘³²⁾ 尊_존者_쟝ㅣ 즉자히 뉘 所_송作_작인고 보아 魔_망王_왕이 所_송作_작인 둘 아니라 尊_존者_쟝ㅣ 너교듸³³⁾ 魔_망王_왕이 즈조³⁴⁾ 내 說_쉃法_법을 어즈리ᄂ니³⁵⁾ 부톄³⁶⁾ 엇뎨³⁷⁾ 뎌를³⁸⁾ 降_행服_뽁히디³⁹⁾ 아니ᄒ시돗던고⁴⁰⁾

---

30) 고지니: 곶(꽃, 花) + -이(서조)- + -니(연어, 설명 계속)

31) 모기: 목(목, 項) + -이(-에: 부조, 위치)

32) 연저늘: 엱(얹다, 著)- + -어늘(-거늘: 연어, 상황)

33) 너교듸: 너기(여기다, 念)- + -오듸(-되: 연어, 설명 계속)

34) 즈조: [자주, 數(부사): 즞(잦다, 빈번하다, 頻: 형사)- + -오(부접)]

35) 어즈리ᄂ니: 어즈리[어지럽히다, 壞亂: 어즐(어질: 불어) + -이(사접)-]- + -ᄂ(현시)- + -니(연어, 설명 계속)

36) 부톄: 부텨(부처, 佛) + -ㅣ(←-이: 주조)

37) 엇뎨: 어찌, 何(부사)

38) 뎌를: 뎌(저, 저자, 저 사람, 彼: 인대, 정칭) + -를(목조)

39) 降服히디: 降服히[항복하게 하다, 항복시키다: 降服(항복: 명사) + -ᄒ(동접)- + -ㅣ(←-이-: 사접)-]- + -디(-지: 연어, 부정)

40) 아니ᄒ시돗던고: 아니ᄒ[아니하다, 不(보용, 부정): 아니(아니, 不: 부사, 부정) + -ᄒ(동접)-]- + -시(주높)- + -돗(감동)- + -더(회상)- + -ㄴ고(-ㄴ가: 의종, 설명)

부텻 ᄠᅳ데 부러 나ᄅᆞᆯ 히ᅌᅣ 降服뽁 ᄒᆡ오라 ᄒᆞ샷다 ᄒᆞ고 尊者쟝ᅵ 만히 주근 ᄇᆞ얌과 주근 가히와 주근 사ᄅᆞᆷ과 세 가짓 주검으로 花鬘만 올 밍ᄀᆞ라 魔王왕이 손ᄃᆡ 가져 니거ᄂᆞᆯ 魔王왕이 보고 깃거ᄂᆞᆯ 오ᄃᆡ 優훔波방毱꾹多당도 내 손ᄃᆡ 自쯩得

부처의 뜻에 일부러 나를 시켜서 '(마왕을) 降服(항복)시키오.' 하셨구나."
하고, 尊者(존자)가 죽은 뱀과 죽은 개와 죽은 사람의 세 가지의 주검으로 花鬘(화만)을 많이 만들어 魔王(마왕)에게 가져 가거늘, 魔王(마왕)이 보고 기뻐하여 이르되 "優波毱多(우파국다)도 나에게 自得(자득)한 부텻 뜨데⁴¹⁾ 부러⁴²⁾ 나를 ᄒᆞ야⁴³⁾ 降_행服_뽁히오라⁴⁴⁾ ᄒᆞ샷다⁴⁵⁾ ᄒᆞ고 尊_존者_쟝ㅣ 만히⁴⁶⁾ 주근 ᄇᆞ얌과⁴⁷⁾ 주근 가히와⁴⁸⁾ 주근 사ᄅᆞᆷ과 세 가짓 주거ᄆᆞ로⁴⁹⁾ 花_황鬘_만ᄋᆞᆯ 밍ᄀᆞ라 魔_망王_왕이 손ᄃᆡ⁵⁰⁾ 가져 니거늘⁵¹⁾ 魔_망王_왕이 보고 깃거⁵²⁾ 닐오ᄃᆡ 優_훓波_방毱_꾹多_당도 내 손ᄃᆡ⁵³⁾ 自_쭝得_득ᄒᆞᆫ⁵⁴⁾

---

41) 뜨데: 뜯(뜻, 意) + -에(부조, 위치)

42) 부러: 부러, 일부러, 故(부사)

43) ᄒᆞ야: ᄒᆞ이[← 히다(하게 하다, 시키다, 使): ᄒᆞ(하다, 爲)- + -ㅣ(←-이-: 사접)-]- + -아(연어) ※ 'ᄒᆞ야'는 사동사의 어간인 'ᄒᆞ이-'에 연결 어미인 '-아'가 붙어서 축약된 형태이다.

44) 降服히오라: 降服히(항복시키다: 降服(항복: 명사) + -ᄒᆞ(동접)- + -ㅣ(←-이-: 사접)-]- + -오라(←-고라: 명종, 반말) ※ '-고라'는 높임과 낮춤의 중간 등급인 반말의 명령형의 어미이다.

45) ᄒᆞ샷다: ᄒᆞ(하다, 爲)- + -샤(←-시-: 주높)- + -Ø(과시)- + -ㅅ(←-옷-: 감동)- + -다(평종)

46) 만히: [많이, 多(부사): 많(많다, 多: 형사)- + -이(부접)] ※ '만히'는 '주근 ᄇᆞ얌'을 수식할 수 없다. 따라서 '만히'는 그 뒤에 서술어로 표현된 '(花鬘ᄋᆞᆯ 밍ᄀᆞ라)'를 수식하는 것으로 본다.

47) ᄇᆞ얌과: ᄇᆞ얌(뱀, 蛇) + -과(접조)

48) 가히와: 가히(개, 犬) + -와(접조)

49) 주거ᄆᆞ로: 주검[주검, 屍: 죽(죽다, 死: 동사)- + -엄(명접)] + -ᄋᆞ로(부조, 방편)

50) 魔王이 손ᄃᆡ: 魔王(마왕) + -이(관조) # 손ᄃᆡ(거기에, 彼處: 의명) ※ '-이 손ᄃᆡ'는 '-에게'로 의역하여 옮긴다.

51) 니거늘: 니(가다, 往)- + -거늘(연어, 상황)

52) 깃거: 깄(기뻐하다, 歡喜)- + -어(연어)

53) 내 손ᄃᆡ: 나(나, 我: 인대, 1인칭) + -ㅣ(←-의: 관조) # 손ᄃᆡ(거기에, 彼處: 의명, 위치) ※ '내 손ᄃᆡ'는 '나에게'로 의역하여서 옮긴다.

54) 自得ᄒᆞᆫ: 自得ᄒᆞ[자득하다: 自得(자득: 명사) + -ᄒᆞ(동접)-]- + -Ø(과시)- + -ㄴ(관전) ※ '自得(자득)'은 스스로 만족하게 여겨 뽐내며 우쭐거리는 것이다.

양 못하는구나.” 하고 머리를 내밀어 花鬘(화만)을 받거늘, 毱多(국다)가
세 주검으로 魔王(마왕)의 목에 매니 魔王(마왕)이 세 주검을 보고 이르
되, “어찌 이 주검을 내 목에 달았는가?” 尊者(존자)가 이르되 “중에게는
花鬘(화만)을 아니 얹는 것이거늘 (조금 전에) 네가 (화만을 나에게) 얹었
으니, 너의 목에

양⁵⁵⁾ 몯ᄒ놋다⁵⁶⁾ ᄒ고 머리를 내와다⁵⁷⁾ 花황鬘만을 바다늘⁵⁸⁾ 毱꾹多당ㅣ 세⁵⁹⁾ 주거므로⁶⁰⁾ 魔망王왕이 모기⁶¹⁾ ᄆᆡᆫ대⁶²⁾ 魔망王왕이 세 주거를 보고 닐오ᄃᆡ⁶³⁾ 엇뎨 이 주거를 내 모기 ᄃᆞᆫ다⁶⁴⁾ 尊존者쟝ㅣ 닐오ᄃᆡ 쥬의 ᄀᆞ젠⁶⁵⁾ 花황鬘만을 아니 엿ᄂᆞᆫ⁶⁶⁾ 거시어늘⁶⁷⁾ 네⁶⁸⁾ 연ᄌᆞ니 네⁶⁹⁾ 모기

---

55) 양: 양, 모양, 樣(의명, 흡사)
56) 몯ᄒ놋다: 몯ᄒ[못하다, 不能: 몯(못, 不能, 부사, 부정)+-ᄒ(동접)-]-+-ㄴ(←-ᄂᆞ-: 현시)-+-옷(감동)-+-다(평종)
57) 내와다: 내완[내밀다, 伸: 나(나다, 出)-+-ㅣ(←-이-: 사접)-+-완(강접)-]-+-아(연어)
58) 바다늘: 받(받다, 受)-+-아늘(←-거늘: 연어, 상황)
59) 세: 세, 三(관사, 양수) ※『월인석보』의 원문에 있는 '세'의 자형이 마치 '씨'처럼 보이나, 『釋迦譜』에는 '三'으로 기술되어 있다.
60) 주거므로: 주검[주검, 屍: 죽(죽다, 死: 동사)-+-엄(명접)]+-으로(부조, 방편)
61) 모기: 목(목, 項)+-의(-에: 부조, 위치)
62) ᄆᆡᆫ대: ᄆᆡ(매다, 結)-+-ㄴ대(-는데, -니: 연어, 반응)
63) 닐오ᄃᆡ: 닐(←니르다: 이르다, 言)-+-오ᄃᆡ(-되: 연어, 설명 계속)
64) ᄃᆞᆫ다: ᄃᆞ(←ᄃᆞᆯ다: 달다, 著)-+-∅(과시)-+-ㄴ다(-는가: 의종, 2인칭)
65) 쥬의 ᄀᆞ젠: 쥬(중, 僧, 比丘)+-의(관조)#게(거기에, 彼處: 의명, 위치)+-ㄴ(←-는: 보조사, 주제)
66) 엿ᄂᆞᆫ: 엿(←엿다←엱다: 얹다, 著)-+-ᄂᆞ(현시)-+-ㄴ(관전)
67) 거시어늘: 것(것: 의명)+-이(서조)-+-어늘(←-거늘: 연어, 상황)
68) 네: 너(너, 汝: 인대, 2인칭)+-ㅣ(←-이: 주조)
69) 네: 너(너, 汝: 인대, 2인칭)+-ㅣ(←-의: 관조)

주·거·미 몯·ᄆᆡᇙ·거·시·어·늘 내·ᄆᆡ·요·ᄆᆞ·ᆫ
·ᄐᆞ·니·네 힘·ᄆᆞ·로 ·왯·거·든 아·ᅀᆞ·라 ·네·엇
뎨 佛뿛子중 ·와 ·싸·호·ᄂᆞᆫ·다 菩뽕薩삻ㅅ·긔
法·법 맛·디·샤·미 아·비·아·ᄃᆞᆯ 쳔량 맛·디·ᄃᆞᆷ·이 곧·ᄒᆞ·니·라
·겨·리 頗팡梨링山산 ·올·다·ᄐᆞ·ᄃᆞᆺ·ᄒᆞ·니
·라 魔망王왕·이 제 모·개 잇 주·거·믈 앗·다
가·몯·ᄒᆞ·야 大·땡怒:농·ᄒᆞ·야 虛헝空콩

주검이 (화만을) 못 맬 것이거늘 (이처럼 주검이 화만을 너의 목에 맨 것은) 내가 (너의 목에 화만을) 매는 것과 같으니, 네 힘으로 (주검을) 없앨 수 있거든 없애라. 네가 어찌 佛子(불자)와 싸우는가?"【 부처가 菩薩(보살)에게 法(법)을 맡기는 것이 아버지가 아들에게 재물을 맡기는 것과 같으니라. 】(불자와 싸우는 것은 마치) 바다의 물결이 頗梨山(파리산)을 부딛치듯 하니라." 魔王(마왕)이 제 목에 있는 주검을 없애다가 못하여, 대로(大怒)하여 虛空(허공)에

주거미 몯 ᄆᆡᇙ[70] 거시어늘[71] 내[72] ᄆᆡ요미[73] ᄀᆞᄐᆞ니 네 히ᄆᆞ로[74] 앗거든[75] 아ᅀᆞ라[76] 네 엇뎨 佛뿌ᇙ子ᄌᆞᆼ[77]와 싸호ᄂᆞᆫ다[78]【부톄 菩뽕薩사ᇙㅅ긔[79] 법 맛디샤미[80] 아비[81] 아ᄃᆞ릐 게[82] 쳔량[83] 맛듀미[84] ᄀᆞᆮᄒᆞ니라[85]】 바ᄅᆞᆳ[86] 믌겨리[87] 頗팡梨롕山산[88]ᄋᆞᆯ 다티ᄃᆞᆺ[89] ᄒᆞ니라[90] 魔망王왕이 제 모ᄀᆡᆺ[91] 주거믈 앗다가[92] 몯ᄒᆞ야 大땡怒농ᄒᆞ야 虛헝空콩애

---

70) ᄆᆡᇙ: ᄆᆡ(매다, 著)-+-ㅭ(관전)
71) 거시어늘: 것(것, 者: 의명)+-이(서조)-+-어늘(←-거늘: 연어, 상황)
72) 내: 나(나, 我: 인대, 1인칭)+-ㅣ(←-ᄋᆡ: 관조, 의미상 주격)
73) ᄆᆡ요미: ᄆᆡ(매다, 著)+-욤(←-옴: 명전)+-이(-과: 부조, 비교)
74) 히ᄆᆞ로: 힘(힘, 力)+-ᄋᆞ로(부조, 방편)
75) 앗거든: 앗(없애다, 除)-+-거든(연어, 조건)
76) 아ᅀᆞ라: 아ᇫ(←앗다, ㅅ불: 없애다, 除)-+-ᄋᆞ라(명종) ※『아육왕전』에는 이 부분에 대응되는 내용을 '亦如汝不應以死尸結項而我結之'로 기술하고 있다.
77) 佛子: 불자. 석가모니의 제자이다.
78) 싸호ᄂᆞᆫ다: 싸호(싸우다, 鬪)-+-ᄂᆞ(현시)-+-ㄴ다(-ㄴ가: 의종, 2인칭)
79) 菩薩ㅅ긔: 菩薩(보살)+-ㅅ긔(-께: 부조, 상대, 높임)+
80) 맛디샤미: 맛디[맡기다, 任: 맜(맡다, 任: 타동)-+-이(사접)-]-+-샤(←-시-: 주높)-+-ㅁ(←-옴: 명전)+-이(주조)
81) 아비: 아비(아버지, 父)+-Ø(←-이: 주조)
82) 아ᄃᆞ릐 게: 아ᄃᆞᆯ(아들, 子)+-ᄋᆡ(관조) # 게(거기에, 彼處: 의명, 위치) ※ '아ᄃᆞ릐 게'는 '아들에게'로 의역하여서 옮긴다.
83) 쳔량: 재물, 돈, 財.
84) 맛듀미: 맛디[맡기다, 任: 맜(맡다, 任: 타동)-+-이(사접)-]-+-움(명전)+-이(-과: 부조, 비교)
85) ᄀᆞᆮᄒᆞ니라: ᄀᆞᆮᄒᆞ(같다, 如)-+-Ø(현시)-+-니(원칙)-+-라(←-다: 평종)
86) 바ᄅᆞᆳ: 바ᄅᆞᆯ(바다, 海)+-ㅅ(-의: 관조)
87) 믌겨리: 믌결[물결, 波浪: 믈(물, 水)+-ㅅ(관조, 사잇)+결(결, 紋)]+-이(주조)
88) 頗梨山: 파리산. '頗梨(파리)'는 산스크리트어 sphaṭika의 음사로서, '수정(水晶)'을 이른다. 따라서 '頗梨山(파리산)'은 수많은 수정으로 된 산으로 추정한다.
89) 다티ᄃᆞᆺ: 다티[부딪치다, 스치다, 觸)-+-ᄃᆞᆺ(-듯: 연어, 흡사) ※ '다티다'는 몸이나 물건을 건드리는 것이다.
90) ᄒᆞ니라: ᄒᆞ(하다: 보용, 흡사)-+-Ø(현시)-+-니(원칙)-+-라(←-다: 평종)
91) 모ᄀᆡᆺ: 목(목, 項)+-ᄋᆡ(-에: 부조, 위치)+-ㅅ(-의: 관전) ※ '모ᄀᆡᆺ'은 '목에 있는'으로 의역하여 옮긴다.
92) 앗다가: 앗(없애다, 除, 解)-+-다가(연어, 동작의 전환)

소사 달려서 이르되 "내가 비록 (주검을) 못 끄르더라도 나의 諸天(제천)들이 능히 끄르리라." 毱多(국다)가 이르되 "네가 아무리 梵天(범천)이며 釋提桓因(석제환인)이며 毗沙門天(비사문천)이며, 아무런 諸天(제천)들에게 가도 (주검을) 못 끄르리라." 魔王(마왕)이 諸天(제천)께 가서 "(주검을) 끌러 주오."

솟ᄃ라셔[93] 닐오ᄃᆡ 내 비록 몯 그른ᄃᆞᆯ[94] 내 諸졍天텬ᄃᆞᆯ히[95] 어루[96]

그르리라[97] 毱꾹多당ㅣ 닐오ᄃᆡ 네 현마[98] 梵뼘天텬[99]이며 釋셕提똉桓

환因ᅙᅵᆫ[100]이며 毗삥沙상門몬天텬[1]이며 아ᄆ란[2] 諸졍天텬ᄃᆞᆯ히 그에[3] 가

도 몯 그르리라 魔망王왕이 諸졍天텬ᄭᅴ 가아 그르고라[4]

---

93) 솟ᄃ라셔: 솟ᄃᆞᆯ[← 솟ᄃᆞᆮ다, ᄃ불(솟아 달리다, 踊身): 솟(솟다, 踊)- + ᄃᆞᆮ(닫다, 달리다, 走)-]- + -아셔(-아서: 연어)

94) 그른ᄃᆞᆯ: 그르(끄르다, 풀다, 解)- + -ㄴᄃᆞᆯ(연어, 양보, 불구)

95) 諸天ᄃᆞᆯ히: 諸天ᄃᆞᆯㅎ[제천들: 諸天(제천) + -ᄃᆞᆯㅎ(-들: 복접)] + -이(주조) ※ '諸天(제천)'은 여러 하늘의 신(天神)들이다.

96) 어루: 가히, 능히, 足能(부사)

97) 그르리라: 그르(끄르다, 풀다, 解)- + -리(미시)- + -라(← -다: 평종)

98) 현마: 아무리.

99) 梵天: 범천. 색계(色界) 초선천(初禪天)의 우두머리이다. 제석천(帝釋天)과 함께 부처를 좌우에서 모시는 불법 수호의 신이다.

100) 釋提桓因: 석제환인. 십이천의 하나이다. 수미산 꼭대기에 있는 도리천의 임금으로, 사천왕과 삼십이천을 통솔하면서 불법과 불법에 귀의하는 사람을 보호하고 아수라의 군대를 정벌한다고 한다.(= 帝釋天)

1) 毗沙門天: 비사문천. 사천왕(四天王)의 하나. 다문천을 다스려 북쪽을 수호하며 야차와 나찰을 통솔한다. 분노의 상(相)으로 갑옷을 입고서 왼손에 보탑(寶塔)을 받쳐 들고 오른손에 몽둥이를 들고 있다.(= 多聞天王)

2) 아ᄆ란: [아무런, 某(관사): 아ᄆ라(← 아ᄆ랗다: 아무렇다, 某, 형사)- + -ㄴ(관전▷관접)]

3) 諸天ᄃᆞᆯ히 그에: 諸天ᄃᆞᆯㅎ[제천들: 諸天(제천) + -ᄃᆞᆯㅎ(-들: 복접)] + -ᄋᆡ(관조) # 그에(거기에, 彼處: 의명, 처소) ※ '諸天ᄃᆞᆯ히 그에'는 '제천들에게'로 의역하여 옮긴다.

4) 그르고라: 그르(끄르다, 풀다, 解)- + -고라(명종, 반말)

라흐대諸_졍天_텬돌히닐오티우리
사롤그리로다항야놀梵_뻠天_텬
씌가아合_합掌_쟝항야그르고람항
대梵_뻠天_텬이對_됭答_답호티十_씹
力_륵世_셰尊_존ㅅ弟_뗑子_중ㅣ혼이
리라우리히미사오나밯혀마그
디몯호리니_씹力_륵은열가짓神
_씬力_륵이라호나향나향올

하니 諸天(제천)들이 이르되 "우리야말로 못 풀겠구나." 하거늘, 梵天(범천)께 가서 合掌(합장)하여 "풀어 주오." 하니, 梵天(범천) 對答(대답)하되 "十力(십력)을 갖춘 世尊(세존)의 弟子(제자)가 한 일이라서 우리의 힘이 미약하여 아무래도 풀지 못하겠으니 【十力(십력)은 열 가지의 神力(신력)이니, 하나는 옳으며

ᄒᆞᆫ대⁵⁾ 諸_정天_텬들히 닐오ᄃᆡ 우리사⁶⁾ 몯 그르리로다⁷⁾ ᄒᆞ야늘 梵_뻠

天_텬씌 가아 合_{ᅘᅡᆸ}掌_쟝ᄒᆞ야 그르고라 ᄒᆞᆫ대⁸⁾ 梵_뻠天_텬이 對_됭答_답호ᄃᆡ

十_씹力_륵을⁹⁾ 世_솅尊_존ㅅ 弟_뗑子_중ㅣ¹⁰⁾ 혼 이리라¹¹⁾ 우리 히미 사오나

바¹²⁾ 현마¹³⁾ 그르디 몯ᄒᆞ리니【十_씹力_륵은 열 가짓 神_씬力_륵¹⁴⁾이니 ᄒᆞ나

ᄒᆞᆫ¹⁵⁾ 올ᄒᆞ며¹⁶⁾

---

5) ᄒᆞᆫ대: ᄒᆞ(하다, 言)- + -ㄴ대(-는데, -니: 연어, 반응)

6) 우리사: 우리(우리, 我: 인대, 1인칭, 복수) + -ㅿ(-야: 보조사, 한정 강조)

7) 그르리로다: 그르(끄르다, 풀다, 解)- + -리(미시)- + -로(←-도-: 감동)- + -다(평종)

8) ᄒᆞᆫ대: ᄒᆞ(하다, 曰)- + -ㄴ대(-는데, -니: 연어, 반응)

9) 十力: 십력. 부처만이 지니고 있는 열 가지 지혜의 힘이다. 첫째는 처비처지력(處非處智力)으로 이치에 맞는 것과 맞지 않는 것을 분명히 구별하는 능력이다. 둘째는 업이숙지력(業異熟智力)으로 선악의 행위와 그 과보를 아는 능력이다. 셋째는 정려해탈등지등지지력(靜慮解脫等持等至智力)으로 모든 선정(禪定)에 능숙한 것이다. 넷째는 근상하지력(根上下智力)으로 중생의 능력이나 소질의 우열을 아는 능력이다. 다섯째는 종종승해지력(種種勝解智力)으로 중생의 여러 가지 뛰어난 판단을 아는 능력이다. 여섯째는 종종계지력(種種界智力)으로 중생의 여러 가지 근성을 아는 능력이다. 일곱째는 변취행지력(遍趣行智力)으로 어떠한 수행으로 어떠한 상태에 이르게 되는지를 아는 능력이다. 여덟째는 숙주수념지력(宿住隨念智力)으로, 중생의 전생을 기억하는 능력이다. 아홉째는 사생지력(死生智力)으로, 중생이 죽어 어디에 태어나는지를 아는 능력이다. 열째는 누진지력(漏盡智力)으로 번뇌를 모두 소멸시키는 능력이다.

10) 弟子ㅣ: 弟子(제자) + -ㅣ(관조, 의미상 주격)

11) 이리라: 일(일, 所) + -이(서조)- + -라(←-아: 연어)

12) 사오나바: 사오낳(← 사오납다, ㅂ불: 사납다, 약하다, 微弱)- + -아(연어) ※ 『아육왕전』에는 '사오나바'를 '微弱(미약)'으로 표현했다. 이를 감안하여 '미약하다'로 의역하여 옮긴다.

13) 현마: 아무래도, 차마, 끝내, 終(부사)

14) 神力: 신력. 신의 위력(威力)이다.

15) ᄒᆞ나ᄒᆞᆫ: ᄒᆞ나ᄒᆞ(하나, 一: 수사, 양수) + -ㄴ(보조사, 주제)

16) 올ᄒᆞ며: 옳(옳다, 是)- + -ᄋᆞ며(연어, 나열)

씨ᄒᆞ며 왼 行ᅘᅢᆼ애 眞진實ᇙ로 아ᄅᆞ실씨오 둘흔 衆즁生ᄉᆡᆼ이 三삼世솅옛 業ᅌᅥᆸ報ᄫᅭᆯ 아ᄅᆞ실씨오 세흔 여러 가짓 禪쎤과 解갱脫ᄐᆞᇙ와 三삼昧ᄆᆡᆼ와ᄅᆞᆯ 아ᄅᆞ실씨오 解갱脫ᄐᆞᇙᄋᆞᆫ ᄆᆞᅀᆞ미 自ᄍᆞᆼ在ᄍᆡᆼᄒᆞ야 ᄆᆡ이디 아니ᄒᆞ야 버서날씨라 네흔 衆즁生ᄉᆡᆼᄋᆡ 여러 根ᄀᆞᆫ이 어딜며 사오나ᄫᆞᆫ들 아ᄅᆞ실씨오 다ᄉᆞᆺ슨 衆즁生ᄉᆡᆼ이 種죵種죵앳 性ᄉᆡᆼ을 아ᄅᆞ실씨오 여스슨 世솅間간앳 種죵種죵性ᄉᆡᆼ 다ᄅᆞᆫ들 아ᄅᆞ실씨오 닐구븐 一힗切촁옛 다ᄅᆞᆫ 고ᄃᆡᆺ 道ᄯᅭᆯ 아ᄅᆞ실씨오 여들븐 衆즁生ᄉᆡᆼ들ᄒᆡ 前쪈生ᄉᆡᆼ앳 이ᄅᆞᆯ 아ᄅᆞ실

그른 行(행)을 眞實(진실)로 아시는 것이요, 둘은 衆生(중생)이 三世(삼세)의 業報(업보)를 아시는 것이요, 셋은 여러 가지의 禪(선)과 解脫(해탈)과 三昧(삼매)를 아시는 것이요, 解脫(해탈)은 마음이 自在(자재)하여 얽매이지 아니하여 벗어나는 것이다. 넷은 衆生(중생)의 여러 根(근)이 어질며 사나운 것을 아시는 것이요, 다섯은 衆生(중생)이 種種(종종)의 性(성)을 아시는 것이요, 여섯은 世間(세간)에 있는 種種(종종)의 性(성)을 아시는 것이요, 일곱은 一切(일체)의 다 다른 곳에 있는 道(도)를 아시는 것이요, 여덟은 衆生(중생)들의 前生(전생)에 있는 일을 아시는

왼¹⁷⁾ 行_행애 眞_진實_씷로 아ᄅ실¹⁸⁾ 씨오 둘흔¹⁹⁾ 衆_즁生_{ᄉᆡᆼ}이 三_삼世_솅²⁰⁾ 業_업報_봉²¹⁾

를 아ᄅ실 씨오 세흔²²⁾ 여러 가짓 禪_쎤²³⁾과 解_갱脫_ퟅ²⁴⁾와 三_삼昧_밍와를²⁵⁾ 아ᄅ실

씨오 解_갱脫_ퟅ은 ᄆᆞᅀᆞ미 自_쭝在_찡²⁶⁾ᄒᆞ야 얽미이디²⁷⁾ 아니ᄒᆞ야 버서날 씨라 네

흔²⁸⁾ 衆_즁生_{ᄉᆡᆼ}이 여려²⁹⁾ 根_근³⁰⁾이 어딜며 사오나ᄫᆞᆯ³¹⁾ 들³²⁾ 아ᄅ실 씨오 다ᄉᆞᆫ 衆

_즁生_{ᄉᆡᆼ}의 種_죵種_죵앳 즐기논³³⁾ 이를 아ᄅ실 씨오 여스슨 世_솅間_간 種_죵種_죵앳 性

_셩³⁴⁾을 아ᄅ실 씨오 닐구븐 一_힗切_촁 다ᄃᆞ른³⁵⁾ 고맷³⁶⁾ 道_똘³⁷⁾를 아ᄅ실 씨오 여

들븐 衆_즁生_{ᄉᆡᆼ}들히 前_쪈生_{ᄉᆡᆼ}앳 이를 다 아ᄅ실

---

17) 왼: 외(그르다, 誤)- + -Ø(현시)- + -ㄴ(관전)

18) 아ᄅ실: 알(알다, 知)- + -ᄋᆞ시(주높)- + -ㄹ(관전)

19) 둘흔: 둘ㅎ(둘, 二: 수사, 양수) + -은(보조사, 주제)

20) 三世: 삼세. 전세(前世), 현세(現世), 내세(來世)의 세 가지 세상을 이른다.

21) 業報: 업보. 선악의 행업으로 말미암은 과보(果報)이다.

22) 세흔: 둘ㅎ(셋, 三: 수사, 양수) + -은(보조사, 주제)

23) 禪: 선. 마음을 한곳에 모아 고요히 생각하는 일이다.

24) 解脫: 해탈. 번뇌의 얽매임에서 풀리고 미혹의 괴로움에서 벗어나는 것이다. 본디 열반과 같이 불교의 궁극적인 실천 목적이다.

25) 三昧와를: 三昧(삼매) + -와(접조) + -를(목조) ※ '三昧(삼매)'는 잡념을 떠나서 오직 하나의 대상에만 정신을 집중하는 경지로서, 바른 지혜를 얻고 대상을 올바르게 파악하게 된다.

26) 自在: 자재. 속박이나 장애가 없이 마음대로 하는 것이다.

27) 얽미이디: 얽미이[얽매이다: 얽(얽다)- + 미(매다)- + -이(피접)-]- + -디(-지: 연어, 부정)

28) 네흔: 네ㅎ(넷, 四: 수사, 양수) + -은(보조사, 주제)

29) 여려: 여려(↞ 여러: 여러, 多, 관사, 양수)

30) 根: 근. 어떤 작용을 일으키는 강력한 힘이다. 육근(六根)의 능력을 이른다.

31) 사오나ᄫᆞᆯ: 사오날(↞ 사오납다, ㅂ불: 사납다, 猛)- + -Ø(현시)- + -은(관전)

32) 들: ㄷ(↞ ᄃᆞ: 것, 者, 의명) + -을(목조)

33) 즐기논: 즐기[즐기다, 樂: 즑(불어, 喜) + -이(사접)-]- + -ㄴ(↞ -ᄂᆞ-: 현시)- + -오(대상)- + -ㄴ(관전)

34) 性: 성. 사람이나 사물 따위의 본성이나 본바탕이다.

35) 다ᄃᆞ른: 다ᄃᆞᆯ[↞ 다ᄃᆞᆮ다, ㄷ불(다다르다, 到): 다(다, 悉: 부사) + ᄃᆞᆮ(닫다, 달리다, 走)-]- + -Ø(과시)- + -은(관전)

36) 고맷: 곰(곳, 處: 의명) + -애(↞ -에: 부조, 위치) + -ㅅ(-의: 관조)

37) 一切 다ᄃᆞ른 고맷 道를 아ᄅ실 씨오: '편취행지력(遍趣行知力)'을 번역한 것이다. 일체처(一切處)에 이르는 도(道)를 여실히 다 아시는 부처님의 힘이다.

[24 앞]

실ᄊᆞᆼ오 아호ᄫᆞᆫ 天텬眼안ᄋᆞ로 마ᄀᆞᆫ ᄃᆡ 업시 다 보실ᄊᆡ오 열후ᄂᆞᆫ 漏ᄅᆞᆼ丨 다ᄋᆞᆫ 智딩慧ᄤᅨᆼ를 得득실ᄊᆡ라 초ᄒᆡᆼ 蓮련ㅅ 불휘로 須슝彌밍山산ᄋᆞᆫ 미여 ᄃᆞᆯ려니와 이ᄅᆞᆯ 그르려 호ᄆᆞᆫ 올티 아니ᄒᆞ니라 魔뭥王왕이 닐오ᄃᆡ 너옷 몯 그르면 내 뉘 그ᄒᆡ 가료 梵뻠王왕이 닐오ᄃᆡ 네 어셔 優ᅙᅮᆸ波방鞠귝多당ᄭᅴ 가아

것이요, 아홉은 天眼(천안)으로 막은 데가 없이 다 보시는 것이요, 열은 漏(누)가 다한 지혜를 得(득)하시는 것이다. 】, 차라리 蓮(연)의 뿌리로 須彌山(수미산)은 매어 달려니와 이것(= 주검)을 풀려 함은 옳지 아니하니라." 魔王(마왕)이 이르되 "너야말로 (주검을) 못 풀면 내가 누구에게 가료?" 梵王(범왕)이 이르되 "네가 어서 優波鞠多(우파국다)께 가서

씨오 아호븐 天_텬眼_안³⁸⁾으로 마곤³⁹⁾ 듸⁴⁰⁾ 업시 다 보실 씨오 열혼 漏_룰ㅣ⁴¹⁾ 다

은⁴²⁾ 智_딩慧_똉를 得_득ᄒ실 씨라】 출히⁴³⁾ 蓮_련ㅅ 불휘로⁴⁴⁾ 湏_슝彌_밍山_산⁴⁵⁾

은 미여⁴⁶⁾ 둘려니와⁴⁷⁾ 이⁴⁸⁾ 글오려⁴⁹⁾ 호문⁵⁰⁾ 닉젓디⁵¹⁾ 아니ᄒ니라

魔_망王_왕이 닐오듸 너옷⁵²⁾ 몯 그르면 내 뉘 그에⁵³⁾ 가료⁵⁴⁾ 梵_뻠王

_왕⁵⁵⁾이 닐오듸 네 어셔⁵⁶⁾ 優_흫波_방毱_꾹多_당ㅅ긔 가아

---

38) 天眼: 천안. 오안의 하나. 육안으로 볼 수 없는 것을 환히 보는 신통한 마음의 눈이다. 천도(天道)에 나거나 선정(禪定)을 닦아서 얻게 되는 눈이다.

39) 마곤: 막(막다, 碍)-+-Ø(과시)-+-은(관전)

40) 듸: 듸(데, 곳, 處: 의명)+-Ø(←-이: 주조)

41) 漏ㅣ: 漏(누)+-ㅣ(←-이: 주조) ※ '漏(누)'는 사물을 따라 마음에 생기는 번뇌이다. 눈, 귀 따위의 육근(六根)으로부터 새어 나와 그치지 않는 것이라는 뜻이다.

42) 다은: 다ᄋ(다하다, 盡)-+-Ø(과시)-+-ㄴ(관전)

43) 출히: 차라리, 寧(부사)

44) 불휘로: 불휘(뿌리, 根)+-로(부조, 방편)

45) 湏彌山: 수미산. 불교의 우주관에서, 세계의 중앙에 있다는 산이다. 꼭대기에는 제석천이, 중턱에는 사천왕이 살고 있으며, 그 높이는 물 위로 팔만 유순이고 물속으로 팔만 유순이며, 가로의 길이도 이와 같다고 한다.

46) 미여: 미(매다, 縣)-+-여(←-어: 연어)

47) 둘려니와: 둘(달다, 매달다, 縣)-+-리(미시)-+-어니와(←-거니와: 연어, 인정 대조)

48) 이: 이것, 此(지대, 정칭) ※ '이'는 '주검'을 가리킨다.

49) 글오려: 글(←그르다: 끄르다, 풀다, 解)-+-오려(-려: 연어, 의도)

50) 호문: ᄒ(←ᄒ다: 하다, 보용, 의도)-+-옴(명전)+-은(보조사, 주제)

51) 닉젓디: 닉젓[옳다, 마땅하다, 온당하다, 是: 닉(익다, 熟: 자동)-+-젓(형접)-]-+-디(-지: 연어, 부정) ※ '닉젓다'의 형태와 의미를 확인할 수 없다. 참고로 『아육왕전』에는 '닉젓디 아니ᄒ니라'에 대응하는 내용을 '無有是處'로 기술하였다. '無有是處'는 '올바른 데가 없다'나 '온당치 않다'의 뜻을 나타내므로, '닉젓다'는 '옳지 않다'로 추정하여 옮긴다.

52) 너옷: 너(너, 汝: 인대, 2인칭)+-옷(←-곳: 보조사, 한정 강조)

53) 뉘 그에: 누(누구, 誰: 인대, 미지칭)+-ㅣ(←-의: 관조) # 그에(거기에, 彼處: 의명, 위치) ※ '뉘 그에'는 '누구에게'로 의역한다.

54) 가료: 가(가다, 歸)-+-료(의종, 설명, 미시)

55) 梵王: 범왕. 색계(色界) 초선천(初禪天)의 우두머리이다.(= 범천왕, 梵天王)

56) 어셔: 어서, 疾(부사)

歸귕依힁ᄒ야ᅀᅡ 버서나리니 너 降
服뽁 아니ᄒ면 네의 天텬上썅 快
樂락ᄋᆞᆯ 헐며【快쾡樂락ᄋᆞᆫ 훤히 즐거ᄫᅳᆯ씨라】 네의
尊존ᄒᆞ고 貴귕ᄒᆞᆫ 일후믈 헐리라 魔망
王ᄋᆞᆯ 이 너교ᄃᆡ 如來링ㅅ 弟똉子ᄌᆞ
ᄋᆡ 勢솅力륵ᄋᆞᆯ 大梵뻠天텬王
도 이리 恭공敬경ᄒᆞᄂᆞ니【勢솅力륵은 威】

歸依(귀의)하여야 (주검에서) 벗어나리니, 네가 降服(항복)을 아니 하면 너의 天上(천상)의 快樂(쾌락)을 헐며【快樂(쾌락)은 시원히 즐거운 것이다.】 너의 尊(존)하고 貴(귀)한 이름을 헐리라." 魔王(마왕)이 여기되 "如來(여래)의 弟子(제자)의 勢力(세력)을 大梵天王(대범천왕)도 이리 恭敬(공경)하나니【勢力(세력)은

歸_귕依_휭ᄒᆞ야ᅀᅡ⁵⁷⁾ 버서나리니⁵⁸⁾ 네 降_{ᅘᅡᇰ}服_뽁 아니 ᄒᆞ면 네의⁵⁹⁾ 天_텬上_썅⁶⁰⁾ 快_쾡樂_락ᄋᆞᆯ 헐며【快_쾡樂_락ᄋᆞᆫ 훤히⁶¹⁾ 즐거ᄫᅳᆯ⁶²⁾ 씨라】네의⁶³⁾ 尊_존코⁶⁴⁾ 貴_귕ᄒᆞᆫ 일후믈⁶⁵⁾ 헐리라 魔_망王_왕이 너교ᄃᆡ⁶⁶⁾ 如_{ᅀᅥ}來_ᆼㅅ 弟_똉子_{ᄌᆞᇰ}이 勢_솅力_륵을 大_땡梵_뻠天_텬王_왕⁶⁷⁾도 이리 恭_공敬_경ᄒᆞᄂᆞ니【勢_솅力_륵은

---

57) 歸依ᄒᆞ야ᅀᅡ: 歸依ᄒᆞ[귀의하다: 歸依(귀의: 명사)+−ᄒᆞ(동접)−]−+−야ᅀᅡ(←−아ᅀᅡ: 연어, 필연적 조건)

58) 버서나리니: 벗어나[벗어나다, 脫: 벗(벗다, 脫)−+−어(연어)+나(나다, 出)−]−+−리(미시)−+−니(연어, 설명 계속)

59) 네의: 너(너, 汝: 인대, 2인칭)+−ㅣ(←−의: 관조)+−의(관조) ※ '네의'는 대명사 '너'에 관형격 조사가 거듭하여 실현된 형태인데, 이때의 '네의'는 '네'를 오각한 것으로 보인다.

60) 天上: 천상. 욕계(慾界), 색계(色戒), 무색계(無色界)의 여러 하늘이다.

61) 훤히: [시원히, 快(부사): 훤(훤: 불어)+−ᄒᆞ(←−ᄒᆞ−: 형접)−+−이(부접)]

62) 즐거ᄫᅳᆯ: 즐겁[← 즐겁다, ㅂ불: 즑(불어)+−업(형접)−]−+−을(관전)

63) 네의: 너(너, 汝: 인대, 2인칭)+−ㅣ(←−의: 관조)+−의(관조) ※ '네의'는 대명사 '너'에 관형격 조사가 거듭하여 실현된 형태이다. 이때의 '네의'는 '너'가 관형절 속에서 의미상으로 주격으로 기능할 때에, 관형격 조사가 겹쳐서 실현된 형태이다.

64) 尊코: 尊ᄒᆞ[← 존ᄒᆞ다(존하다): 尊(존: 불어)+−ᄒᆞ(형접)−]−+−고(연어, 나열)

65) 일후믈: 일훔(이름, 名)+−을(목조)

66) 너교ᄃᆡ: 너기(여기다, 念)−+−오ᄃᆡ(−되: 연어, 설명 계속)

67) 大梵天王: 대범천왕. 대범천에 있으면서 사바세계를 다스리는 천왕이다. ※ '大梵天(대범천)'은 색계(色界) 중의 초선천(初禪天)의 셋째 하늘이다. 대범천왕이 있는 곳이다.

嚴엄 엣히 미라 ᄒᆞ듯 ᄒᆞᆫ 마리라 恭
공恭ᄋᆞᆫ 버릇 업디 아니 ᄒᆞᆯᄊᆞᆯ오 敬경ᄋᆞᆫ
고마ᄒᆞᆯ슈ᄫᅡᆼ 초심ᄒᆞᆯᄊᆡ라 부텻 勢솅力륵 이사어
드리ᄀᆞ장ᄒᆞ료 나ᄅᆞᆯ 못 ᄌᆂ교 려ᄒᆞᆶ샐 慈
삼ᄌᆂ이롤 ᄒᆞ시료마ᄅᆞᆫ 큰 慈쫑
悲빙心심 ᄋᆞ로 나ᄅᆞᆯ 어엿비 너기샤
내 어셟ᄃᆞ리ᄅᆞᆯ 아니 ᄒᆞ시닷다ᄋᆞ
업스ᇙ 날사 如셩來링 ᄉ德득 이 클산ᄌ

'威嚴(위엄)이 있는 힘이다.' 하듯 한 말이다. 恭(공)은 버릇업지 아니한 것이요, 敬(경)은 공경하여 조심하는 것이다. 】 부처의 勢力(세력)이야말로 어찌 한 정(限定)이 있으리오? (부처가) 나를 속이려 하신다면야 무슨 일을 못 하시리오마는, 큰 慈悲心(자비심)으로 나를 불쌍히 여기시어 나에게 괴로운 일을 아니 하시더구나. 오늘날에야 如來(여래)의 德(덕)이 크신 줄을

威_휑嚴_엄엣⁶⁸⁾ 히미라⁶⁹⁾ ᄒᆞ듯⁷⁰⁾ ᄒᆞᆫ 마리라 恭_공은 버릇 업디 아니홀 씨오 敬_경은 고마ᄒᆞᇫᄫᅡ⁷¹⁾ 초심홀⁷²⁾ 씨라 】 부텻 勢_솅力_륵이ᅀᅡ⁷³⁾ 어드리⁷⁴⁾ 그지ᄒᆞ료⁷⁵⁾ 나를 소교려⁷⁶⁾ ᄒᆞ샬뗴ᅀᅡ⁷⁷⁾ 므슷⁷⁸⁾ 이를 몯 ᄒᆞ시료마른⁷⁹⁾ 큰 慈_쫑悲_빙心_심ᄋᆞ로 나를 어엿비⁸⁰⁾ 너기샤 내 그에⁸¹⁾ 셜ᄫᆞᆫ⁸²⁾ 이를 아니 ᄒᆞ시닷다⁸³⁾ 오ᄂᆞᆳ날ᅀᅡ⁸⁴⁾ 如_셩來_링ㅅ 德_득이 크샨⁸⁵⁾ 주를⁸⁶⁾

---

68) 威嚴엣: 威嚴(위엄) + -에(부조, 위치) + -ㅅ(-의: 관조) ※ '威嚴엣'은 '위엄이 있는'으로 의역하여 옮긴다.

69) 히미라: 힘(힘, 力) + -이(서조)- + -Ø(현시)- + -라(←-다: 평종)

70) ᄒᆞ듯: ᄒᆞ(하다, 謂)- + -듯(-듯: 연어, 흡사)

71) 고마ᄒᆞᇫᄫᅡ: 고마ᄒᆞ[삼가 높이 여기다, 공경하다, 敬: 고마(삼가 높임 여김, 敬: 명사) + -ᄒᆞ(동접)-]- + -ᅀᆞᆸ(←-ᅀᆞᆸ-: 객높)- + -아(연어)

72) 초심홀: 초심ᄒᆞ[←조심ᄒᆞ다(조심하다, 操心): 조심(조심, 操心: 명사) + -ᄒᆞ(동접)-]- + -ㄹ(관전) ※ '초심'은 '조심(操心)'을 오각한 형태이다.

73) 勢力이ᅀᅡ: 勢力(세력) + -이(주조) + -ᅀᅡ(보조사, 한정 강조)

74) 어드리: 어찌, 어떻게, 何(부사)

75) 그지ᄒᆞ료: 그지ᄒᆞ[기한하다, 한정하다, 度量: 그지(끝, 限度: 명사) + -ᄒᆞ(동접)-]- + -료(의종, 설명, 미시)

76) 소교려: 소기[속이다, 斯: 속(속다: 자동)- + -이(사접)-]- + -오려(-려: 연어, 의도)

77) ᄒᆞ샬뗴ᅀᅡ: ᄒᆞ(하다: 보용, 의도)- + -샤(←-시-: 주높)- + -Ø(←-오-: 대상)- + -ㄹ뗴(←-ㄹ뗸: 연어, 가정, 조건)- + -ᅀᅡ(-다면야: 연어, 필연적 조건, 한정 강조) ※ '-ㄹ뗴ᅀᅡ'의 형태와 의미를 확인할 수 없다. 여기서는 '조건'의 뜻을 나타내는 연결 어미인 '-ㄹ뗸/-ㄹ뗸'에서 /ㄴ/이 탈락되고 보조사 '-ᅀᅡ'가 결합된 형태로 추정하며, 'ᄒᆞ샬뗴ᅀᅡ'를 '하신다면야'로 옮긴다.

78) 므슷: 무슨, 何(관사)

79) ᄒᆞ시료마른: ᄒᆞ(하다, 爲)- + -시(주높)- + -료(의종, 설명, 미시) + -마른(-마는: 보조사, 인정 대조) ※ '-마른'은 문장의 맨 끝에 붙어서 앞의 문장에서 표현한 사실을 인정을 하면서도 그에 대한 의문이나 그와 어긋나는 상황 따위를 나타내는 종결 보조사이다.

80) 어엿비: [불쌍히, 憐愍: 어엿ㅂ(←어엿브다: 불쌍하다, 憐愍, 형사)- + -이(부접)]

81) 내 그에: 나(나, 我: 인대, 1인칭) + -ㅣ(←-의: 관조) # 그에(거기에, 彼處: 의명, 위치) ※ '내 그에'는 '나에게'로 의역하여 옮긴다.

82) 셜ᄫᆞᆫ: 셟(←셟다, ㅂ불: 괴롭다, 惱)- + -Ø(현시)- + -은(관전)

83) ᄒᆞ시닷다: ᄒᆞ(하다, 爲)- + -시(주높)- + -다(←-더-: 회상)- + -ㅅ(←-옷-: 감동)- + -다(평종)

84) 오ᄂᆞᆳ날ᅀᅡ: 오ᄂᆞᆳ날[오늘, 今日: 오늘(오늘, 今日) + 날(날, 日)] + -ᅀᅡ(-이야말로: 한정 강조)

85) 크샨: 크(크다, 大)- + -샤(←-시-: 주높)- + -Ø(현시)- + -Ø(←-오-: 대상)- + -ㄴ(관전)

86) 주를: 줄(줄, 것, 者: 의명) + -을(목조)

알았다. 나는 無明(무명)이 가리어서 간 데마다 如來(여래)께 덤비거늘,
如來(여래)가 한 번도 꾸짖지 아니하시더니라."하고 즉시 驕慢(교만)한
마음을 덜어 버리고【驕慢(교만)은 뜻이 세어서 남을 업신여기는 것이다.】
尊者(존자)께 가서 땅에 엎드려 머리를 조아려 禮數(예수)하고 꿇어서 合
掌(합장)하여

아숩과라[87] 나는 無_뭉明_명[88]이 ᄀ리여[89] 간 ᄃᆡ마다[90] 如_셩來_링ㅅ긔 굴외어늘[91] 如_셩來_링 ᄒᆞᆫ 번도 구짖디[92] 아니ᄒᆞ더시니라[93] ᄒᆞ고 즉자히 驕_{ᄀᆛ}慢_만ᄒᆞᆫ ᄆᆞᅀᆞ믈 더러[94] ᄇᆞ리고【驕_{ᄀᆛ}慢_만은 뜯 되야[95] ᄂᆞᆷ 업시울[96] 씨라】 尊_존者_쟝ᄭᅴ 가아 ᄯᅡ해 업데여[97] 머리 조ᅀᅡ[98] 禮_롕數_숭ᄒᆞ고 ᄭᅮ러[100] 合_{ᄒᆞᆸ}掌_쟝[1]ᄒᆞ야

---

87) 아숩과라: 아(← 알다: 알다, 知)- + -숩(객높)- + -Ø(과시)- + -과(← -아 -: 확인)- + -Ø(← -오-: 화자)- + -라(← -다: 평종)

88) 無明: 무명. 십이 연기(十二緣起)의 하나이다. 잘못된 의견이나 집착 때문에 진리를 깨닫지 못하는 마음의 상태를 이른다. 모든 번뇌의 근원이 된다. ※ '緣起(연기)'는 모든 현상이 생기(生起) 소멸 하는 법칙이다. 이에 따르면 모든 현상은 원인인 '인(因)'과 조건인 '연(緣)'이 상호 관계하여 성립하며, 인연(因緣)이 없으면 결과도 없다.

89) ᄀ리여: ᄀ리(가리다, 盲)- + -여(← -어: 연어)

90) ᄃᆡ마다: ᄃᆡ(데, 處: 의명) + -마다(보조사, 각자)

91) 굴외어늘: 굴외(덤비다, 침범하다, 觸惱)- + -어늘(← -거늘: 연어, 상황)

92) 구짖디: 구짖(← 구짖다: 꾸짖다, 叱)- + -디(-지: 연어, 부정)

93) 아니ᄒᆞ더시니라: 아니ᄒᆞ[아니하다, 不(보용, 부정): 아니(아니, 不: 부사, 부정) + -ᄒᆞ(동접)-]- + -더(회상)- + -시(주높)- + -니(원칙)- + -라(← -다: 평종)

94) 더러: 덜(덜다, 除)- + -어(연어)

95) 되야: 되(되다, 심하다, 세차다, 强)- + -야(← -아: 연어)

96) 업시울: 업시우[업신여기다, 蔑: 없(없다, 無: 형사)- + -이우(접미)-]- + -ㄹ(관전) ※ '업시우다'는 그 이전 형태인 '업시ᄇ다'에서 바뀐 어형인데, '업시ᄇ다'의 어간은 [없(없다, 無: 형사)- + -이ᄇ(접미)-]로 분석된다.

97) 업데여: 업데(엎드리다, 伏)- + -여(← -어: 연어)

98) 조ᅀᅡ: 좇(← 좇다, ㅅ불: 조아리다, 敬禮)- + -아(연어)

99) 禮數: 예수. 주인과 손님이 서로 만나 인사하는 것이다.

100) ᄭᅮ러: ᄭᅮᆯ(꿇다, 跪)- + -어(연어)

1) 合掌: 합장. 불가(佛家)에서 인사(人事)할 때나 절할 때 두 팔을 가슴께로 들어 올려 두 손바닥을 합(合)하는 것이다.

[26 앞]

사뢰되 "尊者(존자)가 모르시는가? 내가 (여래께서) 菩堤樹(보리수) 아래에 (있을 때)부터 涅槃(열반)하시도록(까지) 如來(여래)께 여러 번 어지럽혔습니다." 尊者(존자)가 묻되 "(네가) 무슨 일을 하였던가?" (마왕이) 對答(대답)하되 "옛날 如來(여래)가 婆羅門(바라문)의 마을에 糧食(양식)을 빌리시거늘, 내가 수많은 婆羅門(바라문)의 슬보딕²⁾ 尊_존者_쟝ㅣ 모르시는가³⁾ 내 菩_뽕提_똉樹_쓩⁴⁾ 아래브터⁵⁾ 涅_넗槃_빤ᄒ시ᄃ록⁶⁾ 如_셩來_링끠 여러 번 어즈리ᅀᆞᆸ다이다⁷⁾ 尊_존者_쟝ㅣ 무로딕⁸⁾ 므슷⁹⁾ 이ᄅᆞᆯ ᄒ던다¹⁰⁾ 對_됭答_답ᄒ오딕 녜¹¹⁾ 如_셩來_링 婆_뺑羅_랑門_몬¹²⁾ ᄆᆞᅀᆞᆯ해¹³⁾ 糧_량食_씩 빌어시ᄂᆞᆯ¹⁴⁾ 내¹⁵⁾ 한 婆_뺑羅_랑門_몬의

---

2) 슬보딕: 슗(← 솗다, ㅂ불: 사뢰다, 白)- + -오딕(-되: 연어, 설명 계속)

3) 모ᄅᆞ시ᄂᆞᆫ가: 모ᄅᆞ(모르다, 不知)- + -시(주높)- + -ᄂᆞ(현시)- + -ㄴ가(의종, 판정)

4) 菩提樹: 보리수. 석가모니가 그 아래에서 변함없이 진리를 깨달아 불도(佛道)를 이루었다고 하는 나무이다.

5) 아래브터: 아래(아래, 下) + -브터(-부터: 보조사, 비롯함)

6) 涅槃ᄒ시ᄃ록: 涅槃ᄒ[열반하다: 涅槃(열반: 명사) + -ᄒ(동접)-]- + -시(주높)- + -ᄃ록(-도록: 연어, 도달) ※ '涅槃(열반)'은 모든 번뇌의 얽매임에서 벗어나고, 진리를 깨달아 불생불멸의 법을 체득한 경지이다. 불교의 궁극적인 실천 목적이다. '菩提樹 아래브터 涅槃(열반)하시도록'은 '보리수 아래에 있을 때부터 열반에 드실 때까지'로 의역하여 옮길 수 있다.

7) 어즈리ᅀᆞᆸ다이다: 어즈리[어지럽히다, 作亂: 어즐(어질: 불어)- + -이(사접)-]- + -ᅀᆞᆸ(객높)- + -다(← -더-: 회상)- + -∅(← -오-: 화자)- + -이(상높, 아주 높임)- + -다(평종)

8) 무로딕: 물(← 묻다: 묻다, 聞)- + -오딕(-되: 연어, 설명 계속)

9) 므슷: 무슨, 何(관사, 지시, 미지칭)

10) ᄒ던다: ᄒ(하다, 作)- + -더(회상)- + -ㄴ다(-ㄴ가: 의종, 2인칭)

11) 녜: 옛날, 昔.

12) 婆羅門: 바라문. 인도 카스트 제도에서 가장 높은 지위인 승려 계급이다. 산스크리트어의 'Brahman'을 음역한 말이다.

13) ᄆᆞᅀᆞᆯ해: ᄆᆞᅀᆞᆯㅎ(마을, 聚落) + -애(-에: 부조, 위치)

14) 빌어시ᄂᆞᆯ: 빌(빌다, 빌리다, 乞)- + -시(주높)- + -어ᄂᆞᆯ(-거늘: 연어, 상황)

15) 내: 나(나, 我: 인대, 1인칭) + -ㅣ(← -이: 주조)

門몬읻ᄉ목리와ᄒ나ᄒᆞᆯ糧량
食쎅을아니받ᄌᆞᆸ게ᄒ니如셩來링
糧량食쎅몯언사偈꼥롤짓ᅀᅵᆨ
ᄅᆞᄉᆞᄃᆡ快쾡樂락하ᄫᅡᄅᆞᆯ거시업
섯보미便뼌安한ᄒᆞ며가비야ᄫᆞᆫ
ᄋᆞᆷ다맴ᄋᆞ미貪탐티아니ᄒᆞ면
ᄉᆞ미샹녜즐거ᄫᅥ光광音ᅙᅳᆷ天텬
이

마음을 가리게 하여 하나도 糧食(양식)을 아니 바치게 하니, 如來(여래)가
糧食(양식)을 못 얻으시어 偈(게)를 지어 이르시되, "快樂(쾌락)하여 (나에
게) 딸린 것이 없어 便安(편안)하며 가벼우니, 음담(飮啖)에 마음이 貪(탐)
하지 아니하면 마음이 늘 즐거워서 光音天(광음천)과

ᄆᆞᅀᆞᄆᆞᆯ ᄀᆞ리와¹⁶⁾ ᄒᆞ나토¹⁷⁾ 糧_량食_씨을 아니 받ᄌᆞᆸ게¹⁸⁾ ᄒᆞ니¹⁹⁾ 如_셩來_링 糧_량食_씨 몯 어드샤²⁰⁾ 偈_꼥²¹⁾를 지ᅀᅥ 니ᄅᆞ샤ᄃᆡ 快_쾡樂_락²²⁾ᄒᆞ야 브튼²³⁾ 거시 업서 모미 便_뼌安_한ᄒᆞ며 가ᄇᆡ야ᄫᆞ니²⁴⁾ 음담애²⁵⁾ ᄆᆞᅀᆞ미 貪_탐티²⁶⁾ 아니ᄒᆞ면 ᄆᆞᅀᆞ미 샹녜²⁷⁾ 즐거ᄫᅥ²⁸⁾ 光_광音_흠天_텬이²⁹⁾

---

16) ᄀᆞ리와: ᄀᆞ리오[가리우다, 掩蔽: ᄀᆞ리(가리다, 蔽: 자동)- + -오(사접)-] + -아(연어)

17) ᄒᆞ나토: ᄒᆞ나�(하나, 一: 수사, 양수) + -도(보조사, 강조)

18) 받ᄌᆞᆸ게: 받(바치다, 獻)- + -ᄌᆞᆸ(객높)- + -게(연어, 사동)

19) ᄒᆞ니: ᄒᆞ(← ᄒᆞ다: 하다, 보용, 사동)- + -오(화자)- + -니(연어, 이유)

20) 어드샤: 얻(얻다, 得)- + -으샤(← -으시-: 주높)- + -Ø(← -아: 연어)

21) 偈: 게. 부처의 공덕이나 가르침을 찬탄하는 노래 글귀이다.(= 가타, 伽陀)

22) 快樂: 쾌락. 유쾌하고 즐거운 것이다.

23) 브튼: 븥(붙다, 딸리다, 著積)- + -Ø(과시)- + -은(관전)

24) 가ᄇᆡ야ᄫᆞ니: 가ᄇᆡ얗(← 가ᄇᆡ얗다, ㅂ불: 가볍다, 輕)- + -오(화자)- + -니(연어, 설명 계속)

25) 음담애: 음담(飮啖) + -애(-에: 부조, 위치) ※ '飮啖(음담)'은 먹고 마시는 것이다.

26) 貪티: 貪ᄒᆞ[← 貪ᄒᆞ다(탐하다): 貪(탐: 불어) + -ᄒᆞ(동접)-]- + -디(-지: 연어, 부정)

27) 샹녜: 늘, 항상, 常(부사)

28) 즐거ᄫᅥ: 즐겋[← 즐겁다, ㅂ불: 즐겁다, 歡喜: 즑(불어) + -업(형접)-]- + -어(연어)

29) 光音天이: 光音天(광음천) + -이(-과: 부조, 비교) ※ '光音天(광음천)'은 색계(色界) 이선천(二禪天)의 셋째 하늘을 주관하는 천신이다. 광음천이 다스리는 하늘의 중생은 자기의 생각과 뜻을 전달할 때 말소리 대신 입에서 맑고 깨끗한 빛을 낸다.

곧ᄒᆞ니라 ᄒᆞ시니이다 耆闍崛山애 겨시거늘【耆闍ᄂᆞᆫ 수리라 ᄒᆞ논 마리오 崛ᄋᆞᆫ 머리라 ᄒᆞᄂᆞᆫ 마리니 이 山ᄋᆡ 뎡바기 수리머리 ᄀᆞᆮᄐᆞᆯᄊᆡ 耆闍崛山이라 ᄒᆞ며 ᄯᅩ 靈ᄒᆞ신 聖人과 仙人이 사ᄅᆞ실ᄊᆡ 靈山이라 ᄒᆞ며 ᄯᅩ 鷲峯山이라 ᄒᆞ고 ᄯᅩ 세 峯이 ᄃᆞᆰ의 발 ᄀᆞᆮᄐᆞᆯᄊᆡ 鷄足山이라 ᄒᆞ고 일히 자최 ᄀᆞᆮᄐᆞᆯᄊᆡ 狼跡山이라 ᄒᆞᄂᆞ니 鷲ᄂᆞᆫ 수리오 峯ᄋᆞᆫ 묏부리

같으니라.” 하셨습니다. 또 (여래가) 耆闍崛山(기사굴산)에 계시거늘【耆闍(기사)는 '수리(鷲)'라 하는 말이요 崛(굴)은 '머리'라 하는 말이니, 이 山(산)의 꼭대기가 수리의 머리와 같으므로 耆闍崛山(기사굴산)이라 하며, 또 靈(영)하신 聖人(성인)과 仙人(선인)이 사시므로 靈山(영산)이라 하며 또 鷲峯山(취봉산)이라 하고, 또 세 峯(봉)이 닭의 발과 같으므로 鷄足山(계족산)이라 하고, 이리의 자취와 비슷하므로 狼跡山(낭적산)이라 하나니, 鷲(취)는 수리요 峯(봉)은 멧부리요

굳ᄒᆞ니라[30] ᄒᆞ시니이다[31] ᄯᅩ[32] 耆ᄭᅵᆼ闍쌍崛ᄭᅮᇙ山산[33]애 겨시거늘[34]【耆ᄭᅵᆼ

闍쌍ᄂᆞᆫ 수리라[35] ᄒᆞ논 마리오 崛ᄭᅮᇙ은 머리라[36] ᄒᆞ논 마리니 이 山산ㅅ 뎡바기[37]

수릐[38] 머리 ᄀᆞᆮᄐᆞᆯᄊᆡ[39] 耆ᄭᅵᆼ闍쌍崛ᄭᅮᇙ山산이라 ᄒᆞ며 ᄯᅩ 鷲쮸ᇢ峯ᄫᅩᆼ山산이라 ᄒᆞ고 ᄯᅩ

靈령ᄒᆞ신[40] 聖셩人ᅀᅵᆫ 仙션人ᅀᅵᆫ이 사ᄅᆞ실ᄊᆡ[41] 靈령山산이라 ᄒᆞ며 靈령鷲쮸ᇢ山산이라

ᄒᆞ고 ᄯᅩ 세 峯ᄫᅩᆼ이 둘기[42] 발 ᄀᆞᆮᄐᆞᆯᄊᆡ 雞곙足죡山산이라 ᄒᆞ고 일희[43] 자최[44] ᄉᆡ듯

ᄒᆞᆯᄊᆡ[45] 狼랑迹젹山산이라 ᄒᆞᄂᆞ니 鷲쮸ᇢᄂᆞᆫ 수리오 峯ᄫᅩᆼ은 묏부리오[46]】

---

30) 굳ᄒᆞ니라: 굳ᄒᆞ(같다, 如)- + -Ø(현시)- + -ᄋᆞ니(원칙)- + -라(←-다: 평종)

31) ᄒᆞ시니이다: ᄒᆞ(하다, 말하다, 說)- + -시(주높)- + -Ø(과시)- + -니(원칙)- + -이(상높, 아주 높임)- + -다(←-다: 평종)

32) ᄯᅩ: 또, 又(부사)

33) 耆闍崛山: 팔리어 gijja-kūṭa의 음사이다. 영취(靈鷲)·취두(鷲頭)·취봉(鷲峰)이라고 번역한다. 고대 인도에 있던 마가다국(magadha國)의 도읍지인 왕사성(王舍城)에서 동쪽 약 3km 지점에 있는 산이다.

34) 겨시거늘: 겨시(계시다, 在)- + -거늘(연어, 상황)

35) 수리라: 수리(수리, 독수리, 鷲) + -이(서조)- + -Ø(현시)- + -라(←-다: 평종)

36) 머리라: 머리(머리, 頭) + -이(서조)- + -Ø(현시)- + -라(←-다: 평종)

37) 뎡바기: 뎡바기[꼭대기, 頂上: 뎡(정, 정수리, 頂) + 박(박, 瓢) + -이(명접, 어조 고름)] + -Ø(←-이: 주조)

38) 수릐: 술(←수리: 독수리, 鷲) + -의(관조)

39) ᄀᆞᆮᄐᆞᆯᄊᆡ: ᄀᆞᇀ(←ᄀᆞᆮᄒᆞ다: 같다, 如)- + -ㄹᄊᆡ(-ᄆᆞ로: 연어, 이유)

40) 靈ᄒᆞ신: 靈ᄒᆞ[영험하다: 靈(영: 불어) + -ᄒᆞ(형접)-]- + -시(주높)- + -Ø(현시)- + -ㄴ(관전)

41) 사ᄅᆞ실ᄊᆡ: 살(살다, 居)- + -ᄋᆞ시(주높)- + -ㄹᄊᆡ(-ᄆᆞ로: 연어, 이유)

42) 둘기: 둙(닭, 鷄) + -익(관조)

43) 일희: 잃(←일히: 이리, 狼) + -의(관조)

44) 자최: 자최(자취, 跡) + -Ø(←-이: -와, 부조, 비교)

45) ᄉᆡ듯ᄒᆞᆯᄊᆡ: ᄉᆡ듯ᄒᆞ[비슷하다, 似: ᄉᆡ듯(비슷: 불어) + -ᄒᆞ(형접)-]- + -ㄹᄊᆡ(-ᄆᆞ로: 연어, 이유)

46) 묏부리오: 묏부리[멧부리, 山頂: 뫼(산, 山) + -ㅅ(관조, 사잇) + 부리(부리, 頂] + -이(서조)- + -오(←-고: 연어, 나열)

오雞곙足죡은ᄃᆞᆯ기바리오
狼랑迹쪅은일희자최라】變변化
황로큰쇼ᄅᆡᆼᄀᆞ라ᄒᆞ야百ᄇᆡᆨ比삥
丘쿻의바리ᄅᆞᆯ헐어ᄇᆞ료ᄃᆡ부텻바리
ᄂᆞᆫ虛헝空콩애ᄂᆞ라올ᄊᆡ몯헐어
ᄇᆞ료매後ᅘᅮᇢ에變변化황로龍룡
ᄋᆡ形ᅘᅧᆼ體톙ᄅᆞᆯ지ᅀᅥ부텻모매닐
웨ᄅᆞᆯ가맷다이다ᄯᅩ부톄涅녏槃빤

雞足(계족)은 닭의 발이요, 狼跡(낭적)은 이리의 자취이다.】(내가) 變化(변화)로 큰 소를 만들어 五百(오백) 比丘(비구)의 바리를 헐어버렸으나, 부처의 바리는 虛空(허공)에 날아오르므로 못 헐어버렸습니다. 또 後(후)에 變化(변화)로 龍(용)의 形體(형체)를 지어 부처의 몸에 이레를 감아 있었습니다. 또 부처가 涅槃(열반)하실

雞곙足죡은 둘기⁴⁷⁾ 바리오⁴⁸⁾ 狼랑迹젹은 일희⁴⁹⁾ 자최라⁵⁰⁾ 】 變변化황로 큰 쇼⁵¹⁾ 밍ᄀ라⁵²⁾ 五옹百ᄇᆡᆨ 比삥丘큘의 바리를⁵³⁾ ᄒᆞ야ᄇᆞ료니⁵⁴⁾ 부텻 바리는 虛헝空콩애 ᄂᆞ라오ᄅᆞᆯᄊᆡ⁵⁵⁾ 몯 ᄒᆞ야ᄇᆞ료이다⁵⁶⁾ ᄯᅩ 後ᅘᅮᇂ에 變변化황로 龍룡이 形ᅘᅧᆼ體톙를 지서⁵⁷⁾ 부텻 모매 닐웨를⁵⁸⁾ 가맷다이다⁵⁹⁾ ᄯᅩ 부톄 涅녏槃빤ᄒᆞ싫

---

47) 둘기: 둙(닭, 鷄) + -이(관조)

48) 바리오: 발(발, 足) + -이(서조)- + -오(← -고: 연어, 나열)

49) 일희: 잃(← 이리: 이리, 狼) + -의(관조)

50) 자최라: 자최(자취, 跡) + -∅(← -이-: 서조)- + -∅(현시)- + -라(← -다: 평종)

51) 쇼: 소, 牛.

52) 밍ᄀ라: 밍ᄀᆯ(만들다, 作)- + -아(연어)

53) 바리를: 바리(← 바리: 바리때, 鉢) + -를(목조) ※ '비리'는 '바리'를 오각한 형태이다. 그리고 '바리'는 절에서 쓰는 승려의 공양 그릇이다. 나무나 놋쇠 따위로 대접처럼 만들어 안팎에 칠을 한다.(= 바리때)

54) ᄒᆞ야ᄇᆞ료니: ᄒᆞ야ᄇᆞ리(헐어버리다, 破)- + -오(화자)- + -니(← -나: 연어, 대조) ※ 원문에는 '설명의 계속'이나 '원일'을 나타내는 연결 어미 '-니'가 쓰였는데, 이어진 문장의 앞뒤 절의 문맥을 보면 '대조'의 뜻을 나타내는 연결 어미인 '-나'가 쓰여야 한다.

55) ᄂᆞ라오ᄅᆞᆯᄊᆡ: ᄂᆞ라오ᄅᆞ[날아오르다, 飛: ᄂᆞᆯ(날다, 飛)- + -아(연어) + 오ᄅᆞ(오르다, 登)-]- + -ㄹᄊᆡ(-므로: 연어, 이유)

56) ᄒᆞ야ᄇᆞ료이다: ᄒᆞ야ᄇᆞ리(헐어버리다, 破)- + -∅(과시)- + -오(화자)- + -이(상높, 아주 높임)- + -다(평종)

57) 지서: 짓(← 짓다, ㅅ불: 짓다, 作)- + -어(연어)

58) 닐웨를: 닐웨(이레, 七日) + -를(목조)

59) 가맷다이다: 감(감다, 纏縛)- + -아(연어) + 잇(← 이시다: 있다, 보용, 완료 지속)- + -다(← -더-: 회상)- + -이(상높, 아주 높임)- + -다(평종) ※ '가맷다이다'는 '가마 잇다이다'가 축약된 형태이다.

ᅙᅵᆳ時씽 節졇에 내 變변化황로 五
옗百빅 술위ᄆᆞᅵᇰᄀᆞᆯ아 河향水슈ᇢᄅᆞᆯ
리워부톄ᄆᆞᆯ몯좌시게ᄒᆞ니어ᄂᆞᆯ
수히가니와잇야ᇰᆞ로 數슈ᇢ百빅디위
어즈리ᅀᆞᆸ보ᄃᆡ【ᄒᆞ나ᄒᆞᆫ아니오열이몯
찬거시 數슈ᇢㅣ라 】如셔ᇰ來링
ᄋᆡ엿비너기샤ᄒᆞᆫ번도아
니구지ᄌᆞ시니 尊존者쟝ᄂᆞᆫ 阿항羅

時節(시절)에 내가 變化(변화)로 五百(오백)의 수레를 만들어 河水(하수)를 흐리게 하여 부처가 물을 못 자시게 하니, 대강 사뢰거니와 이 모양으로 數百(수백) 번 (여래를) 어지럽히되【 하나는 아니고 열이 못 찬 것이 數(수)이다. 】如來(여래)가 (나를) 불쌍히 여기시어 한 번도 아니 꾸짖으시니, 尊者(존자)는 阿羅漢(아라한)이시되,

時씽節졇에 내 變변化황로 五옹百빅 술위[60] 딩ㄱ라 河헝水슁[61]를 흐
리워[62] 부톄 므를[63] 몯 좌시게[64] ᄒ오니[65] 어둘[66] ᄉᆞᆲ가니와[67] 잇 양
ᄋᆞ로[68] 數슝百빅 디위[69] 어즈리ᅀᆞᆸ보ᄃᆡ[70]【ᄒᆞ나ᄒᆞᆫ[71] 아니오[72] 열 몯 ᄎᆞᆫ[73] 거
시 數슝ㅣ라[74]】如셩來링 어엿비[75] 너기샤[76] ᄒᆞᆫ 번도 아니 구지즈시
니[77] 尊존者쟝ᄂᆞᆫ 阿ᅙᅡᆼ羅랑漢한이샤ᄃᆡ[78]

---

60) 술위: 수레, 車.

61) 河水: 하수. 강이나 시내의 물이다.

62) 흐리워: 흐리우[흐리게 하다, 擾濁: 흐리(흐리다, 濁: 형사)- + -우(사접)-]- + -어(연어)

63) 므를: 믈(물, 水) + -을(목조)

64) 좌시게: 좌시(자시다, 잡수시다, 食)- + -게(연어, 사동)

65) ᄒ오니: ᄒ(← ᄒᆞ다: 하다, 연어, 사동)- + -오(화자)- + -니(연어, 설명 계속, 이유)

66) 어둘: 대충, 대강, 略(부사)

67) ᄉᆞᆲ가니와: ᄉᆞᆲ(사뢰다, 言)- + -Ø(← -오-: 화자)- + -가…니와(← 거…니와: 연어, 인정 대조) ※ '-거니와'는 앞 절의 사실을 인정하면서 관련된 다른 사실을 이어 주는 연결 어미이다.

68) 잇 양ᄋᆞ로: 이(이것, 乃: 지대, 정칭) + -ㅅ(-의: 관조) # 양(양, 모습, 樣: 의명, 흡사) + -ᄋᆞ로(부조, 방편) ※ '잇 양ᄋᆞ로'는 '이 모양으로'나 '이와 같이'로 의역하여 옮긴다.

69) 디위: 번, 番(의명, 수 단위)

70) 어즈리ᅀᆞᆸ보ᄃᆡ: 어즈리[어지럽히다, 觸惱: 어즐(불어) + -이(사접)-]- + -ᅀᆞᆲ(← -ᅀᆞᆸ-: 객높)- + -오ᄃᆡ(← -되: 연어, 설명 계속)

71) ᄒᆞ나ᄒᆞᆫ: ᄒᆞ나ᄒ(하나, 一: 수사, 양수) + -ᄋᆞᆫ(보조사, 주제)

72) 아니오: 아니(아니다, 非)- + -오(← -고: 연어, 나열)

73) ᄎᆞᆫ: ᄎ(차다, 滿)- + -Ø(과시)- + -ㄴ(관전)

74) 數ㅣ라: 數(수) + -ㅣ(← -이-: 서조)- + -Ø(현시)- + -라(← -다: 평종)

75) 어엿비: [불쌍히, 憐愍(부사): 어엿ㅂ(← 어엿브다: 불쌍하다, 憐愍, 형사)- + -이(부접)]

76) 너기샤: 너기(여기다, 念)- + -샤(← -시-: 주높)- + -Ø(← -아: 연어)

77) 구지즈시니: 구짖(꾸짖다, 惡言)- + -으시(주높)- + -니(연어, 설명 계속)

78) 阿羅漢이샤ᄃᆡ: 阿羅漢(아라한) + -이(서조)- + -샤(← -시-: 주높)- + -ᄃᆡ(← -오ᄃᆡ: -되, 연어, 설명 계속) ※ '阿羅漢(아라한)'은 소승 불교의 수행자 가운데서 가장 높은 경지에 오른 사람이다. 온갖 번뇌를 끊고, 사제(四諦)의 이치를 바로 깨달아 세상 사람들의 존경을 받을 만한 공덕을 갖춘 성자를 이른다.

랑漢·한 이·샷·딕어엿·비너·기·실·씨
·몯아·니·호·샤 天·텬 人·신 阿·항 脩·슣 羅
·ㅅ아·퓌나 辱·욕 ·바·티·시·ᄂᆞ·니·잇
·가 尊·존 者·쟝 ㅣ니·ᄅᆞ·딕 波·방 旬·쓘 ·아
·네 無·뭉 知·딩ᄒᆞ·야 無·뭉 知·딩·ᄂᆞᆫ·아·로·미업·슬·씨·라
·리 聲·셩 聞·문·엣·사·ᄅᆞ·몰 如·셩 來·링·씌
·가·즐·비·ᄂᆞ·니 계·ᄌᆞ·ᄢᆞᆯ 湞·슈 彌·밍 山

(어찌하여) 불쌍히 여기실 마음을 아니 하시어, 天人(천인)과 阿脩羅(아수라)의 앞에 나를 辱(욕)보이십니까?" 尊者(존자)가 이르되 "波旬(파순)아, 네가 無知(무지)하여 【 無知(무지)는 아는 것이 없는 것이다. 】 우리 聲聞(성문)에 속한 사람을 如來(여래)께 비교하나니, (이것은 마치) 겨자 쪽을 湞彌山(수미산)에

어엿비 너기실 므스믈 아니 ᄒᆞ샤 天_텬人_신⁷⁹⁾ 阿_항脩_슐羅_랑ㅅ 알

픠⁸¹⁾ 나를 辱_욕바티시ᄂᆞ니잇가⁸²⁾ 尊_존者_쟝ㅣ 닐오ᄃᆡ 波_방旬_쓘아 네

無_뭉知_딩ᄒᆞ야【無_뭉知_딩ᄂᆞᆫ 아로미⁸³⁾ 업슬 씨라】 우리 聲_셩聞_문엣⁸⁴⁾ 사ᄅᆞ

믈 如_셩來_링씌 가줄비ᄂᆞ니⁸⁵⁾ 계ᄌᆞ⁸⁶⁾ ᄧᆞ글⁸⁷⁾ 湏_슝彌_밍山_산애

---

79) 天人: 천인. 천신(天神)과 사람이다.
80) 阿脩羅: 아수라. 팔부중(八部衆)의 하나이다. 싸우기를 좋아하는 귀신으로, 항상 제석천과 싸
  움을 벌인다.
81) 알픠: 앒(앞, 前) + -의(-에: 부조, 위치)
82) 辱 바티시ᄂᆞ니잇가: 辱(욕) # 바티[바치다, 받게 하다 믈: 받(받다, 受)- + -히(사접)-]- + -시
  (주높)- + -ᄂᆞ(현시)- + 잇(← -이-: 상높, 아주 높임)- + -니…가(의종, 판정) ※ '辱 바티시ᄂᆞ
  니잇가'는 문맥을 감안하여 '辱(욕) 보이십니까?'로 의역하여 옮긴다.
83) 아로미: 알(알다, 知)- + -옴(명전) + -이(주조)
84) 聲聞엣: 聲聞(성문) + -에(부조, 위치) + -ㅅ(-의: 관조) ※ '聲聞엣'은 '聲聞(성문)에 속한'으로
  의역하여 옮긴다. 그리고 '聲聞(성문)'은 설법을 듣고 사제(四諦)의 이치를 깨달아 아라한이 되
  고자 하는 불제자이다.
85) 가줄비ᄂᆞ니: 가줄비(비교하다, 比度)- + -ᄂᆞ(현시)- + -니(연어, 설명 계속)
86) 계ᄌᆞ: 겨자, 芥子.
87) ᄧᆞ글: 딱(짝, 쪽, 隻) + -을(목조)

애 견주며 반됫브를 ᄒᆡᄂᆞᆫ 래견주
며 처딘 이스를 바ᄅᆞᆯ애 견주ᄃᆞᆺᄒᆞ니
라 如來ᅙᅵ 大慈悲ᄂᆞᆫ 聲聞
의긔 업스거시니 브터는
大慈悲실ᄊᆡ 너를 罪 아니
주어시니와 우리 聲聞 엣 사ᄅᆞ
ᄆᆞᆫ 부텨ᄀᆞᆮ디 몯ᄒᆞᆯᄊᆡ 너를 다ᄉᆞ

견주며 반딧불을 해달(日月)에 견주며 떨어진 이슬을 바다에 견주듯 하
니라. 如來(여래)의 大慈悲(대자비)는 聲聞(성문)에게 없는 것이니, 부처는
大慈悲(대자비)이시므로 너에게 罪(죄)를 아니 주시거니와, 우리 聲聞(성
문)에 속한 사람은 부처와 같지 못하므로 너를 다스린다.

견주며[88] 반됫브를[89] 히ᄃ래[90] 견주며 처딘[91] 이스를[92] 바ᄅ래[93] 견

주돗[94] ᄒ니라 如ᅀᅠᇰ來리ᇰㅅ 大때ᇰ慈쭈ᇰ悲빙[95]ᄂᆞᆫ 聲시ᇰ聞문의 그에[96] 업슨

거시니 부텨는 大때ᇰ慈쭈ᇰ悲빙실씨[97] 너를[98] 罪쬥 아니 주어시니와[99]

우리 聲시ᇰ聞문엣 사ᄅᆞ믄 부텨 ᄀᆞᆮ디 몯ᄒᆞᅀᆞᄫᆞᆯ씨[100] 너를 다ᄉᆞ리노

라[1]

---

88) 견주며: 견주(견주다, 비교하다, 比)- + -며(연어, 나열)

89) 반됫브를: 반됫블[반딧불, 螢火: 반되(반디, 螢) + -ㅅ(관조, 사잇) + 블(불, 火)] + -을(목조)

90) 히ᄃ래: 히ᄃᆞᆯ[해달, 日月: 히(해, 日) + ᄃᆞᆯ(달, 月)] + -애(-에: 부조, 위치)

91) 처딘: 처디(처지다, 방울로 떨어지다, 滴)- + -Ø(과시)- + -ㄴ(관전)

92) 이스를: 이슬(이슬, 露) + -을(목조)

93) 바ᄅ래: 바ᄅᆞᆯ(바다, 海) + -애(-에: 부조, 위치)

94) 견주돗: 견주(견주다, 비교하다, 比)- + -돗(-듯: 연어, 흡사)

95) 大慈悲: 대자비. 넓고 커서 끝이 없는 부처나 보살의 자비이다.

96) 聲聞의 그에: 聲聞(성문) + -의(관조) # 그에(거기에, 所: 의명, 위치) ※ '聲聞의 그에'는 '聲聞
(성문)에게'로 의역하여 옮긴다.

97) 大慈悲실씨: 大慈悲(대자비)- + -Ø(←-이-: 서조)- + -시(주높)- + -ㄹ씨(-므로: 연어, 이유)

98) 너를: 너(너, 汝: 인대, 2인칭) + -를(-에게: 목조, 보조사적 용법, 의미상 부사격) ※ '너를'은
문맥상 '너에게'로 의역하여 옮긴다.

99) 주어시니와: 주(주다, 授)- + -시(주높)- + -어…니와(←-거니와: 연어, 인정 대조) ※ '-어니
와'는 앞 절의 사실을 인정하면서 뒤 절에서 관련된 다른 사실을 이어 주는 연결 어미이다.

100) 몯ᄒᆞᅀᆞᄫᆞᆯ씨: 몯ᄒᆞ[못하다, 不能: 몯(못, 不能: 부사, 부정) + -ᄒᆞ(동접)-]- + -ᅀᆞᆸ(←-ᄉᆞᆸ-: 객
높)- + -ᄋᆞᆯ씨(-으므로: 연어, 이유)

1) 다ᄉᆞ리노라: 다ᄉᆞ리[다스리다, 治: 다ᄉᆞᆯ(다스려지다, 治: 자동)- + -이(사접)-]- + -ᄂᆞ(현시)- +
-오(화자)- + -라(←-다: 평종)

魔王(마왕)이 이르되 "어떤 因緣(인연)으로 如來(여래)가 忍辱仙人(인욕선인)이 되어 계실 때부터【忍辱仙(인욕선)은 辱(욕)된 일을 참는 仙人(선인)이다.】, 내가 長常(장상) 어지럽히되 (어찌) 잠잠하여 계셨습니까?" 尊者(존자)가 이르되 "네가 좋지 못한 因緣(인연)이 있어 부처께 모진 마음을 먹으니,

魔_망王_왕이 닐오딕²⁾ 엇던³⁾ 因_힌緣_원으로 如_셩來_링 忍_신辱_욕仙_션人_신⁴⁾ 드외야⁵⁾ 겨싫 제브터⁶⁾【忍_신辱_욕仙_션은 辱_욕드뵐⁷⁾ 일 춤는⁸⁾ 仙_션人_신이라】 내 長_땅常_쌍⁹⁾ 어즈료딕¹⁰⁾ 줌줌ᄒ야¹¹⁾ 겨시더니잇고¹²⁾ 尊_존者_쟝ㅣ 닐오딕 네 됴티¹³⁾ 몯혼 因_힌緣_원이 이셔¹⁴⁾ 부텨끠¹⁵⁾ 모딘¹⁶⁾ ᄆᅀᆞᆷ믈¹⁷⁾ 머그니

---

2) 닐오딕: 닐(←니르다: 이르다, 말하다, 言)-+-오딕(-되: 연어, 설명 계속)

3) 엇던: 어떤, 何(관사, 지시, 미지칭)

4) 忍辱仙人: 인욕선인. '忍辱(인욕)'은 바라밀(波羅密)의 하나이다. 마음을 가라앉혀 온갖 욕됨과 번뇌를 참고 원한을 일으키지 않는 것이다. 그리고 '仙人(선인)'은 도(道)를 닦은 사람이다.

5) 드외야: 드외(되다, 爲)-+-야(←-아: 연어)

6) 제브터: 제(제, 때, 時: 의명)+-브터(-부터: 보조사, 비롯함) ※ '제'는 [적(적, 때: 의명)+-의(-에: 부조, 위치)]의 형태로 형성된 의존 명사이다.

7) 辱드뵐: 辱드뵈[욕되다: 辱(욕: 명사)+-드뵈(형접)-]-+-∅(현시)-+-ㄴ(관전)

8) 춤는: 춤(참다, 忍)-+-ᄂ(현시)-+-ㄴ(관전)

9) 長常: 장상. 항상(부사)

10) 어즈료딕: 어즈리[어지럽히다, 作惱亂: 어즐(어질: 불어)+-이(사접)-]-+-오딕(-되: 연어, 설명 계속)

11) 줌줌ᄒ야: 줌줌ᄒ[잠잠하다, 黙: 줌줌(잠잠함: 명사)+-ᄒ(형접)-]-+-야(←-아: 연어)

12) 겨시더니잇고: 겨시(계시다: 보용, 완료 지속, 높임)-+-더(회상)-+-잇(←-이-: 상높, 아주 높임)-+-니…고(의종, 설명)

13) 됴티: 둏(좋다, 善)-+-디(-지: 연어, 부정)

14) 이셔: 이시(있다, 有)-+-어(연어)

15) 부텨끠: 부텨(부처, 佛)+-끠(-께: 부조, 상대, 높임)

16) 모딘: 모디(←모딜다: 모질다, 惡)-+-∅(현시)-+-ㄴ(관전)

17) ᄆᅀᆞᆷ믈: ᄆᅀᆞᆷ(마음, 心)+-울(목조)

니이 罪죙 만컨마른부톄줌줌ᄒ샨
ᄠᅳ든나ᄅᆞᆯᄒ야너를降ꜥ服뽁ᄒ야
네부텨씌信신ᄒ야恭ꜙ敬경ᄒᅀᆞ
ᄫᆯᄆᆞᅀᆞᆷ내면이ᄆᆞᅀᆞ맷디地띵
獄옥餓ꜥ鬼귕畜흉生ᄉᆡᆼ애아니ᄠ리
러디게ᄒ시니이부톄工공巧콜ᄒ
신方방便뼌이시니【方방便뼌은여러가짓法법을

이것이 罪(죄)가 많컨마는 부처가 잠잠하신 뜻은, 나로 하여금 너를 降服(항복)하게 하여 네가 부처께 信(신)하여 恭敬(공경)할 마음을 내면, 이 마음의 탓으로 地獄(지옥)·餓鬼(아귀)·畜生(축생)에 아니 떨어지게 하시니, 이것이 부처의 工巧(공교)하신 方便(방편)이시니 【方便(방편)은 여러 가지의 法(법)을 이[18] 罪쬥[19] 만컨마른[20] 부톄 줌줌ᄒ샨[21] ᄠ든[22] 나를 ᄒ야[23] 너를 降행服뽁히와[24] 네 부텨끠 信신ᄒ야 恭공敬경ᄒᅀᆞᄫᆞᆯ[25] ᄆᆞᅀᄆᆞᆯ 내면 이 ᄆᆞᆺ 다ᄉᆞ로[26] 地띵獄옥[27] 餓앙鬼귕[28] 畜휵生ᄉᆡᆼ[29]애 아니 ᄠᅥ러디게[30] ᄒ시니 이[31] 부텻 工공巧콜ᄒ신[32] 方방便뼌이시니[33] 【方방便뼌은 여러 가짓 法법을

---

18) 이: 이(이것, 此: 지대, 정칭) + -Ø(←-이: 주조)

19) 罪: 罪(죄) + -Ø(←-이: 주조)

20) 만컨마른: 많(많다, 多)- + -건마른(-건마는: 연어, 인정 대조) ※ '-건마른'은 앞 절의 사태가 이미 어떠하니 뒤 절의 사태는 이러할 것이 기대되는데도 그렇지 못함을 나타내는 연결 어미 이다. 기대가 어그러지는 데 대한 실망의 느낌이 비친다.

21) 줌줌ᄒ샨: 줌줌ᄒ[잠잠하다, 黙: 줌줌(잠잠함: 명사) + -ᄒ(형접)-] + -샤(← -시-: 주높)- + -Ø(현시)- + -Ø(← -오-: 대상) + -ㄴ(관전)

22) ᄠ든: 뜯(뜻, 意) + -은(보조사, 주제)

23) ᄒ야: ᄒ이[하게 하다, 시키다, 令): ᄒ(하다, 爲)- + -이-(사접)-] + -아(연어)

24) 降服히와: 降服히오[항복시키다: 降服(항복: 명사) + -ᄒ(동접)- + -ㅣ(← -이-: 사접) + -오 (사접)-] + -아(연어)

25) 恭敬ᄒᅀᆞᄫᆞᆯ: 恭敬ᄒ[공경하다: 恭敬(공경: 명사) + -ᄒ(동접)-] + -ᅀᆞ(← -ᅀᆞᆸ-: 객높)- + -오 (대상) + -ㄹ(관전)

26) 다ᄉᆞ로: 닷(탓, 由: 의명) + -ᄋᆞ로(-으로: 부조, 위치)

27) 地獄: 지옥(도). 삼악도의 하나이다. 죄업을 짓고 매우 심한 괴로움의 세계에 난 중생이나 그 런 중생의 세계이다. 섬부주의 땅 밑, 철위산의 바깥 변두리 어두운 곳에 있다고 한다. 팔대 지옥, 팔한 지옥 따위의 136종이 있다.

28) 餓鬼: 아귀(도). 삼악도의 하나이다. 아귀들이 모여 사는 세계이다. 이곳에서 아귀들이 먹으려 는 음식은 불로 변하여 늘 굶주리고, 항상 매를 맞는다고 한다. ※ '餓鬼(아귀)'는 팔부의 하나. 계율을 어기거나 탐욕을 부려 아귀도에 떨어진 귀신으로, 몸이 앙상하게 마르고 배가 엄청나 게 큰데, 목구멍이 바늘구멍 같아서 음식을 먹을 수 없어 늘 굶주림으로 괴로워한다고 한다.

29) 畜生: 축생(도). 삼악도의 하나이다. 죄업 때문에 죽은 뒤에 짐승으로 태어나 괴로움을 받는 세계이다.

30) ᄠᅥ러디게: ᄠᅥ러디[떨어지다, 墮落: ᄠᅥᆯ(떨치다, 離)- + -어(연어) + 디(지다: 보용, 피동)-] + -게(연어, 사동)

31) 이: 이(이것, 此: 지대, 정칭) + -Ø(←-이: 주조)

32) 工巧ᄒ신: 工巧ᄒ[공교하다: 工巧(공교: 명사) + -ᄒ(형접)-] + -시(주높)- + -Ø(현시)- + -ㄴ (관전) ※ '工巧(공교)'는 솜씨나 꾀 따위가 재치가 있고 교묘한 것이다.

33) 方便이시니: 方便(방편) + -이(서조)- + -시(주높)- + -니(연어, 설명 계속, 이유) ※ '方便(방 편)'은 십바라밀의 하나로서, 중생을 구제하기 위하여 쓰는 묘한 수단과 방법이다.

工공巧·콸히·뻐 ᄂᆞ·ᄆᆡ 機긩·를 조·차 萬먼
物·믈·을 利링·케·ᄒᆞ·실·씨·라 機긩·는
ᄠᅳ·리·니 根ᄀᆞᆫ字ᄍᆞ·ㅣ 네 如영來링·ᄭᅴ·져
쫑·뿓·ᄒᆞ·니·가 ·지·라
그·나 信신·ᄒᆞ·ᄆᆞᅀᆞ·를 ·두·면 아·랫 罪쬥
다·업서 涅녏槃빤·을 得·득·ᄒᆞ·리·라 魔
망王황·이 ·듣·고깃·거·ᄉᆞ·ᄒᆞ·뎌 부텨
·씌ᄀᆞ쟝깃·붐·ᄆᆞᅀᆞᆷ내·야 부텨·나·를
·어엿·비너·기·샤·미 父뿡 母ᄆᆞᆼ·ㅣ 子ᄌᆞᆼ

工巧(공교)히 써서 남의 機(기)를 쫓아서 萬物(만물)을 利(이)케 하는 것이다. 機(기)는 틀이니 根(근)의 字(자)와 뜻이 한가지이다. 】, 네가 如來(여래)께 적으나 信(신)한 마음을 두면, 예전의 罪(죄)가 다 없어져서 涅槃(열반)을 得(득)하리라." 魔王(마왕)이 듣고 기뻐하여 소름이 돋쳐 부처께 매우 기쁜 마음을 내어, "부처가 나를 불쌍히 여기시는 것이 父母(부모)가 子息(자식)을

工_공巧_쫑히³⁴⁾ 뻐³⁵⁾ ᄂᆞᄆᆡ³⁶⁾ 機_긩³⁷⁾를 조차³⁸⁾ 萬_먼物_뭃을 利_링케³⁹⁾ ᄒᆞ실 씨라 機_긩ᄂᆞᆫ 트리니⁴⁰⁾ 根_{ᄀᆞᆫ}ㄷ 字_{ᄍᆞᆼ}⁴¹⁾ ᄠᅳᆮ ᄒᆞᆫ가지라⁴²⁾ 】 네 如_{ᅀᅧᆼ}來_링ᄭᅴ⁴³⁾ 져그나⁴⁴⁾ 信_신ᄒᆞᆫ ᄆᆞᅀᆞ믈 두면 아랫⁴⁵⁾ 罪_쬥 다 업서⁴⁶⁾ 涅_넗槃_빤을 得_득ᄒᆞ리라⁴⁷⁾ 魔_망 王_왕이 듣고 깃거⁴⁸⁾ 소홈⁴⁹⁾ 도텨⁵⁰⁾ 부텨ᄭᅴ ᄀᆞ장 깃븐⁵¹⁾ ᄆᆞᅀᆞ믈 내야 부톄 나ᄅᆞᆯ 어엿비 너기샤미⁵²⁾ 父_뿡母_뭏ㅣ 子_중息_식

---

34) 工巧히: [공교히(부사): 工巧(공교: 명사)+-ᄒᆞ(←-ᄒᆞ-: 형접)-+-이(부접)] ※ '工巧히'는 '솜씨나 꾀 따위가 재치가 있고 교묘하게'의 뜻이다.

35) 뻐: ᄡ(← 쓰다: 쓰다, 用)-+-어(연어)

36) ᄂᆞᄆᆡ: ᄂᆞᆷ(남, 他)+-ᄋᆡ(관조)

37) 機: 기. 교법(教法)을 받을 수 있는 중생의 능력을 이른다. '근기(根機)'나 '기근(根機)'이라고도 한다.

38) 조차: 좇(좇다, 따르다, 從)-+-아(연어)

39) 利케: 利ᄒᆞ[← 利ᄒᆞ다(이하다, 이롭다): 利(이: 불어)+-ᄒᆞ(형접)-]-+-게(연어, 사동)

40) 트리니: 틀(틀, 機)+-이(서조)-+-니(연어, 설명 계속)

41) 根ㄷ 字: 根(근)+-ㄷ(-의; 관조)#字(자, 글자)

42) ᄒᆞᆫ가지라: ᄒᆞᆫ가지[한가지, 마찬가지(명사): ᄒᆞᆫ(한, 一: 관사, 수량)+가지(가지: 의명)]+-이(서조)-+-Ø(현시)-+-라(←-다: 평종)

43) 如來ᄭᅴ: 如來(여래)+-ᄭᅴ(-께: 부조, 상대, 높임) ※ '-ᄭᅴ'는 [ㅅ(-의: 관조)+-긔(거기에, 彼處: 의명)]로 분석되는 파생 조사이다.

44) 져그나: 젹(적다, 少)-+-으나(연어, 대조)

45) 아랫: 아래(예전, 옛날, 昔)+-ㅅ(-의: 관조)

46) 업서: 없(없어지다, 除: 동사)-+-어(연어)

47) 得ᄒᆞ리라: 得ᄒᆞ[득하다, 얻다: 得(득: 불어)+-ᄒᆞ(동접)-]-+-리(미시)-+-라(←-다: 평종)

48) 깃거: 깄(기뻐하다, 歡)-+-어(연어)

49) 소홈: 소름. 춥거나 무섭거나 징그러울 때 살갗이 오그라들며 겉에 좁쌀 같은 것이 도톨도톨하게 돋는 것이다. 毛.

50) 도텨: 도티[돋치다, 竪: 돋(돋는다, 竪)+-티(강접)-]-+-어(연어)

51) 깃븐: 깃브[기쁘다, 喜: 깃(← 깄다: 기뻐하다, 歡, 동사)-+-브(형접)-]-+-Ø(현시)-+-ㄴ(관전)

52) 너기샤미: 너기(여기다, 念)-+-샤(←-시-: 주높)-+-ㅁ(←-옴: 명전)+-이(주조)

息_식ㅅ·랑ᄒᆞ슷·ᄒᆞ·샤 ·허·믈·이 ·녕·시·닷
:다·ᄒᆞ·야 ·즉·자·히 니·러 合_{·합}掌_{·쟝}
닐·오·ᄃᆡ ·내 부텨·씌 向_{·향}·ᄒᆞ·ᅀᆞᄫᅡ
·무·ᅀᆞᆷ·내·요·미 尊_존者_{·쟝} ᄉᆞ·큰 恩_{ᅙᅳᆫ}惠_{·혜}
ᄥᅵ·시·니 ·내 모·기 ·잇·거·늘 그·를 :쇼·셔 尊_존
者_{·쟝} ᄀ ·닐·오·ᄃᆡ ·안·쪽 :몬·져 ᄒᆞᆫ 期_끵
約_{·ᅙᅣᆨ} ·ᄒᆞ·고·ᅀᅡ 글·오·리·니 ·일·록 後_{:ᅘᅮ}·에

사랑하듯 하시어 허물을 아니 하시더구나."하여, 즉시 일어나 合掌(합장)하여 이르되 "내가 부처께 向(향)하여 기쁜 마음을 내는 것이 尊者(존자)의 큰 恩惠(은혜)이시니, 내 목에 있는 주검을 푸소서." 尊者(존자)가 이르되 "아직 먼저 한 期約(기약)을 하고야 (주검을) 풀겠으니, 이로부터 後(후)에

ᄉᆞ랑ᄐᆞᆺ[53] ᄒᆞ샤 허믈[54] 아니 ᄒᆞ시닷다[55] ᄒᆞ야 즉자히[56] 니러[57] 合ᅘᅡᆸ掌쟝ᄒᆞ야 닐오ᄃᆡ 내 부텨ᄭᅴ 向향ᄒᆞᅀᆞᄫᅡ[58] 깃븐 ᄆᆞᅀᆞᆷ 내요미[59] 尊존者쟝ㅅ 큰 恩ᅙᅳᆫ惠ᅘᅨᆼ시니[60] 내 모ᄀᆡᆺ[61] 주거믈[62] 그르쇼셔[63] 尊존者쟝ㅣ 닐오ᄃᆡ 안ᄌᆞᆨ[64] 몬져[65] ᄒᆞᆫ 期끵約약[66] ᄒᆞ고ᅀᅡ[67] 글오리니[68] 일록[69] 後ᅘᅮᇢ에

---

53) ᄉᆞ랑ᄐᆞᆺ: ᄉᆞ랑ᇂ[← ᄉᆞ랑ᄒᆞ다(사랑하다, 慈): ᄉᆞ랑(사랑, 慈: 명사) + -ᄒᆞ(동접)-]- + -ᄃᆞᆺ(-듯: 연어, 흡사)

54) 허믈: 허물, 過.

55) ᄒᆞ시닷다: ᄒᆞ(하다, 爲)- + -시(주높)- + -다(← -더-: 회상)- + -ㅅ(← -옷-: 감동)- + -다(평종)

56) 즉자히: 즉시, 卽(부사)

57) 니러: 닐(일어나다, 起)- + -어(연어)

58) 向ᄒᆞᅀᆞᄫᅡ: 向ᄒᆞ[향하다: 向(향: 불어) + -ᄒᆞ(동접)-]- + -ᅀᆞᇦ(← -ᄉᆞᆸ-: 객높)- + -아(연어)

59) 내요미: 내[내다, 出: 나(나다, 出: 자동)- + -ㅣ(← -이-: 사접)-]- + -옴(명전) + -이(주조)

60) 恩惠시니: 恩惠(은혜) + -Ø(← -이-: 서조)- + -시(주높)- + -니(연어, 이유)

61) 모ᄀᆡᆺ: 목(목, 頸) + -ᄋᆡ(-에: 부조, 위치) + -ㅅ(-의: 관조) ※ '모ᄀᆡᆺ'은 '목에 있는'으로 의역하여 옮긴다.

62) 주거믈: 주검[주검, 屍: 죽(죽다, 死)- + -엄(명접)] + -을(목조)

63) 그르쇼셔: 그르(끄르다, 풀다, 解)- + -쇼셔(-소서: 명종, 아주 높임)

64) 안ᄌᆞᆨ: 아직, 당분간, 當(부사)

65) 몬져: 먼저, 先(부사)

66) 期約: 기약. 때를 정하여 맺은 약속이다.

67) ᄒᆞ고ᅀᅡ: ᄒᆞ(하다, 爲)- + -고(연어) + -ᅀᅡ(-야: 보조사, 한정 강조)

68) 글오리니: 글(← 그르다: 끄르다, 풀다, 解)- + -오(화자)- + -리(미시)- + -니(연어, 설명 계속, 이유)

69) 일록: 일(← 이: 이, 此, 지대, 정칭) + -록(← -로: 부조, 방편) ※ '-록'은 부사격 조사인 '-로'의 강조 형태이다.

比丘(비구)에게 어지럽히지 말라." 魔王(마왕)이 이르되 "이르신 양으로
하겠습니다." 尊者(존자)가 또 이르되 "날 爲(위)하여 또 한 일을 하라.
내가 如來(여래)의 法身(법신)은 보았거니와 如來(여래)의 妙色身(묘색신)
은 못 보았나니【妙色身(묘색신)은 微妙(미묘)한 빛이 있는 몸이시니, 三十二
相(삼십이상)

比삥丘쿨의 게⁷⁰⁾ 어즈리디⁷¹⁾ 말라⁷²⁾ 魔망王왕이 닐오듸 니ᄅ샨⁷³⁾ 양

ᄋ로⁷⁴⁾ 호리이다⁷⁵⁾ 尊존者쟝ㅣ ᄯ 닐오듸 날⁷⁶⁾ 爲윙ᄒ야 ᄯ 흔 이

를 ᄒ라 내 如셩來링ㅅ 法법身신⁷⁷⁾은 보ᄉ뱃가니와⁷⁸⁾ 如셩來링ㅅ 妙

묠色ᄉ익身신⁷⁹⁾은 몯 보ᄉ뱃노니⁸⁰⁾【妙묠色ᄉ익身신은 微밍妙묠흔 비쳇⁸¹⁾ 모미시

니 三삼十씹二ᅀ싱相샹⁸²⁾

---

70) 比丘의 게: 比丘(비구) + -의(관조) # 게(거기에, 彼處: 의명, 위치) ※ '比丘(비구)의 게'는 '比丘(비구)에게'로 의역하여서 옮긴다.

71) 어즈리디: 어즈리[어지럽히다, 惱亂: 어즐(어질: 불어) + -이(사접)-]- + -디(-지: 연어, 부정)

72) 말라: 말(말다, 勿: 보용, 부정)- + -라(명종)

73) 니ᄅ샨: 니ᄅ(이르다, 敎)- + -샤(←-시-: 주높)- + -Ø(과시)- + -Ø(←-오-: 대상)- + -ㄴ(관전)

74) 양ᄋ로: 양(양, 모양, 樣: 의명) + -ᄋ로(부조, 방편) ※ '양ᄋ로'는 '대로'로 의역하여 옮길 수 있다.

75) 호리이다: ᄒ(하다, 爲)- + -오(화자)- + -리(미시)- + -이(상높, 아주 높임)- + -다(평종)

76) 날: 나(나, 我: 인대, 1인칭) + -ㄹ(←-ᄅ: 목조)

77) 法身: 법신. 보신(報身)·응신(應身)과 더불어 삼신(三身)의 하나로서, 석가모니의 진신(眞身)을 일컫는 말이다. 곧, 불법(佛法)의 이치와 일치하는 부처의 몸을 이른다.

78) 보ᄉ뱃가니와: 보(보다, 見)- + -ᅀ(←-ᄉᆞᆸ-: 객높)- + -아(연어) + 잇(← 이시다: 보용, 완료 지속)- + -Ø(←-오-: 화자)- + -가니와(←-거니와: 연어, 인정 첨가) ※ '-가니와'는 연결 어미인 '-거니와'가 주어가 화자일 때에 실현되는 형태이다. '-거니와'는 앞 절의 사실을 인정하면서 관련된 다른 사실을 이어 주는 연결 어미이다.

79) 妙色身: 묘색신. 부처가 삼십이상(三十二相)과 팔십종호(八十種好)를 갖추고서, 인간 세상에 나 있을 때의 모습이다.

80) 보ᄉ뱃노니: 보(보다, 見)- + -ᅀ(←-ᄉᆞᆸ-: 객높)- + -아(연어) + 잇(← 이시다: 보용, 완료 지속)- + -ㄴ(←-ᄂᆞ-: 현시)- + -오(화자)- + -니(연어, 설명 계속)

81) 비쳇: 빛(빛, 光) + -에(부조, 위치) + -ㅅ(-의: 관조) ※ '비쳇'는 '빛이 있는'으로 의역하여 옮긴다.

82) 三十二相: 삼십이상. 부처의 몸에 갖춘 서른두 가지의 독특한 모양이다. 발바닥이나 손바닥에 수레바퀴 같은 무늬가 있는 모양, 손가락이나 발가락이 가늘고 긴 모양, 정수리에 살이 상투처럼 불룩 나와 있는 모양, 미간에 흰 털이 나와서 오른쪽으로 돌아 뻗은 모양 따위가 있다.

八十種好(팔십종호)가 갖추어져 있으신 몸이시니, 世間(세간)에 나 계실 적에 (중생들이) 모두 보던 몸이시니라. 】, 나에게 如來(여래)의 妙色身(묘색신)을 보게 하오." 魔王(마왕)이 이르되 "나도 尊者(존자)께 먼저 期約(기약)하나 니, 내가 부처의 몸이 되어 (당신께) 보이거든 나에게 절을 마소서." 尊者 (존자)가 이르되 "너에게 절을 아니 하리라."

八_밣十_씹種_죵好_흫 ᄀᆞᄌᆞ신[83] 모미시니[84] 世_솅間_간애 나 겨싫 저긔[85] 모다[86] 보ᅀᆞᆸ던 모미시니라[87] 】 나ᄅᆞᆯ[88] 如_셩來_링ㅅ 妙_묳色_{ᄉᆡᆨ}身_신을 보ᅀᆞᆸ게 코라[89] 魔_망王_왕이 닐오ᄃᆡ 나도 尊_존者_쟝ᄭᅴ 몬져 期_끵約_햑ᄒᆞ노니[90] 내 부텻 모미 ᄃᆞ외야[91] 뵈야ᄃᆞᆫ[92] 내 그에[93] 절[94] 마ᄅᆞ쇼셔[95] 尊_존者_쟝ㅣ 닐오ᄃᆡ 네 게[96] 절 아니 호리라[97]

---

83) ᄀᆞᄌᆞ신: ᄀᆞᆽ(갖추어져 있다, 具)- + -ᄋᆞ시(주높)- + -Ø(현시)- + -ㄴ(관전)

84) 모미시니: 몸(몸, 身) + -이(서조)- + -시(주높)- + -니(연어, 설명 계속)

85) 저긔: 적(적, 때, 時: 의명) + -의(-에: 부조, 위치)

86) 모다: [모두, 皆(부사): 몯(모이다, 集: 동사)- + -아(연어▷부접)]

87) 모미시니라: 몸(몸, 身) + -이(서조)- + -시(주높)- + -Ø(현시)- + -니(원칙)- + -라(←-다: 평종)

88) 나ᄅᆞᆯ: 나(나, 我: 인대, 1인칭) + -ᄅᆞᆯ(-에게: 목조, 보조사적 용법, 의미상 부사격) ※ '나ᄅᆞᆯ'은 '나에게'로 의역하여 옮긴다.

89) 코라: ᄒᆞ(← ᄒᆞ다: 보용, 사동)- + -고라(명종, 반말)

90) 期約ᄒᆞ노니: 期約ᄒᆞ[기약하다: 期約(기약): 명사) + -ᄒᆞ(동접)-]- + -ㄴ(←-ᄂᆞ-: 현시)- + -오(화자)- + -니(연어, 설명 계속)

91) ᄃᆞ외야: ᄃᆞ외(되다, 爲)- + -야(←-아: 연어)

92) 뵈야ᄃᆞᆫ: 뵈[보이다, 現: 보(보다, 見: 타동)- + -ㅣ(←-이-: 피접)-]- + -야ᄃᆞᆫ(←-아ᄃᆞᆫ: -거든, 연어, 조건)

93) 내 그에: 나(나, 我) + -ㅣ(←-ᄋᆡ: 관조) # 그에(거기에, 彼處: 의명, 위치) ※ '내 그에'는 '나에게'로 의역하여서 옮긴다.

94) 절: 절, 禮, 拜.

95) 마ᄅᆞ쇼셔: 말(말다, 勿)- + -ᄋᆞ쇼셔(-으소서: 명종, 아주 높임)

96) 네 게: 너(나, 汝) + -ㅣ(←-ᄋᆡ: 관조) # 게(거기에, 彼處: 의명, 위치) ※ '네 게'는 '너에게'로 의역하여서 옮긴다.

97) 호리라: ᄒᆞ(← ᄒᆞ다: 하다, 爲)- + -오(화자)- + -리(미시)- + -라(←-다: 평종)

王왕이 니ᄅᆞ샤ᄃᆡ 내 져근 ᄯᆞᆷ 수프레
러 이실 ᄊᆞᅀᅵ 기드리쇼셔 내 아래 부
텨 ᄒᆞᆫ 양ᄌᆞ이 ᄃᆞ외야 首숨羅랑 長땅者쟝
ᄅᆞᆯ 소교니 그제 양ᄌᆞ같 ᄒᆞ요리
다 尊존者쟝ㅣ 그 주검을 그ᄅᆞ니라
魔망王왕이 수프레 드러 부텨 양ᄌᆞ이
ᄃᆞ외니 彩ᄎᆡᆼ色ᄉᆡᆨ ᄋᆞ로 ᄀᆞᆺ 그룐 ᄃᆞᆺᄒᆞ더니

魔王(마왕)이 王(왕)이 이르되 "내가 잠시 수풀에 들어 있을 사이를 기다리소서. 내가 예전에 부처의 모습이 되어 首羅長者(수라장자)를 속였으니, 그때의 모습같이 되겠습니다." 尊者(존자)가 그 주검을 풀었니라. 魔王(마왕)이 수풀에 들어 부처의 모습이 되니 彩色(채색)으로 갓 그린 듯하더니,

魔_망王_왕이 닐오디 내 져근덛⁹⁸⁾ 수프레⁹⁹⁾ 드러 이실 쓰실¹⁰⁰⁾ 기드

리쇼셔¹⁾ 내 아래²⁾ 부텻 양지³⁾ 드외야 首_슣羅_랑長_댱者_쟝⁴⁾를 소교니⁵⁾

그젯⁶⁾ 양⁷⁾ ᄀ티⁸⁾ 드외요리이다⁹⁾ 尊_존者_쟝ㅣ 그 주거믈 그르니라¹⁰⁾

魔_망王_왕이 수프레 드러 부텻 양지 드외니 彩_칭色_식ᄋ로¹¹⁾ ᄀᆺ¹²⁾ 그

룐¹³⁾ 듯¹⁴⁾ ᄒ더니

---

98) 져근덛: [잠시, 잠깐, 暫(부사): 젹(적다, 少)- + -은(관전) + 덛(덧, 時)] ※ '덛'은 얼마 안 되는
펵 짧은 시간이다.

99) 수프레: 수플[수풀, 林: 숲(숲, 林) + 풀(풀, 草)] + -에(부조, 위치)

100) 쓰실: 쓰싀(← ᄉᆞ시: 사이, 間) + -ㄹ(← -를: 목조)

1) 기드리쇼셔: 기드리(기다리다, 待)- + -쇼셔(-소서: 명종, 아주 높임)

2) 아래: 예전, 옛날, 昔.

3) 양지: 양ᄌᆞ(모습, 모양, 樣子) + -ㅣ(← -이: 보조)

4) 首羅長者: 수라장자. 首羅(수라)는 인명이며, '長者(장자)'는 덕망이 뛰어나고 경험이 많아 세상
일에 익숙한 어른이다. 혹은 큰 부자를 점잖게 이르는 말이다.

5) 소교니: 소기[속이다, 誆: 속(속다, 避誆: 자동)- + -이(사접)-]- + -오(화자)- + -니(연어, 설명
계속)

6) 그젯: 그제[그때, 彼時: 그(그, 彼: 관사, 지시) + 제(적, 때, 時: 의명)] + -ㅅ(-의: 관조)

7) 양: 양(모양, 모습, 樣)

8) ᄀ티: ᄀ티[같이(부사): 곹(같다, 如: 형사)- + -이(부접)]

9) 드외요리이다: 드외(되다, 爲)- + -요(← -오-: 화자)- + -리(미시)- + -이(상높, 아주 높임)- +
-다(평종)

10) 그르니라: 그르(끄르다, 풀다, 解)- + -Ø(과시)- + -니(원칙)- + -라(← -다: 평종)

11) 彩色ᄋ로: 彩色(채색) + -ᄋ로(부조, 방편) ※ '彩色(채색)'은 여러 가지의 고운 빛깔이다.

12) ᄀᆺ: 이제 막, 新(부사)

13) 그룐: 그리(그리다, 畫)- + -Ø(과시)- + -오(대상)- + -ㄴ(관전)

14) 듯: 둣(의명, 흡사)

더ᄂᆞ왼녁ᄭᅩ솑 舍샹利링弗붏·이 셔·고 올ᄒᆞᆫ녁ᄭᅵ 大땡目목犍껀連련·이 셔·고 阿ᄒᆞᆼ難난·이 두·헤 셔·고 摩망訶항迦강葉ᇸ·과 阿ᄒᆞᆼ㝹뉻樓륳頭뚷·와 湏슝菩뽕提똉·돌 一힔千천二ᅀᅵᆼ百ᄇᆡᆨ ·쉰 大땡阿ᄒᆞᆼ羅랑漢한·돌·히 圍윙繞ᅀᅭ·ᄒᆞ·야 漸쪔漸쪔 ·수·플로·셔·나·오나ᄂᆞᆯ

왼쪽에는 舍利弗(사리불)이 서고, 오른쪽에는 大目犍連(대목건련)이 서고, 阿難(아난)이 뒤에 서고, 摩訶迦葉(마하가섭)과 阿㝹樓頭(아누루두)와 湏菩提(수보리) 등(等), 一千二百(일천이백) 쉰 大阿羅漢(대아라한)들이 (부처를) 圍繞(위요)하여 漸漸(점점) 수풀로부터서 나오거늘,

왼녀긘¹⁵⁾ 舍_샹利_링弗_붏¹⁶⁾이 셔고¹⁷⁾ 올흔녀긘¹⁸⁾ 大_땡目_목揵_껀連_련¹⁹⁾이 셔고 阿_항難_난²⁰⁾이 뒤헤²¹⁾ 셔고 摩_망訶_항迦_강葉_셥²²⁾과 阿_항㝹_눓樓_릏頭_뜰²³⁾와 須_슝菩_뽕提_똉 들²⁴⁾ 一_힗千_천二_싱百_빅쉰 大_땡阿_항羅_랑漢_한들히²⁵⁾ 圍_윙繞_숗ᄒ야²⁶⁾ 漸_쩜漸_쩜 수플로셔 나오나ᄂᆞᆯ²⁷⁾

15) 왼녀긘: 왼녁[왼쪽, 左邊: 외(왼쪽이다, 左: 형사)-+-ㄴ(관전)+녁(쪽, 邊: 의명)]+-의(-에: 부조, 위치)+-ㄴ(←-는: 보조사, 주제)

16) 舍利弗: 사리불. 산스크리트어의 '사리푸트라(Sāriputra)'를 음차한 말이다. 석가모니의 십대 제자 가운데 한 사람이다.(?~B.C.486) 십육 나한의 하나로 석가모니의 아들 라훌라의 수계사(授戒師)로 유명하다.

17) 셔고: 셔(서다, 立)-+-고(연어, 나열)

18) 올흔녀긘: 올흔녁[오른쪽, 右邊: 옳(오른쪽이다, 右: 형사)-+-은(관전)+녁(쪽, 邊: 의명)]+-의(-에: 부조, 위치)+-ㄴ(←-는: 보조사, 주제)

19) 大目揵連: 대목건련. 산스크리트어의 '마우드갈리아야나(Maudgalyayana)'를 음차한 말이다. 석가모니의 십대 제자 가운데 한 사람이다. 마가다의 브라만 출신으로, 부처의 교화를 펼치고 신통(神通) 제일의 성예(聲譽)를 얻었다.

20) 阿難: 아난. 산스크리트어의 '아난다(Ānanda)'를 음차한 말이다. 석가모니의 십대 제자 가운데 한 사람이다(?~?) 십육 나한의 한 사람으로, 석가모니 열반 후에 경전 결집에 중심이 되었으며, 여인 출가의 길을 열었다.

21) 뒤헤: 뒤ㅎ(뒤, 後)+-에(부조, 위치)

22) 摩訶迦葉: 마하가섭. 산스크리트어의 '마하카시아파(Mahā Kāsyapa)'를 음차한 말이다. 석가모니의 10대 제자의 한 사람이다.(?~?) 욕심이 적고 엄격한 계율로 두타(頭陀)를 행하였고 교단의 우두머리로 존경을 받았다.

23) 阿㝹樓頭: 아누루두. 산스크리트어의 'aniruddha'로서, 흔히 '아나율(阿那律)'로 음차한다. 십대 제자(十大弟子)의 하나이다. 붓다의 사촌 동생으로, 붓다가 깨달음을 성취한 후 고향에 왔을 때, 아난(阿難)·난타(難陀) 등과 함께 출가하였는데, 통찰력이 깊어 천안제일(天眼第一)이라 일컫는다.

24) 須菩提 들: 須菩提(수보리) # 들(← 들ㅎ: 들, 等, 의명) ※ '須菩提(수보리)'는 산스크리트어로 '수부티(Subhūti)'를 음차한 말이다. 석가모니의 십대 제자 가운데 한 사람이다. 온갖 법이 공(空)하다는 이치를 처음 깨달은 사람이다.

25) 大阿羅漢들히: 大阿羅漢들ㅎ[大阿羅漢들: 大阿羅漢(대아라한)+-들ㅎ(-들: 복접)]+-이(주조) ※ '大阿羅漢(대아라한)'은 '아라한' 중에서 나이가 많고 덕이 높은 사람이다. '아라한(阿羅漢)'은 소승 불교의 수행자 가운데서 가장 높은 경지에 오른 이다. 온갖 번뇌를 끊고, 사제(四諦)의 이치를 바로 깨달아 세상 사람들의 존경을 받을 만한 공덕을 갖춘 성자를 이른다.

26) 圍繞ᄒ야: 圍繞ᄒ[위요하다: 圍繞(위요: 명사)+-ᄒ(동접)-]+-야(←-아: 연어) ※ '圍繞(위요)'는 부처의 둘레를 돌아다니는 일이다.

27) 나오나ᄂᆞᆯ: 나오[나오다, 出至: 나(나다, 出)-+오(오다, 來)-]+-나ᄂᆞᆯ(←-거ᄂᆞᆯ: -거늘, 연어, 상황)

나 尊쫑者쟝ㅣ니러合ᅘᅡᆸ掌쟝ᄒᆞ얏외요고偈꼥ᄅᆞᆯ지어닐오ᄃᆡ快쾡樂락ᄒᆞᇦ더ᄲᅥ淸쳥淨쪙ᄒᆞᆫ業ᅙᅥᆸ이여能ᄂᆡᆼ히이런妙묭果광ᄅᆞᆯ일우시ᄂᆞ다ᄒᆞᄂᆞᆯ로셔나산주리아니며緣원업시외샨주리아니니라ᄒᆞᆫ貴귕ᄒᆞᆯᄊᆡ하ᄂᆞᆯ로셔나신가시ᄇᆞ건마ᄅᆞᆫ그리아니라아랫因ᅙᅵᆫ緣원닷ᄀᆞ모

尊者(존자)가 일어나 合掌(합장)하여 골똘히 보고 偈(게)를 지어 이르되, "快樂(쾌락)스럽구나. 淸淨(청정)한 業(업)이여! 能(능)히 이런 妙果(묘과)를 이루셨구나. 하늘로부터 나신 것이 아니며, 또 因緣(인연) 없이 되신 것이 아니다."【 하도 貴(귀)하시므로 하늘로부터서 나셨는가 싶으건마는, 그런 것이 아니라 "예전의 因緣(인연)을 닦는 것으로

尊_존者_쟝ㅣ 니러²⁸⁾ 合_합掌_쟝ᄒᆞ야 ᄉᆞ외²⁹⁾ 보고 偈_꼥³⁰⁾ 지서³¹⁾ 닐오ᄃᆡ 快_쾡樂_락ᄒᆞᄫᆞᆯ쎠³²⁾ 淸_쳥淨_쪙혼 業_업이여³³⁾ 能_{ᄂᆞᆼ}히³⁴⁾ 이런 妙_묳果_광³⁵⁾를 일우시도다³⁶⁾ 하ᄂᆞᆯ로셔³⁷⁾ 나샨³⁸⁾ 주리³⁹⁾ 아니며 ᄯᅩ 因_{ᅙᅵᆫ}緣_원 업시⁴⁰⁾ ᄃᆞ외샨⁴¹⁾ 줄 아니라⁴²⁾【 하⁴³⁾ 貴_귕ᄒᆞ실ᄊᆡ 하ᄂᆞᆯ로셔 나신가⁴⁴⁾ 싣브건마ᄅᆞᆫ⁴⁵⁾ 그리⁴⁶⁾ 아니라⁴⁷⁾ 아랫 因_{ᅙᅵᆫ}緣_원 닷고ᄆᆞ로⁴⁸⁾

---

28) 니러: 닐(일어나다, 起)- + -어(연어)

29) ᄉᆞ외: 골똘히, 깊히, 諦(부사)

30) 偈: 게. 부처의 공덕이나 가르침을 찬탄하는 노래 글귀이다.(= 가타, 伽陀)

31) 지서: 짓(← 짓다, ㅅ불: 짓다, 作)- + -어(연어)

32) 快樂ᄒᆞᄫᆞᆯ쎠: 快樂ᄒᆞᆸ[← 快樂ᄒᆞᆸ다, ㅂ불(쾌락스럽다): 快樂(쾌락: 명사) + -ᄒᆞᆸ(형접)-]- + -ᄋᆞᆯ쎠(-구나: 감종) ※ '快樂(쾌락)'은 유쾌하고 즐거운 것이다.

33) 業이여: 業(업) + -이여(호조, 예사 높임, 영탄) ※ '業(업)'은 미래에 선악의 결과를 가져오는 원인이 된다고 하는, 몸과 입과 마음으로 짓는 선악의 소행이다.

34) 能히: [능히(부사): 能(능: 불어) + -ᄒᆞ(← -ᄒᆞ-: 형접)- + -이(부접)]

35) 妙果: 묘과. 보리(菩提)나 열반(涅槃)과 같은 아주 뛰어나고 훌륭한 결과이다.

36) 일우시도다: 일우[이루다, 成: 일(이루어지다, 成: 자동)- + -우(사접)-]- + -시(주높)- + -Ø(과시)- + -도(감동)- + -다(평종)

37) 하ᄂᆞᆯ로셔: 하ᄂᆞᆯ(← 하ᄂᆞᆯㅎ: 하늘, 天) + -로(부조) + -셔(-서: 보조사, 위치 강조)

38) 나샨: 나(나다, 生)- + -샤(← -시-: 주높)- + -Ø(과시)- + -Ø(← -오-: 대상)- + -ㄴ(관전)

39) 주리: 줄(것: 의명) + -이(주조)

40) 업시: [없이, 無(부사): 없(없다, 無: 형사)- + -이(부접)]

41) ᄃᆞ외샨: ᄃᆞ외(되다, 爲)- + -샤(← -시-: 주높)- + -Ø(과시)- + Ø(← -오-: 대상)- + -ㄴ(관전)

42) 아니라: 아니(아니다, 非)- + -Ø(현시)- + -라(← -다: 평종)

43) 하: [매우, 深(부사): 하(크다, 많다, 大, 多: 형사)- + -아(연어▷부접)]

44) 나신가: 나(나다, 出)- + -시(주높)- + -Ø(과시)- + -ㄴ가(의종, 판정)

45) 싣브건마ᄅᆞᆫ: 싣브(싶다, 보형, 희망)- + -건마ᄅᆞᆫ(-건마는: 연어, 앞 인정 뒤 대조)

46) 그리: [그리, 그렇게(부사): 글(← 그:그, 彼, 지대, 정칭) + -이(부접)] ※ '그리'는 문맥을 감안하여 '그런 것'으로 의역하여 옮긴다.

47) 아니라: 아니(아니다, 非)- + -Ø(현시)- + -라(← -아: 연어)

48) 닷고ᄆᆞ로: 닦(닦다, 修)- + -옴(명전)- + -ᄋᆞ로(부조, 방편)

되시었다.” 하는 말이다. 】 낯빛이 蓮(연)꽃과 같으시며, 눈이 맑음이 明珠 (명주)와 같으시며, 端正(단정)하신 것이 日月(일월)보다 더하시며, 애틋이 사랑하시는 것이 꽃의 수풀보다 더하시며, 맑음이 바다와 같으시며, 便 安(편안)히 계시는 것이 須彌山(수미산)과 같으시며, 威嚴(위엄)의 光明(광 명)이 해보다

드외시다[49] ᄒᆞ논 마리라 】 낫비치[50] 蓮련ㅅ곳[51] ᄀᆞᆮᄒᆞ시며[52] 눈 조호미[53]

明명珠즁[54] ᄀᆞᆮᄒᆞ시며[55] 端돤正정ᄒᆞ샤미[56] 日ᅀᅵᇙ月ᅌᅯᇙ두고[57] 더으시며[58]

ᄃᆞᆺ오샤미[59] 곳[60] 수플두고[61] 더으시며 물고미[62] 바ᄅᆞᆯ[63] ᄀᆞᆮᄒᆞ시며 便

뼌安ᅙᅡᆫ히[64] 겨샤미[65] 湏슝彌밍山산 ᄀᆞᆮᄒᆞ시며 威휭嚴엄ㅅ 光광明명이 히

두고

---

49) 드외시다: 드외(되다, 爲)- + -시(주높)- + -Ø(과시)- + -다(평종)
50) 낫비치: 낫빛[낯빛, 面色: 낫(← 낯: 낯, 面) + 빛(빛, 色)] + -이(주조)
51) 蓮ㅅ곳: [연꽃, 蓮花: 蓮(연) + -ㅅ(관조, 사잇) + 곳(꽃, 花)]
52) ᄀᆞᆮᄒᆞ시며: ᄀᆞᇀ(← ᄀᆞᆮᄒᆞ다: 같다, 如)- + -ᄋᆞ시(주높)- + -며(연어, 나열)
53) 조호미: 좋(맑다, 깨끗하다, 淨)- + -옴(명전) + -이(주조)
54) 明珠: 명주. 빛이 고운 아름다운 구슬이다.
55) ᄀᆞᆮᄒᆞ시며: ᄀᆞᇀ(← ᄀᆞᆮᄒᆞ다: 같다, 如)- + -ᄋᆞ시(주높)- + -며(연어, 나열)
56) 端正ᄒᆞ샤미: 端正ᄒᆞ[단정하다: 端正(단정: 명사) + -ᄒᆞ(형접)-]- + -샤(← -시-: 주높)- + -ㅁ
    (← -옴: 명전) + -이(주조)
57) 日月두고: 日月(일월) + -두고(-보다: 부조, 비교)
58) 더으시며: 더으(더하다, 過)- + -으시(주높)- + -며(연어, 나열)
59) ᄃᆞᆺ오샤미: ᄃᆞᆺ오(애틋이 사랑하다, 愛)- + -샤(← -시-: 주높)- + -ㅁ(← -옴: 명전) + -이(주조)
60) 곳: 곳(← 곳: 꽃, 花)
61) 수플두고: 수플[수풀, 林: 숲(숲, 林) + 플(풀, 草)] + -두고(-보다: 부조, 비교)
62) 물고미: 묽(맑다, 湛) + -옴(명전) + -이(주조)
63) 바ᄅᆞᆯ: 바다, 海.
64) 便安히: [편안히(부사): 便安(편안: 명사) + -ᄒᆞ(← -ᄒᆞ-: 형접)- + -이(부접)]
65) 겨샤미: 겨샤(← 겨시다: 계시다, 住)- + -ㅁ(← -옴: 명전) + -이(주조)

더하시며 천천히 걸으시는 것이 獅子(사자)와 같으시며, 돌아보시는 것이 牛王(우왕)과 같으시며【牛王(우왕)은 소이다.】, 빛이 紫金(자금)과 같으시니【紫金(자금)은 짙고 붉은 金(금)이다.】, 百千(백천) 無量劫(무량겁)에 몸과 입과 뜻을 깨끗이 닦으시므로 이런 몸을 얻으시니, 미워하는 사람이 보아도 기뻐하겠으니

더으시며 즈늑즈느기⁶⁶⁾ 거르샤미⁶⁷⁾ 獅_슝子_중ㅣ⁶⁸⁾ ᄀᆞᆮ시며 도라보샤

미 牛_웋王_왕 ᄀᆞᆮ시며【牛_웋王_왕은 쇠라⁶⁹⁾】비치⁷⁰⁾ 紫_중金_금⁷¹⁾ ᄀᆞᆮ시

니【紫_중金_금은 느올볼ᄀᆞᆫ⁷²⁾ 金_금이라】百_빅千_천 無_뭉量_량劫_겁⁷³⁾에 몸과

입과 ᄠᅳᆮ과를⁷⁴⁾ 조히⁷⁵⁾ 닷ᄀᆞ실ᄊᆡ⁷⁶⁾ 이런 모ᄆᆞᆯ 어드시니⁷⁷⁾ 미리⁷⁸⁾ 보

ᅀᆞ바도⁷⁹⁾ 깃ᄉᆞᄫᅡ⁸⁰⁾ ᄒᆞ리어니⁸¹⁾

---

66) 즈늑즈느기: [자늑자늑히, 천천히, 徐(부사): 즈늑(자늑: 불어) + 즈늑(자늑: 불어) + -∅(←-ᄒᆞ -: 형접) + -이(부접)]

67) 거르샤미: 걸(← 걷다, ㄷ불: 걷다, 步)- + -으샤(←-으시-: 주높)- + -ㅁ(←-옴: 명전) + -이 (주조)

68) 獅子ㅣ: 獅子(사자) + -ㅣ(←-이: 부조, 비교)

69) 쇠라: 쇼(소, 牛) + -ㅣ(←-이-: 서조)- + -∅(현시)- + -라(←-다: 평종)

70) 비치: 빛(빛, 光) + -이(주조)

71) 紫金: 자금. 검붉은 색이 나는 도자기 잿물의 빛깔이다.

72) 느올볼ᄀᆞᆫ: 느올볽[짙고 붉다, 紫: 느올(?) + 볽(← 붉다: 붉다, 紫)-]- + -∅(현시)- + -은(관전) ※ '느올'의 형태와 의미를 알 수 없다. 다만, 『아육왕전』에는 '느올볽다'에 대응되는 한자로 '紫'로 표현하고 있으므로, '느올볼ᄀᆞᆫ'을 '짙은 남빛을 띤 붉은'의 뜻으로 추정할 수 있다.

73) 無量劫: 무량겁. '無量(무량)'은 헤아릴 수 없이 많은 것을 이르고, '劫(겁)'은 어떤 시간의 단위 로도 계산할 수 없는 무한히 긴 시간이다. 하늘과 땅이 한 번 개벽한 때에서부터 다음 개벽할 때까지의 동안이라는 뜻이다.

74) ᄠᅳᆮ과를: ᄠᅳᆮ(뜻, 意) + -과(접조) + -를(목조)

75) 조히: [깨끗하게, 淨(부사): 좋(깨끗하다, 淨: 형사)- + -이(부접)]

76) 닷ᄀᆞ실ᄊᆡ: 닦(닦다, 修)- + -ᄋᆞ시(주높)- + -ㄹᄊᆡ(-므로: 연어, 이유)

77) 어드시니: 얻(얻다, 獲得)- + -으시(주높)- + -니(연어, 설명 계속)

78) 미리: 믜(미워하다, 怨)- + -ㄹ(관전) # 이(이, 사람, 者: 의명) + -∅(←-이: 주조)

79) 보ᅀᆞ바도: 보(보다, 見)- + -ᅀᆞ(←-ᅀᆞᆸ-: 객높)- + -아도(연어, 양보, 불구)

80) 깃ᄉᆞᄫᅡ: 깃(← 깄다: 기뻐하다, 歡喜)- + -ᄉᆞ(←-ᅀᆞᆸ-: 객높)- + -아(연어)

81) ᄒᆞ리어니: ᄒᆞ(하다, 爲: 보용)- + -리(미시)- + -어(←-거-: 확인)- + -니(연어, 설명 계속)

리어 ᄂᆞᆼᄫᆞᆯ며 내 恭_공敬_경 아니ᄒᆞ
ᅀᆞᄫᆞ리여 ᄒᆞ고 부텨 보ᅀᆞᄫᆞ미
至_징極_끅ᄒᆞᆯᄊᆡ 첫 期_끵約_햑 을 닛고
즉자히 ᄯᅡ해 업데여 恭_공敬_경ᄒᆞ야
禮_롕數_숭ᄒᆞᆫ대 魔_망王_왕 이 닐오ᄃᆡ
尊_존者_쟝 ᅵ 엇뎨 期_끵約_햑 애 그르
ᄒᆞ시ᄂᆞ니ᅌᅵ잇고 尊_존者_쟝 ᅵ 무로ᄃᆡ

하물며 내가 恭敬(공경)을 아니 하겠느냐?"하고, 부처를 보는 마음이 至極(지극)하므로 첫 期約(기약)을 잊고 즉시 땅에 엎드리여 恭敬(공경)하여 禮數(예수)하니, 魔王(마왕)이 이르되 "尊者(존자)가 어찌 期約(기약)에 그릇하십니까?" 尊者(존자)가 묻되

ᄒᆞ물며[82] 내 恭ᄀᆞᆼ敬ᄀᆡᆼ 아니 ᄒᆞᅀᆞᄫᆞ리여[83] ᄒᆞ고 부텨 보ᅀᆞᄫᆞᆯ[84] ᄆᆞᅀ

미 至징極끅홀씨[85] 첫 期끵約햑을 닛고[86] 즉자히 ᄯᅡ해[87] 업데여[88]

恭ᄀᆞᆼ敬ᄀᆡᆼᄒᆞ야 禮롕數숭ᄒᆞᆫ대[89] 魔망王ᅌᅪᆼ이 닐오ᄃᆡ 尊존者쟝ㅣ 엇뎨[90]

期끵約햑애 그르ᄒᆞ시ᄂᆞ니잇고[91] 尊존者쟝ㅣ 무로ᄃᆡ[92]

---

82) ᄒᆞ물며: 하물며, 況(부사)

83) ᄒᆞᅀᆞᄫᆞ리여: ᄒᆞ(하다, 爲)-+-ᅀᆞᇦ(←-ᅀᆞᆸ-: 객높)-+-오(화자)-+-리(미시)-+-여(의종, 판정)

84) 보ᅀᆞᄫᆞᆯ: 보(보다, 觀)-+-ᅀᆞᇦ(←-ᅀᆞᆸ-: 객높)-+-ᅌᆞᆯ(관전)

85) 至極홀씨: 至極ᄒᆞ[지극하다: 至極(지극: 명사)+-ᄒᆞ(형접)-]-+-ㄹ씨(-ㅁ로: 연어, 이유)

86) 닛고: 닛(←닞다: 잊다, 忘)-+-고(연어, 계기)

87) ᄯᅡ해: ᄯᅡㅎ(땅, 地)+-애(-에: 부조, 위치)

88) 업데여: 업데(엎드리다, 伏)-+-여(←-어: 연어)

89) 禮數ᄒᆞᆫ대: 禮數ᄒᆞ[예수하다: 禮數(예수: 명사)+-ᄒᆞ(동접)-]-+-ㄴ대(-는데, -니: 연어, 반응)
   ※ '禮數(예수)'는 명성이나 지위에 알맞은 예의와 대우이다.

90) 엇뎨: 어찌, 何(부사)

91) 그르ᄒᆞ시ᄂᆞ니잇고: 그르ᄒᆞ[그릇하다, 어긋나게 하다, 違(부사): 그르(그르다, 違: 형사)-+-Ø
   (부접)+-ᄒᆞ(동접)-]-+-시(주높)-+-ᄂᆞ(현시)-+-잇(←-이-: 상높, 아주 높임)-+-니…고
   (의종, 설명)

92) 무로ᄃᆡ: 물(←묻다, ㄷ불: 묻다, 問)-+-오ᄃᆡ(-되: 연어, 설명 계속)

모슴 期끵約·햑·애 그·르ᄒᆞ·ᄂᆞ뇨 魔망
王왕·이 닐·오·ᄃᆡ 尊존者쟝ㅣ 禮롕數숭
·아·니·ᄒᆞ·려 ·ᄒᆞ·더시·니 ·엇·뎨 禮롕數숭
·ᄒᆞ·시·ᄂᆞ·니잇·고 尊존者쟝ㅣ 닐·오·ᄃᆡ
無뭉上썅 世솅尊존·이 ᄇᆞᆯ·쎠 涅녏槃빤
·ᄒᆞ·샤ᄂᆞᆯ·안마·ᄅᆞᆫ·이런·양ᄌᆞ·ᄅᆞᆯ 道
·니부텨·보·ᅀᆞᆸ·ᄃᆞᆺ·ᄒᆞ·ᆯᄊᆡ부텨·ᄅᆞᆯ 爲윙

(내가) 어찌해서 期約(기약)에 그릇하느냐?" 魔王(마왕)이 이르되 "尊者(존자)가 禮數(예수)를 아니 하려 하시더니 어찌 禮數(예수)하십니까?" 尊者(존자)가 이르되 "無上(무상) 世尊(세존)이 벌써 涅槃(열반)하신 것을 (내가) 알건마는, 이런 모습을 보니 부처를 본 듯하므로 부처를 爲(위)하여

므슴⁹³⁾ 期_끵約_햑애 그르ᄒᆞᄂᆞ뇨⁹⁴⁾ 魔_망王_왕이 닐오ᄃᆡ 尊_존者_쟝ㅣ 禮_롕

數_숭 아니 호려⁹⁵⁾ ᄒᆞ더시니⁹⁶⁾ 엇뎨 禮_롕數_숭ᄒᆞ시ᄂᆞ니잇고⁹⁷⁾ 尊_존者_쟝

ㅣ 닐오ᄃᆡ 無_뭉上_썅⁹⁸⁾ 世_솅尊_존이 ᄇᆞᆯ쎠⁹⁹⁾ 涅_넗槃_빤ᄒᆞ샨¹⁰⁰⁾ 들¹⁾ 알안마

ᄅᆞᆫ²⁾ 이런 양ᄌᆞᆯ³⁾ 보니 부텨 보ᅀᆞ본⁴⁾ 듯 ᄒᆞᆯ씨 부텨를 爲_윙ᄒᆞᅀᄫᅡ

---

93) 므슴: 어찌, 何(부사)

94) 그르ᄒᆞᄂᆞ뇨: 그르ᄒᆞ[그르게 하다, 어긋나게 하다, 違(부사): 그르(그르다, 違: 형사)-+-Ø(부
접)+-ᄒᆞ(동접)-]-+-ᄂᆞ(현시)-+-뇨(의종, 설명) ※ "므슴 期約애 그르ᄒᆞᄂᆞ뇨"는 "내가 어찌
해서 期約을 어긴다고 생각하느냐?"의 뜻으로 쓰인 말이다.

95) 호려: ᄒᆞ(← ᄒᆞ다: 하다, 爲)-+-오려(-려: 연어, 의도)

96) ᄒᆞ더시니: ᄒᆞ(하다: 보용, 의도)-+-더(회상)-+-시(주높)-+-니(연어, 설명 계속)

97) 禮數ᄒᆞ시ᄂᆞ니잇고: 禮數ᄒᆞ[예수하다: 禮數(예수: 명사)+-ᄒᆞ(동접)-]-+-시(주높)-+-ᄂᆞ(현
시)-+-잇(←-이-: 상높, 아주 높임)-+-니…고(의종, 설명)

98) 無上: 무상. 그 위에 더할 수 없는 것이다.

99) ᄇᆞᆯ쎠: 벌써, 久已(부사)

100) 涅槃ᄒᆞ샨: 涅槃ᄒᆞ[열반하다: 涅槃(열반: 명사)+-ᄒᆞ(동접)-]-+-샤(←-시-: 주높)-+-Ø
(과시)+-오(대상)+-ㄴ(관전) ※ '涅槃(열반)'은 모든 번뇌의 얽매임에서 벗어나고, 진리를
깨달아 불생불멸의 법을 체득한 경지이다. 불교의 궁극적인 실천 목적이다. 혹은 승려가 죽는
것이다. 여기서는 부처가 죽은 것을 이른다.

1) 들: ᄃᆞ(← ᄃᆞ: 것, 者, 의명)+-을(목조)

2) 알안마ᄅᆞᆫ: 알(알다, 知)-+-Ø(화자)+-안마ᄅᆞᆫ(←-건마ᄅᆞᆫ: -건마는, 연어, 인정 대조)

3) 양ᄌᆞᆯ: 양ᄌᆞ(모습, 모양, 樣子)+-ㄹ(←-를: 목조)

4) 보ᅀᆞ본: 보(보다, 見)-+-ᅀᆞᇦ(←-ᅀᆞᆸ-: 객높)-+-Ø(과시)-+-오(대상)-+-ㄴ(관전)

ᄒᆞ슨ᄫᅡᆯ禮·롕數·숭ᄒᆞᆸ디빙네ᄀᆞ에
ᄒᆞ논禮·롕數·숭ㅣ아·니라魔·망王왕
이·니·ᆯ오·ᄒᆞ는로寶每尊존者쟝ㅣ
ᄂᆞᆯ爲·윙·ᄒᆞ야절ᄒᆞ·거시니·어·늬내
그·에절ᄒᆞ시·ᄂᆞ다아니·ᄒᆞ리잇·고尊
者쟝ㅣ·니ᄅᆞ샤·디네드·르라ᄒᆞ라ᄀᆞ·과
모·와로天텬像썅佛·뿔像썅·ᄋᆞᆯ밍·ᄀᆞ·로

禮數(예수)하지 너에게 하는 禮數(예수)가 아니다." 魔王(마왕)이 이르되 "눈으로 보니 尊者(존자)가 나를 위하여 절하시는데, 어찌 '나에게 절하신다.' 아니 하겠습니까?" 尊者(존자)가 이르되 "네가 (내 말을) 들어라. 흙과 나무로 天像(천상)과 佛像(불상)을 만들고

禮롕數숳ᄒᆞᆸ디비⁵⁾ 네 그에⁶⁾ ᄒᆞ논⁷⁾ 禮롕數숳ㅣ 아니라⁸⁾ 魔망王왕이 널오ᄃᆡ 누느로⁹⁾ 보매¹⁰⁾ 尊존者쟝ㅣ 날 爲윙ᄒᆞ야 절ᄒᆞ거시니¹¹⁾ 어드리¹²⁾ 내 그에 절ᄒᆞ시ᄂᆞ다¹³⁾ 아니 ᄒᆞ리잇고¹⁴⁾ 尊존者쟝ㅣ 널오ᄃᆡ 네 드르라¹⁵⁾ 흙과 나모와로¹⁶⁾ 天텬像쌍¹⁷⁾ 佛뿛像쌍을 밍ᄀᆞᆸ곡¹⁸⁾

---

5) 禮數ᄒᆞᆸ디비: 禮數ᄒᆞ[예수하다: 禮數(예수: 명사) + ‑ᄒᆞ(동접)‑] + ‑ᅀᆞᆸ(객높)‑ + ‑디비(‑지: 연어, 대조)

6) 네 그에: 너(너, 汝: 인대, 2인칭) + ‑ㅣ(←‑의: 관조) # 그에(거기에, 彼處: 의명, 위치) ※ '네 그에'는 '너에게'로 의역하여 옮긴다.

7) ᄒᆞ논: ᄒᆞ(하다, 爲)‑ + ‑ㄴ(←‑ᄂᆞ‑: 현시)‑ + ‑오(대상)‑ + ‑ㄴ(관전)

8) 아니라: 아니(아니다, 非)‑ + ‑Ø(현시)‑ + ‑라(←‑다: 평종)

9) 누느로: 눈(눈, 目) + ‑으로(부조, 방편)

10) 보매: 보(보다, 見)‑ + ‑옴(명전) + ‑애(부조, 원인) ※ '누느로 보매'는 '눈으로 보니'로 의역하여 옮긴다.

11) 절ᄒᆞ거시니: 절ᄒᆞ[절하다: 절(절, 拜: 명사) + ‑ᄒᆞ(동접)‑] + ‑거(확인)‑ + ‑시(주높)‑ + ‑니(연어, 설명 계속)

12) 어드리: 어찌, 何(부사)

13) 절ᄒᆞ시ᄂᆞ다: 절ᄒᆞ[절하다: 절(절, 拜: 명사) + ‑ᄒᆞ(동접)‑] + ‑시(주높)‑ + ‑ᄂᆞ(현시)‑ + ‑다(평종)

14) ᄒᆞ리잇고: ᄒᆞ(하다, 爲)‑ + ‑리(미시)‑ + ‑잇(←‑이‑: 상높, 아주 높임)‑ + ‑고(의종, 설명)

15) 드르라: 들(← 듣다, ㄷ불: 듣다, 聞)‑ + ‑으라(명종)

16) 나모와로: 나모(나무, 木) + ‑와(←‑과: 접조) + ‑로(부조, 방편)

17) 天像: 천상. 하늘에 있는 천신(天神)들의 상(像)이다.

18) 밍ᄀᆞᆸ곡: 밍ᄀᆞ(← 밍ᄀᆞᆯ다: 만들다, 造作)‑ + ‑ᅀᆞᆸ(객높)‑ + ‑곡(연어, 나열, 계기) ※ '‑곡'은 연결 어미인 '‑고'의 강조 형태이다.

옛天_텬佛_뿛을恭_공敬_경ᄒᆞᅀᆞᄫᅡ
저를ᄒᆞᄂᆞ니나모와ᄒᆞᆰ개절ᄒᆞᄂᆞᆫ法_법
이아니라나도이ᄀᆞ티ᄒᆞ야부텻긔절
ᄒᆞᅀᆞᆸ디비네그�헤ᅙᅵ저리아니라
魔_마王_{와ᇰ}이즉자히도로제야ᇰ지
외야尊_존者_쟝ᄭᅴ절ᄒᆞ고하ᄂᆞᆯ로도
라가니라네찻說_쉃法_법ᄒᆞᄂᆞ래魔

天佛(천불)을 恭敬(공경)하여 절을 하나니, 나무와 흙에 절하는 法(법)이 아니다. 나도 이와 같아서 부처께 절하지 너에게 하는 절이 아니다." 魔王(마왕)이 즉시 도로 제 모습이 되어 尊者(존자)께 절하고 하늘로 돌아 갔니라. 네째의 說法(설법)하는 날에

天텬佛뿛[19]을 恭공敬경ᄒᆞᅀᆞᄫᅡ 저를 ᄒᆞᄂᆞ니 나모 홀개[20] 절ᄒᆞ논[21] 法법이 아니라[22] 나도 이[23] ᄀᆞᆮᄒᆞ야 부텨씌 절ᄒᆞᅀᆞᆸ디비[24] 네 그에 ᄒᆞ논 저리 아니라 魔망王왕이 즉자히 도로[25] 제[26] 양ᄌᆡ[27] ᄃᆞ외야 尊존者쟝씌 절ᄒᆞ고 하ᄂᆞᆯ로 도라가니라[28] 네찻[29] 說쎯法법ᄒᆞᆯ 나래[30]

---

19) 天佛: 천불. 천상계에 있는 부처이다.

20) 홀개: 홁(흙, 土) + -애(-에: 부조, 위치)

21) 절ᄒᆞ논: 절ᄒᆞ[절하다: 절(절, 拜: 명사) + -ᄒᆞ(동접)-]- + -ㄴ(←-ᄂᆞ-: 현시)- + -오(대상)- + -ㄴ(관전)

22) 아니라: 아니(아니다, 非: 형사)- + -Ø(현시)- + -라(←-다: 평종)

23) 이: 이(이, 此: 지대, 정칭) + -Ø(←-이: -와, 부조, 비교)

24) 절ᄒᆞᅀᆞᆸ디비: 절ᄒᆞ[절하다: 절(절, 拜: 명사) + -ᄒᆞ(동접)-]- + -ᅀᆞᆸ(객높)- + -디비(-지: 연어, 대조)

25) 도로: [도로, 復(부사): 돌(돌다, 回: 동사)- + -오(부접)]

26) 제: 저(저, 本: 인대, 재귀칭) + -ㅣ(←-의: 관조)

27) 양ᄌᆡ: 양ᄌᆞ(모습, 모양, 樣子) + -ㅣ(←-이: 보조)

28) 도라가니라: 도라가[돌아가다, 還: 돌(돌다, 回)- + -아(연어) + 가(가다, 去)-]- + -Ø(과시)- + -니(원칙)- + -라(←-다: 평종)

29) 네찻: 네차[네째, 第四(수사, 서수): 네(네, 四: 수사, 양수) + -차(-째: 접미, 서수)] + -ㅅ(-의: 관조)

30) 나래: 날(날, 日) + -애(-에: 부조, 위치, 시간)

魔王(마왕)이 尊者(존자)를 못 잊어 하늘로부터서 내려와 알리되, "艱難(간난)하지 말고자 하며 하늘에 나고자 하며 涅槃(열반)을 得(득)하고자 하거든, 다 尊者(존자) 優波毱多(우파국다)께 가라. 如來(여래)의 說法(설법)을 못 보거든 또한 尊者(존자) 優波毱多(우파국다)께

魔_망王_왕이 尊_존者_쟝를 몯³¹⁾ 니저³²⁾ 하늘로셔³³⁾ ᄂᆞ려와³⁴⁾ 뎐디위호
ᄃᆡ³⁵⁾ 艱_간難_난티³⁶⁾ 마오져³⁷⁾ ᄒᆞ며 하ᄂᆞᆯ해 나고져 ᄒᆞ며 涅_녏槃_빤ᄋᆞᆯ
得_득고져³⁸⁾ ᄒᆞ거든³⁹⁾ 다 尊_존者_쟝 優_{ᄒᆞᆯ}波_방毱_꾹多_당ᅴ 가라 如_셩來_링ㅅ
說_쉃法_법을 몯 보ᄉᆞᆸ거든 ᄯᅩ⁴⁰⁾ 尊_존者_쟝 優_{ᄒᆞᆯ}波_방毱_꾹多_당ᅴ

---

31) 몯: 못, 不能(부사, 부정)

32) 니저: 닞(잊다, 忘)- + -어(연어)

33) 하늘로셔: 하늘(← 하ᄂᆞᆯㅎ: 하늘, 天) + -로(부조, 방향) + -셔(-서: 위치 강조)

34) ᄂᆞ려와: ᄂᆞ려오[내려오다, 來下: ᄂᆞ리(내리다, 下)- + -어(연어) + 오(오다, 來)-]- + -아(연어)

35) 뎐디위호ᄃᆡ: 뎐디위ᄒᆞ[← 뎐디위ᄒᆞ다(전하여 알려 주다, 宣令): 뎐디(전지, 傳持: 명사) + 디위
(지위, 知委: 명사)- + -ᄒᆞ(동접)-]- + -오ᄃᆡ(-되; 연어, 설명 계속) ※ '뎐디위ᄒᆞ다'의 형태가
확인되지 않는다. 『아육왕전』에는 이 부분을 "宣令(널리 알리다)"으로 표현하고 있고, 『석보상
절』 제24권 4장에는 '뎐디ᄒᆞ다'가 '傳持(전하여 받아서 지니다)'의 뜻으로 쓰이고 있다. 그리고
『번역노걸대』에는 '디위(知委)ᄒᆞ다'가 '省會'의 뜻으로 쓰이고 있다. 여기에 쓰인 '디위(知委)ᄒᆞ
다'는 통지나 고시 따위의 형식으로 명령을 내려 알려 주는 것인데, 현대 국어에서 '지위(知委)
하다'로 바뀌었다. 이러한 점을 고려하면 본문의 '뎐디위ᄒᆞ다'는 '뎐디ᄒᆞ다'와 '디위ᄒᆞ다'가 혼
기된 형태로 보이며, 그 의미는 '전하여 알려 주다'인 것으로 추정한다.

36) 艱難티: 艱難ᄒᆞ[← 艱難ᄒᆞ다(간난하다): 艱難(간난: 명사) + -ᄒᆞ(형접)-]- + -디(-지: 연어, 부
정) ※ '艱難(간난)'은 몹시 힘들고 고생스러운 것이다.

37) 마오져: 마(← 말다: 말다, 勿, 보용, 부정)- + -오져(-고져: -고자, 연어, 의도)

38) 得고져: 得[← 得ᄒᆞ다(득하다): 得(득: 불어) + -ᄒᆞ(동접)-]- + -고져(-고자: 연어, 의도)

39) ᄒᆞ거든: ᄒᆞ(하다: 보용, 의도)- + -거든(연어, 조건)

40) ᄯᅩ: 또, 또한, 又(부사)

가라.” 하더라. 摩突羅城(마돌라성) 中(중)에 있는 사람이 “優波毱多(우파
국다)가 魔王(마왕)을 降服(항복)시켰다.” 듣고, 어른 사람들 數千萬(수천
만)이 다 尊者(존자)께 오거늘, 尊者(존자)가 獅子座(사자좌)에 올라 種種
(종종) 妙法(묘법)을 이르니, 百千(백천) 衆生(중생)이 다

가라 ᄒᆞ더라 摩_망突_똥羅_랑城_쎵⁴¹⁾ 中_듕엣⁴²⁾ 사ᄅᆞ미 優_{ᅙᅮᇢ}波_방毱_꾹多_당ㅣ

魔_망王_왕 降_{ᅘᅡᇰ}服_뽁히다⁴³⁾ 듣고 얼운⁴⁴⁾ 사ᄅᆞᆷ들 數_숭千_천萬_먼이 다 尊

者_쟝ᅴ 오나ᄂᆞᆯ⁴⁵⁾ 尊_존者_쟝ㅣ 獅_{ᄉᆞᆼ}子_{ᄌᆞᆼ}座_쫭⁴⁶⁾애 올아⁴⁷⁾ 種_죵種_죵⁴⁸⁾ 妙

法_법⁴⁹⁾을 니르니⁵⁰⁾ 百_빅千_천 衆_즁生_{ᄉᆡᆼ}이 다

---

41) 摩突羅城: 마돌라성. 산스크리트어, 팔리어 mathurā의 음사이다. 마돌라(摩突羅)는 인도의 야무나(Yamuna) 강 중류 지역, 델리(Delhi) 남쪽에 인접해 있던 고대 국가이다. 마돌라성(摩突羅城)은 마돌라국에 있는 성(城)이다.

42) 中엣: 中(중) + -에(부조, 위치) + -ㅅ(-의: 관조)

43) 降服히다: 降服히[항복하게 하다: 降服(항복: 명사) + -ᄒᆞ(동접)- + -ㅣ(←-이-: 사접)-]- + -∅(과시)- + -다

44) 얼운: [어른, 耆舊: 얼(얼다, 婚: 동사)- + -우(사접)-+ -ㄴ(관전▷관접)]

45) 오나ᄂᆞᆯ: 오(오다, 來)- + -나ᄂᆞᆯ(←-거ᄂᆞᆯ: -거늘, 연어, 상황)

46) 獅子座: 사자좌. 부처가 앉는 자리이다. 부처는 인간 세계에서 존귀한 자리에 있으므로 모든 짐승의 왕인 사자에 비유하였다.

47) 올아: 올(← 오ᄅᆞ다: 오르다, 上)- + -아(연어)

48) 種種: 종종. 모양이나 성질이 다른 여러 가지이다.

49) 妙法: 묘법. 불교의 신기하고 묘한 법문(法文)이다.

50) 니르니: 니르(이르다, 說)- + -니(연어, 설명의 계속, 이유)

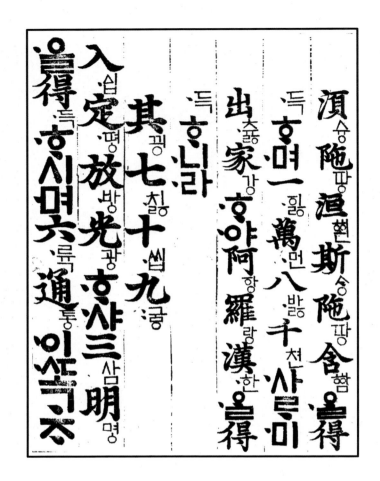

湏陀洹(수다원)과 斯多含(사다함)을 得(득)하며, 一萬八千(일만 팔천)의 사람이 出家(출가)하여 阿羅漢(아라한)을 得(득)하였니라.

其七十九(기칠십구)

(보살이) 入定(입정) 放光(방광)하시어 三明(삼명)을 得(득)하시며 六通(육통)이 또 갖추어져 있으시니.

須_슝陁_땅洹_뀐⁵¹⁾ 斯_숭陁_땅含_함⁵²⁾을 得_득ᄒ며 一_힗萬_먼八_밣千_천 사ᄅ미 出_츯家_강ᄒ야 阿_항羅_랑漢_한⁵³⁾을 得_득ᄒ니라

其_끵七_칧十_씹九_굴

入_십定_뎡⁵⁴⁾ 放_방光_광⁵⁵⁾ᄒ샤 三_삼明_명⁵⁶⁾을 得_득ᄒ시며 六_륙通_통⁵⁷⁾이 ᄭ 자ᄌ시니⁵⁸⁾

---

51) 須陁洹: 수다원. 사과(四果)의 하나이다. 그릇된 견해, 진리에 대한 의심 따위를 버리고 성자의 무리에 들어가는 성문(聲聞)의 마지막 지위를 이른다. '四果(사과)'는 소승 불교에서 이르는 깨달음의 네 단계이다. 수다원과(須陀洹果), 사다함과(斯多含果), 아나함(阿那含果), 아라한과(阿羅漢果)의 단계가 있다.

52) 斯陁含: 사다함. 사과(四果)의 하나이다. 수혹(修惑)의 구품 가운데 상육품을 끊은 성자이다. 남은 하삼품의 수혹 때문에 반드시 인간계와 천상계를 한 번 왕래한 뒤 열반에 드는 성문(聲聞)의 두 번째 지위이다.

53) 阿羅漢: 아라한. 사과(四果)의 하나이다. 성문 사과의 가장 윗자리를 이른다. 수행을 완수하여 모든 번뇌를 끊고 다시 생사의 세계에 윤회하지 않는 아라한의 자리로서, 소승 불교의 궁극에 이른 성문(聲聞)의 첫 번째 지위이다.

54) 入定: 입정. 삼업(三業)을 그치게 하고 선정(禪定)에 들어가는 일이다. 혹은 보살이나 승려가 수행하기 위하여 방 안에 들어앉는 일이다.

55) 放光: 방광. 부처가 광명을 내는 것이다.

56) 三明: 삼명. 아라한이 가지고 있는 세 가지 지혜이다. 숙명명(宿命明), 천안명(天眼明), 누진명(漏盡明)을 이른다. 참고로 '숙명명(宿命明)'은 자기와 남의 전생을 아는 지혜이며, '천안명(天眼明)'은 자기나 남의 내세의 일을 아는 지혜이며, '누진명(漏盡明)'은 현재의 고통을 알아서 일체의 번뇌를 끊는 지혜이다.

57) 六通: 육통. 천안통·천이통·타심통·숙명통·신족통·누진통의 여섯 가지 신통력을 이른다. '천안통(天眼通)'은 세간(世間) 일체의 멀고 가까운 모든 고락의 모양과 갖가지 형(形)과 색(色)을 환히 꿰뚫어 볼 수 있고, 자기와 남의 미래세에 관한 일을 내다볼 수 있는 신통한 능력이다. '천이통(天耳通)'은 세간의 좋고 나쁜 모든 말과 멀고 가까운 말, 여러 나라 각 지역의 말, 나아가 짐승과 귀신의 말에 이르기까지 듣지 못할 것이 없는 신통한 능력이다. '타심통(他心通)'은 남의 마음속을 꿰뚫어 볼 수 있는 신통한 능력이다. '숙명통(宿命通)'은 전생을 아는 신통한 능력이다. '신족통(神足通)'은 뜻대로 모습을 바꾸거나 마음대로 어디든지 날아갈 수 있는 신비한 능력이다. '누진통(漏盡通)'은 번뇌를 끊고 다시는 미계(迷界)에 태어나지 않음을 깨닫는 각자(覺者)의 신통력이다.

58) ᄀ자시니: 곳(갖추어져 있다)- + -ᄋ시(주높)- + -Ø(현시)- + -니(평종, 반말)

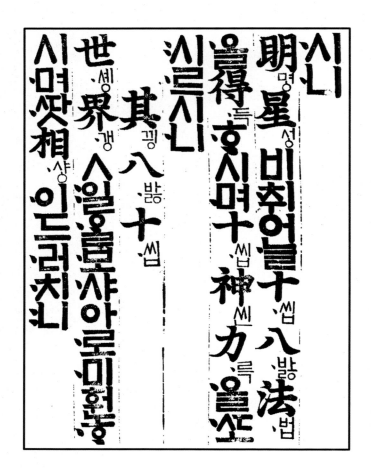

明星(명성)이 비치거늘 十八法(십팔법)을 得(득)하시며 十神力(십신력)을 또 얻으셨으니.

其八十(기팔십)

世界(세계)의 일을 보시어 아는 것이 훤하시며 땅의 相(상)이 진동하였으니.

明명星셩[59] 비취어늘[60] 十씹八밣法법[61]을 得득ᄒᆞ시며 十씹神씬力륵[62]을 ᄯᅩ 시르시니[63]

其끵八밣十씹

世솅界갱ㅅ 일ᄋᆞᆯ 보샤 아로미[64] 훤ᄒᆞ시며[65] ᄯᅡᇮ[66] 相샹이 드러치니[67]

---

59) 明星: 명성. 금성(金星)을 이르는 말이다.

60) 비취어늘: 비취(비치다, 照)- + -어늘(← -거늘: 연어, 상황)

61) 十八法: 십팔법. 부처에게만 있는 공덕(功德)으로 이승(二乘)이나 보살(菩薩)들에게는 공동(共同)하지 않는 열 여덟의 공덕이다. 곧, '신무실(身無失)·구무실(口無失)·의무실(意無失)·무이상(無異想)·무부정심(無不定心)·무부지이사(無不知已捨)·욕무감(欲無減)·정진무감(精進無減)·염무감(念無減)·혜무감(慧無減)·해탈무감(解脫無減)·해탈지견무감(解脫知見無減)·일체신업수지혜행(一切身業隨智慧行)·일체구업수지혜행(一切口業隨智慧行)·일체의업수지혜행(一切意業隨智慧行)·지혜지견과거세무애무장(智慧知見過去世無礙無障)·지혜지견미래세무애무장(智慧知見未來世無礙無障)·지혜지견현재세무애무장(智慧知見現在世無礙無障)'이다.

62) 十神力: 십신력. 부처만이 가지는 열 가지 신통(神通)한 힘이다. 첫째는 모든 부처님은 깊고 미묘하고 은밀하고 유원하게 옳은 것과 그른 것[是處非處]에 밝고 자세함이 마치 존재하는 것과 같이 모두 보고 아는 것이다. 둘째는 부처님은 장차 오는 세상과 지금의 세상과 지나간 세상에 짓고 행하는 땅과 그 과보를 받는 처소를 모두 밝게 아는 것이다. 셋째는 부처님은 천상과 인간의 중생들이 저마다 지니는 다른 생각은 모두 분명하다. 넷째는 부처님은 중생들의 여러 가지 종류의 말과 세상을 교화하는 말을 안다. 다섯째는 부처님은 세간의 여러 가지 한량없는 뜻과 모양을 모두 안다. 여섯째는 부처님은 선정과 해탈과 정의(定意)의 행을 나타내어 여러가지 수고로움과 다툼을 제거할 수 있다. 일곱째는 부처님은 욕심의 속박을 알고 욕심의 해탈을 알아서 반드시 있는 데서 마땅하게 행한다. 여덟째는 부처님의 지혜는 마치 바다와 같고 좋은 말씀은 한량 없으며 온갖 전생에 바뀌었던 바를 생각하여 안다. 아홉째는 부처님의 천안(天眼)은 깨끗하여 사람과 만물이 죽으면 정신이 가서 나며 선과 악과 재앙과 복이 따라가서 과보 받는 것을 본다. 열째는 부처님은 번뇌가 이미 다하고 다시는 얽매임과 집착이 없으며, 신령하고 참되고 밝은 지혜로써 스스로 알고 보고 증득하며, 도의 행을 궁구하고 펴서 행하여야 할 것은 행하고 나고 죽음에 남은 것이 없으며 그 지혜는 밝고 자세하다.

63) 시르시니: 실(← 싣다, ㄷ불: 얻다, 得)- + -으시(주높)- + -Ø(과시)- + -니(평종, 반말)

64) 아로미: 알(알다, 知)- + -옴(명전) + -이(주조)

65) 훤ᄒᆞ시며: 훤ᄒᆞ[훤하다: 훤(훤: 불어) + -ᄒᆞ(형접)-]- + -시(주높)- + -며(연어, 나열)

66) ᄯᅡᇮ: ᄯᅡ(← ᄯᅡᇂ: 땅, 地) + -ㅅ(-의: 관조)

67) 드러치니: 드러치(진동하다, 振)- + -Ø(과시)- + -니(평종, 반말)

智慧(지혜)가 밝으시어 두려움이 없으시며 하늘의 북이 절로 울었으니.

　　其八十一(기팔십일)

　八部(팔부)가 들러서며 淨居天(정거천)이 기뻐하며 祥瑞(상서)의 구름과 꽃
비도 내렸으니.
　諸天(제천)이 모두 오며 五通仙(오통선)이

智_딩慧_휑 볼ᄀ샤⁶⁸⁾ 저푸미⁶⁹⁾ 업스시며 하ᄂᆳ 부피⁷⁰⁾ 절로⁷¹⁾ 우니⁷²⁾

其_끵八_밣十_씹一_{ᅙᅵᇙ}

八_밣部_뽕⁷³⁾ㅣ 둘어셔며⁷⁴⁾ 淨_쪙居_겅天_텬⁷⁵⁾이 깃그며⁷⁶⁾ 祥_쌍瑞_쓍ㅅ⁷⁷⁾ 구룸과⁷⁸⁾ 곳비도⁷⁹⁾ ᄂᆞ리니⁸⁰⁾

諸_졍天_텬⁸¹⁾이 모다⁸²⁾ 오며 五_옹通_통仙_션⁸³⁾이

---

68) 볼ᄀ샤: 볽(밝다, 明)-+-ᄋᆞ샤(←-ᄋᆞ시-: 주높)-+-Ø(←-아: 연어)
69) 저푸미: 저프[두렵다, 畏: 젛(두려워하다, 㤼: 동사)-+-브(형접)-]-+-움(명전)+-이(주조)
70) 부피: 붚(북, 鼓)+-이(주조)
71) 절로: [저절로, 自(부사): 절(← 저: 인대, 재귀칭)+-로(부조▷부접)]
72) 우니: 우(← 울다: 울다, 泣)-+-Ø(과시)-+-니(평종, 반말)
73) 八部: 팔부. 사천왕에 딸린 여덟 귀신이다. 건달바(乾闥婆), 비사사(毘舍闍), 구반다(鳩槃茶), 아귀, 제용중, 부단나(富單那), 야차(夜叉), 나찰(羅利)이다.
74) 둘어셔며: 둘어셔[둘러서다: 둘(← 두르다: 두르다, 圍)-+-어(연어)+셔(서다, 立)-]-+-며(연어, 나열)
75) 淨居天: 정거천. 색계(色界)의 제사(第四) 선천(禪天)이다. 무번·무열·선현·선견·색구경의 다섯 하늘이 있으며, 불환과(不還果)를 얻은 성인이 난다고 한다. 여기서는 정거천을 주관하는 천신을 이른다.
76) 깃그며: 깄(기뻐하다, 歡)-+-으며(연어, 나열)
77) 祥瑞ㅅ: 祥瑞(상서)+-ㅅ(-의: 관조) ※ '祥瑞(상서)'는 복되고 길한 일이 일어날 조짐이다.
78) 구룸과: 구룸(구름, 雲)+-과(접조)
79) 곳비도: 곳비[꽃비, 花雨: 곳(꽃, 花)+비(비, 雨)]+-도(보조사, 첨가)
80) ᄂᆞ리니: ᄂᆞ리(내리다, 降)-+-Ø(과시)-+-니(평종, 반말)
81) 諸天: 제천. 모든 천신(天神)이다.
82) 모다: [모두, 皆(부사): 몯(모이다, 集: 자동)-+-우(사접)]
83) 五通仙: 오통선. 다섯 가지의 신통(神通)에 통달한 선인(仙人)이다. 오통은 '도통(道通)·신통(神通)·의통(依通)·보통(報通)·요통(妖通)'이다. 또 오통은 오신통(五神通)이라고도 한다.

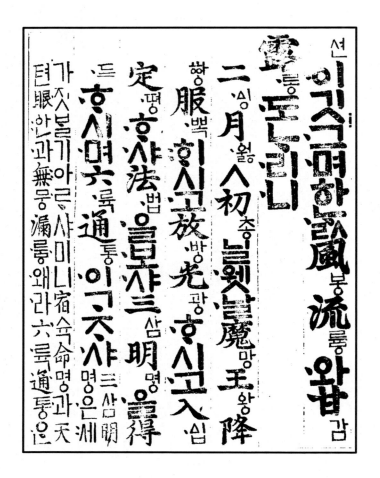

기쁘며 하늘의 風流(풍류)와 甘露(감로)도 내렸으니.

(석가 보살이) 二月(이월) 初(초)이렛날에 魔王(마왕)을 降服(항복)시키시고, 放光(방광)하시고 入定(입정)하시어 法(법)을 보시어 三明(삼명)을 得(득)하시며, 六通(육통)이 갖추어져 있으시어【三明(삼명)은 세 가지의 밝게 아시는 것이니, '宿命(숙명)'과 '天眼(천안)'과 '無漏(무누)'이다. 六通(육통)은

깃그며[84] 하ᄂᆞᆳ 風봉流륭[85]와 甘감露롱[86]도 ᄂᆞ리니

二ᅀᅵᆼ月ᅌᅯᇙㅅ 初총닐웻날[87] 魔망王왕 降ᅘᅣᇰ服뽁히시고[88] 放방光광ᄒᆞ시고[89] 入ᅀᅵᆸ定뗑ᄒᆞ샤[90] 法법을 보샤 三삼明명[91]을 得득ᄒᆞ시며 六륙通통[92]이 ᄀᆞᄌᆞ샤[93]【三삼明명은 세 가짓 ᄇᆞᆯ기[94] 아ᄅᆞ샤미니[95] 宿슉命명[96]과 天텬眼안[97]과 無뭉漏릏왜라[98] 六륙通통ᄋᆞᆫ

84) 깃그며: 깄(기뻐하다, 歡)- + -으며(연어, 나열)
85) 風流: 풍류. 멋스럽고 풍치가 있는 일이나 그렇게 노는 일이다.
86) 甘露: 감로. 천신(天神)의 음료로서, 하늘에서 내리는 단이슬이라는 뜻이다. 불교 경전에서는 주로 부처님의 교법이 중생을 잘 제도하는 데에 비유하는 예로 쓰인다.
87) 初닐웻날: [초이렛날, 初七日: 初(초: 접두)- + 닐웨(이레, 七日) + -ㅅ(관조, 사잇) + 날(날, 日)]
88) 降服히시고: 降服히[항복시키다: 降服(항복: 명사) + -ᄒᆞ(동접)- + -ㅣ(←-이-: 사접)-]- + -시(주높)- + -고(연어, 나열, 계기)
89) 放光ᄒᆞ시고: 放光ᄒᆞ[방광하다: 放光(방광: 명사) + -ᄒᆞ(동접)-]- + -시(주높)- + -고(연어, 나열) ※ '放光(방광)'은 부처가 광명을 내는 것이다.
90) 入定ᄒᆞ샤: 入定ᄒᆞ[입정하다: 入定(입정: 명사) + -ᄒᆞ(동접)-]- + -샤(←-시-: 주높)- + -∅(←-아: 연어) ※ '入定(입정)'은 보살이나 승려가 수행하기 위하여 방 안에 들어앉는 일이다.
91) 三明: 삼명. 아라한이 가지고 있는 세 가지 지혜이다. '숙명명(宿命明), 천안명(天眼明), 무누명(無漏明)'을 이른다.
92) 六通: 육통. 여의통(如意通), 천안통(天眼通), 천이통(天耳通), 타심통(他心通), 숙명통(宿命通), 누진통(漏盡通)의 여섯 가지 신통력을 이른다.
93) ᄀᆞᄌᆞ샤: ᄀᆞᆽ(갖추어져 있다, 具)- + -ᄋᆞ샤(←-ᄋᆞ시-: 주높)- + -∅(←-아: 연어)
94) ᄇᆞᆯ기: [밝게, 明(부사): ᄇᆞᆰ(밝다, 明: 형사)- + -이(부접)]
95) 아ᄅᆞ샤미니: 알(알다, 知)- + -ᄋᆞ샤(←-ᄋᆞ시-: 주높)- + -ㅁ(←-옴: 명전) + -이(서조)- + -니(연어, 설명 계속)
96) 宿命: 숙명. 자기와 남의 전생을 아는 지혜이다.
97) 天眼: 천안. 자기나 남의 내세의 일을 아는 지혜이다.
98) 無漏왜이라: 無漏(무누) + -와(접조) + -ㅣ(←-이-: 서조)- + -∅(현시)- + -라(←-다: 평종) ※ '무누명(無盡明)'은 현재의 고통을 알아서 일체의 번뇌를 끊는 지혜를 이른다.(= 漏盡明)

여슷가짓神씬通통이시니如셩意ᇰ힁·와天텬眼안과天텬耳싱·와他탕心심·과宿슉命ᄆᆞᆼ·과無뭉漏ᄅᆞᆯ·견·왜라宿슉命ᄆᆞᆼ·은:내·며ᄂᆞ·미過·디나건劫·겁엣宿슉命ᄆᆞᆼ아래命ᄆᆞᆼ이·오因인緣원·을조·쳐通통·엣宿슉命ᄆᆞᆼ·이·오因인緣원·을·조쳐아·롤씨明명·엣宿슉命ᄆᆞᆼ·이·라天텬眼안·은ᄯᅡ아래至·징홀·씨六륙趣츙衆生生·을머·리·며갓가·빙·다보·아이·ᅌᅦ셔주·거뎌·에가이·논·이·ᄅᆞᆯ·알씨通통·엣天텬眼안·이·오因인緣원·을·조쳐·실씨明명·엣天텬眼안·이·라漏ᄅᆞᆯ·는·싈·씨·니本본來ᄅᆡᆼ물ᄀᆞᆫ무ᅀᆞ미오·ᄋᆞ·로이·쇼·ᄃᆡ·몯ᄒᆞ�ᅡ흐·리·여識식이ᄃᆞ외·요미·므·리·시여·남ᄒᆞ

여섯 가지의 神通(신통)이시니, '如意(여의)'와 '天眼(천안)'과 '天耳(천이)'와 '他心(타심)'과 '宿命(숙명)'과 '無漏(무누)'이다. '宿命(숙명)'은 예전의 命(명)이니, 지난 劫(겁)의 命(명)에 있는 나(我)와 남(他)의 일을 알 만한 것이 '通(통)의 宿命(숙명)'이요, 因緣(인연)을 좇아서 아는 것이 '明(명)의 宿命(숙명)'이다. '天眼(천안)'은 땅의 아래에 이르도록 六趣(육취) 衆生(중생)을 먼 데며 가까운 데며 다 보아서, 여기서 죽어서 저기에 가서 사는 일을 알 만한 것이 '通(통)의 天眼(천안)'이요, 因緣(인연)을 좇아서 아는 것이 '明(명)의 天眼(천안)'이다. '漏(누)'는 새는 것이니, 本來(본래) 맑은 마음이 온전히 있지 못하여 흐려서 識(식)이 되는 것이 물이 새어 나는 것과 여슷 가짓 神_씬通_통이시니 如_영意_힁와 天_텬眼_안과 天_텬耳_싱와 他_탕心_심과 宿_슉命_명과 無_뭉漏_률왜라⁹⁹⁾ 宿_슉命_명은 아랫 命_명이니 디나건¹⁰⁰⁾ 劫_겁엣 命_명엣 내며¹⁾ 느미²⁾ 이를 알 만³⁾ 홀 씨⁴⁾ 通_통⁵⁾앳 宿_슉命_명이오 因_힌緣_원을 조처⁶⁾ 알 씨 明_명엣 宿_슉命_명이라 天_텬眼_안은 싸 아래 니르리⁷⁾ 六_륙趣_츙⁸⁾ 衆_즁生_싱을 먼 되여⁹⁾ 갓가볼¹⁰⁾ 되여 다 보아 이에셔¹¹⁾ 주거 뎌에¹²⁾ 가 사논¹³⁾ 이를 알 만 홀 씨 通_통앳 天_텬眼_안이오 因_힌緣_원을 조처 알 씨 明_명엣 天_텬眼_안이라 漏_률는 실¹⁴⁾ 씨니 本_본來_링 몱 모수미 오으로¹⁵⁾ 잇디 몯ᄒᆞ야 흐리어¹⁶⁾ 識_식¹⁷⁾이 도외요미¹⁸⁾ 믈 시야 남¹⁹⁾

---

99) 無漏왜라: 無漏(무누) + -와(접조) + - ㅣ (← -이-: 서조) + -Ø(현시) + -라(← -다: 평종)

100) 디나건: 디나(지나다, 過) + -Ø(과시) + -거(확인) + -ㄴ(관전)

1) 내며: 나(나, 我: 인대, 1인칭) + - ㅣ 며(← -이며: 접조)

2) 느미: 놈(남, 他) + -의(관조)

3) 알 만: 알(알다, 知) + -ㄹ(관전) # 만(만, 만큼: 의명, 흡사)

4) 씨: ㅆ(← ㅅ: 것, 者, 의명) + -이(주조)

5) 通: 통. 작용하는 것이 자유자재하여 조금도 장애됨이 없는 것이다.

6) 조처: 조치(좇다, 從) + -어(연어)

7) 니르리: [이르도록, 至(부사): 니를(이르다, 至: 동사) + -이(부접)]

8) 六趣: 육취. 구족계(具足戒)를 어긴 죄를 무겁고 가벼움에 따라 여섯 종류로 나눈 것이다. 바라이(波羅夷), 승잔(僧殘), 투란차(偸蘭遮), 바일제(波逸提), 바라제제사니(波羅提提舍尼), 돌길라(突吉羅)이다.

9) 되여: 되(데, 處: 의명) + -여(← -이여: -이며, 접조)

10) 갓가볼: 갓갑(← 갓갑다, ㅂ불: 가깝다, 近) + -Ø(현시) + -은(관전)

11) 이에셔: 이에(여기에, 此處: 지대, 정칭) + -셔(-서: 보조사, 위치 강조)

12) 뎌에: 저기에, 彼處(지대, 정칭)

13) 사논: 사(← 살다: 살다, 住) + -ㄴ(← -ᄂᆞ-: 현시) + -오(대상) + -ㄴ(관전)

14) 실: 싀(새다, 漏) + -ㄹ(관전)

15) 오으로: [온전히, 全(부사): 오을(온전하다, 全: 형사) + -오(부접)]

16) 흐리어: 흐리(흐리다, 濁) + -어(연어)

17) 識: 식. 외경(外境)을 식별하고 인식하는 마음의 작용을 밝힌 불교의 교설이다. 시각, 청각, 미각, 촉각, 취각의 감각 기관과 사고력을 매개로 하는 6종류의 인식 기능이다.

18) 도외요미: 도외(되다, 爲) + -욤(← -옴: 명전) + -이(주조)

19) 남: 나(나다, 出) + -ㅁ(← -옴: 명전)

ᄀᆞᄅᆞᆷ돌씨煩뻔惱ᄂᆞᆼᄉ 根ᄀᆞᆫ源원을 漏ᄛᆞᆼㅣ라ᄒᆞᄂᆞ니라 煩뻔惱ᄂᆞᆼ 업수물 알 만ᄒᆞᆫ 거슬더·러 보·샤조·케 보시·며 種죵種죵·ᅌᆞ·로·고·ᄲᅳᆯ조

같으므로, 煩惱(번뇌)의 根源(근원)을 '漏(누)이다.' 하느니라. 煩惱(번뇌)가 없는 것을 알 만한 것이 '通(통)의 無漏(무루)'이요, 漏(누)가 다하여 다시 나지 아니하는 것을 좇아서 아는 것이 '明(명)의 無漏(무루)'이다. '如意(여의)'는 뜻대로 하는 것이니, 새와 같이 날아다니시며 먼 땅을 가깝게 만들어서, 가지 아니하셔도 다 다르시며, 여기에서 숨어 저기에 가서 내달으시며 한(一) 念(염)에 즉시 다다르시며, 큰 것을 작게 만드시며 작은 것을 크게 만드시며, 한(一) 것을 많게 만드시며 많은 것을 하나가 되게 만드시며, 추하고 더러운 것을 깨끗하게 보시며 곱고 깨끗한 것을 더럽게 보시어서, 種種(종종)으로

ᄀᆞᆮᄐᆞᆯᄊᆡ²⁰⁾ 煩_뻔惱_놀ㅅ 根_근源_원을 漏_룰ㅣ라 ᄒᆞᄂᆞ니라²¹⁾ 煩_뻔惱_놀 업수믈²²⁾ 알 만

ᄒᆞᆯ 씨 通_통앳 無_뭉漏_룰ㅣ오 漏_룰ㅣ 다아²³⁾ 다시 나디 아니 홇 주를 조쳐 알 씨

明_명엣 無_뭉漏_룰ㅣ라 如_셩意_힁ᄂᆞᆫ 뜯²⁴⁾ 다히²⁵⁾ 홀 씨니 새²⁶⁾ ᄀᆞ티 ᄂᆞ라ᄃᆞ니시며²⁷⁾

먼 ᄯᅡᄒᆞᆯ 갓갑게²⁸⁾ ᄆᆡᆼᄀᆞ라 가디 아니ᄒᆞ샤도²⁹⁾ 다ᄃᆞᄅᆞ시며³⁰⁾ 이에셔³¹⁾ 수머 뎌에³²⁾

가 내ᄃᆞᄅᆞ시며³³⁾ ᄒᆞᆫ 念_념에 즉자히 다ᄃᆞᄅᆞ시며 큰 거슬³⁴⁾ 젹게 ᄆᆡᆼᄀᆞᄅᆞ시며 져근

거슬 크게 ᄆᆡᆼᄀᆞᄅᆞ시며 한 거슬 하게³⁵⁾ ᄆᆡᆼᄀᆞᄅᆞ시며 한 거슬 ᄒᆞ나히³⁶⁾ ᄃᆞ외에³⁷⁾

ᄆᆡᆼᄀᆞᄅᆞ시며 골업고³⁸⁾ 더러븐³⁹⁾ 거슬 조케⁴⁰⁾ 보시며 곱고 조ᄒᆞᆫ 거슬 더럽게 보샤

種_죵種_죵ᄋᆞ로

---

20) ᄀᆞᆮᄐᆞᆯᄊᆡ: ᄀᆞᆮ(← ᄀᆞᆮᄒᆞ다: 같다, 如)-＋-ᄋᆞᆯᄊᆡ(-ᄆᆞ로: 연어, 이유)

21) ᄒᆞᄂᆞ니라: ᄒᆞ(하다, 曰)-＋-ᄂᆞ(현시)-＋-니(원칙)-＋-라(←-다: 평종)

22) 업수믈: 없(없다, 無)-＋-움(명전)＋-을(목조)

23) 다아: 다(← 다ᄋᆞ다: 다하다, 盡)-＋-아(연어)

24) 뜯: 뜻, 意.

25) 다히: 대로(의명, 동일)

26) 새: 새(새, 鳥)＋-Ø(←-이: -와, 부조, 비교)

27) ᄂᆞ라ᄃᆞ니시며: ᄂᆞ라ᄃᆞ니(날아다니다, 飛行: 날(날다, 飛)-＋-아(연어)＋ᄃᆞ(닫다, 달리다, 走)-＋니(가다, 行)-]-＋-시(주높)-＋-며(연어, 나열)

28) 갓갑게: 갓갑(가깝다, 近)-＋-게(연어, 사동)

29) 아니ᄒᆞ샤도: 아니ᄒᆞ[아니하다, 不(보용, 부정): 아니(아니, 不: 부사, 부정)＋ᄒᆞ(동접)-]-＋-샤(←-시-: 주높)-＋-도(←-아도: 연어, 불구, 양보)

30) 다ᄃᆞᄅᆞ시며: 다ᄃᆞᆯ[← 다ᄃᆞᆮ다, ㄷ불(다다르다, 到): 다(다, 完: 부사)＋ᄃᆞᆮ(닫다, 달리다, 走)-]-＋-ᄋᆞ시(주높)-＋-며(연어, 나열)

31) 이에셔: 이에(여기, 此處: 지대, 정칭)＋-셔(-서: 보조사, 위치 강조)

32) 뎌에: 저기, 彼處(지대, 정칭)

33) 내ᄃᆞᄅᆞ시며: 내ᄃᆞᆯ[← 내ᄃᆞᆮ다, ㄷ불(내닫다, 走): 나(나다, 出)-＋-ㅣ(←-이-: 사접)＋ᄃᆞᆮ(닫다, 달리다, 走)-]-＋-ᄋᆞ시(주높)-＋-며(연어, 나열)

34) 거슬: 것(것, 者: 의명)＋-을(목조)

35) 하게: 하(많다, 多)-＋-게(연어, 도달)

36) ᄒᆞ나히: ᄒᆞ나ᄒᆞ(하나, 一: 수사, 양수)＋-이(보조)

37) ᄃᆞ외에: ᄃᆞ외(되다, 爲)-＋-에(←-게: 연어, 도달)

38) 골업고: 골업다[← 골없다(추하다, 醜): 골(꼴, 形: 명사)＋없(없다, 無: 형사)-]-＋-고(연어, 나열)

39) 더러븐: 더럽[← 더럽다, ㅂ불: 더럽다, 汚)-＋-Ø(현시)-＋-은(관전)

40) 조케: 좋(깨끗하다, 淨)-＋-게(연어, 도달)

뜻대로 하시는 것이다. '天耳(천이)'는 하늘의 귀이니, 하늘의 소리며 地獄(지옥) 소리며 못 듣는 데가 없으신 것이다. '他心(타심)'은 남의 마음이니, 남의 마음을 다 꿰뚫어 아시는 것이다. 】 三界(삼계)와 三世(삼세)에 있는 일을 다 보시어, 이름과 빛이 궂은 因(인)이요 八正(팔정)을 行(행)하여야 受苦(수고)가 다 없어지는 것을 아시어【 八正(팔정)은 말과 業(업)과 命(명)과 생각하는 것과 方便(방편)과 念(염)과 定(정)과 보는 것을 정(正)히 하는 것이다. 】, 죽살이의 根源(근원)에 있는 뜯 다히 ᄒᆞ실 씨라 天텬耳ᅀᅵᆼ는 하ᄂᆞᆳ 귀니 하ᄂᆞᇙ[41] 소리며 地띵獄옥 소리며 몯 듣논 디[42] 업스실 씨라 他탕心심은 ᄂᆞᄆᆡ[43] ᄆᆞᅀᅳ미니 ᄂᆞᄆᆡ ᄆᆞᅀᆞᄆᆞᆯ 다 ᄉᆞᄆᆞᆺ[44] 아ᄅᆞ실 씨라】 三삼界갱[45] 三삼世솅옛[46] 이ᄅᆞᆯ 다 보샤 일훔과 빗괘[47] 구즌[48] 因ᅙᅵᆫ이오[49] 八밣正졍[50]을 行ᅘᅢᆼᄒᆞ야ᅀᅡ[51] 受쓯苦콩ㅣ 다 업는 들[52] 아ᄅᆞ샤【八밣正졍은 말[53]와 業업[54]과 命명[55]과 ᄉᆞ랑홈과[56] 方방便뼌[57]과 念념[58]과 定뗭[59]과 봄과ᄅᆞᆯ[60] 正졍히[61] ᄒᆞᆯ 씨라】 죽사릿[62] 根ᄀᆞᆫ源원엣

---

41) 하ᄂᆞᇙ: 하늘(← 하ᄂᆞᆯㅎ: 하늘, 天) + -ㅎ(-의: 관조)

42) 디: 디(데, 곳, 處: 의명) + -∅(←-이: 주조)

43) ᄂᆞᄆᆡ: 놈(남, 他) + -ᄋᆡ(관조)

44) ᄉᆞᄆᆞᆺ: [통하여, 꿰뚫어, 완전히, 貫(부사): ᄉᆞᄆᆞᆺ(← ᄉᆞᄆᆞᆾ다: 꿰뚫다, 동사)- + -∅(부접)]

45) 三界: 삼계. 중생이 생사 왕래하는 세 가지 세계이다. 욕계(慾界), 색계(色界), 무색계(無色界).

46) 三世옛: 三世(삼세) + -예(←-에: 부조, 위치) + -ㅅ(-의: 관조) ※ '三世(삼세)'는 전세(前世), 현세(現世), 내세(來世)의 세 가지이다.

47) 빗괘: 빗(빛, 光) + -과(접조) + -ㅣ(←-이: 주조)

48) 구즌: 궂(궂다, 惡)- + -∅(현시)- + -은(관전)

49) 因이오: 因(인: 명사) + -이(서조)- + -오(←-고: 연어, 나열) ※ '因(인)'은 어떤 결과를 일으키는 직접 원인이나 내적 원인이다.

50) 八正: 팔정. 깨달음과 열반으로 이끄는 올바른 여덟 가지 길이다.(= 八正道) 정견(正見), 정사유(正思惟), 정어(正語), 정업(正業), 정명(正命), 정정진(正精進), 정념(正念), 정정(正定)이다.

51) 行ᄒᆞ야ᅀᅡ: 行ᄒᆞ[행하다: 行(행: 불어) + -ᄒᆞ(동접)-]- + -야ᅀᅡ(←-아ᅀᅡ: 연어, 필연적 조건)

52) 들: ㄷ(← ᄃᆞ: 것, 者, 의명) + -을(목조)

53) 말: 정어(正語). 올바른 말을 하는 것이다.

54) 業: 업. 정업正業). 올바른 행동을 하는 것이다.

55) 命: 명. 정명(正命). 신(身)·구(口), 의(意)의 3업을 청정하게 하며, 올바른 원리와 법칙에 따라 생활하는 것이다.

56) ᄉᆞ랑홈: ᄉᆞ랑ᄒᆞ[← ᄉᆞ랑ᄒᆞ다(생각하다, 思): ᄉᆞ랑(생각, 思: 명사) + -ᄒᆞ(명전) + -과(접조) ※ 'ᄉᆞ랑홈'은 정사유(正思惟)이다. 올바르게 4제의 도리를 사유하는 것이다.

57) 方便: 방편. 중생을 구제하기 위하여 쓰는 묘한 수단과 방법이다.(= 正精進)

58) 念: 염. 정념(正念). 정도를 생각하고 사념(邪念)이 없는 것이다.

59) 定: 정. 정정(正定). 미혹이 없는 청정한 깨달음의 경지에 드는 것이다.

60) 봄과ᄅᆞᆯ: 보(보다, 見) + -옴(명전) + -과(접조) + -ᄅᆞᆯ(목조) ※ '봄'은 정견(正見), 곧 '올바른 견해'이다.

61) 正히: [정히, 바르게: 正(정: 명사) + -ᄒᆞ(←-ᄒᆞ-: 형접)- + -이(부접)]

62) 죽사릿: 죽사리[생사, 生死: 죽(죽다, 死) + 살(살다, 生)- + -이(명접)] + -ㅅ(-의: 관조)

三毒(삼독)을 덜어 버리신 것을 아시어 하시는 일을 이미 이루시니, 智慧(지혜)가 밝으시어 明星(명성)이 돋을 時節(시절)에 【 明星(명성)은 沸星(불성)이다. 】 훤히 크게 아시어, 正覺(정각)을 이루시어 十八不共法(십팔불공법) 【 十八不共法(십팔불공법)은 '열여덟 가지의 같지 아니한 法(법)'이니, 부처가 (이 십팔불공법을) 혼자 두시고 二乘(이승)과 같지 아니한 것이다. 하나에는 몸에 행적(行績)이 허물이 없으신 것이요,

三삼毒뚝[63]을 더러[64] 브리샨[65] 주를 아르샤 ㅎ시논[66] 이를 ㅎ마[67] 일우시니 智딩慧혫 불フ샤[68] 明명星셩[69] 도ᄃᆞᆲ 時씽節졇에【明명星셩은 沸붏星셩이라】 훤히[70] フ장[71] 아르샤 正정覺각[72]을 일우샤 十씹八밣不붏共꽁法법[73]과【十씹八밣不붏共꽁法법은 열여듧 가짓 아니 フ튼[74] 法법이니 부톄 ㅎ오ᅀᅡ[75] 두시고 二ᅀᅵᆼ乘씽[76]과 ᄀᆞᆮ디[77] 아니ㅎ실 씨라 ㅎ나핸[78] 모매 힝뎌기[79] 허믈[80] 업스샤미오[81]

---

63) 三毒: 삼독. 사람의 착한 마음을 해치는 세 가지 번뇌이다. '욕심, 성냄, 어리석음' 따위를 독(毒)에 비유하여 이르는 말이다.

64) 더러: 덜(덜다, 없애다, 除)- + -어(연어)

65) 브리샨: 브리(버리다: 보용, 완료)- + -샤(← -시-: 주높)- + -Ø(과시)- + -Ø(← -오-: 대상)- ㄴ(관전)

66) ㅎ시논: ㅎ(하다, 作)- + -시(주높)- + -ㄴ(← -ᄂᆞ-: 현시)- + -오(대상)- + -ㄴ(관전)

67) ㅎ마: 이미. 已(부사)

68) 불フ샤: 붉(밝다, 明)- + -ᄋᆞ샤(← -ᄋᆞ시-: 주높)- + -Ø(← -아: 연어)

69) 明星: 명성. 샛별, 금성(金星)이다.

70) 훤히: [훤히(부사): 훤(훤: 불어) + -ㅎ(← -ㅎ-: 형접)- + -이(부접)]

71) フ장: 많이, 크게, 大(부사)

72) 正覺: 정각. 올바른 깨달음이다. 일체의 참된 모습을 깨달은 더할 나위 없는 지혜이다.

73) 十八不共法: 십팔불공법. 부처만이 갖추고 있는 열여덟 가지 특징이다.

74) 아니 フ튼: 아니(아니, 不: 부사, 부정) # ᄀᆞᆮ(← ᄀᆞᇀ다: ᄀᆞᆮ하다, 如)- + -Ø(현시)- + -ㄴ(관전) ※ '아니 フ튼'은 '같지 아니한'으로 의역하여서 옮긴다.

75) ㅎ오ᅀᅡ: 혼자, 獨(부사)

76) 二乘: 이승. 대승(大乘)과 소승(小乘), 성문승(聲聞乘)과 독각승(獨覺乘), 성문승(聲聞乘)과 보살승(菩薩乘) 등을 각각 아울러서 이르는 말이다. 여기서는 부처가 아닌 승문승과 독각승을 이른다. '부톄 ㅎ오ᅀᅡ 두시고 二乘과 ᄀᆞᆮ디 아니ㅎ실 씨라'는 '부처만이 십팔불공법(十八不共法)을 갖추고 있으시고, 이 점이 부처와 이승(二乘)이 다른 것이다.'의 뜻이다.

77) ᄀᆞᆮ디: ᄀᆞᆮ(← ᄀᆞᇀ다 ← ᄀᆞᆮㅎ다: 같다, 如)- + -디(-지: 연어, 부정)

78) ㅎ나핸: ㅎ나ㅎ(하나, 一: 수사, 양수) + -애(-에: 부조, 위치) + -ㄴ(← -ᄂᆞᆫ: 보조사, 주제)

79) 힝뎌기: 힝뎍(행적, 行績) + -이(주조)

80) 허믈: 허물, 欠.

81) 업스샤미오: 없(없다, 無)- + -으샤(← -으시-: 주높)- + -ㅁ(← -옴: 명전) + -이(서조)- + -오(← -고: 연어, 나열)

둘엔 입에 있는 말(言)이 허물이 없는 것이요, 셋엔 마음 먹는 것이 허물이 없는 것이요, 넷엔 雜(잡) 마음이 없는 것이요, 다섯엔 섭섭하고 데면데면한 마음이 없는 것이요, 여섯엔 世間(세간)의 法(법)을 다 버린 것을 아시는 것이요, 일곱엔 좋은 일을 하고자 하는 마음이 줄어지지 아니하는 것이요, 여덟엔 精進(정진)하시는 것이 줄어지지 아니하는 것이요, 아홉엔 깨끗한 念(염)이 줄어지지 아니하는 것이요, 열엔 智慧(지혜)가 줄어지지 아니하는 것이요, 열하나엔 벗어나시는 것이 줄어지지 아니하는 것이요, 열둘엔 알며 보시는 것이 줄어지지 아니하는 것이요, 열셋엔 몸에 하시는 행적이 智慧(지혜)를 좇아 하시는 것이요, 열넷엔 입에

둘헨[82] 이벳[83] 마리 허므를 업스샤미오 세헨[84] 무숨 머구미[85] 허므를 업스샤미오 네

헨[86] 雜_짭무숨[87] 업스샤미오 다숫샌[88] 섭섭얼현흔[89] 무숨 업스샤미오 여스센[90]

世_솅間_간ㅅ 法_법을 다 브린 곧[91] 아르실 씨오 닐구벤[92] 됴흔 일 흐고져 홀 무슨

미 늘의디[93] 아니흐실 씨오 여듧벤[94] 精_졍進_진흐샤미 늘의디 아니흐실 씨오 아

호밴[95] 조흔 念_념이 늘의디 아니흐실 씨오 열헨[96] 智_딩慧_휑 늘의디 아니흐실 씨

오 열흐나핸 버서나샤미[97] 늘의디 아니흐실 씨오 열둘헨 알며 보샤미 늘의디

아니흐실 씨오 열세헨 모매 흐시논[98] 힝뎌기[99] 智_딩慧_휑를 조차[100] 흐실 씨오 열

네헨 이베

---

82) 둘헨: 둘ㅎ(둘, 二: 수사, 양수) + -에(부조, 위치) + -ㄴ(←-는: 보조사, 주제)

83) 이벳: 입(입, 口) + -에(부조, 위치) + -ㅅ(-의: 관조)

84) 세헨: 세ㅎ(셋, 三: 수사, 양수) + -에(부조, 위치) + -ㄴ(←-는: 보조사, 주제)

85) 머구미: 먹(먹다, 머금다, 含)- + -움(명전) + -이(주조)

86) 네헨: 네ㅎ(넷, 四: 수사, 양수) + -에(부조, 위치) + -ㄴ(←-는: 보조사, 주제)

87) 雜 무숨: 雜(잡) # 무숨(마음, 心)

88) 다숫샌: 다숫(다섯, 五) + -애(-에: 부조, 위치) + -ㄴ(←-는: 보조사, 주제)

89) 섭섭얼현흔: 섭섭얼현ㅎ[섭섭하고 데면데면하다, 不定: 섭섭(섭섭: 불어) + 얼현(얼현: 불어) + -ㅎ(형접)-]- + -Ø(형접) + -ㄴ(관전) ※ '섭섭얼현ㅎ다'의 형태와 의미가 확인되지 않는다. 여기서는 '섭섭ㅎ다(섭섭하다)'와 '얼현ㅎ다(데면데면하다)'의 어근인 '섭섭'과 '얼현'이 합성된 어휘로 보아서, 잠정적으로 '섭섭하고 데면데면하다'로 옮겨 둔다. '데면데면하다'는 성질이 꼼꼼하지 않아 행동이 신중하거나 조심스럽지 아니하다.

90) 여스센: 여슷(여섯, 六: 수사, 양수) + -에(부조, 위치) + -ㄴ(←-는: 보조사, 주제)

91) 곧: 것(의명)

92) 닐구벤: 닐굽(일곱, 七: 수사, 양수) + -에(부조, 위치) + -ㄴ(←-는: 보조사, 주제)

93) 늘의디: 늘의(줄어지다, 減)- + -디(-지: 연어, 부정)

94) 여듧벤: 여듧(여덟, 八: 수사, 양수) + -에(부조, 위치) + -ㄴ(←-는: 보조사, 주제)

95) 아호밴: 아홉(아홉, 九: 수사, 양수) + -애(-에: 부조, 위치) + -ㄴ(←-는: 보조사, 주제)

96) 열헨: 열ㅎ(열, 十: 수사, 양수) + -에(부조, 위치) + -ㄴ(←-는: 보조사, 주제)

97) 버서나샤미: 버서나[벗어나다, 免: 벗(벗다, 脫)- + -어(연어) + 나(나다, 出)-]- + -샤(←-시-: 주높)- + -ㅁ(←-옴: 명전) + -이(주조)

98) 흐시논: 흐(하다, 爲)- + -시(주높)- + -ㄴ(←-ᄂ-: 현시)- + -오(대상)- + -ㄴ(관전)

99) 힝뎌기: 힝뎍(행적, 行績) + -이(주조)

100) 조차: 좇(좇다, 따르다, 隨)- + -아(연어)

이르시는 말이 智慧(지혜)를 좇아 하시는 것이요, 열다섯엔 뜻에 먹으시는 일이 智慧(지혜)를 좇아 하시는 것이요, 열여섯엔 지난 劫(겁)의 일을 아시는 것이요, 열일곱엔 아니 와 있는 劫(겁)의 일을 아시는 것이요, 열여덟엔 이 劫(겁)의 일을 아시는 것이다. 】 十神力(십신력)과 四無畏(사무외)를 得(득)하시니 【 四無畏(사무외)는 네 가지의 두려운 일이 없는 것이니, 하나는 一切智(일체지)이시어 두려움이 없는 것이요, 둘은 漏(누)가 다하여 두려움이 없는 것이요, 셋은 障(장)을 헐어서 이르시는 것이 두려움이 없는 것이요, 넷은 受苦(수고)를 다하는 道理(도리)를 이르시는 것이

니르시논¹⁾ 마리²⁾ 智딩慧휑를 조차 ᄒᆞ실 씨오 열다ᄉᆞ샌 ᄠᅳ데³⁾ 머그시논⁴⁾ 이리

智딩慧휑를 조차 ᄒᆞ실 씨오 열여스센 디나건⁵⁾ 劫겁엣 이를 아ᄅᆞ실 씨오 열닐

굽벤 아니 왯ᄂᆞᆫ⁶⁾ 劫겁엣 이를 아ᄅᆞ실 씨오 열여듧벤 이 劫겁엣 이를 아ᄅᆞ실

씨라 】十씹神씬力륵⁷⁾과 四ᄉᆞᆼ無뭉畏휭⁸⁾를 得득ᄒᆞ시니【四ᄉᆞᆼ無뭉畏휭ᄂᆞᆫ 네

가짓 저픈⁹⁾ 일 업스샤미니¹⁰⁾ ᄒᆞ나ᄒᆞᆫ 一ᄒᆜᆯ切쳉智딩샤¹¹⁾ 저품¹²⁾ 업스샤미오 둘흔

漏륳ㅣ¹³⁾ 다아¹⁴⁾ 저품 업스샤미오 세흔 障쟝¹⁵⁾을 허러¹⁶⁾ 니ᄅᆞ샤미 저품 업스샤

미오 네흔 受ᄊᆛᆸ苦콩 다ᇙ¹⁷⁾ 道ᄠᅟᅭᆯ理링 니ᄅᆞ샤미

---

1) 니르시논: 니르(이르다, 曰)-+-시(주높)-+-ㄴ(←-ᄂᆞ-: 현시)-+-오(대상)-+-ㄴ(관전)

2) 마리: 말(말, 言)+-이(주조)

3) ᄠᅳ데: 뜯(뜻, 意)+-에(부조, 위치)

4) 머그시논: 먹(먹다, 品다, 含)-+-으시(주높)-+-ㄴ(←-ᄂᆞ-: 현시)-+-오(대상)-+-ㄴ(관전)

5) 디나건: 디나(지나다, 過)-+-Ø(과시)-+-거(확인)-+-ㄴ(관전)

6) 왯ᄂᆞᆫ: 오(오다, 來)-+-아(연어)+잇(←이시다: 보용, 완료 지속)-+-ᄂᆞ(현시)-+-ㄴ(관전)

7) 十神力: 십신력. 부처만이 가지는 열 가지 신통(神通)한 힘이다.

8) 四無畏: 사무외. 부처가 가르침을 설할 때에, 확신하고 있기 때문에 누구에게도 두려움이 없는 네 가지이다. 첫째, 정등각무외(正等覺無畏)로서, 바르고 원만한 깨달음을 이루었으므로 두려움이 없다. 둘째, 누영진무외(漏永盡無畏)로서, 모든 번뇌를 끊었으므로 두려움이 없다. 셋째, 설장법무외(說障法無畏)로서, 끊어야 할 번뇌에 대해 설하므로 두려움이 없다. 넷째, 설출도무외(說出道無畏)로서, 미혹을 떠나는 수행 방법에 대해 설하므로 두려움이 없다.

9) 저픈: 저프[두렵다, 畏: 젛(두려워하다, 懼: 동사)-+-브(형접)-]-+-Ø(현시)-+-ㄴ(관전)

10) 업스샤미니: 없(없다, 無)-+-으샤(←-으시: 주높)-+-ㅁ(←-옴: 명전)+-이(서조)+-니(연어, 설명 계속)

11) 一切智샤: 一切智(일체지)+-Ø(←-이-: 서조)-+-샤(←-시-: 주높)-+-Ø(←-아: 연어) ※'一切智(일체지)'는 모든 것의 안팎을 깨달은 부처의 지혜이다.

12) 저품: 저프[←저프다(두렵다, 畏): 젛(두려워하다, 懼: 동사)-+-브(형접)-]-+-움(명전)

13) 漏ㅣ: 漏(누)+-ㅣ(←-이: 주조) ※'漏(누)'는 번뇌(煩惱)이다.

14) 다아: 다(←다ᄋᆞ다: 다하다, 盡)-+-아(연어)

15) 障: 장. 수행에 장애(障礙)가 되는 번뇌이다.

16) 허러: 헐(헐다, 毀)-+-어(연어)

17) 다ᇙ: 다ᄋᆞ(다하다, 盡)-+-ᇙ(관전)

두려움이 없는 것이다. 】, 그때에 땅이 十八相(십팔상)으로 움직이며, 祥瑞
(상서)로운 구름이 내리며, 甘露(감로)가 떨어지고, 꽃비가 오며, 하늘의
북이 저절로 울며, 菩提樹(보리수)를 둘러서 서른여섯 由旬(유순)에 八部
(팔부)가 가득하며, 諸天(제천)이 香(향)을 피우고 풍류(風流)며 幢幡(당번)
을 갖추어서 오니, 無量(무량)한 一切(일체)

저품 업스샤미라 】 그 저긔¹⁸⁾ 짜히 十_씹八_밣相_샹¹⁹⁾으로 뮈며²⁰⁾ 祥_쌍瑞_쓍

옛²¹⁾ 구루미 느리며²²⁾ 甘_감露_롱²³⁾ㅣ 디고²⁴⁾ 곳비²⁵⁾ 오며 하늜 부

피²⁶⁾ 절로²⁷⁾ 울며 菩_뽕提_똉樹_쓩²⁸⁾를 둘어²⁹⁾ 셜흔여슷 由_율旬_쓘³⁰⁾에 八

_밣部_뽕³¹⁾ㅣ ᄀᆞ독ᄒᆞ며³²⁾ 諸_경天_텬이 香_향 퓌우고³³⁾ 풍뤼며³⁴⁾ 幢_똥幡_펀³⁵⁾

ᄀᆞ초아³⁶⁾ 오니 無_뭉量_량³⁷⁾ 一_힗切_쳉

---

18) 저긔: 적(적, 때, 時: 의명) + -의(-에: 부조, 위치)

19) 十八相: 십팔상. 열여덟 가지 모습이다.

20) 뮈며: 뮈(움직이다, 動)- + -며(연어, 나열)

21) 祥瑞옛: 祥瑞(상서) + -예(←-에: 부조, 위치) + -ㅅ(-의: 관조) ※ '祥瑞옛'은 '상서로운'으로 의역하여 옮긴다.

22) 느리며: 나리(내리다, 降)- + -며(연어, 나열)

23) 甘露: 감로. 천하가 태평할 때에 하늘에서 내린다고 하는 단 이슬이다.

24) 디고: 디(떨어지다, 降)- + -고(연어, 나열)

25) 곳비: [꽃비, 花雨: 곳(←곶: 꽃, 花) + 비(비, 雨)] + -Ø(←-이: 주조)

26) 부피: 붚(북, 鼓) + -이(주조)

27) 절로: [저절로, 自(부사): 절(← 저: 인대, 재귀칭) + -로(부조▷부접)]

28) 菩提樹: 보리수. 석가모니가 그 아래에서 변함없이 진리를 깨달아 불도(佛道)를 이루었다고 하는 나무이다.

29) 둘어: 둘(← 두르다: 두르다, 繞)- + -어(연어)

30) 由旬: 유순. 고대 인도의 이수(里數) 단위이다. 소달구지가 하루에 갈 수 있는 거리로서 80리인 대유순, 60리인 중유순, 40리인 소유순의 세 가지가 있다.

31) 八部: 팔부. 사천왕에 딸린 여덟 귀신이다. 건달바(乾闥婆), 비사사(毘舍闍), 구반다(鳩槃茶), 아귀, 제용중, 부단나(富單那), 야차(夜叉), 나찰(羅刹)이다.

32) ᄀᆞ독ᄒᆞ며: ᄀᆞ독ᄒᆞ[가득하다, 滿: ᄀᆞ독(가득: 불어) + -ᄒᆞ(형접)-]- + -며(연어, 나열)

33) 퓌우고: 퓌우[피우다, 焚: 푸(← 프다: 피다, 發)- + -우(사접)-]- + -고(연어, 나열)

34) 풍뤼며: 풍류(풍류, 風流) + -ㅣ며(←-이며: 접조)

35) 幢幡: 당번. 당(幢)과 번(幡)을 아울러 이르는 말이다. '당(幢)'은 법회 따위의 의식이 있을 때에, 절의 문 앞에 세우는 기이다. 장대 끝에 용머리를 만들고, 깃발에 불화(佛畫)를 그려 불보살의 위엄을 나타내는 장식 도구이다. 그리고 '번(幡)'은 부처와 보살의 성덕(盛德)을 나타내는 깃발. 꼭대기에 종이나 비단 따위를 가늘게 오려서 단다.

36) ᄀᆞ초아: ᄀᆞ초[갖추다, 具: 곳(갖추어져 있다, 備: 형사)- + -호(사접)-]- + -아(연어)

37) 無量: 무량. 정도를 헤아릴 수 없을 만큼 많은 것이다.

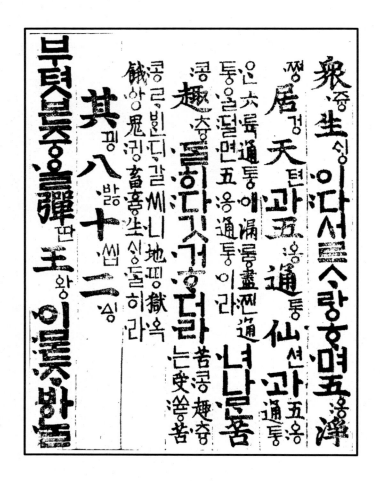

衆生(중생)이 다 서로 사랑하며, 五淨居天(오정거천)과 五通仙(오통선)과
【 五通(오통)은 六通(육통)에 누진통(漏盡通)을 덜면 五通(오통)이다. 】 여느
苦趣(고취)들이 다 기뻐하더라. 【 苦趣(고취)는 受苦(수고)로운 데에 가는 것
이니, 地獄(지옥), 餓鬼(아귀), 畜生(축생) 들이다. 】

其八十二(기팔십이)

부처의 증거를 彈王(탄왕)이 묻거늘

衆_즁生_싱이 다 서르[38] 스랑ᄒ며[39] 五_옹淨_쪙居_겅天_텬[40]과 五_옹通_통仙_션[41]

과【五_옹通_통ᄋᆞᆫ 六_륙通_통애 漏_룰盡_찐通_통[42]ᄋᆞᆯ 덜면[43] 五_옹通_통이라】 녀나ᄆᆞᆫ[44]

苦_콩趣_츙들히[45] 다 깃거ᄒ더라[46]【苦_콩趣_츙ᄂᆞᆫ 受_쓩苦_콩ᄅᆞᄫᆲ[47] 듸[48] 갈 씨니

地_띵獄_옥 餓_앙鬼_귕 畜_휵生_싱 들히라[49]】

　　其_끵八_밣十_씹二_싱

부텻 본증[50]을 彌_땅王_왕[51]이 묻ᄌᆞᄫᅡᄂᆞᆯ[52]

---

38) 서르: 서로, 相(부사)

39) 스랑ᄒ며: 스랑ᄒ[사랑하다: 스랑(사랑, 慈愛) + -ᄒ(동접)-]- + -며(연어, 나열)

40) 五淨居天: 오정거천을 주관하는 천신이다. 정거천(淨居天)은 색계(色界)의 제사 선천(第四禪天)에 구천(九天)이 있는 가운데, 불환과(不還果)를 증득(證得)한 성인(聖人)이 나는 하늘이다. 무번천(無煩天)·무열천(無熱天)·선현천(善現天)·선견천(善見天)·색구경천(色究竟天)의 다섯 하늘이다. 수다회천(首陀會天). 불환천(不還天)이라고도 한다.

41) 五通仙: 오통선. 오통(五通)을 갖춘 선인(仙人)이다. 오통은 도통(道通)·신통(神通)·의통(依通)·보통(報通)·요통(妖通)이다. 오통은 오신통(五神通)이라고도 한다.

42) 漏盡通: 누진통. 육신통(六神通)의 하나이다. 부처님이나 최고 수행자가 갖춘 여섯 가지의 신통력 가운데 하나로서, 자유자재로 번뇌를 끊어 버리는 신통력을 의미한다.

43) 덜면: 덜(덜다, 없애다, 除)- + -면(연어, 조건)

44) 녀나ᄆᆞᆫ: [그 밖의, 다른, 他(관사): 녀(←녀느: 여느 것, 다른 것, 他, 명사) + 남(남다, 餘)- + -ᄋᆞᆫ(관전▷관사)]

45) 苦趣들히: 苦趣들히[苦趣들: 苦趣(고취: 명사) + -들ㅎ(-들: 복접)] + -이(주조) ※ '苦趣(고취)'는 사람이 죽어서 괴로움의 세계로서, 지옥(地獄), 아귀(餓鬼), 축생(畜生)이다.

46) 깃거ᄒ더라: 깃거ᄒ[기뻐하다, 歡: 깄(기뻐하다, 歡)- + -어(연어) + ᄒ(하다: 보용)-]- + -더(회상)- + -라(←-다: 평종)

47) 受苦ᄅᆞᄫᆲ: 受苦ᄅᆞᄫᆲ[수고롭다: 受苦(수고: 명사) + -ᄅᆞᄫᆲ(형접)-]- + -Ø(현시)- + -ㄴ(관전)

48) 듸: 듸(데, 곳, 處: 의명)

49) 들히라: 들ㅎ(들, 따위, 等: 의명) + -이(서조)- + -Ø(현시)- + -라(←-다: 평종)

50) 본증: 본증(本證), 증거, 증인.

51) 彌王: 탄왕. 마왕(魔王)의 별칭이다.

52) 묻ᄌᆞᄫᅡᄂᆞᆯ: 묻(묻다, 問)- + -ᄌᆞᇦ(←-ᄌᆞᆸ-: 객높)- + -아ᄂᆞᆯ(-거늘: 연어, 상황)

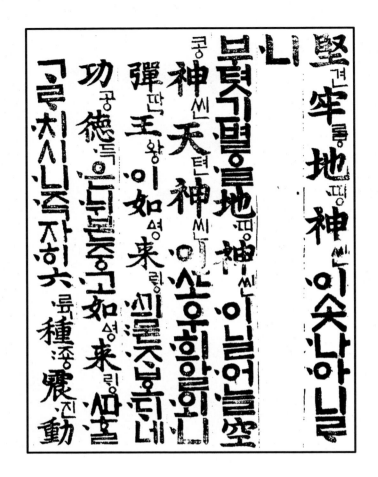

堅牢地神(견뢰지신)이 솟아나서 일렀으니.

　부처의 기별(奇別)을 地神(지신)이 이르거늘, 空神(공신)과 天神(천신)이 또 위에 아뢰었으니.

彈王(탄왕)이 如來(여래)께 묻되 "너의 功德(공덕)은 누가 증인인가?" 如 來(여래)가 땅을 가리키시니 즉시로 六種(육종)으로 震動(진동)하고

堅_견牢_롤地_띵神_씬⁵³⁾이 솟나아⁵⁴⁾ 니르니⁵⁵⁾

부텻 긔별을⁵⁶⁾ 地_띵神_씬⁵⁷⁾이 닐어늘 空_콩神_씬⁵⁸⁾ 天_텬神_씬⁵⁹⁾이 쏘 우희⁶⁰⁾ 알외니⁶¹⁾

彈_딴王_왕⁶²⁾이 如_셩來_링씌 묻즈보ᄃᆡ⁶³⁾ 네⁶⁴⁾ 功_공德_득은 뉘⁶⁵⁾ 본증고⁶⁶⁾ 如_셩來_링 싸ᄒᆞᆯ ᄀᆞᄅ치시니⁶⁷⁾ 즉자히 六_륙種_죵⁶⁸⁾ 震_진動_뚱ᄒᆞ고

---

53) 堅牢地神: 견뢰지신. 대지(大地)를 받들고 이것을 견고(堅固)하게 한다는 지신(地神)이다. 그 상(相)은 붉은 살빛으로 왼손에 아름다운 꽃을 심은 화분을 받들고 있다고 한다.

54) 솟나아: 솟나[솟아나다, 突出: 솟(솟다, 突)- + 나(나다, 現)-]- + -아(연어)

55) 니르니: 니르(이르다, 曰)- + -Ø(과시)- + -으니(평종, 반말)

56) 긔별을: 긔별(기별, 소식, 奇別) + -을(목조)

57) 地神: 지신. '견뢰지신(堅牢地神)'을 일컫는다.

58) 空神: 공신. 공중을 맡은 신(神)이다.

59) 天神: 천신. 하늘에 있다는 신. 또는 하늘의 신령이다.

60) 우희: 우ㅎ(위, 上) + -의(-에: 부조, 위치)

61) 알외니: 알외[아뢰다, 알리다, 告: 알(알다, 知:타동)- + -오(사접)- + -ㅣ(←-이-: 사접)-]- + -니(연어, 설명 계속)

62) 彈王: 탄왕. 마왕(魔王)의 별칭이다.

63) 묻즈보ᄃᆡ: 묻(묻다, 問)- + -즐(←-즙-: 객높)- + -오ᄃᆡ(-되: 연어, 설명 계속)

64) 네: 너(너, 汝: 인대, 2인칭) + -ㅣ(←-의: 관조)

65) 뉘: 누(누구, 誰: 인대, 미지칭) + -ㅣ(←-이: 주조) ※ '뉘'의 성조가 거성(去聲)으로 실현되었으므로 '뉘'는 주격이다. 참고로 '뉘'가 관형격일 때에는 상성(上聲)으로 실현된다.

66) 본증고: 본증(본증, 증인, 本證: 명사) + -고(보조사, 의문, 설명)

67) ᄀᆞᄅ치시니: ᄀᆞᄅ치(가리키다, 指)- + -시(주높)- + -니(연어, 설명 계속, 이유)

68) 六種: 육종. 여섯 가지(명사) ※ '六種(육종)'은 문맥을 감안하여 '六種(육종)으로'로 의역하여서 옮긴다.

堅牢地神(견뢰지신)이 솟아나서 이르되 "내가 증인이다." 하더라. 如來(여래)가 成佛(성불)하시거늘, 땅에 있는 神靈(신령)이 (그 사실을) 虛空(허공)의 神靈(신령)께 아뢰며, 虛空(허공)의 神靈(신령)이 하늘의 神靈(신령)께 아뢰어, 또 높은 하늘 위에 이르도록 차례로 번갈아 아뢰더라.

堅_견牢_롤地_띵神_씬이 소사나아⁶⁹⁾ 닐오디 내 본즈이로라⁷⁰⁾ ᄒ더라 如_셩來_링 成_쎵佛_뿛ᄒ야시ᄂᆞᆯ⁷¹⁾ 싸햇⁷²⁾ 神_씬靈_령이 虛_헝空_콩ㄱ⁷³⁾ 神_씬靈_령의 알외며 虛_헝空_콩ㄱ 神_씬靈_령이 하ᄂᆞᆳ⁷⁴⁾ 神_씬靈_령의 알외야 ᄯᅩ 노ᄑᆞᆫ 하ᄂᆞᆯ 우희 니르리⁷⁵⁾ 뎐뎨로⁷⁶⁾ 알외더라⁷⁷⁾

---

69) 소사나아: 소사나[솟아나다, 突出: 솟(솟다, 突)- + -아(연어) + 나(나다, 現)-]- + -아(연어)

70) 본즈이로라: 본증(본증, 증인, 本證) + -이(서조)- + -Ø(현시)- + -로(← -오-: 화자)- + -라(← -다: 평종)

71) 成佛ᄒ야시ᄂᆞᆯ: 成佛ᄒ[성불하다: 成佛(성불: 명사) + -ᄒ(동접)-]- + -시(주높)- + -야 … ᄂᆞᆯ(← -아ᄂᆞᆯ: -거늘, 연어, 상황)

72) 싸햇: 싸ㅎ(땅, 地) + -애(-에: 부조, 위치) + -ㅅ(-의: 관조) ※ '싸햇'은 '땅에 있는'으로 의역하여 옮긴다.

73) 虛空ㄱ: 虛空(허공) + -ㄱ(-의: 관조)

74) 하ᄂᆞᆳ: 하ᄂᆞᆯ(← 하ᄂᆞᆯㅎ: 하늘, 天) + -ㅅ(-의: 관조)

75) 니르리: [이르도록, 至(부사): 니를(이르다, 至: 동사)- + -이(부접)]

76) 뎐뎨로: 뎐뎨(轉遞: 명사) + -로(부조, 방편) ※ '뎐뎨(傳遞)'는 차례로 전하여 보내는 것이다. 여기서 '뎐뎨로'는 '차례로 번갈아'로 의역하여 옮긴다.

77) 알외더라: 알외[아뢰다, 알리다, 告: 알(알다, 知: 타동)- + -오(사접)- + -ㅣ(← -이-: 사접)-]- + -더(회상)- + -라(← -다: 평종)

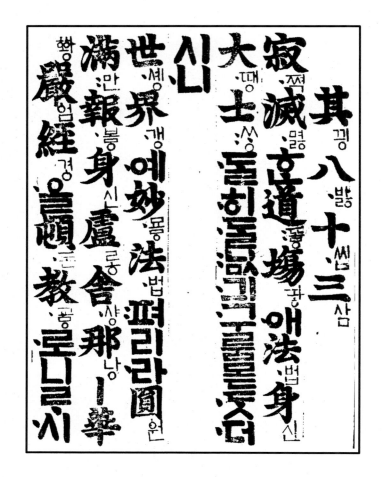

其八十三(기팔십삼)

寂滅(적멸)한 道場(도량)에 法身(법신) 大士(대사)들이 달님께 구름이 모이듯
하시더니.

"世界(세계)에 妙法(묘법)을 펴리라." (하고) 圓滿(원만)한 報身(보신)인 盧舍
那(노사나)가 華嚴經(화엄경)을 頓教(돈교)로 이르셨으니.

其끵八밣十씹三삼

寂쩍滅꿣⁷⁸⁾혼 道똥場땽⁷⁹⁾애 法법身신⁸⁰⁾ 大땡士쑹들히⁸¹⁾ 둘닚긔⁸²⁾ 구룸⁸³⁾ 몯둧더시니⁸⁴⁾

世셍界갱예 妙묠法법⁸⁵⁾ 펴리라⁸⁶⁾ 圓원滿만⁸⁷⁾ 報붕身신⁸⁸⁾ 盧롱舍샹那낭⁸⁹⁾ ㅣ 華뽱嚴엄經경⁹⁰⁾을 頓돈敎굡⁹¹⁾로 니르시니

---

78) 寂滅: 적멸. 사라져 없어짐. 곧 죽음을 이르는 말이다. 생사(生死)를 되풀이하는 인(因)과 과(果)를 멸하여, 다시는 미혹한 생사를 계속하지 않는 적정한 경계이다.

79) 道場: 도장. 도량. 부처나 보살이 도를 얻는 곳이다. ※ '寂滅혼 道場'은 '寂滅道場(적멸도장)'이라고 하는데, 석가모니가 깨달음을 얻고 화엄경을 강술(講述)한 도량이다. 인도 마가다국(Magadha國) 가야성 보리수 아래이다.

80) 法身: 법신. 삼신(三身)의 하나이다. 영겁하도록 변하지 않는 만유의 본체에 인격적 의의를 붙인, 빛도 형상도 없는 부처를 이른다.

81) 大士둘히: 大士둘ㅎ[대사들: 大士(대사) + -둘ㅎ(-들: 복접)] + -이(주조) ※ '大士(대사)'는 부처나 보살을 일상적으로 이르는 말이다. 흔히 대보살을 이르는 말로도 쓴다.

82) 둘닚긔: 둘님[달님: 둘(달, 月) + -님(접미, 높접)] + -긔(-께: 부조, 상대, 높임)

83) 구룸: 구름, 雲.

84) 몯둧더시니: 몯(모이다, 集)- + -둧(-듯: 연어, 흡사) # Ø(← ᄒᆞ다: 하다, 보용, 흡사)- + -더(회상)- + -시(주높)- + -니(평종, 반말) ※ '몯둧더시니'는 '몯둧 ᄒᆞ더니시니'에서 'ᄒᆞ-'가 탈락하고 두 어절이 한 어절로 축약된 형태이다.

85) 妙法: 묘법. 불교의 신기하고 묘한 법문(法文)이다.

86) 펴리라: 펴(펴다, 伸)- + -리(미시)- + -라(←-다: 평종)

87) 圓滿: 원만. 조금도 결함(缺陷)이나 부족(不足)함이 없는 것이다.

88) 報身: 보신. 삼신(三身)의 하나이다. 선행 공덕을 쌓은 결과로 부처의 공덕이 갖추어진 몸을 이른다.

89) 盧舍那: 노사나. 햇빛이 온 세상을 비추듯이 광명으로 이름을 얻은 부처이다. 삼신불(三身佛) 중에서 보신불(報身佛)에 해당한다

90) 華嚴經: 화엄경. 석가모니가 성도한 깨달음의 내용을 그대로 설법한 경문이다. 법계 평등(法界平等)의 진리를 증오(證悟)한 부처의 만행(萬行)과 만덕(萬德)을 칭양하고 있다. 정식 이름은 대방광불화엄경(大方廣佛華嚴經)이다.

91) 頓敎: 돈교. ① 얕고 깊은 일정한 수행 단계를 거치지 않고 단박 깨달음에 이르게 하는 가르침이다. ② 차례를 거치지 않고 처음부터 깨달음의 경지를 설(說)한 가르침이다. ③ 처음부터 깊은 내용을 설(說)한 가르침이다.

如來(여래)가 처음 正覺(정각)을 이루시어 寂滅道場(적멸도량)에 계시어 【道場(도량)은 '道理(도리)를 닦는 마당이다.'한 말이니, 이 寂滅道場(적멸도량)은 菩提樹(보리수) 나무 밑의 道場(도량)이니라. 】, 四十一位(사십일위) 法身(법신) 大士(대사)와 【四十一位(사십일위)는 十住(십주)와 十行(십행)과 十向(십향)과 十地(십지)와 妙覺(묘각)이다. 】 예전 前生(전생)부터

如_셩來_링 처엄 正_졍覺_각 일우샤 寂_쪅滅_멿道_똘場_땅⁹²⁾애 겨샤【道_똘場_땅ᄋᆞᆫ
道_똘理_링 닷ᄂᆞᆫ⁹³⁾ 바탕이라⁹⁴⁾ 혼 마리니 이 寂_쪅滅_멿道_똘場_땅ᄋᆞᆫ 菩_뽕提_뗑樹_쓩 나모
믿⁹⁵⁾ 道_똘場_땅아니라⁹⁶⁾】 四_{ᄉᆞᆼ}十_씹一_{ᅙᅵᆳ}位_윙⁹⁷⁾ 法_법身_신 大_땡士_쑹와【四_{ᄉᆞᆼ}十
씹一_{ᅙᅵᆳ}位_윙ᄂᆞᆫ 十_씹住_뜡⁹⁸⁾와 十_씹行_{ᄒᆡᆼ}⁹⁹⁾과 十_씹向_향¹⁰⁰⁾과 十_씹地_띵¹⁾와 妙_묠覺_각괘
라²⁾】 아래³⁾ 前_쪈生_{ᄉᆡᆼ}브터

---

92) 寂滅道場: 적멸도량. 석가모니가 깨달음을 얻고 화엄경을 강술(講述)한 도량이다. 인도 마가다국(Magadha國) 가야성 보리수 아래이다.
93) 닷ᄂᆞᆫ: 닷(← 닦다: 닦다, 修)- + -ᄂᆞ(현시)- + -ㄴ(관전)
94) 바탕이라: 바탕(바탕, 마당, 자리, 場) + -이(서조)- + -Ø(현시)- + -라(←-다: 평종) ※ '바탕'은 현대어의 '바탕, 마당, 자리' 등의 뜻을 나타내는데, 여기서는 '마당'으로 옮긴다.
95) 믿: 밑, 下.
96) 道場아니라: 道場(도량) + -아(←-이-: 서조)- + -Ø(현시)- + -니(원칙)- + -라(←-다: 평종) ※ '道場아니라'는 문맥상 '道場이니라'를 오각한 형태인 것으로 보인다.
97) 四十一位: 사십일위. 보살이 거듭 수행하여 깨달음에 이르는 과정을 마흔한 단계로 나눈 것으로서, '십주(十住)·십행(十行)·십회향(十廻向)·십지(十地)·불지(佛地, 妙覺)'의 단계를 이른다.
98) 十住: 십주. 보살이 닦는 열 가지 수행 단계이다. 진리에 안주하는 단계라는 뜻으로 주(住)라고 한다. 발심주(發心住), 치지주(治地住), 수행주(修行住), 생귀주(生貴住), 방편구족주(方便具足住), 정심주(正心住), 불퇴주(不退住), 동진주(童眞住), 법왕자주(法王子住), 관정주(灌頂住)이다.
99) 十行: 십행. 보살이 수행하는 열 가지 이타행(利他行)이다. 환희행(歡喜行), 요익행(饒益行), 무에한행(無恚恨行), 무진행(無盡行), 이치란행(離癡亂行), 선현행(善現行), 무착행(無著行), 존중행(尊重行), 선법행(善法行), 진실행(眞實行)이다.
100) 十向: 십향(= 十廻向). 보살이 닦은 공덕을 널리 중생에게 돌리는 열 가지이다. 구호일체중생리중생상회향(救護一切衆生離衆生相廻向), 불괴회향(不壞廻向), 등일체불회향(等一切佛廻向), 지일체처회향(至一切處廻向), 무진공덕장회향(無盡功德藏廻向), 수순평등선근회향(隨順平等善根廻向), 수순등관일체중생회향(隨順等觀一切衆生廻向), 여상회향(如相廻向), 무박무착해탈회향(無縛無著解脫廻向), 법계무량회향(法界無量廻向)이다.
1) 十地: 십지. 성문(聲聞)·연각(緣覺)·보살(菩薩)의 삼승(三乘)이 공통으로 닦는 열 가지 수행 단계이다. 건혜지(乾慧地), 성지(性地), 팔인지(八人地), 견지(見地), 박지(薄地), 이작지(已作地), 벽지불지(辟支佛地), 보살지(菩薩地). 불지(佛地)이다.
2) 妙覺괘라: 妙覺(묘각) + -과(접조) + -ㅣ(←-이-: 서조)- + -Ø(현시)- + -라(←-다: 평종) ※ '妙覺(묘각)'은 바르고 원만한 부처의 깨달음이다. 모든 번뇌를 끊고 지혜를 원만히 갖춘 부처의 경지이다.
3) 아래: 예전. 옛날, 昔.

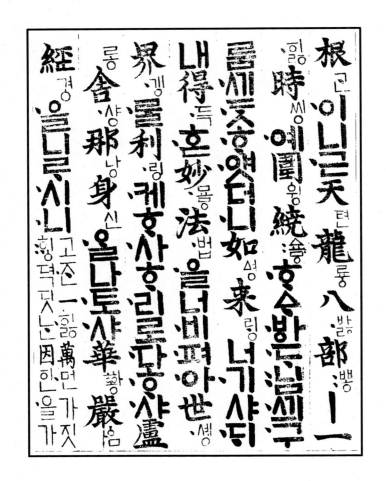

根(근)이 익은 天龍八部(천룡팔부)가 一時(일시)에 圍繞(위요)하여 달님께 구름이 끼듯 하여 있더니, 如來(여래)가 여기시되 "내가 得(득)한 妙法(묘법)을 널리 펴서 世界(세계)를 利(이)롭게 하여야 하겠구나." 하시어, 盧舍那(노사나)의 身(신)을 나타내시어 華嚴經(화엄경)을 이르시니【꽃은 一萬(일만) 가지의 행적(行績)을 닦는 因(인)을 비유하니,

根$_{근}$[4]이 니근[5] 天$_{텬}$龍$_{룡}$八$_{밣}$部$_{뿡}$[6] ㅣ 一$_{힗}$時$_{씽}$예 圍$_{윙}$繞$_{ᅀᅮᇢ}$ᄒᆞᅀᆞ바[7] ᄃᆞ님ᄭᅴ[8] 구룸 ᄭᅵ듯 ᄒᆞ얫더니[9] 如$_{ᅀᅧᆼ}$來$_{ᄅᆡᆼ}$ 너기샤ᄃᆡ[10] 내 得$_{득}$혼[11] 妙$_{ᄆᆖ}$法$_{법}$을 너비[12] 펴아[13] 世$_{솅}$界$_{갱}$를 利$_{링}$케[14] ᄒᆞ사[15] ᄒᆞ리로다[16] ᄒᆞ샤[17] 盧$_{롱}$舍$_{샹}$那$_{낭}$ 身$_{신}$[18]ᄋᆞᆯ 나토샤[19] 華$_{ᅘᅪᆼ}$嚴$_{엄}$經$_{경}$을 니ᄅᆞ시니【고ᄌᆞᆫ[20] 一$_{힗}$萬$_{먼}$ 가짓[21] 힝뎍 닷ᄂᆞᆫ[22] 因$_{인}$[23]을 가ᄌᆞᆯ비니[24]

---

4) 根: 근. 근기(根機), 근성(根性)의 뜻으로 가르침을 받는 자로서의 성질(性質)·자질(資質)을 나타낸다. 여기에도 우열(優劣)이 있어서, 이근(二根), 상근(上根), 중근(中根)·하근(下根), 혹은 이근(利根)·중근(中根)·둔근(鈍根)의 삼근(三根)으로 나누게 된다.
5) 니근: 닉(익다, 熟)- + -Ø(과시)- + -은(관전)
6) 天龍八部: 천룡팔부. 불법을 지키는 여덟 신장(神將)이다. 팔부중(八部衆)이라고도 한다.
7) 圍繞ᄒᆞᅀᆞ바: 圍繞ᄒᆞ[위요하다: 圍繞(위요: 명사)] + -ᄒᆞ(동접)-]- + -ᅀᆞᇦ(← -ᅌᆞᆸ-: 객높)- + -아(연어) ※ '圍繞(위요)'는 부처의 둘레를 돌아다니는 일이다.
8) ᄃᆞ님ᄭᅴ: ᄃᆞ님[← ᄃᆞᆯ님(달님, 月): ᄃᆞᆯ(달, 月) + -님(접미)] + -ᄭᅴ(-께: 부조, 상대, 높임)
9) ᄭᅵ듯 ᄒᆞ얫더니: ᄭᅵ(← ᄢᅵ다, 끼다, 挾, 寵)- + -듯(-듯: 연어, 흡사) # ᄒᆞ(하다: 보용, 흡사)- + -야(← -아: 연어) + 잇(← 이시다: 보용, 완료 지속)- + -더(회상)- + -니(연어, 설명 계속)
10) 너기샤ᄃᆡ: 너기(여기다, 念)- + -샤(← -시-: 주높)- + -ᄃᆡ(← -오ᄃᆡ: -되, 연어, 설명 계속)
11) 得혼: 得ᄒᆞ[← 得ᄒᆞ다(득하다, 얻다): 得(득: 불어) + -ᄒᆞ(동접)-]- + -Ø-(과시)- + -오(대상)- + -ㄴ(관전)
12) 너비: [널리, 廣(부사): 넙(넓다, 廣: 형사)- + -이(부접)]
13) 펴아: 펴(펴다, 伸)- + -아(← -어: 연어)
14) 利케: 利ㅎ[← 利ᄒᆞ다(이하다, 이익이 되다: 利(이: 불어) + -ᄒᆞ(형접)-]- + -게(연어, 사동)
15) ᄒᆞ사: ᄒᆞ(하다: 보용, 사동)- + -사(← -아야: 연어, 필연적 조건) ※ '-사'는 그 뒤에 보조 용언인 'ᄒᆞ다'와 접속하여서 '필연적인 조건'의 뜻을 나타내는 연결 어미이다.
16) ᄒᆞ리로다: ᄒᆞ(하다: 보용, 필연적 조건)- + -리(미시)- + -로(← -도-: 감동)- + -다(평종)
17) ᄒᆞ샤: ᄒᆞ(하다: 하다, 曰)- + -샤(← -시-: 주높)- + -Ø(← -아: 연어)
18) 盧舍那 身: 노사나 신, 노사나(盧舍那)의 몸이다. ※ '노사나盧舍那)'는 햇빛이 온 세상을 비추듯이 광명으로 이름을 얻은 부처이다. 삼신불(三身佛) 중에서 보신불(報身佛)에 해당한다
19) 나토샤: 나토[나타내다, 現: 낟(나타나다, 現: 자동)- + -호(사접)-]- + -샤(← -시-: 주높)- + -Ø(← -아: 연어)
20) 고ᄌᆞᆫ: 곶(꽃, 華, 花) + -ᄋᆞᆫ(보조사, 주제)
21) 가짓: 가지(가지, 種類: 의명) + -ㅅ(-의: 관조)
22) 닷ᄂᆞᆫ: 닷(← 닭다: 닦다, 修)- + -ᄂᆞ(현시)- + -ㄴ(관전)
23) 因: 인. 어떠한 결과에 대하여 원인을 이루는 근본 동기이다.
24) 가ᄌᆞᆯ비니: 가ᄌᆞᆯ비(비유하다, 比)- + -니(연어, 설명 계속)

즐비니이因ᅙᅵᆫ으로왕果광룰
莊장嚴엄탓ᄲᅡ다관이華ᅘᅪᆼ嚴엄經경
ᅙᅳᆫ文문殊쓩師승利링菩뽕薩삻와阿
難난尊존者쟝ㅣ鉄텷圍윙山산ᄊᆞ이와阿
ᄭᅴ예이經경을밍ᄀᆞ라龍룡宮궁에드
려듯거늘龍룡樹쓩菩뽕薩삻이龍룡
宮궁에가보고외와流룡傳뜐ᄒᆞ니라와세
병間간애流룡傳뜐ᄒᆞ니라ᅟᅵᆺ와세
미頓돈敎굘ㅣ라頓돈ᄂᆞᆫ敎굘ᄂᆞᆫ次총第똉
ᅵ업시ᄀᆞ장노픈法法
실썅ᄒᆞ야빕을니르시니라
其끵八밣十씹四숭

이 因(인)으로 '부처가 될 果(과)를 莊嚴(장엄)했다.' 하는 뜻이라. 이 華嚴經(화엄경)은 文殊師利菩薩(문수사리보살)과 阿難尊者(아난존자)가 鐵圍山(철위산) 사이에서 이 經(경)을 만들어 龍宮(용궁)에 들여 두었거늘, 龍樹菩薩(용수보살)이 龍宮(용궁)에 가서 (이 경을) 보고 외워 가져와 世間(세간)에 流傳(유전)하였니라.】, 이것이 이름이 頓敎(돈교)이다.【頓敎(돈교)는 次第(차제, 차례)가 없이 가장 높은 法(법)을 이르신 것이다.】

其八十四(기팔십사)

이 因_힌으로 부텨 드욀 果_광²⁵⁾를 莊_장嚴_엄탓²⁶⁾ 쁘디라²⁷⁾ 이 華_퐝嚴_엄經_겅은 文_문殊_쓩師_{ᄉᆞᆼ}利_링菩_뽕薩_삻²⁸⁾와 阿_항難_난尊_존者_쟝왜²⁹⁾ 鐵_텷圍_윙山_산³⁰⁾ 쓰ᄉᆡ예³¹⁾ 이 經_겅을 밍ᄀᆞ라 龍_룡宮_궁에 드려³²⁾ 뒷거늘³³⁾ 龍_룡樹_쓩菩_뽕薩_삻³⁴⁾이 龍_룡宮_궁에 가 보고 외와³⁵⁾ 가져와 世_솅間_간애 流_륳傳_뙨ᄒᆞ니라³⁶⁾ 】 이³⁷⁾ 일후미 頓_돈敎_골ㅣ라³⁸⁾ 【 頓_돈敎_골ᄂᆞᆫ 次_충第_똉 업시³⁹⁾ ᄀᆞ장 노ᄑᆞᆫ 法_법을 니ᄅᆞ실 씨라 】

其_끵八_밣十_씹四_{ᄉᆞᆼ}

---

25) 果: 과. 원인에 따라 일어나는 결과이다.

26) 莊嚴탓: 莊嚴ᄒ[← 莊嚴ᄒ다(장엄하다): 莊嚴(장엄: 명사) + -ᄒ(동접)-] + -Ø(과시)- + -다(평종) + -ㅅ(-의: 관조) ※ '莊嚴(장엄)'은 좋고 아름다운 것으로 꾸미는 것이다. ※ '莊嚴탓'은 '장엄했다고 하는'으로 의역하여 옮긴다.

27) 쁘디라: 뜯(뜻, 意) + -이(서조)- + -Ø(현시)- + -라(←-다: 평종)

28) 文殊師利菩薩: 문수사리보살. 석가모니여래의 왼쪽에 있는 보살로서, 사보살(四菩薩)의 하나이다. 제불(諸佛)의 지혜를 맡은 보살로, 오른쪽에 있는 보현보살과 함께 삼존불(三尊佛)을 이룬다. 그 모양이 가지각색이나 보통 사자를 타고 오른손에 지검(智劍), 왼손에 연꽃을 들고 있다.

29) 阿難尊者왜: 阿難尊者(아난존자) + -와(접조) + -ㅣ(←-이: 주조) ※ '阿難尊者(아난존자)'는 석가모니의 십대 제자 가운데 한 사람(?~?)이다. 십육 나한의 한 사람으로, 석가모니 열반 후에 경전 결집에 중심이 되었으며, 여인 출가의 길을 열었다.

30) 鐵圍山: 철위산. 지변산(持邊山)을 둘러싸고 있는 아홉 산 가운데에서 가장 밖에 있는 산이다.

31) 쓰ᄉᆡ예: 쓰ᄉᆡ(← ᄉᆞᄉᆡ: 사이, 間) + -예(←-에: 부조, 위치)

32) 드려: 드리[들이다, 入: 들(들다, 入: 자동)- + -이(사접)-]- + -어(연어)

33) 뒷거늘: 두(두다: 보용, 동작의 완료 유지)- + -어(연어) + 잇(← 이시다: 있다, 완료 지속)- + -거늘(연어, 상황) ※ '뒷거늘'은 '두어 잇거늘'이 축약된 형태이다.

34) 龍樹菩薩: 용수보살. 석가모니가 죽은 뒤 700년에 남천축(南天竺) 나라에 난 보살이다. 마명(馬鳴) 보살의 제자인 가비마라존자(迦毘摩羅尊者)의 제자로서, 남천축국에 대승(大乘) 불교를 펴 불법을 넓혔고 저작(著作)이 많다. 그리고 석가모니가 세상을 떠난 600년 뒤 용수보살이 용궁에 감춰져 있던 화엄경(華嚴經)을 가져왔다는 전설이 있다.

35) 외오: 외오(외우다, 誦)- + -아(연어)

36) 流傳ᄒᆞ니라: 流傳ᄒ[유전하다: 流傳(유전: 명사) + -ᄒ(동접)-]- + -Ø(과시)- + -니(원칙)- + -라(←-다: 평종) ※ '流轉(유전)'은 이리저리 떠도는 것이다.

37) 이: 이(이것, 此: 지대, 정칭) + -Ø(←-이: 주조)

38) 頓敎ㅣ라: 頓敎(돈교) + -ㅣ(←-이-: 서조)- + -Ø(현시)- + -라(←-다: 평종) ※ '頓敎(돈교)'는 화의사교(化儀四敎)의 하나로서, 단도직입적으로 불과(佛果)를 성취하고 깨달음에 이르는 교법이다.

39) 업시: [없이, 無(부사): 없(없다, 無: 형사)- + -이(부접)]

 (중생들이) 大法(대법)을 모르면서 들으므로 (여래가) 涅槃(열반)하려 하시더
니, 諸天(제천)이 (여래께 설법을) 請(청)하였으니.

 (여래께서) 方便(방편)으로 알게 하시어 三乘(삼승)을 이르시므로, 諸佛(제
불)이 讚歎(찬탄)하셨으니.

 如來(여래)가 나무를 보며 생각하시되【菩提樹(보리수)

大_땡法_법⁴⁰⁾을 몰라⁴¹⁾ 드를씨⁴²⁾ 涅_넗槃_빤호려⁴³⁾ 터시니⁴⁴⁾ 諸_정天_텬⁴⁵⁾이

請_청ᄒᆞᅀᆞᄫᆞ니⁴⁶⁾

方_방便_뼌⁴⁷⁾으로 알에⁴⁸⁾ ᄒᆞ샤⁴⁹⁾ 三_삼乘_씽⁵⁰⁾을 니ᄅᆞ시릴씨⁵¹⁾ 諸_정佛_뿛이

讚_잔歎_탄ᄒᆞ시니⁵²⁾

如_셩來_링 남글⁵³⁾ 보며 싱각ᄒᆞ샤ᄃᆡ⁵⁴⁾ 【菩_뽕提_똉樹_쓩

---

40) 大法: 대법. 부처의 가르침을 높여 이르는 말이다.

41) 몰라: 몰(← 모ᄅᆞ다: 모르다, 不知)- + -아(연어)

42) 드를씨: 들(← 듣다, ㄷ불: 듣다, 聞)- + -을씨(-므로: 연어, 이유) ※ '몰라 드를씨'는 '(중생들이) 부처님의 법을 알아듣지 못하면서 법을 들으므로'의 뜻이다.

43) 涅槃호려: 涅槃ᄒᆞ[← 涅槃ᄒᆞ다(열반하다): 涅槃(열반: 명사) + -ᄒᆞ(동접)-]- + -오려(-려: 연어, 의도) ※ '涅槃(열반)'은 모든 번뇌의 얽매임에서 벗어나고, 진리를 깨달아 불생불멸의 법을 체득한 경지이다. 불교의 궁극적인 실천 목적이다. 혹은 승려가 죽는 것을 이른다. 여기서는 부처님의 죽는 것을 이른다.

44) 터시니: ᄒᆞ(← ᄒᆞ다: 하다, 보용, 의도)- + -더(회상)- + -시(주높)- + -니(연어, 설명 계속)

45) 諸天: 제천. 여러 하늘을 주관하는 신들이다.

46) 請ᄒᆞᅀᆞᄫᆞ니: 請ᄒᆞ[청하다: 請(청: 명사) + -ᄒᆞ(동접)-]- + -ᅀᆞ(←-ᅀᆞᆸ-: 객높)- + -Ø(과시)- + -ᄋᆞ니(평종, 반말)

47) 方便: 방편. 십바라밀의 하나로서, 중생을 구제하기 위하여 쓰는 묘한 수단과 방법이다.

48) 알에: 알(알다, 知)- + -에(←-게: 연어, 사동)

49) ᄒᆞ샤: ᄒᆞ(하다: 보용, 사동)- + -샤(←-시-: 주높)- + -Ø(←-아: 연어)

50) 三乘: 삼승. 중생을 열반에 이르게 하는 세 가지 교법(敎法)으로서, '성문승(聲聞乘), 독각승(獨覺乘), 보살승(菩薩乘)'이다.

51) 니ᄅᆞ시릴씨: 니ᄅᆞ(이르다, 曰)- + -시(주높)- + -리(미시)- + -ㄹ씨(-므로: 연어, 이유)

52) 讚歎ᄒᆞ시니: 讚歎ᄒᆞ[찬탄하다: 讚歎(찬탄: 명사) + -ᄒᆞ(동접)-]- + -시(주높)- + -Ø(과시)- + -니(평종, 반말)

53) 남글: 낡(← 나모: 나무, 木) + -울(목조)

54) 싱각ᄒᆞ샤ᄃᆡ: 싱각ᄒᆞ[생각하다, 思: 싱각(생각: 명사) + -ᄒᆞ(동접)-]- + -샤(←-시-: 주높)- + -ᄃᆡ(←-오ᄃᆡ: -되, 연어, 설명 계속)

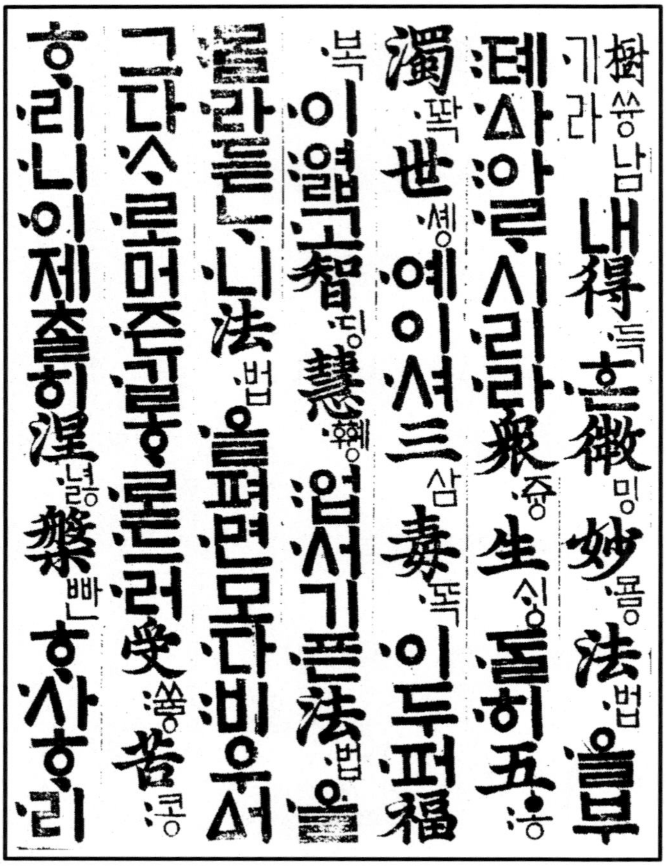

樹쓩남기라 내得득흔 微묭妙묭法법을부 톄上ᄊᆞᆯ알ᄉᆞ리라 衆쥰生ᄉᆡᇰ돌히五ᅌᅩᆼ 濁딱世솅예이셔三삼毒독이두퍼福 복이ᄯᆞ�ᇰ智딩慧ᅘᅰᆼ업서기픈法법을 볼란돌ᄂᆡ法법을펴면모다비우서 그다ᄉᆞ로머즈ᇰ궇론러受쓩苦콩ᄒᆞ 호리니이제ᄌᆞᆯ히涅ᄂᆞᇙ槃빤ᄒᆞ상호리

나무이다. 】 "내가 得(득)한 微妙法(미묘법)을 (오직) 부처야 말로 아시겠다. 衆生(중생)들이 五濁世(오탁세)에 있어, 三毒(삼독)이 덮어 福(복)이 엷고 智慧(지혜)가 없어, 깊은 法(법)을 모르면서 (나의 설법을) 듣나니, (내가) 法(법)을 펴면 (중생들이) 모두 비웃어 그 탓으로 흉(凶)한 길로 들어서 受苦(수고)하겠으니, 이제 차라리 (내가) 涅槃(열반)하여야 하겠구나."

남기라⁵⁵⁾ 】 내 得_득혼 微_밍妙_묠法_법을⁵⁶⁾ 부톄사⁵⁷⁾ 아르시리라⁵⁸⁾ 衆_즁生_싱들히 五_옹濁_똭世_솅예⁵⁹⁾ 이셔 三_삼毒_똑⁶⁰⁾이 두퍼⁶¹⁾ 福_복이 엷고 智_딩慧_휑 업서 기픈 法_법을 몰라 듣느니⁶²⁾ 法_법을 펴면 모다⁶³⁾ 비우서⁶⁴⁾ 그 다스로⁶⁵⁾ 머즌⁶⁶⁾ 길호로⁶⁷⁾ 드러 受_쓩苦_콩호리니 이제⁶⁸⁾ 출히⁶⁹⁾ 涅_녏槃_빤호사⁷⁰⁾ 호리로다⁷¹⁾

---

55) 남기라: 낢(← 나모: 나무, 木) + -이(서조) + -Ø(현시) + -라(← -다: 평종)

56) 微妙法: 미묘법. 미묘한 법이다.

57) 부톄사: 부텨(부처, 佛) + -ㅣ(← -이: 주조) + -사(보조사, 한정 강조) ※ 『석가보』의 한문본에 '唯佛與佛乃能知之(오직 부처와 부처만이 그것을 능히 알겠다.)'로 기술되어 있으므로, '부톄사'에서 '-ㅣ'를 주격 조사로, '-사'를 보조사로 처리하였다.

58) 아르시리라: 알(알다, 知)- + -으시(주높)- + -리(미시)- + -라(← -다: 평종)

59) 五濁世: 오탁세. 오탁(五濁)으로 가득 찬 죄악의 세상이다.(= 五濁惡世) ※ '五濁(오탁)'은 세상의 다섯 가지 더러움이다. 명탁(命濁), 중생탁(衆生濁), 번뇌탁(煩惱濁), 견탁(見濁), 겁탁(劫濁)을 이른다. '명탁(命濁)'은 악한 세상에서 악업이 늘어나 8만 세이던 사람의 목숨이 점점 짧아져 백 년을 채우기 어렵게 됨을 이른다. '중생탁(衆生濁)'은 견탁(見濁)과 번뇌탁의 결과로 인간의 과보(果報)가 점점 쇠퇴하고 힘은 약해지며 괴로움과 질병은 많고 복은 적어짐을 이른다. '번뇌탁(煩惱濁)'은 애욕(愛慾)을 탐하여 마음을 괴롭히고 여러 가지 죄를 범하게 됨을 이른다. '견탁(見濁)'은 사악한 사상과 견해가 무성하게 일어나 더러움이 넘쳐흐름을 이른다. '겁탁(劫濁)'은 기근, 질병, 전쟁 따위의 여러 가지 재앙이 일어남을 이른다.

60) 三毒: 삼독. 사람의 착한 마음을 해치는 세 가지 번뇌이다. '욕심, 성냄, 어리석음' 따위를 독에 비유하여 이르는 말이다.

61) 두퍼: 둪(덮다, 蔽)- + -어(연어)

62) 몰라 듣느니: '몰라 듣느니'는 '모르면서 듣나니'로 의역하여 옮긴다.

63) 모다: [모두, 皆(부사): 몯(모이다, 集)- + -아(연어▷부접)]

64) 비우서: 비웃[← 비웃다, 불(비웃다, 嘲): 비(비-: 접두)- + 웃(웃다, 笑)-]- + -어(연어)

65) 다스로: 닷(탓: 의명, 원인) + -으로(부조, 방편)

66) 머즌: 멎(흉하다, 惡)- + -Ø(현시)- + -은(관전)

67) 길호로: 길ㅎ(길, 道) + -으로(부조, 방향)

68) 이제: [이제, 此時(명사): 이(이, 此: 관사) + 제(제, 때, 時: 의명)] ※ '제'는 [적(적, 때: 의명) + -에(부조, 위치, 시간)]으로 분석되는 파생 의존 명사이다.

69) 출히: 차라리, 寧(부사)

70) 涅槃호사: 涅槃ㅎ[열반하다: 涅槃(열반: 명사) + -ㅎ(동접)-]- + -사(-아야: 연어, 당위)

71) 호리로다: ㅎ(하다: 보용, 당위)- + -리(미시)- + -로(← -도-: 감동)- + -다(평종)

그때에 大梵天王(대범천왕)과 釋提桓因(석제환인)과 四大天王(사대천왕)과
大自在天(대자재천)과 다른 諸天衆(제천중)들이 虛空(허공)에 가득이 내려
와 請(청)하되, "世尊(세존)이시여, 오래 生死(생사)에 계시어 法(법)을 求
(구)하시어, 나라며 妻子(처자)며 머리며 눈이며

그 저긔⁷²⁾ 大땡梵뻠天텬王왕⁷³⁾과 釋셕提뗴桓홧因인⁷⁴⁾과 四숭大땡天텬王⁷⁵⁾ 왕과 大땡自쭝在찡天텬⁷⁶⁾과 녀나문⁷⁷⁾ 諸졍天텬衆즁들히⁷⁸⁾ 虛헝空콩애 ᄀ 득기⁷⁹⁾ ᄂ려와⁸⁰⁾ 請쳥ᄒᄉ보딕⁸¹⁾ 世솅尊존하⁸²⁾ 오래 生ᄉᆡᆼ死ᄉᆞᆼ애 겨샤⁸³⁾ 法법 求꿀ᄒ샤 나라히며⁸⁴⁾ 妻쳉子중ㅣ며⁸⁵⁾ 머리며⁸⁶⁾ 누니며⁸⁷⁾

---

72) 저긔: 적(적, 때, 時: 의명) + -의(-에: 부조, 위치, 시간)

73) 大梵天王: 대범천왕. 대범천(大梵天王)에 있으면서 사바세계(娑婆世界)를 다스리는 천왕(天王) 이다.

74) 釋提桓因: 석제환인. 수미산 정상에 있는 도리천의 왕으로, 사천왕(四天王)과 32신(神)을 통솔 하면서 불법(佛法)을 지킨다고 한다.

75) 四大天王: 사왕천(四王天)의 주신(主神)으로 사방을 진호(鎭護)하며 국가를 수호하는 네 신이 다. 동쪽의 지국천왕, 남쪽의 증장천왕, 서쪽의 광목천왕, 북쪽의 다문천왕이다. 위로는 제석천 을 섬기고 아래로는 팔부중(八部衆)을 지배하여 불법에 귀의한 중생을 보호한다.

76) 大自在天: 대자재천. 대천세계를 주재하는 신이다. 눈은 셋, 팔은 여덟이며, 흰 소를 타고 흰 불자(拂子)를 들고 있다. 원래 인도 브라만교의 만물 창조의 신으로, 큰 위엄과 덕망을 지녔다.

77) 녀나문: [여느, 다른, 他(관사): 녀(← 녀느: 여느 것, 다른 것, 他, 명사) + 남(남다, 餘: 동사)- + -은(관전 ▷ 관접)]

78) 諸天衆들히: 諸天衆들ㅎ[諸天衆들: 諸天衆(제천중) + -들ㅎ(-들: 복접)] + -이(주조) ※ '諸天衆 (제천중)'은 욕계(欲界), 색계(色界), 무색계(無色界)에 살고 있는 하늘의 모든 유정(有情)이다.

79) ᄀ득기: [가득히, 滿(부사): ᄀ득(가득, 滿: 부사) + -Ø(← -ᄒ-: 형접) + -이(부접)]

80) ᄂ려와: ᄂ려오[내려오다, 降來: ᄂ리(내리다, 降)- + -어(연어) + 오(오다, 來)-]- + -아(연어)

81) 請ᄒᄉ보딕: 請ᄒ[청하다: 請(청: 명사) + -ᄒ(동접)]- + -ᅀᆞᆸ(← -ᅀᆞᆸ-: 객높)- + -오딕(-되: 연어, 설명 계속)

82) 世尊하: 世尊(세존) + -하(-이시여: 호조, 아주 높임)

83) 겨샤: 겨샤(← 겨시다: 계시다, 在)- + -Ø(← -아: 연어)

84) 나라히며: 나라ㅎ(나라, 國) + -이며(접조)

85) 妻子ㅣ며: 妻子(처자) + -ㅣ며(← -이며: 접조)

86) 머리며: 머리(머리, 頭) + -며(← -이며: 접조)

87) 누니며: 눈(눈, 目) + -이며(접조)

骨髓ᄅᆞᆯ ᄇᆞ리시니 오ᄂᆞᆯ날 成佛ᄒᆞ샤 엇뎨 說法 아니ᄒᆞ려 ᄒᆞ시ᄂᆞ뇨 세 번 請ᄒᆞᅀᆞᄫᆞ니 如來 너기샤ᄃᆡ 나건 부텨도 方便으로 ᄒᆞ시니 나도 이제 三乘을 說法호리라 ᄒᆞ야시ᄂᆞᆯ【三乘은 세 술위니 羊양 술위 사ᄉᆞᆷ 메윤 술위 쇼 메윤 술위라 므거븐 것 시러 머리 가ᄆᆞᆯ 羊양 술위ᄂᆞᆫ

骨髓(골수)를 버리셨으니, 오늘날 成佛(성불)하셔서 어찌 說法(설법)을 아니 하려 하시는가?" 세 번 請(청)하니 如來(여래)가 여기시되 "지난 부처도 方便(방편)으로 하셨으니, 나도 이제 三乘(삼승)을 說法(설법)하리라." 하시거늘【三乘(삼승)은 세 수레이니 羊(양)을 멘 수레, 사슴을 멘 수레, 소를 멘 수레이다. 무거운 것을 실어 멀리 가는 것을 羊(양) 수레는

骨_곯髓_셩며⁸⁸⁾ ㅂ리시니⁸⁹⁾ 오ᄂᆞᆳ날⁹⁰⁾ 成_쎵佛_뿛⁹¹⁾ᄒᆞ샤 엇뎨⁹²⁾ 說_쉃法_법 아니 호려⁹³⁾ ᄒᆞ시ᄂᆞᆫ고⁹⁴⁾ 세 디위⁹⁵⁾ 請_쳥ᄒᆞᅀᆞ᠍ᄫᆞᆯ대⁹⁶⁾ 如_셩來_링 너기샤 ᄃᆡ⁹⁷⁾ 디나건⁹⁸⁾ 부텨도 方_방便_뻔으로 ᄒᆞ시니 나도 이제 三_삼乘_씽을 說_쉃法_법호리라⁹⁹⁾ ᄒᆞ야시ᄂᆞᆯ¹⁰⁰⁾ 【三_삼乘_씽ᄋᆞᆫ 세 술위니¹⁾ 羊_양 메윤²⁾ 술위 사ᄉᆞᆷ³⁾ 메윤 술위 쇼⁴⁾ 메윤 술위라 므거ᄫᅳᆫ⁵⁾ 것 시러⁶⁾ 머리⁷⁾ 가몰⁸⁾ 羊_양 술위는

---

88) 骨髓며: 骨髓(골수) + -며(←-이며: 접조) ※ '骨髓(골수)'는 뼈의 중심부인 골수 공간(骨髓空間)에 가득 차 있는 결체질(結締質)의 물질이다.

89) ㅂ리시니: ㅂ리(버리다, 捨)- + -시(주높)- + -니(연어, 설명 계속)

90) 오ᄂᆞᆳ날: [오늘날, 今日: 오늘(오늘, 今日) + -ㅅ(관조, 사잇) + 날(날, 日)]

91) 成佛: 성불. 부처가 되는 일이다. 보살이 자리(自利)와 이타(利他)의 덕을 완성하여 궁극적인 깨달음의 경지를 실현하는 것을 이른다.

92) 엇뎨: 어찌, 何(부사)

93) 호려: ᄒᆞ(←ᄒᆞ다: 하다, 爲)- + -오려(-려: 연어, 의도)

94) ᄒᆞ시ᄂᆞᆫ고: ᄒᆞ(하다: 보용, 의도)- + -시(주높)- + -ᄂᆞ(현시)- + -ㄴ고(-는가: 의종, 설명)

95) 디위: 번, 番(의명)

96) 請ᄒᆞᅀᆞᄫᆞᆯ대: 請ᄒᆞ[청하다: 請(청: 명사) + -ᄒᆞ(동접)-]- + -ᅀᆞ(←-ᅀᆞᆸ-: 객높)- + -ᄋᆞᆫ대(-는데, -니: 연어, 반응)

97) 너기샤ᄃᆡ: 너기(여기다, 念)- + -샤(←-시-: 주높)- + -ᄃᆡ(←-오ᄃᆡ: -되, 연어, 설명 계속)

98) 디나건: 디나(지나다, 過)- + -Ø(과시)- + -거(확인)- + -ㄴ(관전)

99) 說法호리라: 說法ᄒᆞ[← 說法ᄒᆞ다(설법하다): 說法(설법: 명사) + -ᄒᆞ(동접)-]- + -오(화자)- + -리(미시)- + -라(←-다: 평종)

100) ᄒᆞ야시ᄂᆞᆯ: ᄒᆞ(하다, 曰)- + -시(주높)- + -야 … ᄂᆞᆯ(←-아ᄂᆞᆯ: -거늘, 연어, 상황)

1) 술위니: 술위(수레, 車) + -Ø(←-이-: 서조)- + -니(연어, 설명 계속)

2) 메윤: 메(메다, 結)- + -Ø(과시)- + -윤(←-우-: 대상)- + -ㄴ(관전) ※ '-윤-'은 대상 표현의 선어말 어미인 '-우-'가 ᅵ계 하향식 이중 모음의 어간 뒤에 실현되는 강조 형태이다. /윤/는 /ㅜ/를 길고 긴장되게 발음하는 소리이다.

3) 사ᄉᆞᆷ: 사슴, 鹿.

4) 쇼: 소, 牛.

5) 므거ᄫᅳᆫ: 므겁[← 므겁다(무겁다, 重): *믁(불어)- + -업(형접)-]- + -Ø(현시)- + -은(관전)

6) 시러: 실(← 싣다, ㄷ불: 싣다, 載)- + -어(연어)

7) 머리: [멀리, 遠(부사): 멀(멀다, 遠: 형사)- + -이(부접)]

8) 가몰: 가(가다, 去)- + -ㅁ(←-옴: 명전) + -ᄋᆞᆯ(목조)

사ᄉᆞᆷ술위만몯ᄒ고사ᄉᆞᆷ술위도쇼술위만몯ᄒ니이세가짓술위로가ᄌᆞᆯ비ᄃᆡ羊양술위ᄂᆞᆫ聲聞문이오사ᄉᆞᆷ술위ᄂᆞᆫ緣覺각이오쇼술위ᄂᆞᆫ菩뽕薩사ᄅᆞ라부톄法법을닐오ᄃᆡ호ᄀᆞᆮ노ᄑᆞᆫ法법을아니니ᄅᆞ샤사ᄅᆞ미제여곰根근을조차큰法법도니ᄅᆞ시며혀근法법도니ᄅᆞ시ᄂᆞ니라그저긔十씹方방앳부톄앒ᄑᆡ와現현ᄒᆞ야ᄒᆞᆷᄢᅴ讚잔嘆탄ᄒᆞ시더라

사슴의 수레만 못하고, 사슴 수레도 소의 수레만 못하니, 이 세 가지의 수레로 비유하되, 羊(양) 수레는 聲聞(성문)이요 사슴 수레는 緣覺(연각)이요 소 수레는 菩薩(보살)이다. 부처가 說法(설법)하시되, 한 가지로 높은 法(법)을 아니 이르시어, 사람의 제가끔의 根(근)을 좇아 큰 法(법)도 이르시며 작은 法(법)도 이르시는 것을 三乘說法(삼승설법)이라 하느니라. 】 그때에 十方(시방)에 있는 부처들이 앞에 와 現(현)하여 함께 讚嘆(찬탄)하시더라.

사슴 술위 만[9] 몯ᄒ고 사슴 술위도 쇼 술위 만 몯ᄒ니 이 세 가짓 술위로 가ᄌᆞᆯ

뷰디[10] 羊ᅌᅣᆼ 술위ᄂᆞᆫ 聲ᄉᅺᇰ聞문[11]이오 사슴 술위ᄂᆞᆫ 緣ᅯᆫ覺각[12]이오 쇼 술위ᄂᆞᆫ 菩뽕

薩삻[13]이라 부톄 說숴ᇙ法법ᄒ샤디 ᄒᆞᆫ 가지로 노ᄑᆞᆫ 法법을 아니 니ᄅᆞ샤 사ᄅᆞ미[14]

제여곰[15] 根근[16]을 조차 큰 法법도 니ᄅᆞ시며 혀근[17] 法법도 니ᄅᆞ샤ᄆᆞᆯ 三삼乘씨ᇰ

說숴ᇙ法법이라 ᄒᆞᄂᆞ니라】 그 저긔 十씹方방앳[18] 부텨둘히 알ᄑᆡ[19] 와

現ᅘᅧᆫᄒᆞ야 ᄒᆞᆫᄢᅴ[20] 讚잔嘆탄ᄒᆞ시더라[21]

---

9) 만: 만, 만큼(의명, 흡사)

10) 가ᄌᆞᆯ뷰디: 가ᄌᆞᆯ비(비유하다, 喩)- + -우디(-되: 연어, 설명 계속)

11) 聲聞: 성문. 설법을 듣고 사제(四諦)의 이치를 깨달아 아라한이 되고자 하는 불제자이다.

12) 緣覺: 연각. 부처의 가르침에 기대지 않고 스스로 도를 깨달은 성자(聖者)이다. 그 지위는 보
살의 아래, 성문(聲聞)의 위이다.

13) 菩薩: 보살. 부처가 전생에서 수행하던 시절, 수기(授記)를 받은 이후의 몸이다.

14) 사ᄅᆞ미: 사ᄅᆞᆷ(사람, 人) + -이(관조)

15) 제여곰: 제여곰(제가끔, 各各: 명사) + -ㅅ(-의: 관조) ※ '제여곰'은 일반적으로 부사로 쓰인
다. 그러나 여기서는 명사로 쓰여서 그 뒤에 관형적 조사 '-ㅅ'이 실현되었다.

16) 根: 근. 근기(根機), 근성(根性)의 뜻으로 가르침을 받는 자로서의 성질(性質)·자질(資質)을 나
타낸다. 여기에도 우열(優劣)이 있어서, 이근(利根)과 둔근(鈍根)의 이근(二根), 상근(上根), 중근
(中根)·하근(下根), 혹은 이근(利根)·중근(中根)·둔근(鈍根)의 삼근(三根)으로 나누게 된다.

17) 혀근: 혁(작다, 少)- + -Ø(현시)- + -은(관전)

18) 十方앳: 十方(시방) + -애(←-에: 부조, 위치) + -ㅅ(-의: 관조) ※ '十方(시방)'은 사방(四方),
사우(四隅), 상하(上下)를 통틀어 이르는 말이다. 사우(四隅)는 방 따위의 네 모퉁이의 방위. 곧
동남, 동북, 서남, 서북을 이른다.

19) 알ᄑᆡ: 앒(앞, 前) + -ᄋᆡ(부조, 위치)

20) ᄒᆞᆫᄢᅴ: [함께, 與(부사): ᄒᆞᆫ(한, 一: 관사, 양수) + ᄢᅴ(←ᄢᅵ: 때, 時) + -의(부조, 위치, 시간)]

21) 讚嘆ᄒᆞ시더라: 讚嘆ᄒᆞ(찬탄하다: 讚嘆(찬탄: 명사) + -ᄒᆞ(동접)-]- + -시(높접)- + -더(회상)-
+ -라(←-다: 평종)

其八十五(기팔십오)

(여래께서) 成道(성도) 後(후) 二七日(이칠일)에 他化自在天(타화자재천)에 가
시어 十地經(십지경)을 이르셨으니.

(여래께서) 成道(성도) 後(후) 四十九日(사십구일)에 差梨尼迦(차리니가)에 가
시어 跏趺坐(가부좌)를 앉으셨으니.

其끵八밣十씹五옹

成쎵道똘²²⁾ 後薵 二싱七칥日싏²³⁾에 他탕化황自쫑在찡天텬²⁴⁾에 가샤 十씹
地띵經경²⁵⁾을 니르시니²⁶⁾

成쎵道똘 後薵 四승十씹九굴日싏²⁷⁾에 差챵梨링尼닝迦강²⁷⁾애 가샤 加강趺붕
坐쫭²⁸⁾를 안즈시니²⁹⁾

---

22) 成道: 성도. 깨달아 부처가 되는 일이다. 여기서는 특히 석가모니가 음력 12월 8일에 보리수
아래서 큰 도(道)를 이룬 일을 이른다.

23) 二七日: 이칠일. 7일이 두 번 지난 날인 14일이다.

24) 他化自在天: 타화자재천. 육욕천의 여섯째 하늘이다. 욕계(欲界)에서 가장 높은 하늘로 마왕
(魔王)이 살며, 여기에 태어난 이는 다른 이의 즐거움을 자유로이 자기의 즐거움으로 만들어
즐길 수 있다고 한다.

25) 十地經: 십지경. 『화엄경(華嚴經)』 중에서 십지보살(十地菩薩)이 수행(修行)하는 상태를 말한
'십지품(十地品)'에 해당하는 내용을 다룬 불교 경전이다. '십주경(十住經)'이라고도 한다. ※
'十地品(십지품)'은 십지보살(十地菩薩)이 처음 큰 원력을 발해서 마음을 청정하게 하는 법문
(法文)이다. 첫째는 남을 이롭게하는 이익심(利益心)이요, 둘째는 유연하고 부드러운 마음인
유연심(柔軟心)이요, 셋째는 남을 따르는 마음인 수순심(隨順心)이요, 넷째는 마음이 고요한
상태인 적정심(寂靜心)이요, 다섯째는 남을 속이거나 나쁜 마음을 항복받고 꺾어 버리는 마음
인 조복심(調伏心)이요, 여섯째는 고요한 마음인 적정심(寂靜心)이요, 일곱째는 겸손하여 남에
게 굽히는 마음인 겸하심(謙下心)이요, 여덟째는 나의 마음이 윤택하여 남의 마음까지 윤택하
게 하는 윤택심(潤澤心)이요, 아홉째는 외부의 충동에도 흔들리거나 움직이지 아니하는 부동
심(不動心)이요, 열째는 물밑이 환히 보일 듯이 흐림이 없는 맑는 마음인 불탁심(不濁心)이다.

26) 니르시니: 니르(이르다, 말하다, 說)- + -시(주높)- + -∅(과시)- + -니(평종, 반말)

27) 差梨尼迦: 차리니가. 부처가 성도(成道)하고 나서 49일이 지난 뒤에 가서 가부좌(跏趺坐)를 하
고 앉아 있었다는 곳이다.

28) 加趺坐: 가부좌. 부처의 좌법(坐法)으로 좌선할 때 앉는 방법의 하나이다. 왼쪽 발을 오른쪽
넓적다리 위에 놓고 오른쪽 발을 왼쪽 넓적다리 위에 놓고 앉는다.

29) 안즈시니: 앉(앉다, 坐)- + -으시(주높)- + -∅(과시)- + -니(평종, 반말)

其八十六(기팔십육)

흥정바치들이 (차리니가 숲에 이르러서) 길을 못 다녀서 天神(천신)께 빌었습니다.

수플의 神靈(신령)이 길에 나서 보이어 世尊(세존)(이 계시는 것)을 (흥정바치들이) 알게 하였습니다.

其八十七(기팔십칠)

(흥정바치들이 세존께 바치는) 세 가지의 供養(공양)이 그릇이 없으므로

其낑八밣十씹六륙

홍정바지들히[30] 길홀[31] 몯 녀아[32] 天텬神씬ㅅ긔[33] 비더니이다[34]

수픐[35] 神씬靈령이 길헤[36] 나아 뵈야[37] 世솅尊존을 아숩게[38] ᄒ니이
다[39]

其낑八밣十씹七칧

세 가짓 供공養양[40]이 그르시[41] 업슬씨[42]

---

30) 홍정바지들히: 홍정바지들ㅎ[홍정바치들, 장사치들, 商人들: 홍정(홍정, 장사, 商) + 바지(-바
치: 기술자, 전문가, 匠) + -들ㅎ(-들: 복접)] + -이(주조)

31) 길흘: 길ㅎ(길, 道) + -을(목조)

32) 녀아: 녀(가다, 行)- + -아(←-어: 연어)

33) 天神ㅅ긔: 天神(천신) + -ㅅ긔(-께: 부조, 상대, 높임)

34) 비더니이다: 비(← 빌다: 빌다, 祈)- + -더(회상)- + -니(원칙)- + -이(상높, 아주 높임)- + -다
(평종)

35) 수픐: 수플[수풀, 林: 숲(숲, 林) + 플(풀, 草)] + -ㅅ(-의: 관조)

36) 길헤: 길ㅎ(길, 路) + -에(부조, 위치)

37) 뵈야: 뵈[보이다, 示: 보(보다, 見)- + -ㅣ(←-이-: 사접)-]- + -야(←-아: 연어)

38) 아숩게: 아(← 알다: 알다, 知)- + -숩(객높)- + -게(연어, 사동)

39) ᄒ니이다: ᄒ(하다: 보용, 사동)- + -Ø(과시)- + -니(원칙)- + -이(상높, 아주 높임)- + -다(평
종) ※ '世尊을 아숩게 ᄒ니이다'는 '세존이 계신 것을 알게 하였다'의 뜻이다.

40) 供養이: 供養(공양) + -이(주조) ※ '供養(공양)'은 불(佛), 법(法), 승(僧)의 삼보(三寶)나 죽은
이의 영혼에게 음식, 꽃 따위를 바치는 일이다. 또는 그 음식을 이른다.

41) 그르시: 그릇(그릇, 皿) + -이(주조)

42) 업슬씨: 없(없다, 無)- + -을씨(-므로: 연어, 이유)

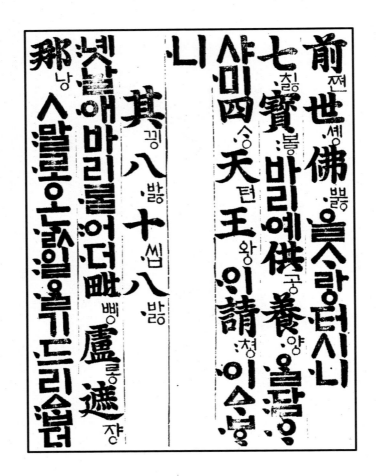

前世佛(전세불)을 생각하시더니.

(흥정바치들이) 七寶(칠보) 바리에 供養(공양)을 담으신 것이 四天王(사천왕)의 請(청)이니.

其八十八(기팔십팔)

옛날에 (하늘의 부처들이) 바리를 얻어 毘盧遮那(비로자나)의 말로 (잘 간수하여 두고) 오늘의 일을 기다리더니.

前쪈世솅佛뿛⁴³⁾을 ᄉ랑터시니⁴⁴⁾

七칧寶볼⁴⁵⁾ 바리예⁴⁶⁾ 供공養양을 담ᄋ샤미⁴⁷⁾ 四ᄉᆞ天텬王왕이 請쳥이ᅀᆞᆻ 녕니⁴⁸⁾

其끵八밣十씹八밣

녯날애⁴⁹⁾ 바리를 어더 毗뼁盧룽遮쟝那낭⁵⁰⁾ㅅ 말로 오ᄂᆞᆳ 일⁵¹⁾을 기드 리ᅀᆞᆸ더니⁵²⁾

---

43) 前世佛: 전세불. 현세에 나타난 부처에 앞서 성도(成道)하여 입멸한 부처이다. 여기서 '전세불' 은 '카시아파불'을 '석가모니불'에 상대하여 이른 것이다. ※ '카시아파'는 과거칠불의 여섯째 부처이다. 인간의 수명이 2만 살 때에 난 부처로, 제자가 이만 명에 이르렀다.

44) ᄉ랑터시니: ᄉ랑ᄒ[← ᄉ랑ᄒ다(생각하다, 思): ᄉ랑(생각, 思: 명사) + -ᄒ(동접)-]- + -더(회 상)- + -시(주높)- + -니(연어, 설명 계속)

45) 七寶: 칠보. 일곱 가지 주요 보배이다. 무량수경에서는 금·은·유리·파리·마노·거거·산호를 이 르며, 법화경에서는 금·은·마노·유리·거거·진주·매괴를 이른다.

46) 바리예: 바리(바리, 바리때, 鉢) + -예(← -에: 부조, 위치) ※ '바리(鉢)'는 절에서 쓰는 승려의 공양 그릇이다.(= 바리때)

47) 담ᄋ샤미: 담(담다, 盛)- + -ᄋ샤(←-ᄋ시-: 주높)- + -ㅁ(←-옴: 명전) + -이(주조)

48) 請이ᅀᆞᆼ녕니: 請(청) + -이(서조) + -ᅀᆞᇦ(객높)- + -Ø(현시)- + -ᄋ니(평종, 반말) ※ 객체 높임의 선어말 어미는 원칙적으로 행위의 객체인 목적어나 부사어를 높일 때에 쓰이므로, 동사에서 실현되는 것이 일반적이다. 그러나 상태나 지정(指定)의 '대상'을 높일 때에는 형용사나 '이다' 에도 실현되는 경우가 있다. '請이ᅀᆞᆼ녕니'에서 '-ᅀᆞᇦ-'은 지정의 대상인 '四天王이 請'을 높였 다.

49) 녯날애: 녯날[옛날, 昔日: 녜(예전, 昔) + -ㅅ(관조, 사잇) + 날(날, 日)] + -애(-에: 부조, 위치)

50) 毗盧遮那: 비로자나. 연화장 세계(蓮華藏世界)에 살면서 그 몸은 법계(法界)에 두루 차서 큰 광명을 내비치어 중생을 제도하는 부처이다.

51) 오ᄂᆞᆳ 일: 오늘의 일. 바리를 쓸 일이 있는 일을 이른다.

52) 기드리ᅀᆞᆸ더니: 기드리(기다리다, 待)- + -ᅀᆞᇦ(객높)- + -더(회상)- + -니(평종, 반말)

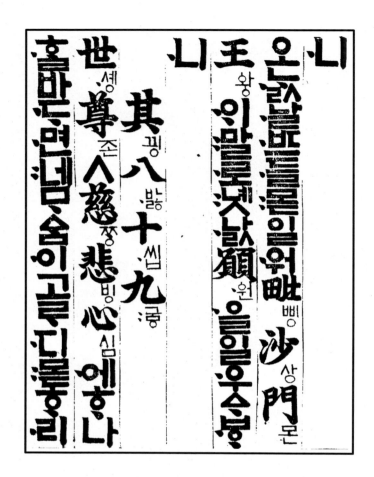

오늘날에 (부처께 바리를 바치는) 뜻을 못 이루어 (곤란하더니), 毗沙門王(비사문왕)의 말로써 옛날의 願(원)을 이루었으니.

기팔십구(其八十九)

世尊(세존)의 慈悲心(자비심)에 (사천왕이 준 바리 중에서) 하나를 (세존이)받으면, (사천왕의) 네 마음이 고르지 못하리.

오늜날 뜨들[53] 몯 일워 毗뼁沙샹門몬王왕[54]이 말로 넷낤 願원을 일
우ᅀᆞᆸ니[55]

　　其끵八밣十씹九굴

世셍尊존ㅅ 慈쫑悲빙心심[56]에 ᄒᆞ나흘[57] 바ᄃ면 네 ᄆᆞᅀᆞᆷ이 고ᄅᆞ디[58]
몯ᄒᆞ리[59]

---

53) 뜨들: 뜯(뜻, 意) + -을(목조) ※ 이때의 '뜯'은 '흥정바치들이 오늘날에 부처께 바리를 바치는 뜻'이다.
54) 毗沙門王: 비사문왕. 수미산(須彌山) 중턱 제4층의 수정타(水精埵)에 있는 사천왕(四天王)의 하나이다. 늘 부처의 도량(道場을 수호(守護)하면서 불법(佛法)을 들었으므로, '다문천(多聞天)' 이라고도 한다.
55) 일우ᅀᆞᆸ니: 일우[이루다, 成: 일(이루어지다, 成: 자동)- + -우(사접)-] + -ᅀᆞᆸ(←-ᅀᆞ-: 객높)- + -Ø(과시)- + -ᄋᆞ니(평종, 반말)
56) 慈悲心: 자비심. 중생을 사랑하고 가엾게 여기는 마음이다.
57) ᄒᆞ나흘: ᄒᆞ나ㅎ(하나, 一: 수사, 양수) + -을(목조)
58) 고ᄅᆞ디: 고ᄅᆞ(고르다, 평온하다, 調)- + -디(-지: 연어, 부정)
59) 몯ᄒᆞ리: 몯ᄒᆞ[못하다, 不能(보용, 부정): 몯(못, 不能: 부사, 부정) + -ᄒᆞ(동접)-] + -리(평종, 반말, 미시)

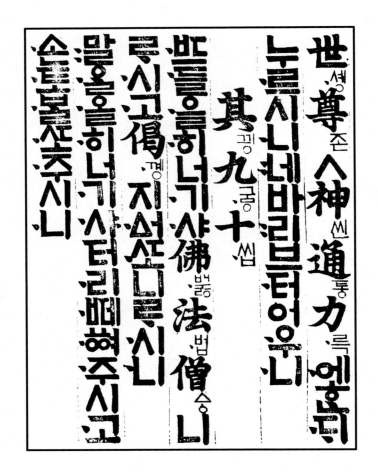

世尊(세존)의 神通力(신통력)에 (바리를) 한데 (모아 놓고) 누르시니 네 바리가 (한데) 붙어서 합쳐졌으니.

第九十(제구십)

(세존이 두 흥정바치의) 뜻을 옳게 여기시어 佛法僧(불법승)을 이르시고 偈(게)를 지어 또 이르셨으니.

(세존이 두 흥정바치의) 말을 옳게 여기시어 털을 떼쳐 주시고 손톱을 또 주셨으니.

世_솅尊_존ㅅ 神_씬通_통力_륵에 ᄒᆞᆫ딕⁶⁰⁾ 누르시니⁶¹⁾ 네 바리 브터⁶²⁾ 어우니⁶³⁾

其_끵九_귤十_씹

ᄠᅳ들⁶⁴⁾ 을히⁶⁵⁾ 너기샤⁶⁶⁾ 佛_뿛法_법僧_승⁶⁷⁾ 니ᄅᆞ시고 偈_꼥⁶⁸⁾ 지서⁶⁹⁾ ᄯᅩ⁷⁰⁾ 니ᄅᆞ시니⁷¹⁾

말을 올히 너기샤 터리⁷²⁾ ᄢᅦ혀⁷³⁾ 주시고 손토ᄇᆞᆯ⁷⁴⁾ ᄯᅩ 주시니⁷⁵⁾

---

60) ᄒᆞᆫ딕: [함께, 한데, 同(부사): ᄒᆞᆫ(한, 一: 관사, 양수) + 딕(데, 곳: 의명)]

61) 누르시니: 누르(누르다, 押)- + -시(주높)- + -니(연어, 설명 계속)

62) 브터: 븥(붙다, 附)- + -어(연어)

63) 어우니: 어우(← 어울다: 어울리다, 합하다, 合)- + -Ø(과시)- + -니(평종, 반말)

64) ᄠᅳ들: ᄠᅳᆮ(뜻, 意) + -을(목조) ※ 이때의 'ᄠᅳᆮ'은 두 흥정바치의 뜻이다.

65) 을히: 을히[← 올히(옳이, 옳게, 是: 부사): 옳(옳다, 是: 형사)- + -이(부접)] ※ '을히'는 '올히'를 오각한 형태이다.

66) 너기샤: 너기(여기다, 念)- + -샤(← -시-: 주높)- + -Ø(← -아: 연어)

67) 佛法僧: 불법승. 삼보(三寶)인 '부처, 교법, 승려'를 아울러 이르는 말이다.

68) 偈: 게. 부처의 공덕이나 가르침을 찬탄하는 노래 글귀이다.(= 가타, 伽陀)

69) 지서: 짓(← 짓다, ㅅ불: 짓다, 作)- + -어(연어)

70) ᄯᅩ: 또, 又(부사)

71) 니ᄅᆞ시니: 니ᄅᆞ(이르다, 曰)- + -시(주높)- + -Ø(과시)- + -니(평종, 반말)

72) 터리: 털, 毛.

73) ᄢᅦ혀: ᄢᅦ혀[빼치다, 分): ᄢᅦ(빼다, 分: 불어)- + -혀(강접)-]- + -어(연어) ※ 'ᄢᅦ혀다'는 'ᄢᅦ다'의 강조 형태이다. 15세기 국어에서 'ᄢᅦ다'의 형태가 발견되지 않으나, 현대 국어의 '떼다'를 감안하면 'ᄢᅦ혀다'가 'ᄢᅦ다'에서 파생 되었음을 짐작할 수 있다.

74) 손토ᄇᆞᆯ: 손톱[손톱, 爪: 손(손, 手) + 톱(톱, 鋸)] + -ᄋᆞᆯ(목조)

75) 주시니: 주(주다, 授)- + -시(주높)- + -Ø(과시)- + -니(평종, 반말)

其九十一(기구십일)

　無量劫(무량겁) 위에 (세존이) 燃燈如來(연등여래)를 보아서 菩提心(보리심)으로 出家(출가)하시더니.
　한 낱의 머리털을 모든 하늘이 얻어서 十億(십억) 天(천)에 供養(공양)하였으니.

其끵九굴十씹一힗

無뭉量량劫겁[76] 우희[77] 燃션燈등如셩來링ㄹ[78] 보ᅀᆞᄫᅡ[79] 菩뽕提뗑心심[80]ᄋ
로 出츓家강ᄒᆞ더시니[81]

ᄒᆞᆫ 낱[82] 머릿터러글[83] 모든[84] 하늘히 얻ᄌᆞᄫᅡ[85] 十씹億흑 天텬[86]에
供공養양ᄒᆞᅀᆞᄫᅵ니[87]

---

76) 無量劫: 무량겁. 헤아릴 수 없는 긴 시간이다. 또는 끝이 없는 시간이다.

77) 우희: 우ㅎ(위, 上)+-의(-에: 부조, 위치, 시간)

78) 燃燈如來ㄹ: 燃燈如來(연등여래)+-ㄹ(←-를: 목조) ※ '燃燈如來(연등여래)'는 아승기 전세겁
에 석가모니에게 미래에 성불(成佛)한다고 예언을 한 부처이다.

79) 보ᅀᆞᄫᅡ: 보(보다, 見)-+-ᅀᆞᆸ(←-ᄉᆞᆸ-: 객높)-+-아(연어)

80) 菩提心: 보리심. 불도의 깨달음을 얻고 그 깨달음으로써 널리 중생을 교화하려는 마음이다.

81) 出家ᄒᆞ더시니: 出家ᄒᆞ[출가하다: 出家(출가: 명사)+-ᄒᆞ(동접)-+-더(회상)-+-시(주높)-+
-Ø(과시)-+-니(평종, 반말)

82) ᄒᆞᆫ 낱: ᄒᆞᆫ(한, 一: 관사, 양수) # 낱(낱, 箇: 의명)

83) 머릿터러글: 머릿터럭[머리털: 머리(머리, 頭)+-ㅅ(관조, 사잇)+터럭(털, 毛)]+-을(목조)

84) 모든: [모든, 全(관사): 몯(모이다, 集: 자동)-+-은(관전▷관접)]

85) 얻ᄌᆞᄫᅡ: 얻(얻다, 得)-+-ᄌᆞᆸ(←-ᄌᆞᆸ-: 객높)-+-아(연어)

86) 十億 天: 十億(십억: 관사, 양수) # 天(천, 하늘) ※ '十億 天(십억 천)'은 십억이나 되는 천신(天
神)을 이른다.

87) 供養ᄒᆞᅀᆞᄫᅵ니: 供養ᄒᆞ[공양하다: 供養(공양: 명사)+-ᄒᆞ(동접)-]+-ᅀᆞᆸ(←-ᄉᆞᆸ-: 객높)-+-Ø
(과시)-+-ᄋᆞ니(평종, 반말)

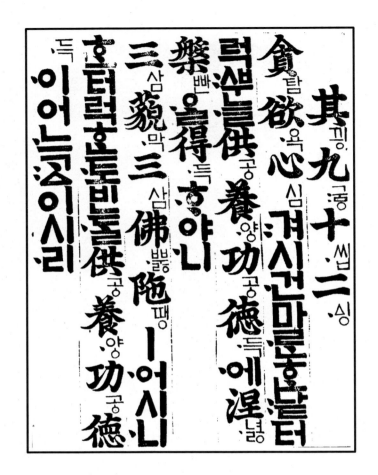

其九十二(기구십이)

(세존이) 貪欲心(탐욕심)이 있으시건마는 한 낱(個)의 털만을 供養(공양)한 功德(공덕)에 涅槃(열반)을 得(득)하였으니.

(세존이) 三藐三佛陀(삼막삼불타)이시니 (흥정바치들이) 한 낱(個)의 털과 한 낱의 손발톱인들 供養(공양)한 功德(공덕)이 어찌 끝이 있으리?

其끵九굴十씹二싱

貪탐慾욕心심[88] 겨시건마른[89] 훈 낟 터럭 섄늘[90] 供공養양 功공德득
에 涅넗槃빤을 得득ᄒ야니[91]

三삼藐막三삼佛뿛陁땅ㅣ어시니[92] 훈 터럭 훈 토빈들[93] 供공養양 功공
德득이 어느[94] ᄀ[95] 이시리[96]

---

88) 貪慾心: 탐욕심. 탐욕을 내는 마음이다.

89) 겨시건마른: 겨시(계시다, 있으시다, 有)- + -건마른(-건마는: 연어, 인정 대조) ※ 원문을 직역하면 '계시건마는'이나 현대 어법에 맞게 '있으시건마는'으로 의역하여서 옮긴다.

90) 섄늘: 샌(뿐: 의명, 한정) + -을(목조)

91) 得ᄒ야니: 得ᄒ[득하다: 得(득: 불어) + -ᄒ(동접)-]- + -Ø(과시)- + -야(←-아-: 확인)- + -니(평종, 반말)

92) 三藐三佛陁ㅣ어시니: 三藐三佛陁(삼먁삼불타) + -ㅣ(←-이-: 서조)- + -시(주높)- + -어…니(←-거니: 연어, 설명 계속) ※ '三藐三佛陁(삼먁삼불타)'는 부처 십호(十號)의 하나이다. 부처님이 깨달은 지혜(知慧), 곧 부처의 깨달음인 정등각(正等覺)이다.

93) 토빈들: 톱(손발톱, 爪) + -인들(보조사, 불구, 양보) ※ 이 문장에서 생략된 주어는 '흥정바지들히'이며 '토빈들'은 목적어로 쓰였다. 따라서 '-인들'은 목적어인 '톱'에 붙어서 '불구'나 '양보'의 뜻을 더하는 보조사로 처리한다.

94) 어느: 어찌, 何(부사)

95) ᄀ: 가(← ᄀ: 가, 邊)

96) 이시리: 이시(있다, 有)- + -리(평종, 반말, 미시)

如來(여래)가 成道(성도)하신 두 이레째에 他化自在天宮(타화자재천궁)에 가
시어, 天王(천왕)을 위하여 十地經(십지경)을 說法(설법)하셨니라. ○ 如來(여
래)가 菩提樹(보리수)에 계시다가 '差梨尼迦(차리니가)이다.' 하는 수풀에 옮
아가시어 結跏趺坐(결가부좌)하여 있으시더니, 北天竺國(북천축국)의

如_셩來_링 成_쎵道_뜰ᄒ신⁹⁷⁾ 두 닐웻자히⁹⁸⁾ 他_탕化_황自_{ᄍᆞ}在_찡天_텬宮_궁⁹⁹⁾에 가샤 天_텬王_왕¹⁰⁰⁾ 爲_윙ᄒ야 十_씹地_띵經_경¹⁾을 說_쉻法_법ᄒ시니라 ○ 如_셩來_링 菩_뽕提_똉樹_쓩²⁾에 겨시다가 差_챵梨_링尼_닝迦_강ㅣ라³⁾ 홀⁴⁾ 수프레⁵⁾ 올마가샤⁶⁾ 結_겷加_강趺_붕坐_쫭ᄒ얫더시니⁷⁾ 北_북天_텬쓩_듁國_귁⁸⁾

---

97) 成道ᄒ신: 成道ᄒ[성도하다: 成道(성도: 명사) + -ᄒ(동접)-]- + -시(주높)- + -Ø(과시)- + -ㄴ (관전) ※ '成道(성도)'는 깨달아 부처가 되는 일이다. 여기서는 특히 석가모니가 음력 12월 8일에 보리수 아래서 큰 도(道)를 이룬 일을 이른다.

98) 닐웻자히: ① 닐웻자히[이레째, 第七日: 닐웨(이레, 七日) + -ㅅ(사잇, 관조) # 자히(-째: 접미, 서수)] ② 닐웨(이레, 七日) + -ㅅ(-의: 관조) # 자히(채: 의명)

99) 他化自在天宮: 타화자재천궁. 욕계천의 임금인 마왕(魔王)이 사는 궁궐이다. ※ '他化自在天宮 (타화자재천)'은 육욕천(六欲天)의 하나이다. 욕계(欲界) 육천(六天) 중(中) 최상위로서, 여기에 태어난 자는 다른 이의 즐거움을 자유(自由)로이 자기(自己)의 즐거움으로 만들어 즐길 수가 있다고 한다. 또는 이 천(天)은 마왕(魔王)이 사는 거처(居處)라고도 한다.

100) 天王: 타화재천의 마왕(魔王)을 이른다.

1) 十地經: 십지경. 불경(佛經)의 하나인 『화엄경(華嚴經)』 중 십지보살(十地菩薩)이 수행(修行)하는 상태를 말한 십지품(十地品)에 해당하는 같은 내용을 다룬 단일 불교 경전이다. '십주경(十住經)'이라고도 한다.

2) 菩提樹: 보리수. 석가모니가 그 아래에서 변함없이 진리를 깨달아 불도(佛道)를 이루었다고 하는 나무이다.

3) 差梨尼迦ㅣ라: 差梨尼迦(차리니가) + -ㅣ(←-이-: 서조)- + -Ø(현시)- + -라(←-다: 평종) ※ '差梨尼迦(차리니가)'는 부처가 성도(成道)하고 나서 49일이 지난 뒤에 가서 가부좌(跏趺坐)를 하고 앉아 있었다는 수풀이다.

4) 홀: ᄒ(← ᄒ다: 하다, 名)- + -오(대상)- + -ㅭ(관전)

5) 수프레: 수플[수풀, 林: 숲(숲, 林) + 플(풀, 草)] + -에(부조, 위치)

6) 올마가샤: 알마가[옮아가다, 移: 옮(옮다, 移)- + -아(연어) + 가(가다, 行)-]- + -샤(←-시-: 주높)- + -Ø(←-아: 연어)

7) 結加趺坐ᄒ얫더시니: 결가부좌ᄒ[결가부좌하다: 結加趺坐(결가부좌: 명사) + -ᄒ(동접)-]- + -야(←-아: 연어) + 잇(← 이시다: 있다, 보용, 완료 지속)- + -더(회상)- + -시(주높)- + -니(연어, 설명 계속) ※ '結加趺坐ᄒ얫더시니'는 結加趺坐ᄒ야 잇더시니'가 축약된 형태이다. ※ '結加趺坐ᄒ얫더시니'는 結加趺坐ᄒ야 잇더시니'가 축약된 형태이다. ※ '結跏趺坐(결가부좌)'는 부처의 좌법(坐法)으로 좌선할 때 앉는 방법의 하나. 왼쪽 발을 오른쪽 넓적다리 위에 놓고 오른쪽 발을 왼쪽 넓적다리 위에 놓고 앉는 것을 길상좌라고 하고 그 반대를 항마좌라고 한다. 손은 왼 손바닥을 오른 손바닥 위에 겹쳐 배꼽 밑에 편안히 놓는다.

8) 北天쓩國: 북천축국. 북인도(北印度)를 이른다.

두 홍정바치【天竺國(천축국)이 다섯이니, 이는 北天竺國(북천축국)이다. 】
이름이 帝梨富娑(제리부사)와 跋梨迦(발리가)가 智慧(지혜)가 많고 뜻이 正
(정)한 사람이더니, 中天竺(중천축)으로부터서 五百(오백) 수레에 種種(종
종)의 재물을 싣고 北天竺(북천축)에 돌아가느라고 하여, 如來(여래)가 계
신 수풀에 가까이

두   홍정바지[9]【天텬쯩듁國귁이 다ᄉᆞ시니[10] 이ᄂᆞᆫ 北븍天텬쯩듁國귁이라 】 일

후미[11]   帝뎅梨링富붕娑상[12]와   跋빯梨링迦강왜[13]   智딩慧휑   하고[14]   ᄠᅳ디[15]

正졍ᄒᆞᆫ   사ᄅᆞ미러니[16]   中듕天텬쯩듁으로셔[17]   五옹百ᄇᆡᆨ   술위예[18]   種죵種죵

앳[19]   천량[20]   싣고   北븍天텬쯩듁에   도라가노라[21]   ᄒᆞ야   如ᅀᅧ來링   겨신

수프레   갓가비[22]

---

9) 홍정바지: 홍정바지[홍졍바치, 장사치, 商主: 홍정(흥정, 商) + 바지(기술자, 전문가, 匠)] + -∅
(←-이: 주조)

10) 다ᄉᆞ시니: 다ᄉᆞᆺ(다섯, 五: 수사, 양수) + -이(서조)- + -니(연어, 설명 계속)

11) 일후미: 일훔(이름, 名) + -이(주조)

12) 帝梨富娑: 제리부사. 상인의 이름이다. 북인도 사람이라고도 하고, 우트칼라(Utkala) 사람이라
고도 한다. 세존은 그들에 대하여 처음으로 인간에 나고 천상에 나는 가르침을 설하고, 또 머
리카락과 손톱을 주어 탑을 만들게 했다고 한다. 발리가(跋梨迦)와 함께 제위파리(提謂波利)라
고도 한다. 부처님이 성도(成道)한 뒤에 차리니가 숲에서 이 두 사람이 공양을 처음 올리고 최
초의 우바새(優婆塞)가 되었다.

13) 跋梨迦왜: 跋梨迦(발리가: 인명) + -와(접조) + -ㅣ(←-이: 주조) ※ '跋梨迦(발리가)'는 위의
설명과 같다. ※ 여기서 '두 홍정바지 일후미 帝梨富娑와 跋梨迦왜 智慧 하고'에서는 중세 국
어의 특수한 명명법(命名法) 표현이 쓰였다. 이 문장은『불본행집경, 佛本行集經』에 기술된
"從北天竺 有二商主 一名帝梨富娑 二命跋梨迦 彼二商主 有多智惠"를 번역한 것이다. 이 부분
을 직역하면 "북천축으로부터 온 두 홍정바치가 있는데, 하나는 帝梨富娑라 하고 둘은 跋梨迦
라고 한다. 그 두 홍정바치가 지혜가 많고"가 된다. 이를 참고하여『월인석보』의 문장을 문법
규칙에 맞게 바로잡으면, '두 홍정바지【 두 홍정바지 일후미 帝梨富娑와 跋梨迦왜라 】 智慧
하고'가 된다. 이렇게 바로잡은 문장을 현대어로 옮기면 "두 홍정바치가【 두 홍정바치의 이름
이 帝梨富娑와 跋梨迦이다.】智慧가 많고"가 된다.

14) 하고: 하(많다, 多)- + -고(연어, 나열)

15) ᄠᅳ디: ᄠᅳᆮ(뜻, 意) + -이(주조)

16) 사ᄅᆞ미러니: 사ᄅᆞᆷ(사람, 人) + -이(서조)- + -러(←-더-: 회상)- + -니(연어, 설명 계속)

17) 中天竺으로셔: 中天竺(중천축, 중인도: 지명) + -으로(부조, 방향) + -셔(-서: 위치 강조)

18) 술위예: 술위(수레, 車) + -예(←-에: 부조, 위치)

19) 種種앳: 種種(종종) + -애(-에: 부조, 위치) + -ㅅ(-의: 관조) ※ '種種앳'은 '갖가지의'로 의역
하여 옮긴다.

20) 천량: 재물, 화물, 貨物.

21) 도라가노라: 도라가[돌아가다, 還: 돌(돌다, 廻)- + -아(연어) + 가(가다, 行)-]- + -노라(-느라
고: 연어, 목적)

22) 갓가비: [가까이, 近(부사): 갓갑(← 갓갑다, ㅂ불: 가깝다, 近, 형사)- + -이(부접)]

지나가더라. 저 홍정바치들이 항상 두 길든 소를 앞세워서 움직이더니,
差梨尼迦(차리니가)의 林神(임신)이 그 소를 잡아 못 가게 하거늘【林神
(임신)은 수풀의 神靈(신령)이다.】, 두 홍정바치가 優鉢羅花(우발라화)의 줄
기로 (소를) 치되 (소가) 아니 걸으며, 五百(오백) 수레의 소도 다 걷지 아
니하며, 수레에 실은 연장이 다 망가지거늘,

디나가더라 뎌²³⁾ 홍졍바지들히²⁴⁾ 샹녜²⁵⁾ 두 질든²⁶⁾ 쇼를²⁷⁾ 앏셰여²⁸⁾ ᄒᆞ니더니²⁹⁾ 差_챵梨_링尼_닝迦_강 林_림神_씬³⁰⁾이 그 쇼를 자바 몯 가게 ᄒᆞ야늘³¹⁾【林_림神_씬은 수픐³²⁾ 神_씬靈_령이라】 두 홍졍바지 優_ᅙ鉢_밣羅_랑花_황³³⁾ㅅ 줄기로 툐ᄃᆡ³⁴⁾ 아니 거르며³⁵⁾ 五_{ᅌᅮ}百_빅 술윗³⁶⁾ 쇼도 다 걷디 아니ᄒᆞ며 술윗 연자이³⁷⁾ 다 ᄒᆞ야디거늘³⁸⁾

---

23) 뎌: 저, 彼(관사, 지시, 정칭)

24) 홍졍바지들히: 홍졍바지들ㅎ[홍졍바치들, 商主等: 홍졍(홍졍, 商) + 바지(기술자, 전문가, 匠) + -들ㅎ(-들: 복접)] + -이(주조)

25) 샹녜: 늘, 항상, 恒(부사)

26) 질든: 질드[← 질들다, 馴, 調伏: 질(길, 馴: 명사) + 들(들다, 入: 동사)-]- + -Ø(과시)- + -ㄴ(관전)

27) 쇼를: 쇼(소, 牛) + -를(목조)

28) 앏셰여: 앏셰[앞세우다, 在先行: 앏(← 앒: 앞, 先, 명사) + 셔(서다, 立: 동사)- + -ㅣ(← -이-: 사접)-]- + -여(← -어: 연어)

29) ᄒᆞ니더니: ᄒᆞ니(움직이다, 動)- + -더(회상)- + -니(연어, 설명 계속)

30) 林神: 임신. 수풀의 신령(神靈)이다.

31) ᄒᆞ야늘: ᄒᆞ(하다: 보용, 사동)- + -야늘(← -아늘: 연어, 상황)

32) 수픐: 수플[수풀, 林: 슿(슿, 林) + 플(풀, 草)] + -ㅎ(-의: 관조)

33) 優鉢羅花: 우발라화. 푸른 연꽃. 청련화(靑蓮花).

34) 툐ᄃᆡ: 티(치다, 打)- + -오ᄃᆡ(-되: 연어, 설명 계속)

35) 거르며: 걸(← 걷다, ㄷ불: 걷다, 步)- + -으며(연어, 나열)

36) 술윗: 술위(수레, 車) + -ㅅ(-의: 관조)

37) 연자이: 연장(연장, 차림, 治裝) + -이(주조)

38) ᄒᆞ야디거늘: ᄒᆞ야디(헐어지다, 해지다, 망가지다, 壞)- + -거늘(연어, 상황)

두 홍정바치들이 두려워서 서로 이르되 "어떤 厄(액)을 相逢(상봉)하였느냐?" 하고 【相逢(상봉)은 서로 만나는 것이니, '厄(액)과 내가 서로 만났다.' 한 뜻이다. 】, 各各(각각) 合掌(합장)하여 諸天(제천)과 諸神(제신)께 빌더니, 그 수풀의 神靈(신령)이 現身(현신)하여 이르되 "너희가 두려워 말라. 여기에 如來(여래) 世尊(세존)인 阿羅呵(아라가)가

두 흥정바지들히 두리여³⁹⁾ 서르⁴⁰⁾ 닐오딕⁴¹⁾ 엇던⁴²⁾ 厄_힉⁴³⁾을 相_샹逢_뽕ᄒ야뇨⁴⁴⁾ ᄒ고【相_샹逢_뽕은 서르 맛날⁴⁵⁾ 씨니 厄_힉과 나왜⁴⁶⁾ 서르 맛나다 혼 ᄠᅳ디라】各_각各_각 合_햅掌_쟝ᄒ야 諸_졍天_텬과 諸_졍神_씬끠 비ᅀᅳᆸ더니⁴⁷⁾ 그 수픐 神_씬靈_령이 現_현身_신ᄒ야⁴⁸⁾ 닐오딕 너희⁴⁹⁾ 두리여 말라⁵⁰⁾ 이어긔⁵¹⁾ 如_셩來_링⁵²⁾ 世_솅尊_존⁵³⁾ 阿_항羅_랑呵_항⁵⁴⁾

---

39) 두리여: 두리(두려워하다, 恐)- + -여(← -어: 연어)

40) 서르: 서로, 相(부사)

41) 닐오딕: 닐(← 니ᄅ다: 이르다, 謂言)- + -오딕(-되: 연어, 설명 계속)

42) 엇던: 어떤, 何(관사, 지시, 미지칭)

43) 厄: 액. 모질고 사나운 운수이다.

44) 相逢ᄒ야뇨: 相逢ᄒ[상봉하다, 만나다: 相逢(상봉: 명사) + -ᄒ(동접)-]- + -∅(과시)- + -야(← -아-: 확인)- + -뇨(-느냐: 의종, 설명)

45) 맛날: 맛나[만나다, 遇: 맛(← 맞다: 맞다, 迎)- + 나(나다, 現)-]- + -ㄹ(관전)

46) 나왜: 나(나, 我: 인대, 1인칭) + -와(접조) + -ㅣ(← -이: 주조)

47) 비ᅀᅳᆸ더니: 비(← 빌다: 빌다, 祈)- + -ᅀᅳᆸ(객높)- + -더(회상)- + -니(연어, 설명 계속)

48) 現身ᄒ야: 現身ᄒ[현신하다: 現身(현신: 명사) + -ᄒ(동접)-]- + -야(← -아: 연어) ※ '現身(현신)'은 부처가 중생을 제도하기 위하여 중생의 기근(機根)에 맞는 모습으로 나타나는 것이다.

49) 너희: 너희[너희, 汝等: 너(너, 汝: 인대, 2인칭) + -희(복접)]- + -∅(← -이: 주조)

50) 말라: 말(말다, 勿)- + -라(명종)

51) 이어긔: 여기, 此(지대, 정칭)

52) 如來: 여래. 여래 십호의 하나이다. 진리로부터 진리를 따라서 온 사람이라는 뜻으로 '부처(佛)'를 달리 이르는 말이다.

53) 世尊: 세존. '석가모니'의 다른 이름이다. 세상에서 가장 존귀한 존재라는 뜻이다.

54) 阿羅呵: 아라가(= 아라하). 부처 십호(十號)의 하나이다. '응공(應供)·응진(應眞)·무학(無學)·이악(離惡)·살적(殺賊)·불생(不生)'이라고 번역한다. 마땅히 공양을 받아야 하므로 '응공(應供)'이라고 하며, 진리에 따르므로 '응진(應眞)'이라고 하며, 더 닦을 것이 없으므로 '무학(無學)'이라고 하며, 악을 멀리 떠났으므로 '이악(離惡)'이라고 하며, 번뇌라는 적을 죽였으므로 살적(殺賊)이라고 하며, 미혹한 마음을 일으키지 않으므로 '불생(不生)'이라고 한다.

羅랑呵ᅘᅡᆼ三삼藐막三삼佛뿛陁땅ㅣ 無뭉上썅菩뽕提똉ᄅᆞᆯ 비르서 일우샤 수프레 겨시니【阿ᅙᅡᆼ羅랑呵ᅘᅡᆼᄂᆞᆫ 東동土통ㅅ 마래 應ᅙᅳᆼ供공이니 一ᅙᅵᇙ切쳉 天텬地띵 衆즁生ᅀᆡᆼ의 供공養ᅇᅣᆼ을 바ᄃᆞᆯ 시다 ᄒᆞ논 ᄠᅳ디라 三삼藐막三삼佛뿛陁ᄂᆞᆫ 東동土통ㅅ 마래 正졍한 正졍編변知딩니 法법이 아니 ᄒᆞᆯᄊᆡ 正졍이오 智딩慧ᅘᆐᆼ 다 ᄀᆞ초실ᄊᆡ 編변이오 生ᅀᆡᆼ死ᄉᆞㅅ 메 나실ᄊᆡ 知딩라】 得득道ᄯᅩᇢ하샨디 마ᄉᆞᆫ 아ᄒ

三藐三佛陁(삼먁삼불타)가 無上菩提(무상보리)를 처음 이루시어 수풀에 계시니【阿羅呵(아라가)는 東土(동토)의 말에 '應供(응공)'이니, '一切(일체)의 天地(천지) 衆生(중생)의 供養(공양)을 받으시는 것이 마땅하시다.'라 하는 뜻이다. '三藐三佛陁(삼먁삼불타)'는 東土(동토)의 말에 正(정)한 正遍知(정변지)니, 法(법)이 그르지 아니하므로 正(정)이요, 智慧(지혜)가 다 갖추어져 있으시므로 遍(변)이요, 生死(생사)의 꿈에 나시므로 知(지)이다.】, 得道(득도)하신 지가 마흔 아흐레이되

三삼藐막三삼佛뿛陁땅ㅣ⁵⁵⁾ 無뭉上쌍菩뽕提똉⁵⁶⁾를 처섬⁵⁷⁾ 일우샤 수프레 겨시니【阿항羅랑阿항ᄂᆞᆫ 東동土통⁵⁸⁾ㅅ 마래 應ᅙᅳᆼ供공⁵⁹⁾이니 一힗切촁 天텬地띵 衆즁生ᄉᆡᆼ이 供공養양ᄋᆞᆯ 바ᄃᆞ샤미⁶⁰⁾ 맛당ᄒᆞ시다⁶¹⁾ ᄒᆞ논 ᄠᅳ디라 三삼藐막三삼佛뿛陁땅ᄂᆞᆫ 東동土통ㅅ 마래 正졍偏변知딩니⁶²⁾ 法법이 외디⁶³⁾ 아니홀씨 正졍이오 智딩慧ᅘᆒ 다 ᄀᆞᄌᆞ실씨⁶⁴⁾ 偏변이오 生ᄉᆡᆼ死ᄉᆞㅅ ᄭᅮ메⁶⁵⁾ 나실씨 知딩라】得득道똘ᄒᆞ샨⁶⁶⁾ 디⁶⁷⁾ 마ᅀᅵᆫ⁶⁸⁾ 아ᅙᆞ래로ᄃᆡ⁶⁹⁾

---

55) 三藐三佛陁ㅣ: 三藐三佛陁(삼먁삼불타) + -ㅣ(←-이: 주조) ※ '三藐三佛陁(삼먁삼불타)'는 부처 십호(十號)의 하나이다. '정변지(正遍知)·정등각(正等覺)·등정각(等正覺)'으로 번역하는데, 부처 님이 깨달은 지혜(知慧), 곧 부처의 깨달음인 정등각을 이른다. ※ 문맥상 '三藐三佛陁'의 뒤에 주격 조사의 변이 형태인 '-ㅣ'가 거의 탈각되어서 희미한 흔적으로 보인다.

56) 無上菩提: 무상보리. 더할 나위 없이 훌륭한 부처의 깨달음이다.

57) 처섬: [처음, 初(명사): 첫(← 첫: 관사, 初) + -엄(명접)]

58) 東土: 동토. 중국에서 인도를 서천(西天)이라고 하는 데에 대하여, 인도에서 중국을 이르는 말 이다.

59) 應供: 응공. 여래 십호의 하나이다. 온갖 번뇌를 끊어서 인간과 천상(天上)의 모든 중생으로부 터 공양을 받을 만한 사람이라는 뜻으로, '부처'를 달리 이르는 말이다.

60) 바ᄃᆞ샤미: 받(받다, 受)- + -ᄋᆞ샤(←-ᄋᆞ시-: 주높)- + -ㅁ(←-옴: 명전) + -이(주조)

61) 맛당ᄒᆞ시다: 맛당ᄒᆞ[마땅하다: 맛당(마땅: 불어) + -ᄒᆞ(형접)-]- + -시(주높)- + -Ø(현시)- + -다(평종)

62) 正偏知니: 正偏知(정변지) + -Ø(←-이-: 서조)- + -니(연어, 설명 계속) ※ '正偏知(정변지)'는 여래 십호(如來十號)의 하나이다. 온 세상의 모든 일을 모르는 것 없이 바로 안다는 뜻으로, '부처'를 달리 이르는 말이다.

63) 외디: 외(그르다, 非)- + -디(-지: 연어, 부정)

64) ᄀᆞᄌᆞ실씨: ᄀᆞᆽ(갖추어져 있다, 備): 형사)- + -ᄋᆞ시(주높)- + -ㄹ씨(-므로: 연어, 이유)

65) ᄭᅮ메: 쑴[꿈, 夢: ᄭᅮ(꾸다, 夢: 동사)- + -ㅁ(명접)] + -에(부조, 위치)

66) 得道ᄒᆞ샨: 得道ᄒᆞ[득도하다: 得道(득도: 명사) + -ᄒᆞ(동접)-]- + -샤(←-시-: 주높)- + -Ø(과 시)- + -Ø(←-오-: 대상)- + -ㄴ(관전)

67) 디: 디(지: 의명, 시간의 동안) + -Ø(←-이: 주조)

68) 마ᅀᅵᆫ: 마흔, 四十(관사, 양수)

69) 아ᅙᆞ래로ᄃᆡ: 아ᅙᆞ래(아흐레, 九日: 명사) + -Ø(←-이-: 서조)- + -로ᄃᆡ(←-오ᄃᆡ: -되, 설명 계속)

供養(공양)할 이가 없으니, 너희가 남보다 가장 먼저 世尊(세존)께 가서 麨(초)와 酪(낙)과 蜜搏(밀단)으로 供養(공양)하면, 긴 밤에 便安(편안)하여 가장 좋은 일을 얻으리라.【麨(초)는 콩이며 쌀을 부수어 쪄 말린 것이요, 酪(낙)은 타락(駝酪)이요 蜜搏(밀단)은 꿀에 뭉친 것이다.】 그때에 두 흥정바 치가 五百(오백) 흥정바치를

供供養양ᄒᆞᅀᆞᄫᆞ리⁷⁰⁾ 업스니 너희 ᄂᆞ미 그에셔⁷¹⁾ ᄆᆞᆺ⁷²⁾ 몬져⁷³⁾ 世솅尊존끠 가ᅀᆞᄫᅡ⁷⁴⁾ 麨쵷⁷⁵⁾와 酪락⁷⁶⁾과 蜜밇搏꽌⁷⁷⁾으로 供공養양ᄒᆞᅀᆞᄫᆞ면 긴 바미⁷⁸⁾ 便뼌安한ᄒᆞ야 ᄀᆞ장 됴ᄒᆞᆫ 이를 어드리라【麨쵷ᄂᆞᆫ 콩이며 ᄡᆞ리며⁷⁹⁾ 붓아⁸⁰⁾ 뼈⁸¹⁾ 물왼⁸²⁾ 거시오 酪락ᄋᆞᆫ 타라기오⁸³⁾ 蜜밇搏꽌ᄋᆞᆫ ᄢᅮ레⁸⁴⁾ 뭉글⁸⁵⁾ 씨라⁸⁶⁾】 그 저긔 두 흥정바지 五옹百ᄇᆡᆨ 흥정바지

---

70) 供養ᄒᆞᅀᆞᄫᆞ리: 供養ᄒᆞ[공양하다: 供養(공양: 명사) + -ᄒᆞ(동접)-]- + -ᅀᆞ(←-ᅀᆞᇦ-: 객높)- + -올(관전) # 이(이, 者: 의명) + -Ø(←-이: 주조)

71) ᄂᆞ미 그에셔: 눔(남, 他) + -ᄋᆡ(관조) # 그에(거기에, 彼處: 의명, 위치) + -셔(-서: 보조사, 위치 강조) ※ 'ᄂᆞ미 그에셔'를 직역하면 '남에게서'로 옮겨야 하지만, 여기서는 문맥을 감안하여 '남보다'로 의역하여 옮긴다.

72) ᄆᆞᆺ: 가장, 最(부사)

73) 몬져: 먼저, 先(부사)

74) 가ᅀᆞᄫᅡ: 가(가다, 行)- + -ᅀᆞ(←-ᅀᆞᇦ-: 객높)- + -아(연어)

75) 麨: 초. 콩이나 쌀을 쪄서 말린 것이다.

76) 酪: 낙. 쇠젖(牛乳)이다.

77) 蜜搏: 밀단. 곡식 가루 등을 꿀에 뭉쳐서 말린 것이다.

78) 바미: 밤(밤, 夜) + -ᄋᆡ(-에: 부조, 위치)

79) ᄡᆞ리며: ᄡᆞᆯ(쌀, 米) + -이며(접조)

80) 붓아: 붓(← ᄇᆞᇫᄋᆞ다: 부수다, 碎)- + -아(연어)

81) 뼈: ᄢᅵ(찌다, 蒸)- + -어(연어)

82) 물왼: 물외[말리다, 마르게 하다, 乾: 물(← ᄆᆞᄅᆞ다: 마르다, 乾, 형사)- + -오(사접)- + -ㅣ(←-이-: 사접)]- + -Ø(과시)- + -ㄴ(관전)

83) 타라기오: 타락(타락, 젖기름, 駝酪) + -이(서조)- + -오(←-고: 연어, 나열)

84) ᄢᅮ레: ᄢᅮᆯ(꿀, 蜜) + -에(부조, 위치)

85) 뭉글: 뭉긔(뭉치다, 뭉개다, 搏)- + -ㄹ(관전)

86) 씨라: ㅆ(← ᄉᆞ: 것, 者) + -이(서조)- + -Ø(현시)- + -라(←-다: 평종)

드·리·고 如來··셰·가·아·머·리·조쫍·방
·저·녁·구·슬·혼·디·世尊·하·우·리·롤·어
영·비·너·기·샤·조·혼·麨酪蜜搏
·올·밤·쇼·셔·如來··너·기·샤·디·아·랫
諸佛·이바·리·로·바·다·좌·신··내
·이·제·므·스·그·로·바·다·먹·그·려·놓·더·시
·니·그·저·긔·四天王·이·各各
·각

데리고 如來(여래)께 가서 머리를 조아려 절하고 사뢰되 "世尊(세존)이시여, 우리를 불쌍히 여기시어 깨끗한 麨酪蜜搏(초락밀단)을 받으소서."如來(여래)가 여기시되 "예전의 諸佛(제불)이 바리로 받아 자시나니, 내 이제 무엇으로 받아 먹겠느냐?" 하시더니, 그때에 四天王(사천왕)이 各各(각각)

드리고⁸⁷⁾ 如_셩來_링씌 가아 머리 조쏘방⁸⁸⁾ 저숩고⁸⁹⁾ 슬보디 世_솅尊_존하⁹⁰⁾ 우리를 어엿비⁹¹⁾ 너기샤 조흔⁹²⁾ 麨_츓酪_락蜜_밇搏_빤⁹³⁾을 바드쇼셔⁹⁴⁾ 如_셩來_링 너기샤디 아랫⁹⁵⁾ 諸_졍佛_뿛이 바리로 바다 좌시ᄂ니⁹⁶⁾ 내 이제 므스그로⁹⁷⁾ 바다머그려뇨⁹⁸⁾ ᄒ더시니 그 저긔 四_숭天_텬王_왕이 各_각各_각

---

87) 드리고: 드리(데리다, 共)- + -고(연어, 나열, 계기)

88) 조쏘방: 좃(조아리다, 頂禮)- + -ᅀᆞᇦ(←-ᅀᆞᆸ-: 객높)- + -아(연어)

89) 저숩고: 저숩[(신이나 부처에게) 절하다: 저(← 절: 절, 拜, 명사) + -Ø(←-ᄒ-: 동접)- + -숩(객높)-]- + -고(연어, 나열, 계기) ※ '저숩다'는 '절ᄒ다'의 활용 형태인 '절ᄒ숩다'에서 동사 파생 접미사인 '-ᄒ-'가 탈락한 어형이다.

90) 世尊하: 世尊(세존) + -하(-이시여: 호조, 아주 높임)

91) 어엿비: [불쌍히, 憐(부사): 어엿ㅂ(← 어엿브다: 불쌍하다, 憐, 형사)- + -이(부접)]

92) 조흔: 좋(깨끗하다, 淨)- + -Ø(현시)- + -은(관전)

93) 麨酪蜜搏: 초락밀단. 소나 양의 젖에 꿀을 두고 뭉친 음식이다.

94) 바드쇼셔: 받(받다, 受)- + -ᄋ쇼셔(-으소서: 명종, 아주 높임)

95) 아랫: 아래(예전, 옛날, 昔) + -ㅅ(-의: 관조)

96) 좌시ᄂ니: 좌시[자시다: 좌(座) + -Ø(← ᄒ-: 동접)- + -시(주높)-]- + -ᄂ(현시)- + -니(연어, 설명 계속) ※ '좌시다'는 '좌ᄒ다'의 활용 형태인 '좌ᄒ시다'에서 동사 파생 접미사인 '-ᄒ-'가 탈락한 형태이다.

97) 므스그로: 므슥(무엇, 何: 지대, 미지칭) + -으로(부조, 방편)

98) 바다머그려뇨: 바다먹[받아먹다, 受食: 받(받다, 受)- + -아(연어) + 먹(먹다, 食)-]- + -으리(미시)- + -어(확인)- + -뇨(의종, 설명)

金(금) 바리를 가져와 사뢰되 "世尊(세존)이시여, 우리를 불쌍히 여기시어 이 바리로 받아 자시소서." 세존이 金(금) 바리를 아니 받으시거늘, 四天王(사천왕)이 金(금) 바리는 버리고 銀(은) 바리를 가져다가 먼저의 모양으로 사뢰어 바치거늘, 世尊(세존)이 또 아니 받으시니, 四天王(사천왕)이 玻瓈(파려), 瑠璃(유리),

金금 바리를 가져와 슬보디 世솅尊존하 우리를 어엿비 너기샤 이

바리로 바다 좌쇼셔[99] 世솅尊존이 아니 바다시늘[100] 四숭天텬王왕이

金금 바리란[1] 브리고[2] 銀은 바리를 가져다가[3] 몬졋[4] 양ᄋ로[5] 슬

봐 받ᄌᆞ바늘[6] 世솅尊존이 ᄯᅩ 아니 바ᄃ신대[7] 四숭天텬王왕이 玻팡璨

령[8] 瑠륳璃링[9]

---

99) 좌쇼셔: 좌[자시다: 좌(座) + -Ø(←-ᄒ-: 동접)-]- + -쇼셔(-소서: 명종, 아주 높임)

100) 바다시늘: 받(받다, 受)- + -시(주높)- + -아…늘(-거늘: 연어, 상황)

1) 바리란: 바리(바리, 鉢器) + -란(-는: 보조사, 주제, 대조)

2) 브리고: 브리(버리다, 棄)- + -고(연어, 나열, 계기)

3) 가져다가: 가지(가지다, 持)- + -어(연어) + -다가(보조사, 동작의 유지, 강조)

4) 몬졋: 몬져(먼저, 先) + -ㅅ(-의: 관조)

5) 양ᄋ로: 양(양, 모양, 모습, 樣: 의명) + -ᄋ로(부조, 방편)

6) 받ᄌᆞ바늘: 받(바치다, 奉上)- + -ᄌᆞᇦ(←-ᄌᆞᆸ-: 객높)- + -아늘(-거늘: 연어, 상황)

7) 바ᄃ신대: 받(받다, 受)- + -ᄋ시(주높)- + -ㄴ대(-는데, -니: 연어, 반응)

8) 玻璨: 파려(파리). 칠보(七寶)의 하나로서, '수정(水晶)'을 이르는 말이다.

9) 瑠璃: 유리. 유리. 인도의 고대 7가지 보배 중 하나로서, 산스크리트어로 바이두르야(vaidūrya)
라 한다. 묘안석의 일종으로, 광물학적으로는 녹주석이다. 청석(靑石) 보석이라고 하지만 여러
가지 빛깔이 있는 것으로 보아 묘안석(猫眼石)의 일종으로 생각된다. 광물학적으로는 녹주석
(綠柱石: 베릴)이라고 한다.

璃링赤쳑珠즁瑪망瑠륳碑쳥磲꺙바
리로 다 그 양ᄋᆞ로 받ᄌᆞᆸ다가 몯ᄒᆞ야 毗뼁
沙상門몬天텬王왕이 세 天텬王왕
ᄃᆞ려 닐오ᄃᆡ 녜 靑쳥色ᄉᆞᆨ諸졍天텬이
돌 바리 네흐로 우리를 주더니 그긔
호 天텬子ᄌᆞ毗뼁盧롱遮쟝那낭ㅣ라
호리ᄋᆞᄃᆡ 구 萬먼이 바리예 밥다

赤珠(적주), 瑪瑙(마노), 硨磲(차거)의 바리를 다 그 양으로 바치다가 못하여, 毗沙門天王(비사문천왕)이 세 天王(천왕)에게 이르되 "옛날에 靑色(청색) 諸天(제천)이 돌 바리 넷으로 우리를 주더니, 그때에 한 天子(천자)인 毗盧遮那(비로자나)라 하는 이가 이르되 '절대로 이 바리에 밥을 담아

赤_젹珠_즁[10] 瑪_망瑙_놀[11] 硨_챵磲_껑[12] 바리를 다 그 양ᅙ로 받ᄌᆞᆸ다가[13]
몯ᄒᆞ야 毗_삥沙_상門_몬天_텬王_왕[14]이 세 天_텬王_왕ᄃᆞ려[15] 닐오ᄃᆡ[16] 녜[17] 靑
_쳥色_{ᄉᆡᆨ} 諸_졍天_텬이 들[18] 바리 네호로[19] 우리를[20] 주더니 그 저긔
ᄒᆞᆫ 天_텬子_즁[21] 毗_삥盧_룽遮_쟝那_낭ㅣ 라[22] 호리[23] 닐오ᄃᆡ 千_쳔萬_먼[24] 이[25]
바리예 밥 다마[26]

---

10) 赤珠: 젹주. 칠보(七寶)의 하나로서, 붉은 진주이다.

11) 瑪瑙: 마노. 칠보(七寶)의 하나로서, 단백석(蛋白石), 옥수(玉髓)의 혼합물이다. 화학 성분은 송진과 같은 규산(硅酸)으로, 광택이 있고 때때로 다른 광물질이 스며들어 고운 적갈색이나 흰색 무늬를 띠기도 한다. 아름다운 것은 보석이나 장식품으로 쓰고, 그 외에는 세공물이나 조각의 재료로 쓴다.

12) 硨磲: 차거. 칠보(七寶)의 하나로서, 백산호(白珊瑚)이다. 산호과의 자포동물. 산호충과 비슷한데 가지가 적고, 가지의 끝은 모두 둥글며, 골격은 흰색이다. 주로 세공품을 만드는 데 쓰고 산호충보다 얕은 곳에서 사는데 우리나라 남해에 분포한다.

13) 받ᄌᆞᆸ다가: 받(바치다, 奉上)- + -ᄌᆞᆸ(객높)- + -다가(연어, 동작의 전환)

14) 毗沙門天王: 비사문천왕. 사천왕(四天王)의 하나이다.(= 多聞天王) 다문천을 다스려 북쪽을 수호하며 야차와 나찰을 통솔한다. 분노의 상(相)으로 갑옷을 입고서 왼손에 보탑(寶塔)을 받쳐 들고 오른손에 몽둥이를 들고 있다.

15) 세 天王ᄃᆞ려: 세(세, 三: 관사, 양수) # 天王(천왕) + -ᄃᆞ려(-더러, -에게: 부조, 상대) ※ 여기서 '세 天王'은 '四天王' 중에서 북쪽의 비사문천왕(毗沙門天王, 多聞天王)을 제외하고, 나머지 동쪽의 지국천왕(持國天王), 남쪽의 증장천왕(增長天王), 서쪽의 광목천왕(廣目天王)을 이른다.

16) 닐오ᄃᆡ: 닐(←니ᄅᆞ다: 이르다, 言)- + -오ᄃᆡ(-되: 연어, 설명 계속)

17) 녜: 옛날의, 예전의, 昔(관사)

18) 들: 들(←돌←돓: 돌, 石) ※ '들'은 '돌(石)'을 오각한 형태이다.

19) 네호로: 넿(넷, 四: 수사, 양수) + -으로(부조, 방편)

20) 우리를: 우리(우리, 我等) + -를(-에게: 목조, 보조사적 용법, 의미상 부사격)

21) 天子: 천자. 하느님의 아들이다.

22) 毗盧遮那ㅣ라: 毗盧遮那(비로자나: 인명) + -ㅣ(←-이-: 서조)- + -Ø(현시)- + -라(←-다: 평종) ※ '毗盧遮那(비로자나)'는 연화장 세계(蓮華藏世界)에 살며 그 몸은 법계(法界)에 두루 차서 큰 광명을 내비치어 중생을 제도하는 부처이다. 그리고 '연화장 세계(蓮華藏世界)'는 불교에서 그리는 세계의 모습으로서, 연꽃에서 태어난 세계 또는 연꽃 속에 담겨 있는 세계라는 뜻이다.

23) 호리: ᄒᆞ(←ᄒᆞ다: 하다, 名)- + -오(대상)- + -ㄹ(관전) # 이(이, 者: 의명) + -Ø(←-이: 주조)

24) 千萬: 천만. 절대로, 愼(부사)

25) 이: 이, 此(관사, 지시, 정칭)

26) 다마: 담(담다, 舍)- + -아(연어)

먹지 말고 塔(탑)같이 供養(공양)하라. 後(후)에 한 如來(여래)가 나시겠으니 (그) 이름이 釋迦牟尼(석가모니)이시겠으니, 그제야 그대들이 이 네 바리를 바쳐라.'하더니, 이제야말로 (그) 時節(시절)이구나."하고, 四天王(사천왕)이 各各(각각) (바리를) 하나씩 가져와 바치니【그 바리의 빛이 감파르더니, 하늘의 꽃을 가득히 담고 一切(일체)의 香(향)을 바르고 좋은 먹디 말오[27] 塔탑 ᄀᆞ티[28] 供공養양ᄒᆞ라 後ᅘᅮᇢ에 ᄒᆞᆫ 如ᅀᅧᆼ來ᄅᆡᆼ 나시리니[29] 일후미 釋셕迦강牟뭏尼닝시리니[30] 그제ᅀᅡ[31] 그듸내[32] 이 네 바리ᄅᆞᆯ 받ᄌᆞᄫᆞ라[33] ᄒᆞ더니 이제 時씽節졇이로다[34] ᄒᆞ고 四ᄉᆞᆼ天텬王왕이 各각各각 ᄒᆞ나콤[35] 가져와 받ᄌᆞᄫᆞᆫ대[36]【그 바릿 비치 감ᄑᆞᄅᆞ더니[37] 하ᄂᆞᇌ 곳[38] ᄀᆞᄃᆞ기[39] 담고 一ᅙᅵᇙ切촁 香향 ᄇᆞᄅᆞ고[40]

27) 말오: 말(말다, 勿: 보용, 부정)- + -오(← -고: 연어, 나열, 대조)
28) ᄀᆞ티: [같이, 如(부사): ᄀᆞᇀ(← ᄀᆞᆮᄒᆞ다: 같다, 如, 형사)- + -이(부접)]
29) 나시리니: 나(나다, 生)- + -시(주높)- + -리(미시)- + -니(연어, 설명 계속)
30) 釋迦牟尼시리니: 釋迦牟尼(석가모니) + -Ø(← -이-: 서조)- + -시(주높)- + -리(미시)- + -니(연어, 설명 계속) ※ '釋迦牟尼(석가모니)'는 불교의 개조(開祖)이다. 석가(釋迦)는 종족의 이름이고 모니(牟尼)는 성자(聖者)라는 뜻이니, 석가모니는 석가씨의 성자라는 뜻이다. 과거칠불의 일곱째 부처로, 세계 4대 성인의 한 사람이다. 기원전 624년에 지금의 네팔 지방의 카필라바스투 성에서 슈도다나와 마야 부인의 아들로 태어났으며, 29세 때에 출가하여 35세에 득도하였다. 그 후 녹야원에서 다섯 수행자를 교화하는 것을 시작으로 교단을 성립하였다. 45년 동안 인도 각지를 다니며 포교하다가 80세에 입적하였다.
31) 그제ᅀᅡ: 그제[그때, 爾時: 그(그, 彼: 관사) + 제(제, 때, 時: 의명)] + -ᅀᅡ(보조사, 한정 강조)
32) 그듸내: 그듸내[그대들, 汝等: 그(그, 彼: 지대, 정칭) + -듸(접미) + -내(복접, 높임)] + -Ø(← -이: 주조)
33) 받ᄌᆞᄫᆞ라: 받(바치다, 奉上)- + -ᄌᆞᇦ(← -ᄌᆞᇦ-: 객높)- + -ᄋᆞ라(명종)
34) 時節이로다: 時節(시절, 때, 時) + -이(서조)- + -Ø(현시)- + -로(← -도-: 감동)- + -다(평종)
35) ᄒᆞ나콤: ᄒᆞ나ㅎ(하나, 一: 수사, 양수) + -곰(-씩: 보조사, 각자)
36) 받ᄌᆞᄫᆞᆫ대: 받(바치다, 奉上)- + -ᄌᆞᇦ(← -ᄌᆞᇦ-: 객높)- + -ᄋᆞᆫ대(-는데, -니: 연어, 반응)
37) 감ᄑᆞᄅᆞ더니: 감ᄑᆞᄅᆞ[감파르다, 紺靑: 감(감다, 紺)- + ᄑᆞᄅᆞ(푸르다, 靑)-]- + -더(회상)- + -니(연어, 설명 계속) ※ '감ᄑᆞᄅᆞ다'는 감은빛을 띠면서 푸른 것이다.
38) 곳: 곳(← 곶: 꽃, 花)
39) ᄀᆞᄃᆞ기: [가득히, 滿(부사): ᄀᆞᄃᆞᆨ(가득, 滿: 부사) + -Ø(← -ᄒᆞ-: 형접)- + -이(부접)]
40) ᄇᆞᄅᆞ고: ᄇᆞᄅᆞ(바르다, 塗)- + -고(연어, 나열, 계기)

호ᇰ류 둘토 호ᇰ고 가져와 받ᄌᆞᆸ 니라 世·셰 尊존 ·이

너·기샤·디 四·ᄉᆞᆼ 天텬 王와ᇰ ·이 조·ᄒᆞᆫ ᄆᆞ

ᄆᆞ·로 바리·를 ·주ᄂᆞ·니 ᄒᆞ나·ᄒᆞᆯ 받·ᄋᆞ·면 :세·히

슬·ᄎᆞ기 너·기·리로·다 ᄒᆞ·샤 :네 바·리·를 ·다

받·ᄌᆞ·ᄫᆞ·샤 왼소·내 ·포:쌓·ᄋᆞ시·고 올ᄒᆞᆫ소·ᄂᆞ·

·로 누·르시·니 神씬 通토ᇰ 力·륵 ·으·로 ᄒᆞᆫ·바·

·린·이 ·외·ᄒᆞ·디 :네 ·ᄀᆞᆷ·이 ·것ᄋᆞᆺ고·ᄒᆞ·송·더·라

좋은 풍류들로 供養(공양)하고 가져와 바쳤니라. 】 世尊(세존)이 여기시되 "四天王(사천왕)이 깨끗한 마음으로 바리를 주나니, 하나를 받으면 셋이 슬피 여기겠구나." 하시어, 네 바리를 다 받으시어 왼손에 포개어 쌓으시고 오른손으로 누르시니, 神通力(신통력)으로 한 바리가 되되 네 (개의) 금(線)이 분명하더라.

됴흔[41] 풍류돌ㅎ로[42] 供공養양ㅎ고 가져와 받ㅈᄫ니라[43] 】 世솅尊존이 너기샤
ᄃᆡ[44] 四ᄉᆞ天텬王왕이 조흔[45] ᄆᆞᅀᆞᄆᆞ로[46] 바리를 주ᄂᆞ니 ᄒᆞ나흘[47] 바
ᄃᆞ면 세히[48] 츠기[49] 너기리로다[50] ᄒᆞ샤 네 바리를 다 바ᄃᆞ샤 왼
소내[51] 포[52] 싸ᄒᆞ시고[53] 올흔소ᄂᆞ로[54] 누르시니[55] 神씬通통力륵으로
흔 바리 ᄃᆞ외요ᄃᆡ 네 그미[56] 글잇글잇ᄒᆞ더라[57]

---

41) 됴흔: 둏(좋다, 好)-+-Ø(현시)-+-은(관전)
42) 풍류돌ㅎ로: 풍류돌ㅎ[풍류들, 음악들: 풍류(풍류)+-돌ㅎ(-들: 복접)]+-ᄋᆞ로(부조, 방편)
43) 받ㅈᄫ니라: 받(바치다, 奉)-+-ᄌᆞᇦ(←-ᄌᆞᆸ-: 객높)-+-Ø(과시)-+-ᄋᆞ니(원칙)-+-라(←-다: 평종)
44) 너기샤ᄃᆡ: 너기(여기다, 念)-+-샤(←-시-: 주높)-+-ᄃᆡ(←-오ᄃᆡ: -되, 연어, 설명의 계속0
45) 조흔: 좋(깨끗하다, 淨)-+-Ø(현시)-+-은(관전)
46) ᄆᆞᅀᆞᄆᆞ로: ᄆᆞᅀᆞᆷ(마음, 心)-+-ᄋᆞ로(부조, 방편)
47) ᄒᆞ나흘: ᄒᆞ나ㅎ(하나, 一: 수사, 양수)+-을(목조)
48) 세히: 세ㅎ(셋, 三: 수사, 양수)+-이(주조)
49) 츠기: [슬피, 섭섭히, 안타까이, 恨(부사): 측(측, 側: 불어)+-Ø(←-ㅎ-: 형접)+-이(부접)]
50) 너기리로다: 너기(여기다, 念)-+-리(미시)-+-로(←-도-: 감동)-+-다(평종)
51) 왼소내: 왼손[왼손, 左手: 외(왼쪽이다, 左: 형사)-+-ㄴ(관전)+손(손, 手)]+-애(-에: 부조, 위치)
52) 포: 거듭, 포개어, 重(부사)
53) 싸ᄒᆞ시고: 쌓(쌓다, 積, 置)-+-ᄋᆞ시(주높)-+-고(연어, 나열, 계기)
54) 올흔소ᄂᆞ로: 올흔손[오른손, 右手: 옳(오른편이다, 右: 형사)-+-은(관전)+손(손, 手)]+-ᄋᆞ로(부조, 방편)
55) 누르시니: 누르(누르다, 按)-+-시(주높)-+-니(연어, 설명 계속)
56) 그미: 금(線)+-이(주조)
57) 글잇글잇ᄒᆞ더라: 글잇글잇ᄒᆞ(←글힛글힛하다: 분명하다, 脣)-+-더(회상)-+-라(←-다: 평종) ※ '글잇글잇ᄒᆞ다'의 형태와 의미를 알 수 없다. 다만 형태상으로 '글히다(분별하다, 分)'의 형태와 유사하다는 점과 '글힛글힛ᄒᆞ다'가 '분명하다'의 뜻을 나타내는 점을 감안하여(남광우 편, 교학 고어사전 2009:240 참조.), '분명하다'의 뜻을 나타내는 것으로 추정한다.(김영배 2010:16 참조.)

世尊(세존)이 그 바리로 麨酪蜜搏(초락밀단)을 받아 자시고, 홍정바치에게 이르시되 "너희들이 나에게 佛法僧(불법승)에 歸依(귀의)하는 것과 다섯 가지의 警戒(경계)를 배우면【 다섯 가지의 警戒(경계)는 숨쉬는 것을 죽이지 말며, 도적질을 말며, 婬亂(음란)을 말며, 거짓말을 말며, 술과 고기를 먹지 마는 것이다. 亂(난)은 어지러운 것이다. 】, 長夜(장야)에 便安(편안)하고 즐거워【 長夜(장야)

世_솅尊_존이 그 바리로 麨_츓酪_락蜜_밇搏_뽠58)을 바다 좌시고 흥정바지ᄃᆞ려59) 니ᄅᆞ샤ᄃᆡ 너희들히 내 손ᄃᆡ60) 佛_뿛法_법僧_승에 歸_귕依_읭홈과 다ᄉᆞᆺ 가짓 警_경戒_갱61)를 빈호면62)【다ᄉᆞᆺ 가짓 警_경戒_갱ᄂᆞᆫ 숨튼63) 것 주기디 말며 도죽64) 말며 淫_음亂_롼 말며 거즛말65) 말며 수을66) 고기 먹디 말 씨라 亂_롼ᄋᆞᆫ 어즈러블67) 씨라 】長_땅夜_양68)애 便_뼌安_한코69) 즐거버70)【長_땅夜_양ᄂᆞᆫ

---

58) 麨酪蜜搏: 초락밀단. 소나 양의 젖에 꿀을 두고 뭉친 음식이다.

59) 흥정바지ᄃᆞ려: 흥정바지[흥정바치, 商人: 흥정(흥정, 장사, 商) + 바지(기술자, 장인, 匠)] + ㅡᄃᆞ려(-더러, -에게: 부조, 상대)

60) 내 손ᄃᆡ: 나(나, 我: 인대, 1인칭) + -ㅣ(←-의: 관조) # 손ᄃᆡ(거기에, 彼處: 의명) ※ '내 손ᄃᆡ'는 '나에게'로 의역하여 옮긴다.

61) 警戒: 경계. 옳지 않은 일이나 잘못된 일들을 하지 않도록 타일러서 주의하게 하는 것이다. ※ '다섯 가지의 경계(警戒)'는 불교에서 속세에 있는 신자(信者)들이 지켜야 할 다섯 가지 계율을 이른다. 살생하지 말라, 훔치지 말라, 음행(淫行)하지 말라, 거짓말하지 말라, 술 마시지 말라이다.

62) 빈호면: 빈호[배우다, 學: 빛(버릇이 되다, 길들다, 習: 자동)- + -오(사접)-]- + -면(연어, 조건)

63) 숨튼: 숨튼[숨쉬다, 息: 숨(숨, 息: 명사) + 튼(쉬다, 呼)-]- + -Ø(과시)- + -ㄴ(관전)

64) 도죽: 도둑질, 盜

65) 거즛말: [거짓말: 거즛(거짓, 假) + 말(말, 言)]

66) 수을: 술. 酒.

67) 어즈러블: 어즈럽[←어즈럽다, ㅂ불: 어즐(어질: 불어) + -업(형접)-]- + -을(관전)

68) 長夜: 장야. 긴 밤이다.

69) 便安코: 便安ᄒ[←便安ᄒ다(편안하다): 便安(편안: 명사) + -ᄒ(형접)-]- + -고(연어, 나열)

70) 즐거버: 즐겁[←즐겁다, ㅂ불: 즑(불어) + -업(형접)-]- + -어(연어)

마ᄂᆞᆫ 긴 바ᇝ이라】 큰 됴ᄒᆞᆫ 이ᄅᆞᆯ 어드리라 ᄒᆞᇙ바 ·지극히 三삼歸귕依ᅙᅵᆼ를 受쓩ᄒᆞᅀᆞᆸ고【三삼歸귕依ᅙᅵᆼᄂᆞᆫ 세 고대 歸귕依ᅙᅵᆼ홀 ·씨니 歸귕依ᅙᅵᆼ佛뿛 歸귕依ᅙᅵᆼ法법 歸귕依ᅙᅵᆼ僧ᄉᆡᆼ이라 受쓩ᄂᆞᆫ 바ᄃᆞᆯ ·씨니 ᄇᆡ호ᇙ ·씨라】 깃ᄉᆞ방 ·ᄯᅩ ·ᄉᆞᆯᄫᅩᄃᆡ 世·솅尊존하 우리 爲윙ᄒᆞ·샤 吉·긿祥쌍願·원을 ᄒᆞ·샤【吉·긿祥쌍願·원은 됴ᄒᆞᆫ 願·원이라】 길헤 마·ᄀᆞᆯ ·꺼·시 업시 ᄲᆞᆯ리 나라·ᄒᆡ 도라가

긴 밤이다 】 큰 좋은 일을 얻으리라.” 장사치들이 三歸依(삼귀의)를 受(수)하고【三歸依(삼귀의)는 세 곳에 歸依(귀의)하는 것이니, 歸依佛(귀의불), 歸依法(귀의법), 歸依僧(귀의승)이다. 受(수)는 ‘받았다.’ 하는 말이니 배우는 것이다. 】 기뻐하여 또 사뢰되 “世尊(세존)이시여, 우리를 爲(위)하시어 吉祥願(길상원)을 하시어【吉祥願(길상원)은 좋은 願(원)이다. 】, 길에 막을 것이 없이 빨리 나라에 돌아가게

긴 바미라⁷¹⁾ 】 큰 됴ᄒᆞᆫ 이ᄅᆞᆯ 어드리라 흥졍바지들히 三_삼歸_귕依_{ᅙᅱᆼ}⁷²⁾를

受_쓩ᄒᆞᆸ고【三_삼歸_귕依_{ᅙᅱᆼ}ᄂᆞᆫ 세 고대⁷³⁾ 歸_귕依_{ᅙᅱᆼ}ᄒᆞᆯ 씨니 歸_귕依_{ᅙᅱᆼ}佛_뿛⁷⁴⁾ 歸_귕依

_{ᅙᅱᆼ}法_법⁷⁵⁾ 歸_귕依_{ᅙᅱᆼ}僧_{ᄉᆞᆼ}⁷⁶⁾이라 受_쓩는 받다⁷⁷⁾ ᄒᆞ논 마리니 비홀⁷⁸⁾ 씨라 】 깃ᄉ

바⁷⁹⁾ ᄯᅩ ᄉᆞᆲ보ᄃᆡ 世_셍尊_존하⁸⁰⁾ 우리 爲_윙ᄒᆞ샤 吉_긿祥_쌍願_원⁸¹⁾을 ᄒᆞ샤

【吉_긿祥_쌍願_원은 됴ᄒᆞᆫ 願_원이라 】 길헤⁸²⁾ 마ᄀᆞᆯ 껏⁸³⁾ 업시⁸⁴⁾ ᄲᆞᆯ리⁸⁵⁾ 나

라해 도라가게

---

71) 바미라: 밤(밤, 夜) + -이(서조)- + -Ø(현시)- + -라(← -다: 평종)

72) 三歸依: 삼귀의. 불(佛), 법(法), 승(僧)의 삼보(三寶)에 돌아가 의지하는 것이다. 곧, '귀의불(歸依佛), 귀의법(歸依法), 귀의승(歸依僧)'을 이른다.

73) 고대: 곧(곳: 의명, 위치) + -애(-에: 부조, 위치)

74) 歸依佛: 귀의불. 삼귀의(三歸依) 중의 하나로서 부처에 돌아가 의지하는 일을 이른다.

75) 歸依法: 귀의법. 삼귀의(三歸依) 중의 하나로서 부처의 가르침인 불법(佛法)에 돌아가 의지하는 일을 이른다.

76) 歸依僧: 귀의승. 삼귀의(三歸依) 중의 하나로서 승가(僧伽)에 돌아가 의지하는 일을 이른다.

77) 받다: 받(받다, 受)- + -Ø(과시)- + -다(평종)

78) 비홀: 비호[배우다, 學: 빛(버릇이 되다, 習: 자동)- + -오(사접)-]- + -ㄹ(관전)

79) 깃ᄉ바: 깃(← 짔다: 기뻐하다, 喜)- + -ᄉᆞᆸ(← -ᄉᆞᆸ-: 객높)- + -아(연어)

80) 世尊하: 世尊(세존) + -하(-이시여: 호조, 아주 높임)

81) 吉祥願: 길상원. 운수가 좋아질 것을 바라는 기원이다.

82) 길헤: 길ㅎ(길, 路) + -에(부조, 위치)

83) 마ᄀᆞᆯ 껏: 막(막다, 障)- + -올(관전) # 껏(← 것: 것, 者, 의명)

84) 업시: [없이, 無(부사) : 없(없다, 無: 형사)- + -이(부접)

85) ᄲᆞᆯ리: [빨리, 速(부사): ᄲᆞᆯ르(← ᄲᆞ르다: 빠르다, 速, 형사)- + -이(부접)]

하소서.” 世尊(세존)이 吉祥願(길상원)하시어 偈(게)를 지어 이르시되 “願
(원)하건대 사람도 便安(편안)하며 마소도 便安(편안)하여, 가는 길에 거
칠 것이 없어지게 하오.” 장사치들이 또 사뢰되 “世尊(세존)이시여, 우리
에게 한 것(물건)을 주시거든 本鄕(본향)에 가서 【 本鄕(본향)은 本來(본래)
자기가 사는 고을이다. 】 塔(탑)을 세워 죽도록

ㅎ쇼셔 世_솅尊_존이 吉_긿祥_썅願_원ㅎ샤 偈_꼥⁸⁶⁾ 지어 니르샤듸 願_원ㅎ
든⁸⁷⁾ 사름도 便_뼌安_한ㅎ며 므쇼도⁸⁸⁾ 便_뼌安_한ㅎ야 녀는⁸⁹⁾ 길헤 거
틸⁹⁰⁾ 꺼시 업고라⁹¹⁾ 흥졍바지들히 쏘 슬보듸 世_솅尊_존하 우리를⁹²⁾
ᄒᆞᆫ 거슬⁹³⁾ 주어시든⁹⁴⁾ 本_본鄕_향⁹⁵⁾애 가아【本_본鄕_향ᄋᆞᆫ 本_본來_링 제⁹⁶⁾ 사
ᄂᆞᆫ⁹⁷⁾ ᄀᆞ올히라⁹⁸⁾】 塔_탑 일어⁹⁹⁾ 죽ᄃᆞ록¹⁰⁰⁾

---

86) 偈: 게. 부처의 공덕이나 가르침을 찬탄하는 노래 글귀이다.(= 가타, 伽陀)

87) 願ㅎ든[원하다: 願(원: 명사)-ㅎ(동접)-]-+-ㄴ든(-건대: 연어, 주제 제시) ※ '-ㄴ든' 은 [-ㄴ(관전)+ᄃ(것, 者: 의명)+-ㄴ(←-ᄂᆞᆫ: 보조사, 주제)]으로 형성된 연결 어미이다. 뒤 절의 내용이 화자가 보거나 듣거나 바라거나 생각하는 따위의 내용임을 미리 밝히는 연결 어 미이다.

88) 므쇼도: 므쇼[마소, 말과 소, 牛馬: 므(← 물: 말, 馬)+쇼(소, 牛)]+-도(보조사, 첨가)

89) 녀는: 녀(가다, 行)-+-ᄂᆞ(←-ᄂᆞᆫ-: 현시)-+-ㄴ(관전) ※ '녀는'은 '녀ᄂᆞᆫ'을 오각한 형태이다.

90) 거틸 꺼시: 거티(걸리다, 거리끼다, 障礙)-+-ㄹ(관전)# 껏(←것: 것, 者, 의명)+-이(주조)

91) 업고라: 업(← 없다: 없어지다, 無有, 동사)-+-고라(명종, 반말) ※ '-고라'는 높임과 낮춤이 중화된 명령형의 종결 어미이다. 여기서는 '업고라'는 '없어지게 하오'로 의역하여 옮긴다.

92) 우리를: 우리(우리, 我等: 인대, 1인칭, 복수)+-를(목조, 보조사적 용법, 의미상 부사격) ※ '우리를'은 '우리에게'로 의역하여 옮긴다.

93) ᄒᆞᆫ 거슬: ᄒᆞᆫ(한, 一: 관사, 양수)# 것(것, 者: 의명)+-을(목조) ※ 'ᄒᆞᆫ 것'은 '한 물건'으로 의 역하여 옮긴다.

94) 주어시든: 주(주다, 授)-+-시(주높)-+-어든(-거든: 연어, 조건)

95) 本鄕: 본향. 본래의 고향이다.

96) 제: 저(저, 己: 인대, 재귀칭)+-ㅣ(-의: 관조, 의미상 주격) ※ '제'는 '자기가'로 의역하여 옮 긴다.

97) 사ᄂᆞᆫ: 사(← 살다: 살다, 居)-+-ᄂᆞ(현시)-+-ㄴ(관전)

98) ᄀᆞ올히라: ᄀᆞ올ㅎ(고을, 村)+-이(서조)-+-Ø(현시)-+-라(←-다: 평종)

99) 일어: 일[← 이르다(만들다, 세우다, 作): 일(이루어지다, 成: 자동)-+-ᄋᆞ(사접)-]-+-어(연어)

100) 죽ᄃᆞ록: 죽(죽다, 死)-+-ᄃᆞ록(-도록: 연어, 도달)

供養고 ᄒᆞᅀᆞᄫᅡ지이다世·솅尊존이
마리털과손톱과ᄅᆞᆨ주시고니ᄅᆞ·샤
ᄃᆡ너·희이거·슬·날와:달·이너·기디말·라
홍·졍바지·돌·히ᄒᆞᆫ즈·시·너겨供양
흘·ᄉᆞᆷᅡ·ᄒᆞ·니거·늘世·솅尊존·이아·ᄅᆞ
·시·고니ᄅᆞ·샤·ᄃᆡ너·희이런ᄆᆞᅀᆞᆷ·말라·야
·래無·뮹量·량劫·겁에ᄒᆞᆫ世·솅尊존·이·나

供養(공양)하고 싶습니다. 世尊(세존)이 머리털과 손톱을 주시고 이르시되 "너희가 이것을 나와 달리 여기지 말라." 홍정바치들이 대수롭지 않게 여겨 供養(공양)할 마음을 아니 하거늘, 世尊(세존)이 (홍정바치의 마음을) 아시고 이르시되 "너희가 이런 마음을 말라. 예전의 無量劫(무량겁)에 한 世尊(세존)이 나서

供_공養_양ᄒᆞᅀᆞᄫᅡ¹⁾ 지이다²⁾ 世_솅尊_존이 마리터럭과³⁾ 손톱과ᄅᆞᆯ⁴⁾ 주시고 니ᄅᆞ샤ᄃᆡ 너희 이 거슬 날와⁵⁾ 달이⁶⁾ 너기디 말라⁷⁾ 홍졍바지들히 넌즈시⁸⁾ 너겨 供_공養_양홀 ᄆᆞᅀᆞᄆᆞᆯ 아니 커늘⁹⁾ 世_솅尊_존이 아ᄅᆞ시고¹⁰⁾ 니ᄅᆞ샤ᄃᆡ 너희 이런 ᄆᆞᅀᆞᆷ 말라 아래 無_뭉量_량劫_겁¹¹⁾에 흔 世_솅尊_존이 나

---

1) 供養ᄒᆞᅀᆞᄫᅡ: 供養ᄒᆞ[공양하다: 供養(공양: 명사) + -ᄒᆞ(동접)-]- + -ᅀᆞ(← -ᅀᆞᆸ-: 객높)- + -아(연어)
2) 지이다: 지(싶다: 보용, 희망)- + -Ø(현시)- + -이(상높, 아주 높임)- + -다(평종)
3) 마리터럭과: 마리터럭[머리털, 髮: 마리(머리, 頭) + 터럭(털, 毛)] + -과(접조)
4) 손톱과ᄅᆞᆯ: 손톱[손톱, 爪: 손(손, 手) + 톱(톱, 爪)] + -과(접조) + -ᄅᆞᆯ(목조)
5) 날와: 날(← 나: 나, 我, 인대, 1인칭) + -와(← -과: 접조)
6) 달이: [달리, 異(부사): 달(← 달ᄅᆞ다: 다르다, 異, 형사)- + -이(부접)]
7) 말라: 말(말다, 勿: 보용, 부정)- + -라(명종)
8) 넌즈시: [대수롭지 않게, 非勝妙(부사): 넌즛(← 넌즉: 불어) + -이(부접)] ※ '넌즈시/넌즈기'는 '넌즉ᄒᆞ다(무심하다, 등한하다, 等閑)'의 어근인 '넌즛'에 부사 파생 접미사인 '-이'가 붙어서 형성된 부사이다.
9) 아니 커늘: 아니(아니, 不: 부사, 부정) # ᄒᆞ(← ᄒᆞ다: 하다, 爲)- + -거늘(연어, 상황)
10) 아ᄅᆞ시고: 알(알다, 知)- + -ᄋᆞ시(주높)- + -시(주높)- + -고(연어, 계기)
11) 無量劫: 무량겁. 헤아릴 수 없는 긴 시간이다.

겨·시·더·니 일·후·미 燃燈如來 러·시·니 내 그·ᄢᅴ 婆羅門·이 ·두·외·야 잇·다·니 世尊·을 뵈·ᅀᆞᆸ·라 蓮花城·의 드·러·가·아 다·ᄉᆞᆺ 줄깃 靑優鉢羅花·로 부텻 ·우·희 ·미·ᄃᆞ 菩提心·을 내·ᅘᅥ·니 그·제 世尊·이 나·ᄅᆞᆯ 授記·ᄒᆞ·샤·ᄃᆡ ·네 쟝次阿

계시더니 이름이 燃燈如來(연등여래)이시더니, 내 그때에 婆羅門(바라문)
이 되어 있더니 世尊(세존)을 뵈러 蓮花城(연화성)에 들어가서, 다섯 줄기
의 靑優鉢羅花(청우발라화)로 부처의 위에 흩뿌리고 菩提心(보리심)을 내
니, 그때에 世尊(세존)이 나에게 授記(수기)하시되 "네가 將次(장차)

겨시더니[12] 일후미 燃션燈등如셩來링러시니[13] 내 그 쁴[14] 婆뺑羅랑門몬이[15] 도외야[16] 잇다니[17] 世솅尊존 뵈ᅀᆞᇦ라[18] 蓮련花황城쎵의[19] 드러가아[20] 다ᄉᆞᆺ 줄깃[21] 靑쳥優ᅙᅳᆸ鉢밠羅랑花황[22]로 부텻 우희[23] 비코[24] 菩뽕提똉心심[25]을 내혀니[26] 그제[27] 世솅尊존이 나ᄅᆞᆯ[28] 授쓯記긩ᄒᆞ샤ᄃᆡ[29]네 쟝ᄎᆞ[30]

---

12) 겨시더니: 겨시(계시다, 보용, 완료 지속, 높임)- + -더(회상)- + -니(연어, 설명 계속)

13) 燃燈如來러시니: 燃燈如來(연등여래) + -Ø(←-이-: 서조)- + -러(←-더-: 회상)- + -시(주높)- + -니(연어, 설명 계속) ※ '燃燈如來(연등여래)'는 아승기겁(阿僧祇劫)의 전세에 선혜보살(善慧菩薩)에게 미래에 성불(成佛)하여 석가모니 부처가 될 것을 수기(授記)한 부처이다.

14) 쁴: ᄡᅴ(← 쁴: 때, 時, 의명) + -의(-에: 부조, 위치, 시간)

15) 婆羅門이: 婆羅門(바라문) + -이(보조) ※ '婆羅門(바라문)'은 '브라만(Brahman)'의 음역어인데, 인도 카스트 제도에서 가장 높은 지위인 승려 계급이다.

16) 도외야: 도외(되다, 爲)- + -야(←-아: 연어)

17) 잇다니: 잇(← 이시다: 보용, 완료 지속)- + -다(←-더-: 회상)- + -Ø(←-오-: 화자)- + -니(연어, 설명 계속)

18) 뵈ᅀᆞᇦ라: 뵈[뵈다, 뵙다, 見: 보(보다, 見)- + -ㅣ(접미)-]- + -ᅀᆞᇦ(←-ᅀᆞᆸ-: 객높)- + -ᄋᆞ라(연어, 목적)

19) 蓮花城의: 蓮花城(연화성) + -의(-에: 부조, 위치)

20) 드러가아: 드러가[들어가다, 入: 들(들다, 入)- + -어(연어) + 가(가다, 去)-]- + -아(연어)

21) 줄깃: 줄기(줄기, 莖: 의명, 수의 단위) + -ㅅ(-의: 관조)

22) 靑優鉢羅花: 청우발라화. 푸른 연꽃이다. 청련화(靑蓮花).

23) 우희: 우ㅎ(위, 上) + -의(-에: 부조, 위치)

24) 비코: 빟(흩뿌리다, 散)- + -고(연어, 나열, 계기)

25) 菩提心: 보리심. 불도의 깨달음을 얻고 그 깨달음으로써 널리 중생을 교화하려는 마음이다.

26) 내혀니: 내혀[내다, 發: 나(나다, 出)- + -ㅣ(←-이-: 사접)- + -혀(강접)-]- + -니(연어, 설명 계속)

27) 그제: [그제, 그때에, 時(부사): 그(그, 彼: 관사, 정칭) + 저(← 적: 때, 時: 의명) + -ㅣ(←-의: 부조, 위치, 시간)]

28) 나ᄅᆞᆯ: 나(나, 我: 인대, 1인칭) + -ᄅᆞᆯ(-에게: 목조, 보조사적 용법, 의미상 부사격) ※ '나ᄅᆞᆯ'은 '나에게'로 의역하여 옮긴다.

29) 授記ᄒᆞ샤ᄃᆡ: 授記ᄒᆞ[수기하다: 授記(수기: 명사) + -ᄒᆞ(동접)-]- + -샤(←-시-: 주높)- + -ᄃᆡ(←-오ᄃᆡ: -되, 설명 계속) ※ '授記(수기)'는 부처가 그 제자에게 내생에 성불(成佛)하리라는 예언기(豫言記)를 주는 것이다.

30) 쟝ᄎᆞ: 장차, 將次(부사)

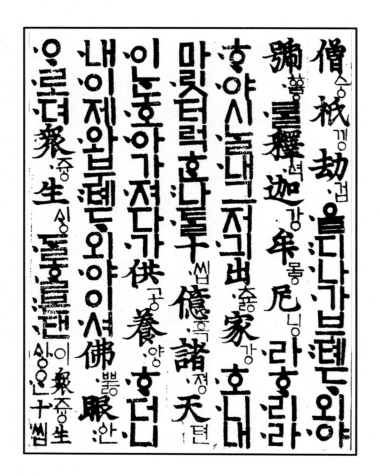

阿僧祇劫(아승기겁)을 지나가 부처가 되어 號(호)를 釋迦牟尼(석가모니)라
하리라.” 하시거늘, 내가 그때에 出家(출가)하니 내 머리털 한 낱을 十億
(십억) 諸天(제천)이 나누어 가져다가 供養(공양)하더니, 내가 이제 와 부
처가 되어 있어서 佛眼(불안)으로 저 衆生(중생)들을 보니 【이 衆生(중생)
은 十億(십억)

阿_항僧_승祇_낑劫_겁³¹⁾을 디나가 부톄³²⁾ 드외야 號_뽕³³⁾를 釋_셕迦_강牟_뭏尼_닝

라 ᄒᆞ리라 ᄒᆞ야시ᄂᆞᆯ³⁴⁾ 내 그 저긔 出_츓家_강ᄒᆞ니³⁵⁾ 내 마릿터럭

ᄒᆞᆫ 나틀³⁶⁾ 十_씹億_흑 諸_졍天_텬이 ᄂᆞᆫ호아³⁷⁾ 가져다가³⁸⁾ 供_공養_양ᄒᆞ더니

내 이제 와 부톄 드외야 이셔 佛_뿛眼_안³⁹⁾ᄋᆞ로 뎌 衆_즁生_{ᄉᆡᆼ}들ᄒᆞᆯ⁴⁰⁾

본댄⁴¹⁾【이 衆_즁生_{ᄉᆡᆼ}은 十_씹億_흑

---

31) 阿僧祇劫: 아승기겁. 헤아릴 수 없는 긴 시간이다.(= 무량겁, 無量劫) ※ '阿僧祇(아승기)'는 수로 표현할 수 없는 가장 많은 수이다. 항하사(恒河沙)의 만 배가 되는 수(10의 56승에 해당하는 수)를 이른다. '劫(겁)'은 어떤 시간의 단위로도 계산할 수 없는 무한히 긴 시간이다. 하늘과 땅이 한 번 개벽한 때에서부터 다음 개벽할 때까지의 동안이라는 뜻이다.
32) 부톄: 부텨(부처, 佛) + -ㅣ(←-이: 보조)
33) 號: 호. 본명이나 자 이외에 쓰는 이름. 허물없이 쓰기 위하여 지은 이름이다.
34) ᄒᆞ야시ᄂᆞᆯ: ᄒᆞ(하다, 曰)- + -시(주높)- + -야 … ᄂᆞᆯ(←-아ᄂᆞᆯ: -거늘, 연어, 상황)
35) 出家ᄒᆞ니: 出家ᄒᆞ[← 出家ᄒᆞ다(출가하다): 出家(출가: 명사) + -ᄒᆞ(동접)-]- + -오(화자)- + -니(연어, 설명 계속)
36) 나틀: 낱(낱, 個: 의명, 수의 단위) + -ᄋᆞᆯ(목조)
37) ᄂᆞᆫ호아 : ᄂᆞᆫ호(나누다, 分)- + -아(연어)
38) 가져다가: 가지(가지다, 持)- + -어(연어) + -다가(보조사, 동작의 유지, 강조)
39) 佛眼: 불안. 오안(五眼)의 하나로서, 모든 법의 참모습을 보는 부처의 눈이다. ※ '오안(五眼)'은 수행에 따라 도를 이루어 가는 순서를 보인 다섯 가지 안력(眼力)이다. 첫째는 육안(肉眼)으로 가시적인 물질인 색(色)만을 보는 눈이다. 둘째는 '천안(天眼)'으로 인연과 인과의 원리에 따라 이루어진 현상적인 차별만을 볼 뿐이고 실체를 보지 못하는 눈이다. 셋째는 '혜안(慧眼)'으로 공(空)의 원리는 보지만 중생을 이롭게 하는 도리는 보지 못하는 눈이다. 넷째는 '법안(法眼)'으로 다른 이를 깨달음에 이르게 하지만 가행도(加行道)를 알지 못하는 눈이다. 다섯째는 '불안(佛眼)'으로 모든 것을 보고 모든 것을 다 아는 눈을 이른다.
40) 衆生들ᄒᆞᆯ: 衆生들ᄒᆞ[중생들: 衆生(중생) + -들ᄒᆞ(-들: 복접)] + -ᄋᆞᆯ(목조)
41) 본댄: 보(보다, 觀)- + -ㄴ댄(-ㄴ데, -니: 연어, 반응)

億·흑 諸졍 各·각 各·각 부텨ㅅ·긔이·셔湟
天텬·이·라 各·각
녕槃빤 몯得·득·ᄒᆞ·니업·다·내그·저·긔三
三삼毒·똑 올·ㅎ·다·여회·여이·신마ᄅᆞ·내마
릿터리供공 養·양ᄒᆞᆫ德·득·으로湟녕
槃빤·오得·득·ᄒᆞ·야ᄂᆞᆫ·ᄒᆞ·몰·며오·ᄂᆞᆯ나·래
一·ᅙᅵᆳ切·쳉 煩뻔惱ᄂᆞᇢ·ᄅᆞᆯ다·ᄡᅥ·러ᄇᆞ·렷·거
·늘내마·리·와손·톱·과·ᄅᆞᆯ·엇·뎨·닷·ᄀᆞᆺ·신·녀

諸天(제천)이다. 】 各各(각각) 부처의 곁에 있어서 涅槃(열반)을 못 得(득)한 이가 없다. 내 그때에 三毒(삼독)을 몯 다 떨치어 있건마는, 내가 머리털을 供養(공양)한 德(덕)으로 涅槃(열반)을 得(득)하니, 하물며 오늘날에 一切(일체)의 煩惱(번뇌)를 다 쓸어 버렸거늘, 나의 머리와 손톱을 어찌 대수롭지 않게

諸_졍天_텬이라 】 各_각各_각 부텻 겨틔⁴²⁾ 이셔 涅_넗槃_빤⁴³⁾ 몯 得_득ᄒ니⁴⁴⁾ 업다⁴⁵⁾ 내 그 저긔 三_삼毒_똑⁴⁶⁾을 몯 다 여희여⁴⁷⁾ 이션마른⁴⁸⁾ 내⁴⁹⁾ 마릿터리 供養_{ᄒ욘}⁵⁰⁾ 德_득으로 涅_넗槃_빤을 得_득ᄒ야니⁵¹⁾ ᄒᄆᆞ며⁵²⁾ 오ᄂᆞᆳ나래⁵³⁾ 一_{ᄒᆳ}切_쳉 煩_뻔惱_놓⁵⁴⁾를 다 ᄡᅳ러⁵⁵⁾ ᄇᆞ롓거늘⁵⁶⁾ 내 마리와 손톱과를 엇뎨⁵⁷⁾ 넌즈시⁵⁸⁾

---

42) 겨틔: 곁(곁, 傍) + -의(-에: 부조, 위치)

43) 涅槃: 열반. 모든 번뇌의 얽매임에서 벗어나고, 진리를 깨달아 불생불멸의 법을 체득한 경지이다. 불교의 궁극적인 실천 목적이다.

44) 得ᄒ니: 得ᄒ[득하다: 得(득: 불어) + -ᄒ(동접)-] - + -Ø(과시)- + -ㄴ(관전) # 이(이, 者: 의명) + -Ø(←-이: 주조)

45) 업다: 업(←없다: 없다, 無)- + -Ø(현시)- + -다(평종)

46) 三毒: 삼독. 사람의 착한 마음을 해치는 세 가지 번뇌이다. '욕심, 성냄, 어리석음' 따위를 독에 비유하여 이르는 말이다.

47) 여희여: 여희(떨치다, 이별하다, 別)- + -여(←-어: 연어)

48) 이션마른: 이시(있다: 보용, 완료 지속)- + -언마른(-건마는: 연어) ※ '-언마른'은 앞 절의 사태가 이미 어떠하니 뒤 절의 사태는 이러할 것이 기대되는데도 그렇지 못함을 나타내는 연결 어미이다. 기대가 어그러지는 데 대한 실망의 느낌이 비친다.

49) 내: 나(나, 我: 인대, 1인칭) + -ㅣ(←-의: 관조, 의미상 주격)

50) 供養ᄒ욘: 供養ᄒ[공양하다: 供養(공양: 명사) + -ᄒ(동접)-]- + -요(←-오-: 대상)- + -Ø(과시)- + -ㄴ(관전) ※ '供養ᄒ욘'은 어간인 '供養ᄒ-'에 선어말 어미인 '-오-'가 붙은 형태인데, 모음 충돌을 회피하기 위하여 '-오-'에 반모음인 /j/가 첨가되어서 '-요-'의 형태로 되었다. 일반적으로는 '供養ᄒ욘'보다는 /ㅗ/를 탈락된 '供養혼'의 형태로 실현된다.

51) 得ᄒ야니: 得ᄒ[득하다: 得(득: 불어) + -ᄒ(동접)-]- + -야(←-아-: 확인)- + -니(연어, 설명 계속)

52) ᄒᄆᆞ며: 하물며, 오히려, 猶(부사)

53) 오ᄂᆞᆳ나래: 오ᄂᆞᆳ날[오늘날, 今日: 오늘(오늘, 今日) + -ㅅ(관조, 사잇) + 날(날, 日)] + -애(-에: 부조, 위치, 시간)

54) 煩惱: 번뇌. 마음이나 몸을 괴롭히는 노여움이나 욕망 따위의 망념(妄念).

55) ᄡᅳ러: 쓸(쓸다, 除滅)- + -어(연어)

56) ᄇᆞ롓거늘: ᄇᆞ리(버리다: 보용, 완료)- + -어(연어) + 잇(←이시다: 보용, 완료 지속)- + -거늘(연어, 상황) ※ 'ᄇᆞ롓거늘'은 'ᄇᆞ리어 잇거늘'이 축약된 형태이다.

57) 엇뎨: 어찌, 何(부사)

58) 넌즈시: [대수롭지 않게, 非勝妙(부사): 넌즛(←넌즉: 불어) + -이(부접)] ※ '넌즈시/넌즈기'는 '넌즛ᄒ다/넌즉ᄒ다'의 어근인 '넌즛/넌즉'에 부사 파생 접미사인 '-이'가 붙어서 형성된 부사이다. 참고로 '넌즛ᄒ다/넌즉ᄒ다'는 '무심(無心)하다'나 등한(等閑)하다'를 뜻한다.

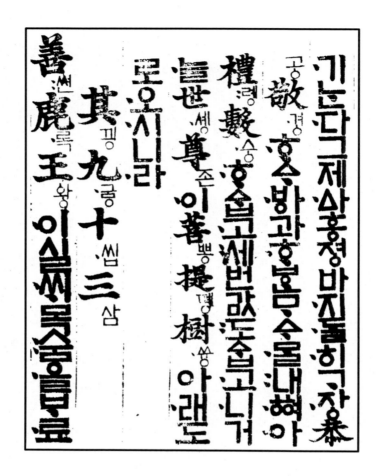

여기는가?" 그제야 흥정바치들이 매우 恭敬(공경)하여 칭찬할 만한 마음을 내여서 (세존께) 禮數(예수)하고 세 번 감돌고 가거늘, 世尊(세존)이 菩提樹(보리수) 아래에 도로 오셨니라.

其九十三(기구십삼)

(석가모니께서 전생에) 善鹿王(선록왕)이시므로, 목숨을 버리려

너기ᄂᆞ다[59] 그제ᅀᅡ[60] 흥졍바지들히 ᄀᆞ장[61] 恭_공敬_경ᄒᆞᅀᆞᄫᅡ[62] 과ᄒᆞᄇᆞᆯ[63]

ᄆᆞᅀᆞᄆᆞᆯ[64] 내혀아[65] 禮_롕數_숭ᄒᆞᅀᆞᆸ고[66] 세 번 값도ᅀᆞᆸ고[67] 니거늘[68] 世_솅尊_존이 菩_뽕提_똉樹_쓩 아래 도로[69] 오시니라[70]

    其_끵九_굴十_씹三_삼

善_썬鹿_록王_왕이실씨[71] 목숨을 ᄇᆞ료려[72]

---

59) 너기ᄂᆞ다: 너기(여기다, 念)-+-ᄂᆞ(현시)-+-ㄴ다(-는가: 의종, 2인칭)
60) 그제ᅀᅡ: 그제[그때, 爾時: 그(그, 彼: 관사)+제(제, 때, 時: 의명)]+-ᅀᅡ(보조사, 한정 강조)
61) ᄀᆞ장: 매우, 大(부사)
62) 恭敬ᄒᆞᅀᆞᄫᅡ: 恭敬ᄒᆞ[공경하다: 恭敬(공경: 명사)+-ᄒᆞ(동접)-]+-ᅀᆞᆸ(←-ᅀᆞᆸ-: 객높)-+-아(연어)
63) 과ᄒᆞᄇᆞᆯ: 과ᄒᆞᆸ[←과ᄒᆞᆸ다, ㅂ불(칭찬할 만하다, 賞: 형사): 과ᄒᆞ(칭찬하다, 譽: 동사)-+-ㅂ(형접)]-+-Ø(현시)-+-은(관전)
64) ᄆᆞᅀᆞᄆᆞᆯ: ᄆᆞᅀᆞᆷ(마음, 心)+-ᄋᆞᆯ(목조)
65) 내혀아: 내혀[내다, 出: 나(나다, 出: 자동)-+-ㅣ(←-이-: 사접)-+-혀(강접)-]+-아(연어)
66) 禮數ᄒᆞᅀᆞᆸ고: 禮數ᄒᆞ[예수하다: 禮數(예수: 명사)+-ᄒᆞ(동접)-]+-ᅀᆞᆸ(객높)-+-고(연어, 계기) ※ '禮數(예수)'는 명성이나 지위에 알맞은 예의와 대우이다.
67) 값도ᅀᆞᆸ고: 값도[←값돌다, 匝(감돌다): 갑(감다, 圍)+쏠(←돌다: 돌다, 廻)-]+-ᅀᆞᆸ(객높)-+-고(연어, 계기)
68) 니거늘: 니(가다, 行)-+-거늘(연어, 상황)
69) 도로: [도로, 復(부사): 돌(돌다, 廻)-+-오(부접)]
70) 오시니라: 오(오다, 來)-+-시(주높)-+-Ø(과시)-+-니(원칙)-+-라(←-다: 평종)
71) 善鹿王이실씨: 善鹿王(선록왕)+-이(서조)-+-시(주높)-+-ㄹ씨(-므로: 연어, 이유) ※ '善鹿王(선록왕)'은 착한 사슴의 임금이란 뜻이다. 석가모니(釋迦牟尼)가 과거세(過去世)에서 착한 사슴의 임금이었다는 데에서 비롯된 말이다.
72) ᄇᆞ료려: ᄇᆞ리(버리다, 棄)-+-오려(-려: 연어, 의도)

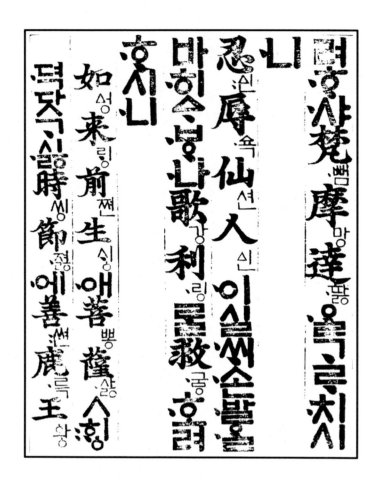

하시어 梵摩達(범마달)을 가르치셨으니.

(석가모니께서 전생에) 忍辱仙人(인욕선인)이시므로, 손발을 베시나 歌利(가리)를 救(구)하려 하셨으니.

如來(여래)가 前生(전생)에 菩薩(보살)의 행적(行績)을 닦으실 時節(시절)에, 善鹿王(선록왕)

ᄒᆞ샤 梵_뻠摩_망達_딿⁷³⁾을 ᄀᆞᄅ치시니⁷⁴⁾

忍_신辱_욕仙_션人_신이실씨⁷⁵⁾ 손발을 바히ᅀᆞᄫᅡ⁷⁶⁾ 歌_강利_링⁷⁷⁾를 救_굴호려⁷⁸⁾ ᄒᆞ시니⁷⁹⁾

如_셩來_링 前_쪈生_{ᄉᆡᆼ}애 菩_뽕薩_삻ㅅ 힝뎍⁸⁰⁾ 닷ᄀᆞ싫⁸¹⁾ 時_씽節_졇에 善_쎤鹿_록王_왕⁸²⁾이

---

73) 梵摩達: 범마달. 제바달다(提婆達多)의 전세상(前世上)의 이름이다. '제바달다(提婆達多)'는 곡반왕(斛飯王)의 아들이며, 싯다르타 태자의 사촌 아우이다. 딴 이름으로 '조달(調達)'이라고도 한다. 어려서부터 욕심이 많아 출가(出家) 전의 싯다르타(悉達) 태자(太子)와 여러 가지로 경쟁하였는데, 싯다르타가 성도하여 석가모니 부처가 되자 제바달다도 출가하여 석가모니의 제자가 되었다. 석가모니에게 승단(僧團)을 물려줄 것을 청하였으나 거절당하자, 500여 명의 비구를 규합하여 승단을 이탈하였다. 여러 번 석가모니를 살해하려다 실패하였다.

74) ᄀᆞᄅ치시니: ᄀᆞᄅ치(가르치다, 敎)- + -시(주높)- + -Ø(과시)- + -니(평종, 반말)

75) 忍辱仙人이실씨: 忍辱仙人(인욕선인) + -이(서조)- + -시(주높)- + -ㄹ씨(-므로: 연어, 이유) ※ '忍辱仙人(인욕선인)'은 세존(世尊)이 전 세상에서 수도(修道)할 때의 이름이다. '인욕(忍辱)'은 욕됨을 참고, 안주(安住)하는 뜻으로, 온갖 모욕과 번뇌를 참고 원한(怨恨)을 일으키지 않는 것이다.

76) 바히ᅀᆞᄫᅡ: 바히[베다, 斬: 밯(베어지다, 斬: 자동)- + -이(사접)-]- + -ᅀᆞᆸ(←-ᅀᆞᆸ-: 객높)- + -ᅌᅡ(연어, 대조)

77) 歌利: 가리. 석가모니(釋迦牟尼) 부처가 과거세(過去世)에 인욕선인(忍辱仙人)이 되어, 수도할 때에 석가모니의 팔다리를 끊었다는 녹야원(鹿野苑)의 임금이다.

78) 救호려: 救ᄒᆞ[←求ᄒᆞ다(구하다): 救(구: 불어) + -ᄒᆞ(동접)-]- + -오려(연어, 의도)

79) ᄒᆞ시니: ᄒᆞ(하다: 보용, 의도)- + -시(주높)- + -Ø(과시)- + -니(평종, 반말)

80) 힝뎍: 행적, 行績. 행위의 실적(實績)이나 자취이다.

81) 닷ᄀᆞ싫: 닭(닦다, 修)- + -ᄋᆞ시(주높)- + -ㅭ(관전)

82) 善鹿王: 선록왕. 착한 사슴의 임금이란 뜻이다. 석가모니(釋迦牟尼)가 과거세(過去世)에서 착한 사슴의 임금이었다는 데에서 비롯된 말이다.

인 외시고【善썬은 어딜 씨라】提뗑婆빵達땋
多당는【提뗑婆빵達땋多당는 調뚱達땋이라】
王왕인 외야【惡학은 모딜 씨라】各각各각 五
百빅 眷권屬쑉 곰 더려 鹿록野양苑원
에사더시니【鹿록野양苑원은 짜 일후미라】그 나랏
王왕 梵뺌摩망達땋이 鹿록野양苑원
에 山산行행ᄒᆞ거늘 善쎤鹿록王왕 惡학

되시고【善(선)은 어진 것이다. 】提婆達多(제파달다)는【提婆達多(제파달다)는 調達(조달)이다. 】惡鹿王(악록왕)이 되어【惡(악)은 모진 것이다. 】, 各各(각각) 五百(오백) 眷屬(권속)씩 데려서 鹿野苑(녹야원)에 사시더니【鹿野苑(녹야원)은 땅의 이름이다. 】, 그 나라의 王(왕)인 梵摩達(범마달)이 鹿野苑(녹야원)에 山行(산행)하거늘, 善鹿王(선록왕)과

ᄃᆞ외시고【善_쎤은 어딜⁸³⁾ 씨라⁸⁴⁾】 提_똉婆_뼁達_딿多_당는【提_똉婆_뼁達_딿多_당는 調_뜡達_딿이라】 惡_학鹿_록王_왕⁸⁵⁾이 ᄃᆞ외야【惡_학ᄋᆞᆫ 모딜 씨라】 各_각各_각 五_옹百_{ᄇᆡᆨ} 眷_권屬_쏙곰⁸⁶⁾ ᄃᆞ려⁸⁷⁾ 鹿_록野_양苑_훤⁸⁸⁾에 사더시니⁸⁹⁾【鹿_록野_양苑_훤은 샷⁹⁰⁾ 일후미라⁹¹⁾】 그 나랏 王_왕 梵_뻠摩_망達_딿⁹²⁾이 鹿_록野_양苑_훤에 山_산行_{ᅘᆡᆼ}ᄒᆞ거늘⁹³⁾ 善_쎤鹿_록王_왕

---

83) 어딜: 어딜(어질다, 善)- + -ㄹ(관전)

84) 씨라: ㅆ(← ᄉᆞ: 것, 의명) + -이(서조)- + -Ø(현시)- + -라(← -다: 평종)

85) 惡鹿王: 악록왕. 나쁜 사슴왕이라는 뜻이다.

86) 眷屬곰: 眷屬(권속) + -곰(-씩: 보조사, 각자) ※ '眷屬(권속)'은 한 집에 거느리고 사는 식구이다.(= 권솔, 眷率)

87) ᄃᆞ려: ᄃᆞ리(데리다, 與)- + -어(연어)

88) 鹿野苑: 녹야원. 석가모니 부처가 성도(成道) 후에 최초로 설법한 성지이다. 인도 베나레스시의 북쪽 사르나트에 있다. 중부 인도 파라나국(派羅奈國) 북쪽 성 밖에 있던 동산으로, 이때에 교진여(憍陳如) 등 다섯 비구(比丘)를 최초로 제도했다고 한다. 탄생·성도·입멸의 땅과 더불어 불교 4대성지의 하나이다. 다메크탑을 비롯한 많은 불교 유적과 아쇼카왕의 돌기둥·사원·박물관 등이 여러 곳에 남아 있다. 선인론처(仙人論處)·선인주처(仙人住處)·선인원(仙人園)·녹원·녹림 등 여러 가지 이름이 있다.

89) 사더시니: 사(← 살다: 살다, 居)- + -더(회상)- + -시(주높)- + -니(연어, 설명 계속)

90) 샷: 싸(← 싸ㅎ: 땅, 地) + -ㅅ(-의: 관조)

91) 일후미라: 일훔(이름, 名) + -이(서조)- + -Ø(현시)- + -라(← -다: 평종)

92) 梵摩達: 범마달. 제바달다(提婆達多)의 전세상(前世上) 이름이다.

93) 山行ᄒᆞ거늘: 山行ᄒᆞ[사냥하다: 山行(산행, 사냥, 獵: 명사) + -ᄒᆞ(동접)-]- + -거늘(연어, 상황) ※ '山行'은 고유어인 '산ᅘᆡᆼ(= 사냥, 獵)'을 한자로 표기한 형태이다.

惡鹿王(악록왕)이 眷屬(권속)과 다 몰이에 들어 있으시더니, 善鹿王(선록왕)이 王(왕)께 나아가 들어서 사뢰시되 "우리 一千(일천) 사슴이 함께 죽으면 고기가 상해지니, 王(왕)이 恩惠(은혜)를 내시어 하루에 하나씩 供上(공상)하게 하시면【供上(공상)은 위에 바치는 것이다. 】王(왕)도 성한 고기를 자시고 우리도 하루라도 더

惡_학鹿_록王_왕이 眷_권屬_쑉과 다 모리예⁹⁴⁾ 드러⁹⁵⁾ 잇더시니⁹⁶⁾ 善_쎤鹿_록王_왕이 王_왕끠 나사⁹⁷⁾ 드러 술᷆샤ᄃᆡ⁹⁸⁾ 우리 一_잀千_쳔 사ᄉᆞ미⁹⁹⁾ ᄒᆞᆫ 삐¹⁰⁰⁾ 주그면 고기¹⁾ 믈리니²⁾ 王_왕이 恩_{ᄒᆞᆫ}惠_{ᅘᆁ}를 내샤 ᄒᆞᄅᆞ³⁾ ᄒᆞ나콤⁴⁾ 供_공上_썅ᄒᆞ게⁵⁾ ᄒᆞ시면【供_공上_썅ᄋᆞᆫ 우희⁶⁾ 받ᄌᆞᄫᇙ⁷⁾ 씨라】王_왕도 셩ᄒᆞᆫ⁸⁾ 고기 좌시고⁹⁾ 우리도 흘리나¹⁰⁾ 더

---

94) 모리예: 모리[몰이: 몰(몰다, 驅: 동사)- + -이(명접)] + -예(←-에: 부조, 위치) ※ 15세기 국어에서 '모리'의 의미와 형태를 확인할 수 없다. 그런데 중세 국어의 '모리'는 현대 국어의 '몰이'와 형태나 의미적으로 관련이 있다고 본다. 따라서 이러한 점을 감안하여 '모리'를 동사인 '몰(驅)-'에 명사 파생 접미사인 '-이'가 붙어서 형성된 파생 명사로 처리한다. 현대 국어에서 '몰이'는 '짐승이나 물고기를 잡기 위하여 몰아넣은 장치나 몰아넣는 일'로 추정하는데, 이러한 사실을 감안하면 '모리'는 현대어의 '몰이' 곧, '사냥감을 몰아넣은 장치'인 것으로 본다.

95) 드러: 들(들다, 入)- + -어(연어)

96) 잇더시니: 잇(← 이시다: 있다, 보용, 완료 지속)- + -더(회상)- + -시(주높)- + -니(연어, 설명 계속)

97) 나사: 낫(← 낫다, ㅅ불: 나아가다, 進)- + -아(연어)

98) 술᷆샤ᄃᆡ: 숣(← 솗다, ㅂ불: 사뢰다, 白)- + -ᄋᆞ샤(← -ᄋᆞ시-: 주높)- + -ᄃᆡ(←-오ᄃᆡ: -되, 연어, 설명 계속)

99) 사ᄉᆞ미: 사ᄉᆞᆷ(사슴, 鹿) + -이(주조)

100) ᄒᆞᆫ삐: [함께, 同(부사): ᄒᆞᆫ(한, 一: 관사, 양수) + ㅂㅅ(← 삐: 때, 時) + -의(-에: 부조▷위치, 시간)]

1) 고기: 고기(고기, 肉) + -Ø(←-이: 주조)

2) 믈리니: 믈리[← 믈리다: 상해지다, 饐): 믈(← 므르다: 상하다, 饐)- + -이(피접)-]- + -니(연어, 설명의 계속, 이유) ① '믈리니'는 '믈리니'를 오각한 형태로 추정한다.

3) ᄒᆞᄅᆞ: 하루, 一日.

4) ᄒᆞ나콤: ᄒᆞ낳(하나, 一: 수사, 양수) + -곰(-씩: 보조사, 각자)

5) 供上ᄒᆞ게: 供上ᄒᆞ[供上하다: 供上(공상: 명사) + -ᄒᆞ(동접)-]- + -게(연어, 사동) ※ '供上(공상)'은 물건 따위를 상급 관청이나 궁중, 또는 임금에게 바치던 일이다.

6) 우희: 웋(위, 上) + -의(-에: 부조, 위치)

7) 받ᄌᆞᄫᇙ: 받(바치다, 獻)- + -ᄌᆞᇦ(← -ᄌᆞᆸ-: 객높)- + -을(관전)

8) 셩ᄒᆞᆫ: 셩ᄒᆞ[성하다, 온전하다: 셩(성: 불어) + -ᄒᆞ(형접)-]- + -Ø(현시)- + -ㄴ(관전)

9) 좌시고: 좌시(자시다, 잡수시다, 食: 좌(좌, 座: 명사) + -Ø(← -ᄒᆞ-: 동접)- + -시(주높)-]- + -고(연어, 나열)

10) 흘리나: 흘리(← ᄒᆞᄅᆞ: 하루, 一日) + -이나(-이나마, -이라도: 보조사, 부정적 선택) ※ '-이나'는 마음에 차지 않는 선택, 또는 최소한 허용되어야 할 선택이라는 뜻을 나타내는 보조사이다.

살아징이다 王왕이 그리ᄒᆞ라 ᄒᆞ야시ᄂᆞᆯ 두 무리 內뇡예셔 ᄒᆞᄅᆞ 나ᄒᆞ식 闕큃·ᄒᆞ티 아니ᄒᆞ더니 홀른 惡ᅙ鹿록王왕 무릿 ᄉᆡ기 빈 사ᄉᆞ미 次충第똉 다ᄃᆞᆯ거늘 그 사ᄉᆞ미 惡ᅙ鹿록王왕ᄭᅴ ᄉᆞᆯᄫᅩᄃᆡ 찻기 나코 죽가징이다 惡ᅙ鹿록王왕이 듣디 아니ᄒᆞ실ᄊᆡ 善쎤鹿록王왕ᄭᅴ 가아

살고 싶습니다." 王(왕)이 "그리 하라." 하시거늘 두 무리 內(내)에서 하루 하나씩 (供上을) 闕(궐)하지 아니하더니, 하루는 惡鹿王(악록왕)의 무리에 있는 새끼를 밴 사슴이 次第(차제, 차례)가 다다르거늘, 그 사슴이 惡鹿王(악록왕)께 사뢰되 "새끼를 낳고 죽고 싶습니다." 惡鹿王(악록왕)이 듣지 아니하시므로 善鹿王(선록왕)께 가서 사뢰되

살아 지이다[11] 王왕이 그리[12] ᄒ라 ᄒ야시늘[13] 두 물[14] 內뇡예셔[15]

ᄒᆞᄅ ᄒ나콤 闕퀋티[16] 아니ᄒ더니 홀른[17] 惡ᅙᆞᆨ鹿록王왕 무롓[18] 삿

기[19] 빈[20] 사ᄉ미 次ᄎᆞᆼ第똉[21] 다ᄃᆞᆯ거늘[22] 그 사ᄉ미 惡ᅙᆞᆨ鹿록王왕ᄭᅴ

ᄉᆞᆯᄫᅩᄃᆡ 삿기 나코[23] 죽가 지이다[24] 惡ᅙᆞᆨ鹿록王왕이 듣디 아니ᄒ올ᄊᆡ

善쎤鹿록王왕ᄭᅴ 가아 ᄉᆞᆯᄫᆞᆯ대[25]

---

11) 지이다: 지(싶다: 보용, 희망)- + -Ø(현시)- + -이(상높, 아주 높임)- + -다(평종)

12) 그리: [그리(부사): 그(그, 彼: 지대, 정칭) + -리(부접)]

13) ᄒ야시늘: ᄒ(하다, 曰)- + -시(주높)- + -야 … 늘(←-아늘: -거늘, 연어, 상황)

14) 물: 무리, 衆.

15) 內예셔: 內(내, 안) + -예(←-에: 부조, 위치) + -셔(-서: 위치 강조)

16) 闕티: 闕ᄒ[← 闕ᄒ다(궐하다, 빠뜨리다): 闕(궐: 불어) + -ᄒ(동접)-]- + -디(-지: 연어, 부정)
   ※ '闕ᄒ다(궐하다)'는 공상(供上)하는 일을 빠뜨리는 것이다.

17) 홀른: 홀ᄅ(← ᄒᆞᄅ: 하루, 一日) + -은(보조사, 주제)

18) 무롓: 물(무리, 衆) + -에(부조, 위치) + -ㅅ(-의: 관조) ※ '무롓'은 '무리에 있는'으로 의역하여
   옮긴다.

19) 삿기: 새끼, 子.

20) 빈: 비(배다, 懷)- + -Ø(과시)- + -ㄴ(관전)

21) 次第: 次第(차제: 차례) + -Ø(←-이: 주조)

22) 다ᄃᆞᆯ거늘: 다ᄃᆞᆯ[다다르다, 至: 다(다, 悉: 부사) + 돌(닫다, 달리다, 走)-]- + -거늘(연어, 상황)

23) 나코: 낳(낳다, 産)- + -고(연어, 계기)

24) 죽가 지이다: 죽(↤ 죽다: 죽다, 死)- + -가(←-거-: 확인)- + -Ø(←-오-: 화자)- + -아(연어)
   # 지(싶다: 보용, 희망)- + -Ø(현시)- + -이(상높, 아주 높임)- + -다(평종) ※ '죽가'는 '죽가'를
   오각한 형태이다.

25) ᄉᆞᆯᄫᆞᆯ대: ᄉᆞᆲ(← ᄉᆞᆲ다: 사뢰다, 奏)- + -은대(-은데, -니: 연어, 반응)

·복·대善·쎤鹿·록王 왕이 니르·샤·딕·슬·프·다
·셔·넘·술·노·ᄒᆡᅌᅵ·시·라·내·너·갑새·가·리
·라·ᄒᆞ·시·곳·개·니·거·시·놀·王 왕이·무·르
·신·대對 됭荅 답·ᄒᆞ·샤·ᄃᆡ·오·ᄂᆞᆳ次 ᄎᆞ第 똉·예·호·ᄆᆞ
·예·호·암·사·ᄉᆞ·미·삿·기·ᄇᆡ·여·셔後 ᅘᅮᇢ·에·주
·기·라·커·늘·목·수·믈·누·아·니·앗·길·꺼·아
·니·라·ᄀᆞ·ᄉᆡᆼ·오·리·업·슬·ᄊᆡ·구·틔·여·ᄎᆞ·마·보

善鹿王(선록왕)이 이르시되 "슬프구나! 네가 마음을 놓고 있으라. 내가 네 대신에 가리라." 하시고 당신이 가시거늘, 王(왕)이 물으시니 對答(대답)하시되 "오늘의 次第(차제, 차례)에 한 암사슴이 새끼를 배어서 '後(후)에 죽고 싶다.' 하거늘, 목숨을 누가 아니 아낄 것이 아니라서 (암사슴) 대신에 올 이가 없으므로 구태여 차마

善_쎤鹿_록王_왕이 니르샤딕 슬플쎠²⁶⁾ 네 므슴 노하²⁷⁾ 이시라²⁸⁾ 내²⁹⁾ 네³⁰⁾ 갑새³¹⁾ 가리라³²⁾ 흥시고 즈개³³⁾ 니거시늘³⁴⁾ 王_왕이 무르신대³⁵⁾ 對_됭答_답흥샤딕 오닔 次_충第_똉예 흥 암사스미³⁶⁾ 삿기 빙여셔³⁷⁾ 後_흫에 죽가³⁸⁾ 지라³⁹⁾ 커늘⁴⁰⁾ 목수물⁴¹⁾ 뉘⁴²⁾ 아니 앗길⁴³⁾ 껏⁴⁴⁾ 아니라⁴⁵⁾ 갑새 오리⁴⁶⁾ 업슬씩⁴⁷⁾ 구틔여⁴⁸⁾ 츠마⁴⁹⁾ 보내디

---

26) 슬플쎠: 슬프[슬프다, 悲: 슱(슬퍼하다, 哀)-＋-브(형접)-]-＋-ㄹ쎠(-구나: 감종)

27) 노하: 놓(놓다, 放)-＋-아(연어)

28) 이시라: 이시(있다: 보용, 완료 지속)-＋-라(명종)

29) 내: 나(나, 我: 인대, 1인칭)＋-ㅣ(←-이: 주조)

30) 네: 너(너, 汝: 인대, 2인칭)＋-ㅣ(←-의: 관조)

31) 갑새: 값(값: 대신, 代)＋-애(-에: 부조, 위치)

32) 가리라: 가(가다, 去)-＋-리(미시)-＋-라(←-다: 평종)

33) 즈개: 즈가(당신: 인대, 재귀칭, 높임)＋-ㅣ(←-이: 주조)

34) 니거시늘: 니(가다, 行)-＋-시(주높)-＋-거…늘(-거늘: 연어, 상황)

35) 무르신대: 물(←묻다, ㄷ불: 묻다, 問)-＋-으시(주높)-＋-ㄴ대(-ㄴ데, -니: 연어, 반응)

36) 암사스미: 암사슴[암사슴, 雌鹿: 암(←암ㅎ: 암놈, 雌)＋사슴(사슴, 鹿)]＋-이(주조)

37) 빙여셔: 빙(배다, 懷)＋-여셔(←-어셔: -어서, 연어)

38) 죽가: 죽(죽다, 死)-＋-가(←-거-: 확인)-＋-Ø(←-오-: 화자)-＋-아(연어)

39) 지라: 지(싶다: 보용, 희망)-＋-Ø(현시)-＋-라(←-다: 평종)

40) 커늘: ㅎ(←ㅎ다: 하다, 曰)-＋-거늘(연어, 상황)

41) 목수물: 목숨[목숨, 命: 목(목, 喉)＋숨(숨, 息)]＋-울(←-을: 목조) ※ '목수물'은 '목수믈'을 오각한 형태이다.

42) 뉘: 누(누구, 誰: 인대, 미지칭)＋-ㅣ(←-이: 주조)

43) 앗길: 앗기(아끼다, 惜)-＋-ㄹ(관전)

44) 껏: 껏(←것: 것, 者, 의명)

45) 아니라: 아니(아니다, 非)-＋-라(←-아: 연어) ※ "목수물 뉘 아니 앗길 껏 아니라"는 "누구나 목숨을 아껴서"의 뜻으로 쓰였다. 부정을 부정하여 긍정 표현이 되었다.

46) 오리: 오(오다, 來)-＋-ㄹ(관전) # 이(이, 者: 의명)＋-Ø(←-이: 주조)

47) 업슬씩: 없(없다, 無)-＋-을씩(-므로: 연어, 이유)

48) 구틔여: [구태여, 敢(부사): 굳(굳다, 堅)-＋-희(←-히-: 사접)-＋-여(←-어: 연어 ▷부접)]

49) 츠마: [차마, 忍(부사): 춤(참다, 忍)-＋-아(연어 ▷부접)]

[65 앞]

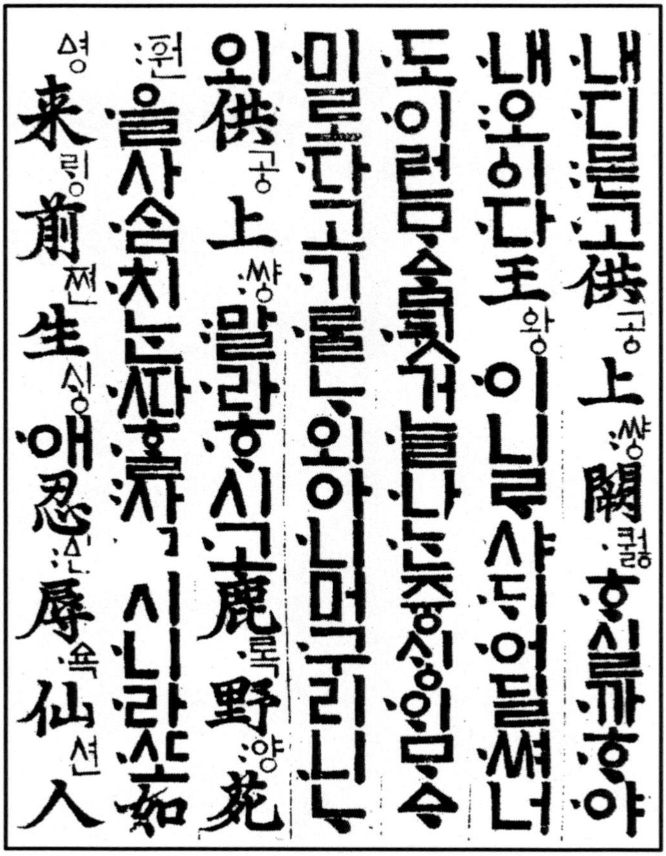
내디 몯ᄒᆞ고 供공上쌍 闕퀋ᄒᆞ실까 ᄒᆞ야
내 오이다 王왕이 니ᄅᆞ샤ᄃᆡ 어딜쎠 너
도 이런 ᄆᆞᅀᆞᄆᆞᆯ 뒷거늘 나ᄂᆞᆫ 즁ᄉᆡᇰ읫 ᄆᆞᅀᆞ
미로다 고기ᄅᆞᆯ ᄂᆞ외야 아니 머구리니 ᄂᆞ
외 供공上쌍 말라 ᄒᆞ시고 鹿록野양苑
원을 사ᄉᆞᆷ 치ᄂᆞᆫ ᄯᅡᄒᆞᆯ 사ᄆᆞ시니라 ᄯᅩ 如
ᅀᅧᆼ來ᄅᆡᆼ 前쪈生ᄉᆡᇰ애 忍ᅀᅵᆫ辱ᅀᅭᆨ仙션人

(다른 이를) 보내지 못하고, 供上(공상)을 闕(궐)하실까 하여 내가 (대신에) 왔습니다." 王(왕)이 이르시되 "어질구나. 너도 이런 마음을 두어 있거늘 나는 짐승의 마음이구나. 고기를 다시 아니 먹으리니 다시 供上(공상)을 말라." 하시고, 鹿野苑(녹야원)을 사슴을 치는 땅으로 삼으셨니라. 또 如來(여래)가 前生(전생)에 *忍辱仙人*(인욕선인)이

몯고⁵⁰⁾ 供_공上_썅 闕_퀋ᄒᆞ실까⁵¹⁾ ᄒᆞ야 내 오이다⁵²⁾ 王_왕이 니ᄅᆞ샤ᄃᆡ 어딜쎠⁵³⁾ 너도 이런 ᄆᆞᄋᆞᆷ 뒷거늘⁵⁴⁾ 나ᄂᆞᆫ 즁ᄉᆡᆼ이⁵⁵⁾ ᄆᆞᅀᆞ미로다⁵⁶⁾ 고기를 ᄂᆞ외⁵⁷⁾ 아니 머구리니⁵⁸⁾ ᄂᆞ외 供_공上_썅 말라⁵⁹⁾ ᄒᆞ시고 鹿_록野_양苑_훤을 사슴 치ᄂᆞᆫ⁶⁰⁾ ᄯᅡᄒᆞᆯ⁶¹⁾ 사ᄆᆞ시니라⁶²⁾ ᄯᅩ 如_셩來_링 前_쪈生_{ᄉᆡᆼ}애 忍_{ᅀᅵᆫ}辱_{ᅀᅭᆨ}仙_션人_{ᅀᅵᆫ}⁶³⁾이

---

50) 몯고: 몯[← 몯ᄒᆞ다(못하다, 不能: 보용, 부정): 몯(못, 不能: 부사)+ -Ø(← -ᄒᆞ-: 동접)-]- + -고(연어, 나열)

51) 闕ᄒᆞ실까: 闕ᄒᆞ[궐하다: 闕(궐: 불어)+ -ᄒᆞ(동접)-]- + -시(주높)- + -ㄹ까(의종, 판정, 미시)

52) 오이다: 오(오다, 來)- + -Ø(과시)- + -이(상높, 아주 높임)- + -다(평종)

53) 어딜쎠: 어딜(어질다, 仁)- + -Ø(현시)- + -ㄹ쎠(-구나: 감종)

54) 뒷거늘: 두(두다, 置)- + -Ø(← -어: 연어)+ 잇(← 이시다: 보용, 완료 지속)- + -거늘(연어, 상황) ※ '뒷거늘'은 '두어 잇거늘'이 축약된 형태이다.

55) 즁ᄉᆡᆼ이: 즁ᄉᆡᆼ(짐승, 獸)+ -이(관조)

56) ᄆᆞᅀᆞ미로다: ᄆᆞᅀᆞᆷ(마음, 心)+ -이(서조)- + -Ø(현시)- + -로(← -도-: 감동)- + -다(평종)

57) ᄂᆞ외: [다시, 거듭, 復(부사): ᄂᆞ외(거듭하다, 復: 동사)+ -Ø(부접)]

58) 머구리니: 먹(먹다, 食)- + -우(화자)- + -리(미시)- + -니(연어, 설명 계속)

59) 말라: 말(말다, 勿)- + -라(명종)

60) 치ᄂᆞᆫ: 치(치다, 기르다, 養)- + -ᄂᆞ(현시)- + -ㄴ(관전)

61) ᄯᅡᄒᆞᆯ: ᄯᅡᇂ(땅, 데, 地)+ -ᄋᆞᆯ(-으로: 목조, 보조사적 용법, 의미상 부사격) ※ 'ᄯᅡᄒᆞᆯ'은 '땅으로'로 의역하여 옮긴다.

62) 사ᄆᆞ시니라: 삼(삼다, 爲)- + -ᄋᆞ시(주높)- + -Ø(과시)- + -니(원칙)- + -라(← -다: 평종)

63) 忍辱仙人: 인욕선인. 석가 세존(釋迦 世尊)이 전 세상에서 수도(修道)할 때의 이름이다. 여기서 '인욕(忍辱)'은 욕됨을 참고 안주(安住)하는 뜻으로, 온갖 모욕과 번뇌를 참고 원한(怨恨)을 일으키지 않는 것이다.

되시어 어떤 산(山)에 계시어 苦行(고행)을 닦으시더니, 그 나라의 王(왕)
인 歌利(가리)라 하는 이가 婇女(채녀)를 더불고 그 산에 사냥(山行) 가
있다가 피곤하여서 자거늘, 그 婇女(채녀)들이 꽃을 꺾으러 가서 忍辱仙
人(인욕선인)의 庵子(암자)에 가거늘【庵(암)은 푸성귀로 지은 집이다. 】,
仙人(선인)이 그 여자를 데리어 說法(설법)하시더니,

드외샤 흔⁶⁴⁾ 뫼해⁶⁵⁾ 겨샤 苦_콩行_행⁶⁶⁾ 닷더시니⁶⁷⁾ 그 나랏 王_왕 歌_강利_링라⁶⁸⁾ 호리⁶⁹⁾ 婇_칭女_녕⁷⁰⁾ 더블오⁷¹⁾ 그 뫼해 山_산行_행⁷²⁾ 갯다가⁷³⁾ ⼅가⁷⁴⁾ 자거늘 그 婇_칭女_녕들히 곳⁷⁵⁾ 것그라⁷⁶⁾ 가아 忍_신辱_쇽仙_션人_신 菴_함⁷⁷⁾애 니거늘【菴_함은 프성귀로⁷⁸⁾ 지순⁷⁹⁾ 지비라⁸⁰⁾】仙_션人_신이 그 각시를⁸¹⁾ 드려⁸²⁾ 說_쉃法_법ᄒᆞ더시니⁸³⁾

---

64) 흔: 一, 관사. ※ 이때이 '흔'은 문맥을 감안하여 '어떤'으로 의역하여 옮긴다.

65) 뫼해: 뫼ㅎ(산, 山) + -애(-에: 부조, 위치)

66) 苦行: 고행. 몸으로 견디기 어려운 일들을 통하여 수행을 쌓는 일이다.

67) 닷더시니: 닷(← 닦다: 닦다, 修)- + -더(회상)- + -시(주높)- + -니(연어, 설명 계속)

68) 歌利라: 歌利(가리) + -∅(←-이-: 서조)- + -∅(현시)- + -라(←-다: 평종) ※ '歌利(가리)'는 석가모니(釋迦牟尼) 부처가 과거세(過去世)에 인욕선인(忍辱仙人)이 되어 수도할 때에 석가의 팔다리를 끊었다는 녹야원(鹿野苑)의 임금이다.

69) 호리: ᄒᆞ(← ᄒᆞ다: 하다, 名曰)- + -오(대상)- + -ㄹ(관전) # 이(이, 者: 의명) + -∅(←-이: 주조)

70) 婇女: 채녀. 궁녀의 계급. 또는 그 계급의 궁녀이다.

71) 더블오: 더블(더불다, 與)- + -오(←-고: 연어, 계기)

72) 山行: 산행. 사냥, 獵. ※ '山行'은 사냥(狩獵)의 뜻을 나타내는 고유어인 '산힝'을 한자로 표기한 형태이다.

73) 갯다가: 가(가다, 行)- + -아(연어) + 잇(← 이시다: 있다, 보용, 완료 지속)- + -다가(연어, 동작의 전환)

74) ⼅가: ⼅(힘겨워하다, 疲)- + -아(연어)

75) 곳: 곳(← 곶: 꽃, 花)

76) 것그라: 겄(꺾다, 折)- + -으라(-으러: 연어, 목적)

77) 菴: 암. 암자(庵子). 도를 닦기 위하여 만든 자그마한 집이다.

78) 프성귀로: 프성귀[푸성귀, 草: 프(← 플: 풀, 草) + -성귀(-성귀: 접미)] + -로(부조, 방편)

79) 지순: 짓(← 짓다, 作)- + -∅(과시)- + -우(대상)- + -ㄴ(관전)

80) 지비라: 집(집, 家) + -이(서조)- + -∅(현시)- + -라(←-다: 평종)

81) 각시를: 각시(여자, 女) + -를(목조)

82) 드려: 드리(데리다, 同)- + -어(연어)

83) 說法ᄒᆞ더시니: 說法ᄒᆞ[설법하다: 說法(설법: 명사) + -ᄒᆞ(동접)-] + -더(회상)- + -시(주높)- + -니(연어, 설명 계속)

王(왕)이 깨어 여자들이 없으므로, 環刀(환도)를 들고 推尋(추심)하여 가
니 (여자들이) 仙人(선인)의 菴(암)에 가 있거늘, 王(왕)이 怒(노)하여 仙人
(선인)께 묻되 "네가 어떤 사람인가?" (선인이) 對答(대답)하시되 "忍辱仙
(인욕선)입니다." 王(왕)이 또 묻되 "가장 높은 定(정)을 得(득)하였는가?"
(선인이) 對答(대답)하시되 "못 得(득)하여 있습니다."

王_왕이 씨야⁸⁴⁾ 각시내⁸⁵⁾ 업슬씨⁸⁶⁾ 環_횐刀_돌⁸⁷⁾ 들오⁸⁸⁾ 推_칭尋_씸ᄒ야⁸⁹⁾ 가니 仙_션人_신 菴_함애 갯거늘 王_왕이 怒_농ᄒ야 仙_션人_신끠 묻ᄌᆞᆸ보 디⁹⁰⁾ 네 엇더닌다⁹¹⁾ 對_됭答_답ᄒ샤디 忍_신辱_욕仙_션이로이다⁹²⁾ 王_왕이 ᄯᅩ 무쯔ᄫᆞ디⁹³⁾ ᄆᆞᆺ⁹⁴⁾ 노픈 定_뗭⁹⁵⁾을 得_득ᄒᆞ다⁹⁶⁾ 對_됭答_답ᄒ샤디 몯 得_득ᄒ얫노이다⁹⁷⁾

---

84) 씨야: 씨(깨다, 覺)- + -야(← -아: 연어)

85) 각시내: 각시내[여자들: 각시(여자, 女) + -내(-들: 복접, 높임)] + -Ø(← -이: 주조)

86) 업슬씨: 없(없다, 無)- + -을씨(-므로: 연어, 이유)

87) 環刀: 환도. 예전에, 군복에 갖추어 차던 군도(軍刀)이다. 고리를 사용하여 패용(佩用)하였던 도검(刀劍)을 일컫는다.

88) 들오: 들(들다, 擧)- + -오(← -고: 연어, 나열)

89) 推尋ᄒ야: 推尋ᄒ[추심하다, 찾다: 推尋(추심: 명사) + -ᄒ(동접)-]- + -야(← -아: 연어) ※ '推尋(추심)'은 찾아내어 가지거나 받아 내는 것이다.

90) 묻ᄌᆞᆸ보디: 묻(묻다, 問)- + -ᄌᆞᇦ(← -ᄌᆞᆸ-: 객높)- + -오디(-되: 연어, 설명 계속)

91) 엇더닌다: 엇던(어떤, 何: 관사, 미지칭) # 이(이, 사람, 者: 의명) + -Ø(← -이-: 서조)- + -Ø (현시)- + -ㄴ다(-ㄴ가: 의종, 2인칭) ※ '엇더닌다'는 '어떤 사람인가?'로 의역하여 옮긴다.

92) 忍辱仙이로이다: 忍辱仙(인욕선: 인욕선인) + -이(서조)- + -Ø(현시)- + -로(← -도-: 감동)- + -이(상높, 아주 높임)- + -다(평종)

93) 무쯔ᄫᆞ디: 무(← 묻다: 묻다, 問)- + -쯔ᇦ(← -ᄌᆞᆸ-: 객높)- + -오디(-되: 연어, 설명 계속)

94) ᄆᆞᆺ: 가장, 제일, 最(부사)

95) 定: 정. 마음을 한곳에 모아 움직이지 아니하는 안정된 상태이다. 생득정(生得定)과 수득정(修得定)의 두 가지가 있다. '생득정(生得定)'은 선정(禪定)의 세계인 색계와 무색계에 태어남으로 하여서, 자연히 선천적으로 얻어지는 일정한 마음이다. 그리고 '수득정(修得定)'은 선천적으로 얻어진 것이 아니고, 현세에 수행을 쌓아 얻은 선정(禪定)이다.

96) 得ᄒᆞ다: 得ᄒ[득하다: 得(득: 불어) + -ᄒ(동접)-]- + -Ø(과시)- + -ㄴ다(-는가: 의종, 2인칭)

97) 得ᄒ얫노이다: 得ᄒ[득하다: 得(득: 불어) + -ᄒ(동접)-]- + -Ø(과시)- + -야(← -아: 연어) + 잇(← 이시다: 있다, 보용, 완료 지속)- + -ᄂᆞ(← -ᄂᆞ-: 현시)- + -오(화자)- + -이(상높, 아주 높임)- + -다(평종)

王·이 닐·오·딕 그·러·면 凡뻠夫붕 ㅣ·로·다
·ᄒᆞ·고 還·도 ·ᄅᆞᆯ ᄲᅡ·혀 仙션人
人·신·이 아·ᄆᆞ·라·토·이 아·니·ᄒᆞ·야 겨·시·거·늘
·이 荒ᇢ唐ᇰ ·히 너·겨 무·로·딕
·ᄒᆞ·야 츠·ᇰ·니·여 對·답·ᄒᆞ·샤·딕
·측·디아·니·ᄒᆞᇰ·이·다 ·내 成·ᄒᆞ면 佛·ᄒᆞ·면

王(왕)이 이르되 "그러면 凡夫(범부)이구나." 하고 還刀(환도)를 빼어 仙人(선인)의 手足(수족)을 마구 베거늘【手(수)는 손이요 足(족)은 발이다. 】, 仙人(선인)이 아무렇지도 아니하고 계시거늘, 王(왕)이 荒唐(황당)히 여겨 묻되 "네가 날 向(향)하여 섭섭하냐?"(선인이) 對答(대답)하시되 "섭섭하지 아니합니다. 내가 成佛(성불)하면 王(왕)

王_왕이 닐오디 그러면⁹⁸⁾ 凡_뻠夫_붕ㅣ로다⁹⁹⁾ ᄒ고 環_횐刀_돌 ᄲᅢᅘᅧ¹⁰⁰⁾ 仙_션人_신ㅅ 手_슐足_죡을 베텨늘¹⁾【手_슐ᄂᆞᆫ 소니오²⁾ 足_죡은 바리라³⁾】仙_션人_신이 아ᄆᆞ라토⁴⁾ 아니코⁵⁾ 겨시거늘⁶⁾ 王_왕이 荒_황唐_땅히⁷⁾ 너겨 무쩌보디⁸⁾ 네 날⁹⁾ 向_향ᄒᆞ야 측ᄒᆞ니여¹⁰⁾ 對_됭答_답ᄒᆞ샤디 측디¹¹⁾ 아니ᄒᆞ이다¹²⁾ 내 成_쎵佛_뿛ᄒᆞ면¹³⁾ 王_왕

〈 이하 낙장(落張)으로 내용을 알 수 없음 〉*

98) 그러면: [그러면, 然(부사, 접속): 그러(← 그러ᄒᆞ다: 그러하다, 彼, 형사)- + -면(연어, 조건)]

99) 凡夫ㅣ로다: 凡夫(범부) + -ㅣ(←-이-: 서조)- + -Ø(현시)- + -로(←-도-: 감동)- + -다(평종)
　※ '凡夫(범부)'는 번뇌에 얽매여 생사를 초월하지 못하는 사람이다.

100) ᄲᅢᅘᅧ: ᄲᅢᅘᅧ[빼다, 拔: ᄲᅢ(빼다, 拔)- + -ᅘᅧ(강접)-]- + -어(연어)

1) 베텨늘: 베티[마구 베다, 베어 치다: 베(베다, 斬)- + -티(강접)-]- + -어늘(-거늘: 연어, 상황)

2) 소니오: 손(손, 手) + -이(서조)- + -오(←-고: 연어, 나열)

3) 바리라: 발(발, 足) + -이(서조)- + -Ø(현시)- + -라(←-다: 평종)

4) 아ᄆᆞ라토: 아ᄆᆞ랗(아무렇다: 형사)- + -Ø(←-디: 연어, 부정) + -도(보조사, 강조) ※ '아ᄆᆞ라토'은 '아ᄆᆞ라티도'에서 연결 어미인 '-디'가 탈락하여 /ㅎ/과 /ㄷ/이 축약된 형태이다.

5) 아니코: 아니ᄒᆞ[← 아니ᄒᆞ다(아니하다, 非: 보용, 부정): 아니(아니, 非: 부사, 부정) + -ᄒᆞ(형접)-]- + -고(연어)

6) 겨시거늘: 겨시(계시다: 보용, 완료 지속, 높임)- + -거늘(연어, 상황)

7) 荒唐히: [황당히(부사): 荒唐(황당: 불어) + -ᄒᆞ(←-ᄒᆞ-: 형접)- + -이(부접)]

8) 무쩌보디: 묻(묻다, 問)- + -저(←-ᄌᆞᆸ-: 객높)- + -오디(-되: 연어, 설명 계속)

9) 날: 나(나, 我: 인대, 1인칭) + -ㄹ(←-ᄅᆞᆯ: 목조)

10) 측ᄒᆞ니여: 측ᄒᆞ[섭섭하다, 원망하다: 측(側: 불어) + -ᄒᆞ(형접)-]- + -Ø(현시)- + -니여(-냐: 의종, 판정)

11) 측디: 측[← 측ᄒᆞ다(섭섭하다, 원망하다, 側): 측(側: 불어)- + -ᄒᆞ(형접)-]- + -디(-지: 연어, 부정)

12) 아니ᄒᆞ이다: 아니ᄒᆞ[아니하다, 非(보용, 부정): 아니(아니, 非: 부사, 부정) + -ᄒᆞ(형접)-]- + -Ø(현시)- + -이(상높, 아주 높임)- + -다(평종)

13) 成佛ᄒᆞ면: 成佛ᄒᆞ[성불하다: 成佛(성불: 명사) + -ᄒᆞ(동접)-]- + -면(연어, 조건)

* 『월인석보』 제4의 이하 부부은 낙장(落張)되어서 그 내용을 확인할 수 없다.

"나는 뒤에 부처가 되면 먼저 '지혜의 칼'로써 당신의 삼독(三毒)을 끊을 것입니다."

그때에 산중에 있던 여러 용과 귀신들은 가리왕(歌利王)이 인욕선인(忍辱仙人)을 해친 것을 보고 모두 걱정하여, 큰 구름과 안개를 일으키고 뇌성벽력을 치면서 그 왕과 권속들을 해치려 하였다. 선인은 하늘을 우러러 말하였다. "만일 나를 위하거든 저 왕을 해치지 말라." 가리왕은 참회한 뒤에는 늘 선인을 청하여 궁중에서 공양하였다.

그때에 다른 범지(梵志)들 수천 인은 왕이 찬제파리(屬提波梨, 忍辱仙人)를 공경히 대우하는 것을 보고 매우 시기하여, 그가 앉은 그윽한 곳에 티끌과 흙과 더러운 물건들을 끼얹었다. 선인은 그렇게 하는 것을 보고 곧 서원(誓願)을 세웠다.

"나는 지금 이 인욕을 수행하여 중생들을 위해 쉬지 않고 그 행(行)을 쌓으면 뒤에는 반드시 부처가 될 것이다. 만일 불도를 성취하면 먼저 법의 물로써 너희들의 티끌과 때를 씻고 탐욕의 더러움을 없애어 영구히 청정하게 할 것이다."라고 부처님은 비구(比丘)들에게 말씀하셨다.

"그때의 찬제파리가 누구인지 알고 싶은가? 그이는 바로 이 내 몸이요, 그때의 가리왕과 네 대신은 바로 지금의 교진여(憍陳如) 등 다섯 비구요, 내게 티끌을 끼얹었던 천(千)의 범지(梵志)는 바로 지금의 울비라(鬱卑羅) 등 천(千)의 비구이다. 나는 그때에 인욕(忍辱)을 수행하면서 저들을 먼저 제도(濟度)하리라고 서원을 세웠다. 그러므로 내가 도를 이루자 그들이 먼저 괴로움에서 벗어나게 되었느니라."

그때에 비구들은 부처님 말씀을 듣고 일찍이 없는 일이라고 찬탄하면서, 기뻐하고 받들어 행하였다.

〈『현우경 권제이』 찬제파리품 제십이 〉*

---

*낙장의 부분에 해당하는 내용으로서, 『현우경』의 권제이 '찬제파리품' 제십에 해당하는 〈한글대장경〉의 현대어 번역을 그대로 옮겼다.

我後成佛, 先以慧刀斷汝三毒. 爾時, 山中諸龍鬼神見迦梨王抂忍辱仙人, 各懷懊惱 興大雲霧雷電霹靂, 欲害彼王及其眷屬. 時, 仙人仰語 "若爲我者, 莫苦傷害." 時, 迦梨國王懺悔之後常請仙人, 就宮供養. 爾時, 有異梵志徒衆千人, 見王敬待羼提波梨, 甚懷妒忌, 於其屏處坐, 以塵土糞穢而以坌之. 爾時, 仙人見其如是, 卽時立誓. "我今修忍, 爲於群生. 積行不休, 後會成佛. 若佛道成, 先以法水洗汝塵垢, 除汝欲穢, 永令淸淨." 佛告比丘 "欲知爾時羼提波梨者, 則我身是, 時王迦梨及四大臣, 今憍陳如等五比丘是. 時, 千梵志坌我者今鬱卑羅等千比丘是. 我於爾時, 緣彼忍辱誓當先度. 是故道成, 此等之衆先得度苦." 時, 諸比丘聞佛所說, 歎未曾有, 歡喜奉行.

〈『賢愚經』卷第二 羼提波梨品 第十二 〉*

---

* 『대정신수대장경, 大正新脩大藏經』제4, 359쪽 下~360쪽 上에 수록된 한문 내용을 옮겨 왔다.

부록

'원문과 번역문의 벼리' 및 '문법 용어의 풀이'

부록 1. 원문과 번역문의 벼리

『월인석보 제사』 원문의 벼리

『월인석보 제사』 번역문의 벼리

부록 2. 문법 용어의 풀이

1. 품사
2. 불규칙 활용
3. 어근
4. 파생 접사
5. 조사
6. 어말 어미
7. 선어말 어미

『월인석보 제사』 원문의 벼리

[1앞] 月_윓印_힌千_천江_강之_징曲_콕 第_똉四_숭
譜_봉詳_썅節_졇弟_똉四_숭

其_끵六_륙十_씹七_칧

正_졍覺_각을 일우시릻씨 魔_망宮_궁에 放_방光_광ᄒᆞ샤 波_방旬_쓘이를 降_행히요리라

波_방旬_쓘이 꾺을 꾸고 臣_씬下_행와 [1뒤] 議_읭論_론ᄒᆞ야 瞿_꿍曇_땀이를 降_행히요리라

其_끵六_륙十_씹八_밣

세 ᄯᆞᆯ을 보내야 여러 말 슬ᄫᅧ며 甘_감露_롱를 勸_퀀ᄒᆞᅀᆞᄫᅵ니

衆_즁兵_병을 뫼하 온 攘_양子_중ㅣ ᄃᆞ외야 淨_쪙甁_뼁을 무우려 ᄒᆞ니

[2앞] 其_끵六_륙十_씹九_굴

白_{ᄈᆡᆨ}毫_{ᅘᅩᇢ}로 견지시니 각시 더러ᄫᅳᆫ 아래 ᄀᆞ린 거시 업게 ᄃᆞ외니

一_{ᅙᅵᇙ}毫_{ᅘᅩᇢ}도 아니 뮈시니 鬼_귕兵_병 모딘 잠개 나ᅀᅡ 드디 몯게 ᄃᆞ외니

其_끵七_칧十_씹

각시 ᄯᅩ 비옌 큰 벌에 骨_곯髓_쉥옌 효ᄀᆞᆫ [2뒤] 벌에 미틔는 얼읜 벌에러니

각시 ᄯᅩ 가온ᄃᆡ 가히 엇게옌 ᄇᆞ얌 여ᅀᅳ 앏뒤헨 아히 할미러니

其끵七칧十씹一힗

魔망王왕이 怒농호ᄃᆞᆯ 道똘理링 거슬씨 無뭉數숭호 軍군이 淨쪙瓶뼝을 몯 무우니

[3앞]世셍尊존이 慈ᄍᆞᆼ心심ᄋᆞ로 三삼昧밍예 드르시니 無뭉數숭호 ᄂᆞᆯ히 蓮련花황ㅣ ᄃᆞ외니

其끵七칧十씹二ᅀᅵᆼ

六륙天텬 八밣部뽕 鬼귕兵병이 波방旬쓘의 말 드러 와 모딘 ᄠᅳ들 일우오려 터니

[3뒤]無뭉數숭 天텬子ᄌᆞᆼ 天텬女녕ㅣ 부텻 光광明명 보ᅀᆞᄫᅡ 됴호 ᄆᆞᅀᆞᆷ을 내혀ᅀᆞᄫᆞ니

其끵七칧十씹三삼

寶봄冠관을 바사 견져 地띵獄옥 잠개 ᄃᆞ외화 瞿꿍曇땀이를 모디 자ᄫᅡ라 터니

[4앞]白삑毫ᅘᅭᇂ를 드러 견지샤 地띵獄옥이 믈이 ᄃᆞ외야 罪쬥人ᅀᅵᆫ들히 다 人ᅀᅵᆫ間간애 나니

其끵七칧十씹四ᄉᆞᆼ

魔망王왕이 말 재야 부텻긔 나ᅀᅡ 드니 현 날인ᄃᆞᆯ 迷몡惑ᅘᅱᆨ 어느 플리 부텻 智딩力륵으로 魔망王왕이 [4뒤]업더디니 二ᅀᅵᆼ月ᅀᅯᇙㅅ 八밣日ᅀᅵᇙ에 正졍覺각 일우시니

菩뽕薩삻이 菩뽕提똉樹쓩 아래 안자 겨샤 혜여 너기샤ᄃᆡ 이제 無뭉上쌍正졍覺각을 일우오리니 魔망王왕 波방旬쓘이 못 尊존ᄒᆞ고 모디니 [5앞]뎌를 오게 ᄒᆞ야 몬져 降ᅘᅡᆼ服뽁히오사 三삼界갱 衆즁生ᄉᆡᆼ을 濟졩渡똥호리라 ᄒᆞ시고 셜혼 여ᄃᆞ래를 菩뽕堤똉樹쓩 보시며 道똘理링 ᄉᆞ랑ᄒᆞ시니 天텬地띵 드러치더니 큰 光광明명을 펴샤 魔망王왕宮궁을 □□□대

284   월인석보 제사

^[5뒤] 魔_망王_왕 波_방旬_쓘이 ᄭᅮ믈 □□ 지비 어듭고 모시 여위오 풍륫가시 ᄒᆡ야디고 夜_양叉_창와 鳩_굴槃_빤茶_땅이 머릿바기 ᄯᅳᆯ헤 듣고 諸_졍天_텬이 제 말 從_쫑티 아니ᄒᆞ야 背_빙叛_빤ᄒᆞ거늘 ᄭᆡᄃᆞ라 두리여 臣_씬下_행ㅣ며 兵_병馬_망ㅣ며 모도아 숨 니ᄅᆞ고 議_읭論_론호ᄃᆡ ^[6앞] 엇뎨 ᄒᆞ야ᅀᅡ 뎌 瞿_꿍曇_땀이를 가 降_행服_뽁히려뇨

魔_망王_왕이 세 ᄯᆞ리 닐오ᄃᆡ 우리 어루 瞿_꿍曇_땀이ᄅᆞᆯ 므ᅀᅮ믈 일케 호리니 분별 마ᄅᆞ쇼셔 ᄒᆞ고 ᄀᆞ장 莊_장嚴_엄ᄒᆞ야 菩_뽕薩_삻ᄭᅴ 와 禮_롕數_숭ᄒᆞᅀᆞᆸ고 닐굽 번 값돌오 ᄉᆞᆯ보ᄃᆡ 太_탱子_{ᄌᆞ}□□□□□ ^[6뒤] 萬_먼神_씬이 侍_씽衛_윙ᄒᆞᅀᆸ□□ □□ 天_텬位_윙 ᄇᆞ리시고 이 나모 미틔 와 겨시니잇가 우리 天_텬女_녕ㅣ로니 오늘 우리 모ᄆᆞᆯ 太_탱子_{ᄌᆞ}ᄭᅴ 받ᄌᆞᆸ노이다 ᄇᆞ라ᄇᆞᆯ 디도 잘 디기ᅀᆞᄫᆞ며 ᄉᆡ저리ᄂᆞᆫ 디도 잘 주므르ᅀᆞᆸ노니 太_탱子_{ᄌᆞ}ㅣ ᄀᆞᆺᄇᆞ시란ᄃᆡ 져근덛 누버 쉬시며 甘_감露_롤를 ^[7앞] 좌쇼셔 ᄒᆞ고 하ᄂᆞᆳ 種_죵種_죵 차바ᄂᆞᆯ 寶_봏器_킁예 다마 받ᄌᆞᄫᆞᆫ대 菩_뽕薩_삻이 아ᄆᆞ라토 아니ᄒᆞ시고 眉_밍間_간앳 흰 터리로 견지시니 그 ᄯᆞᆯ들히 제 모ᄆᆞᆯ 보니 더러ᄫᆞᆫ ᄯᅡ히 다 ᄀᆞ린 거시 업고 한 ᄇᆞᆯ에 五_옹臟_짱ᄋᆞᆯ ᄉᆞᆯ오 ^[7뒤] 骨_곯髓_쉉마다 효근 □□□히 나거늘 그 ᄯᆞᆯ들히 즉자히 □□□고 제 모ᄆᆞᆯ 다시 보니 왼녀긘 ᄇᆞ야미 머리 ᄃᆞ외오 올ᄒᆞ녀긘 엿의 머리 ᄃᆞ외오 가온ᄃᆡ 가히 머리 ᄃᆞ외오 드의ᄂᆞᆫ 할미 업고 알ᄑᆡᆫ 주근 아기 아냇더니 그 ᄯᆞᆯ들히 두리여 우르고 믈리 거러 가며 제 아래ᄅᆞᆯ ^[8앞] 구버보니 한 ᄇᆞᆯ에 얼의예셔 ᄉᆡ어늘 그 ᄯᆞᆯ들히 업드러 니거늘

魔_망王_왕이 더 怒_농ᄒᆞ야 十_씹八_밣億_흑 兵_병馬_망ᄅᆞᆯ 모도니 變_변ᄒᆞ야 獅_{ᄉᆞᆼ}子_{ᄌᆞ}ㅣ며 고미며 나비며 ᄇᆞ야미며 온가짓 양ᄌᆡ ᄃᆞ외며 블도 ᄯᅳᆺ통ᄒᆞ며 뫼토 메며 울에 번게 ᄒᆞ며 늘잠개 가져 菩_뽕薩_삻□□□□ ^[8뒤] 菩_뽕薩_삻이 慈_쭝心_심ᄋᆞ로 ᄒᆞᆫ 터럭도 무우디 아니코 겨시니 빗난 양ᄌᆞ 더욱 됴터시니 鬼_귕兵_병이 갓가ᄫᅵ 몯 나ᅀᅡ 드ᅀᆞᆸ더라 魔_망王_왕이 大_땡怒_농ᄒᆞ야 六_륙天_텬과 八_밣部_뽕애 盡_찐數_숭히 兵_병馬_망 니ᄅᆞ

와다 [9앞]瞿瞿曇땀이 게 가라 ᄒᆞ니 귓것들히 구룸 지픠ᄃᆞᆺ ᄒᆞ더니 귓것들히 머리 쇠머리 ᄀᆞᆮ고 마ᄉᆞᆫ 귀예 귀마다 쇠 사리 도다 븕긔 다라 이시며 엿의 머리 ᄀᆞᆮ고 눈 ᄒᆞᆫ 귓거시 소리 霹펵靂력 ᄀᆞᆮᄐᆞ니도 이시며 귓거싀 大땡將쟝軍군들흔 ᄒᆞᆫ 모기 여슷 머리오 □□□ □슷 [9뒤]ᄂᆞ치오 무루페 두 ᄂᆞ치오 모맷 터리 고ᄅᆞᆫ 사리어든 모ᄆᆞᆯ 뮈워 사ᄅᆞᆷ 쏘고 누네 피 흐르더니 ᄲᆞᆯ리 ᄃᆞ라오나ᄂᆞᆯ 魔망王왕이 귓것ᄃᆞ려 닐오ᄃᆡ 瞿꿍曇땀이는 어딘 사ᄅᆞ미라 呪쥴를 잘 ᄒᆞᆯ 法법이 잇ᄂᆞ니라 ᄒᆞ고 [10앞]ᄯᅩ 제 구슬로 四ᄉᆞᆼ兵병을 밍ᄀᆞ라 虛헝空콩ᄋᆞ로셔 ᄂᆞ려오니라

波방旬쓘이 [10뒤]菩뽕薩삻ᄭᅴ 슬보ᄃᆡ 너옷 니러 가디 아니ᄒᆞ면 너를 자바 바ᄅᆞᆳ 가온ᄃᆡ다가 더듀리라 菩뽕薩삻이 니ᄅᆞ샤ᄃᆡ 네 내 淨쪙瓶뼝을 몬져 뮈우고ᅀᅡ 나ᄅᆞᆯ 더디리라 ᄒᆞ야시ᄂᆞᆯ 波방旬쓘의 八밦十씹億흑 귓것들히 그 瓶뼝을 뮈우다가 몯ᄒᆞ니라 波방旬쓘이 [11앞]ᄯᅩ 너교ᄃᆡ 이 兵병馬망ㅣ ᄒᆞ다가 瞿꿍曇땀이를 몯 降행服뽁힐까 ᄒᆞ야 제 寶뽈冠관ᄋᆞᆯ 바사 閻염羅랑王왕宮궁 마ᄎᆞᆷ 싸해 견져 [11뒤]ᄒᆞᆫ 귓것 알외야 너희 獄옥卒죯와 阿항鼻삥地띵獄옥앳 연자ᄋᆞᆯ 갈히며 슬히며 火황爐롱ㅣ며 다 가져 閻염浮뿔提똉로 오라 ᄒᆞ야 뫼호고 魔망王왕 波방旬쓘이 [12앞]구세딜어 ᄲᆞᆯ리 瞿꿍曇땀이를 害행ᄒᆞ라 ᄒᆞ니 우흐로셔 ᄲᆞ리며 더본 쇠며 갈히며 슬히며 ᄂᆞᆯ잠개들히 虛헝空콩애 섯비주ᄃᆡ 菩뽕薩삻ᄭᅴ 갓가ᄫᅵ 오ᄆᆞᆯ 몯 ᄒᆞ더니 그 ᄣᅢ 菩뽕薩삻이 慈쭝心심 三삼昧밍예 드르시니 [12뒤]ᄂᆞᆯ 긑마다 蓮련ㅅ고지 나며 울에와 번게와 무뤼와 비왜 다 五옹色ᄉᆡᆨ 고지 ᄃᆞ외니라 菩뽕薩삻이 眉밍間간앳 흰 터리를 ᄌᆞᆨᄌᆞᆨ기 드르샤 阿항鼻삥地띵獄옥ᄋᆞᆯ 견지시니 터리예셔 큰 므리 브ᅀᅥ ᄒᆞᆫ 브리 ᄌᆞᆷ간 ᄢᅥ디거늘 罪쬥人ᅀᅵᆫ들히 보ᅀᆞᆸ고 제여곰 [13앞]지순 罪쬥를 아라 ᄆᆞᅀᆞ미 싀환ᄒᆞ야 南남無뭉 佛뿛을 일ᄏᆞᆮᄌᆞᄫᆞ니 그 因ᅙᅵᆫ緣원으로 人ᅀᅵᆫ間간애 다 나니 魔망王왕이 이런 相샹ᄋᆞᆯ 보ᅀᆞᆸ고 시름ᄒᆞ야 도라가니라

菩뽕薩삻ㅅ 힌 터리 바ᄅ 六륙天텬에 가아 그 그ᇰ테 여러 蓮련ㅅ고지 [13뒤] 나니
그 蓮련ㅅ고재 닐굽 부톄 안자 겨시며 그 힌 터리 無뭉色ᄉᆞᆨ界갱예 니르리 가아 다
비취시니 고ᄅᆞᆫ 玻팡璃령鏡겨ᇰ이 ᄀᆞᄐᆞ신대 八밢萬먼四ᄉᆞᆼ千쳔 天텬女녕들히 [14앞] 魔망
王와ᇰ올 보니 블 누른 나모 ᄀᆞᆮ고 오직 菩뽕薩삻ㅅ 白삑毫ᅘᅩᇢ相샤ᇰ 光과ᇰ올 울워ᅀᆞᆸ바
無뭉數승흔 天텬子ᄌᆞᆼ와 天텬女녕들히 다 無뭉上샤ᇰ菩뽕提똉道뚤애 發벓心심ᄒᆞ니라
魔망王와ᇰ이 다시 兵벼ᇰ馬망 니ᄅᆞ와다 ᄂᆞ려와 제 나사 菩뽕薩삻ᄭᅴ 드ᅀᆞᄫᅡ [14뒤] 말 겻
구숩더니 菩뽕薩삻이 智딩慧ᅘᆁ力륵으로 싸홀 누르시니 즉자히 地띵動뚜ᇰᄒᆞ니 魔망
王와ᇰ이며 제 귓것들히 다 갓고로디니라 菩뽕薩삻이 魔망王와ᇰ 降행服뽁히시고ᅀᅡ
正져ᇰ覺각을 일우시니라

[15앞] 其끵七칧十씹五옹
優ᅙᅮᇢ波방毱꾹多당 尊존者쟝ㅣ 妙묳法법을 펴거늘 魔망王와ᇰ이 ᄀᆞᆯ외니이다
大땡慈ᄍᆞᆼ悲빙 世솅尊존ㅅㅢ 버릇업습던 일을 魔망王와ᇰ이 뉘으츠니이다

[15뒤] 其끵七칧十씹六륙
큰 龍료ᇰ올 지ᅀᅡ 世솅尊존ㅅ 몸애 가마늘 慈ᄍᆞᆼ悲빙心심ᄋᆞ로 말 아니 ᄒᆞ시니
花화鬘만을 ᄆᆡᇰ ᄀᆞ라 尊존者쟝ㅅ 머리예 연자늘 神씬通토ᇰ力륵으로 모ᄀᆞᆯ [16앞] 구디 ᄆᆡ니

其끵七칧十씹七칧
바리 ᄲᅳ리ᄂᆞᆫ 쇠 거ᅀᅳᆯ언마른 慈ᄍᆞᆼ悲빙心심ᄋᆞ로 구지돔 모ᄅᆞ시니
수플에 나ᄂᆞᆫ 부톄 거ᅀᅳᆯ언마른 恭고ᇰ敬겨ᇰ心심ᄋᆞ로 期끵約햑을 니즈니

其끵七칧十씹八밣

[16뒤]구지둠 모르샤도 世솅尊존ㅅ 德득 닙스바 罪쬉를 버서 地띵獄옥을 글아 나니
期끵約햭을 니저도 尊존者쟝ㅅ 말 降행服뽁ᄒᆞ야 절ᄒᆞ고 하늘해 도라가니

如셩來링 涅넗槃빤ᄒᆞ신 後휳에 [17앞]大땡迦강葉셥尊존者쟝ㅣ 正졍法법을 맏ᄌᆞ바
잇다가 阿항難난尊존者쟝 맛뎌늘 阿항難난尊존者쟝ㅣ 商상那낭和ᅘᅪᆼ修슣尊존者쟝 맛
뎌늘 商상那낭和ᅘᅪᆼ修슣尊존者쟝ㅣ 優ᅙᅮᇢ波방毱꾹多당尊존者쟝 맛디니 [17뒤]優ᅙᅮᇢ波방
毱꾹多당ㅣ 摩망突뚫羅랑國귁에 큰 說쉃法법 호려 ᄒᆞ니 나랏 사ᄅᆞ미 [18앞]듣고 만
히 모다 오나ᄂᆞᆯ

優ᅙᅮᇢ波방毱꾹多당ㅣ 아래 如셩來링 說쉃法법ᄒᆞ싫 저긔 모든 사ᄅᆞᆷ 앗는 法법 ᄀᆞ
티 ᄒᆞ야 그 날 모댓는 四ᄉᆞᆼ衆즁을 [18뒤]半반들 ᄀᆞ티 안치고 아랫 諸졍佛뿛 說쉃法
법ᄒᆞ시논 次ᄎᆞᆼ第똉 ᄀᆞ티 四ᄉᆞᆼ諦뎽法법을 니르더니 魔망王왕이 眞진珠즁를 비허 모
든 ᄆᆞᅀᆞᄆᆞᆯ 어즈려 ᄒᆞ나토 得득道똠 몯게 ᄒᆞ야ᄂᆞᆯ 優ᅙᅮᇢ波방毱꾹多당ㅣ 뉘 所송作작
인고 ᄒᆞ야 보니 魔망王왕이 [19앞]所송作작인 고ᄃᆞᆯ 아니라 그 後휳에 한 사ᄅᆞ미 毱
꾹多당尊존者쟝 說쉃法법ᄒᆞᇙ 저긔 眞진珠즁ㅣ 듣더라 듣고 구슬 어드라 오니 그 다
ᄉᆞ로 모든 사ᄅᆞ미 더 하더라 둘찻 說쉃法법ᄒᆞᇙ 나래 魔망王왕이 ᄯᅩ 金금비 오긔 ᄒᆞ
야 모든 사ᄅᆞ미 ᄆᆞᅀᆞᄆᆞᆯ 어즈려 [19뒤]ᄒᆞ나토 得득道똠 몯게 ᄒᆞ야ᄂᆞᆯ 尊존者쟝ㅣ 入십
定똉ᄒᆞ야 뉘 所송作작인고 보니 魔망王왕이 所송作작인 ᄃᆞᆯ 아니라 세찻 說쉃法법
ᄒᆞᇙ 나래 나랏 사ᄅᆞ미 다 모다 왯더니 魔망王왕이 ᄯᅩ 풍류ᄒᆞᇙ 天텬女녕를 딩ᄀᆞ라 모
든 사ᄅᆞ미 ᄆᆞᅀᆞᄆᆞᆯ [20앞]어즈려 ᄒᆞ나토 得득道똠 몯게 ᄒᆞ고 魔망王왕이 ᄀᆞ장 깃거
닐오ᄃᆡ 毱꾹多당이 說쉃法법을 잘 혜듀티과라 ᄒᆞ더니 尊존者쟝ㅣ ᄒᆞᆫ 나모 아래 안
자 入십定똉ᄒᆞ야 뉘 所송作작인고 ᄒᆞ야 보논 ᄆᆞᄃᆡ예 魔망王왕이 曼만陁땅羅랑花황

로 花황鬘만을 밍ᄀ라 [20뒤]毱꾹多당이 모기 연저늘 尊존者쟝ㅣ 즉자히 뉘 所송作작
인고 보아 魔망王왕이 所송作작인 들 아니라

　尊존者쟝ㅣ 너교딕 魔망王왕이 ᄌᆞ조 내 說쉃法법을 어즈리ᄂᆞ니 부톄 엇뎨 뎌를
降행服뽁히디 아니ᄒᆞ시돗던고 [21앞]부텻 ᄠᅳ데 부러 나ᄅᆞᆯ ᄒᆞ야 降행服뽁히오라 ᄒᆞ
샷다 ᄒᆞ고 尊존者쟝ㅣ 만히 주근 ᄇᆞ얌과 주근 가히와 주근 사ᄅᆞᆷ과 세 가짓 주거
ᄆᆞ로 花황鬘만을 밍ᄀ라 魔망王왕ᄋᆡ 손딕 가져 니거늘 魔망王왕이 보고 깃거 닐오
딕 優ᅙ波방毱꾹多당도 내 손딕 自쫑得득ᄒᆞᆫ [21뒤]양 몯ᄒᆞ놋다 ᄒᆞ고 머리를 내와다
花황鬘만을 바다늘 毱꾹多당ㅣ 세 주거ᄆᆞ로 魔망王왕ᄋᆡ 모기 ᄆᆡᆫ대 魔망王왕이 세
주거믈 보고 닐오딕 엇뎨 이 주거믈 내 모기 ᄃᆞᆫ다 尊존者쟝ㅣ 닐오딕 쥬의 겐 花
황鬘만을 아니 엿ᄂᆞᆫ 거시어늘 네 연ᄌᆞ니 네 모기 [22앞]주거미 몯 밇 거시어늘 내
ᄆᆡ요미 ᄀᆞᄐᆞ니 네 히ᄆᆞ로 앗거든 아ᅀᆞ라 네 엇뎨 佛뿛子ᄌᆞ와 싸호ᄂᆞᆫ다 바ᄅᆞᆳ 믉겨
리 頗팡梨령山산을 다티ᄃᆞᆺ ᄒᆞ니라

　魔망王왕이 제 모깃 주거믈 앗다가 몯ᄒᆞ야 大땡怒농ᄒᆞ야 虛헝空콩애 [22뒤]솟ᄃᆞ
라셔 닐오딕 내 비록 몯 그른ᄃᆞᆯ 내 諸졍天텬ᄃᆞᆯ히 어루 그르리라 毱꾹多당ㅣ 닐오
딕 네 현마 梵뻠天텬이며 釋셕提똉桓횐因힌이며 毗삥沙상門몬天텬이며 아ᄆᆞ란 諸졍
天텬ᄃᆞᆯ히 그에 가도 몯 그르리라 魔망王왕이 諸졍天텬ᄭᅴ 가아 그르고라 [23앞]ᄒᆞᆫ대
諸졍天텬ᄃᆞᆯ히 닐오딕 우리사 몯 그르리로다 ᄒᆞ야늘 梵뻠天텬ᄭᅴ 가아 合ᄒᆞᆸ掌쟝ᄒᆞ야
그르고라 ᄒᆞᆫ대 梵뻠天텬이 對됭答답호딕 十씹力륵 世솅尊존ㅅ 弟뗑子ᄌᆞ이 ᄒᆞᆫ 이리
라 우리 히미 사오나바 현마 그르디 몯ᄒᆞ리니 [24앞]츠릉 蓮련ㅅ 불휘로 須슝彌밍
山산ᄋᆞᆫ 믹여 들려니와 이 글오려 호ᄆᆞᆫ 닉젓디 아니ᄒᆞ니라 魔망王왕이 닐오딕 너
옷 몯 그르면 내 뉘 그에 가료 梵뻠王왕이 닐오딕 네 어셔 優ᅙ波방毱꾹多당ㅅ긔

가아 [24뒤]歸귕依힁ᄒᆞ야ᅀᅡ 버서나리니 네 降ᅘᅢᇰ服뽁 아니 ᄒᆞ면 네의 天텬上썅 快쾡樂락ᄋᆞᆯ 헐며 네의 尊존코 貴귕ᄒᆞᆫ 일후믈 헐리라

魔망王왕이 너교ᄃᆡ 如셩來링ㅅ 弟똉子중ㅣ 勢솅力륵을 大땡梵뻠天텬王왕도 이리 恭공敬겨ᇰᄒᆞᄂᆞ니 [25앞]부텻 勢솅力륵이ᅀᅡ 어드리 그지ᄒᆞ료 나ᄅᆞᆯ 소교려 ᄒᆞ샬뎌ᅀᅡ 므슷 이ᄅᆞᆯ 몯 ᄒᆞ시료마ᄅᆞᆫ 큰 慈쭝悲빙心심ᄋᆞ로 나ᄅᆞᆯ 어엿비 너기샤 내 그에 셜ᄫᅳᆫ 이ᄅᆞᆯ 아니 ᄒᆞ시닷다 오ᄂᆞᆯ날ᅀᅡ 如셩來링ㅅ 德득이 크샨 주를 [25뒤]아ᅀᆞᆸ과라 나는 無뭉明며ᇰ이 ᄀᆞ리여 간 ᄃᆡ마다 如셩來링ᄭᅴ 글외어늘 如셩來링 ᄒᆞᆫ 번도 구짓디 아니ᄒᆞ더시니라 ᄒᆞ고

즉자히 驕교ᇢ慢만ᄒᆞᆫ ᄆᆞᅀᆞ믈 더러 ᄇᆞ리고 尊존者쟝ᄭᅴ 가아 ᄯᅡ해 업데여 머리 조ᅀᅡ 禮롕數수ᇰᄒᆞ고 ᄭᅮ러 合ᅘᅡᆸ掌쟈ᇰᄒᆞ야 [26앞]ᄉᆞᆲ보ᄃᆡ 尊존者쟝ㅣ 모ᄅᆞ시ᄂᆞᆫ가 내 菩뽕提똉樹쓩 아래브터 涅녈槃빤ᄒᆞ시ᄃᆞ록 如셩來링ᄭᅴ 여러 번 어즈리ᅀᆞᆸ다이다 尊존者쟝ㅣ 무로ᄃᆡ 므슷 이ᄅᆞᆯ ᄒᆞ던다 對됭答답호ᄃᆡ 네 如셩來링 婆빵羅랑門몬 ᄆᆞᅀᆞᆯ해 糧량食씩 빌어시ᄂᆞᆯ 내 ᄒᆞᆫ 婆빵羅랑門몬이 [26뒤]ᄆᆞᅀᆞᄆᆞᆯ ᄀᆞ리와 ᄒᆞ나토 糧량食씩을 아니 받ᄌᆞᆸ게 호니 如셩來링 糧량食씩 몯 어드샤 偈꼥를 지ᅀᅥ 니ᄅᆞ샤ᄃᆡ 快쾡樂락ᄒᆞ야 브튼 거시 업서 모미 便뼌安한ᄒᆞ며 가ᄇᆡ야보니 음다매 ᄆᆞᅀᆞ미 貪탐티 아니ᄒᆞ면 ᄆᆞᅀᆞ미 상녜 즐거ᄫᅥ 光광音ᅙᅳᆷ天텬이 [27앞]ᄀᆞᆮᄒᆞ니라 ᄒᆞ시니이다 ᄯᅩ 耆끼闍쌍崛꾪山산애 겨시거늘 [27뒤]變변化황로 큰 쇼 ᄃᆞ외야 五오ᇰ百ᄇᆡᆨ 比삥丘쿠ᇢ의 바리를 ᄒᆞ야ᄇᆞ료니 부텻 바리는 虛헝空코ᇰ애 ᄂᆞ라오ᄅᆞᆯᄊᆡ 몯 ᄒᆞ야ᄇᆞ료이다 ᄯᅩ 後ᅘᅮᇢ에 變변化황로 龍료ᇰ이 形ᅘᅧᇰ體톙를 지ᅀᅥ 부텻 모매 닐웨를 가맷다이다 ᄯᅩ 부톄 涅녈槃빤ᄒᆞ싫 [28앞]時씽節졇에 내 變변化황로 五오ᇰ百ᄇᆡᆨ 술위 ᄃᆞ외야 河ᅘᅡᇰ水쉬ᇰ를 흐리워 부톄 므를 몯 좌시게 호니 어둘 숨가니와 잇 양ᄋᆞ로 數수ᇰ百ᄇᆡᆨ 디위 어즈리ᅀᆞᆸ보ᄃᆡ 如셩來링 어

엿비 너기샤 혼 번도 아니 구지즈시니 尊_존者_쟝는 阿_항羅_랑漢_한이샤딕 ^[28뒤]어엿

비 너기실 무슨물 아니 호샤 天_텬人_신 阿_항脩_슣羅_랑ㅅ 알픽 나를 辱_쇽바티시는니

잇가 尊_존者_쟝ㅣ 닐오딕

波_방旬_쓘아 네 無_뭉知_딩호야 우리 聲_셩聞_문엣 사르믈 如_셩來_링끠 가줄비느니

계즈 짜글 須_슣彌_밍山_산애 ^[29앞]견주며 반됫브를 힛드래 견주며 처딘 이스를 바르

래 견주둧 ᄒᆞ니라 如_셩來_링ㅅ 大_땡慈_쫑悲_빙는 聲_셩聞_문의 그에 업슨 거시니 부텨

는 大_땡慈_쫑悲_빙실씨 너를 罪_쬉 아니 주어시니와 우리 聲_셩聞_문엣 사르문 부텨 근

디 몯호ᄉᆞᆯ씨 너를 다스리노라 ^[29뒤]魔_망王_왕이 닐오딕 엇던 因_힌緣_원으로 如_셩

來_링 忍_신辱_쇽仙_션人_신 드외야 겨싫 제브터 내 長_땅常_썅 어즈료딕 줌줌호야 겨시

더니잇고 尊_존者_쟝ㅣ 닐오딕 네 됴티 몯혼 因_힌緣_원이 이셔 부텨끠 모딘 무슨물

머그니 ^[30앞]이 罪_쬉 만컨마른 부톄 줌줌호샨 쁘든 나를 호야 너를 降_행服_뽁히와

네 부텨끠 信_신호야 恭_공敬_경호ᄉᆞᆯ 무슨믈 내면 이 무슨 다스로 地_띵獄_옥 餓_앙鬼

_귕 畜_튝生_싱애 아니 뻐러디게 ᄒᆞ시니 이 부텻 工_공巧_콜ᄒᆞ신 方_방便_뼌이시니 ^[30뒤]

네 如_셩來_링끠 져그나 信_신혼 무슨믈 두면 아랫 罪_쬉 다 업서 涅_넗槃_빤을 得_득ᄒᆞ

리라

魔_망王_왕이 듣고 깃거 소홈 도텨 부텨끠 ᄀᆞ장 깃븐 무슨물 내야 부톄 나를 어

엿비 너기샤미 父_뿡母_뭏ㅣ 子_중息_식 ^[31앞]스랑툿 ᄒᆞ샤 허믈 아니 ᄒᆞ시닷다 ᄒᆞ야

즉자히 니러 合_햅掌_쟝호야 닐오딕 내 부텨끠 向_향호ᄉᆞᄫᅡ 깃븐 무슴 내요미 尊_존

者_쟝ㅅ 큰 恩_힌惠_휑시니 내 모깃 주거믈 그르쇼셔 尊_존者_쟝ㅣ 닐오딕 안ᄌ 몬져

혼 期_끵約_햑 ᄒᆞ고사 글오리니 일록 後_훟에 ^[31뒤]比_뼝丘_귷의 게 어즈리디 말라 魔_망

王_왕이 닐오딕 니르샨 양으로 호리이다 尊_존者_쟝ㅣ 또 닐오딕 날 爲_윙호야 또 혼

이룰 흐라 내 如_셩來_링ㅅ 法_법身_신은 보ᅀᆞᄫᆡᆺ가니와 如_셩來_링ㅅ 妙_묠色_식身_신은 몯 보ᅀᆞᄫᆡᆺ노니 ^[32앞]나를 如_셩來_링ㅅ 妙_묠色_식身_신을 보습게 코라 魔_망王_왕이 닐오ᄃᆡ 나도 尊_존者_쟝끠 몬져 期_끵約_햑ᄒᆞ노니 내 부텻 모미 ᄃᆞ외야 뵈야든 내 그에 절 마ᄅᆞ쇼셔 尊_존者_쟝ㅣ 닐오ᄃᆡ 네 게 절 아니 호리라 魔_망王_왕이 ^[32뒤]닐오ᄃᆡ 내 져근덛 수프레 드러 이실 쓰실 기드리쇼셔 내 아래 부텻 양지 ᄃᆞ외야 首_슣羅_랑長_댱者_쟝ᄅᆞᆯ 소교니 그젯 양 ᄀᆞ티 ᄃᆞ외요리이다 尊_존者_쟝ㅣ 그 주거믈 그르니라

魔_망王_왕이 수프레 드러 부텻 양지 ᄃᆞ외니 彩_칭色_식ᄋᆞ로 ᄀᆞᆺ 그론 ᄃᆞᆺ ᄒᆞ더니 ^[33앞]왼녀긘 舍_샹利_링弗_붏이 셔고 올ᄒᆞ녀긘 大_땡目_목揵_껀連_련이 셔고 阿_항難_난이 뒤헤 셔고 摩_망訶_항迦_강葉_셥과 阿_항㝹_늫樓_륳頭_뚷와 湏_슣菩_뽕提_똉 들 一_{ᅙᅵᆶ}千_천二_{ᅀᅵᆼ}百_빅쉰 大_땡阿_항羅_랑漢_한들히 圍_윙繞_{ᅀᅭᆶ}ᄒᆞ야 漸_쪔漸_쪔 수플로셔 나오나늘 ^[33뒤]尊_존者_쟝ㅣ 니러 合_{ᅘᅡᆸ}掌_쟝ᄒᆞ야 ᄉᆞ외 보고 偈_꼥 지어 닐오ᄃᆡ 快_쾡樂_락ᄒᆞᄫᆞᆯ써 淸_쳥淨_쪙흔 業_업이여 能_늫히 이런 妙_묠果_광를 일우시도다 하늘로셔 나샨 주리 아니며 ᄯᅩ 因_{ᅙᅵᆫ}緣_원 업시 ᄃᆞ외샨 줄 아니라 ^[34앞]낫비치 蓮_련ㅅ곳 ᄀᆞᆮ시며 눈 조호미 明_명珠_즁 ᄀᆞᆮ시며 端_돤正_졍ᄒᆞ샤미 日_{ᅀᅵᆶ}月_{ᅌᅯᇙ}두고 더으시며 둣오샤미 곳 수플두고 더으시며 물고미 바를 ᄀᆞᆮ시며 便_뼌安_한히 겨샤미 湏_슣彌_밍山_산 ᄀᆞᆮ시며 威_{ᅙᅱᆼ}嚴_엄ㅅ 光_광明_명이 히두고 ^[34뒤]더으시며 ᄌᆞᆨᄌᆞᆨ기 거르샤미 獅_{ᄉᆞᆼ}子_중ㅣ ᄀᆞᆮ시며 도라보샤미 牛_{ᅌᅮᇢ}王_왕 ᄀᆞᆮ시며 비치 紫_중金_금 ᄀᆞᆮ시니 百_빅千_천 無_뭉量_량劫_겁에 몸과 입과 ᄠᅳᆮ과를 조히 닷ᄀᆞ실씨 이런 모믈 어드시니 미리 보ᅀᆞ바도 깃ᄉᆞ바 ᄒᆞ리어니 ^[35앞]ᄒᆞ믈며 내 恭_공敬_경 아니 ᄒᆞᅀᆞᄫᅩ리여 ᄒᆞ고 부텨 보ᅀᆞᄫᆞᆯ ᄆᆞᅀᆞ미 至_징極_끅ᄒᆞᆯ씨

첫 期_끵約_햑을 닛고 즉자히 ᄯᅡ해 업데여 恭_공敬_경ᄒᆞ야 禮_롕數_숭흔대 魔_망王_왕

이 닐오딕 尊_존者_쟝ㅣ 엇뎨 期_끵約_약애 그르ᄒᆞ시ᄂᆞ니잇고 尊_존者_쟝ㅣ 무로딕 ^[35뒤] 므슴 期_끵約_약애 그르ᄒᆞᄂᆞ뇨 魔_망王_왕이 닐오딕 尊_존者_쟝ㅣ 禮_롕數_숭 아니 호려 ᄒᆞ더시니 엇뎨 禮_롕數_숭ᄒᆞ시ᄂᆞ니잇고 尊_존者_쟝ㅣ 닐오딕 無_뭉上_쌍 世_솅尊_존이 ᄇᆞᆯ써 涅_넗槃_빤ᄒᆞ샨 ᄃᆞᆯ 알안마른 이런 양ᄌᆞᆯ 보니 부텨 보ᅀᆞᄫᆞᆫ 듯 ᄒᆞᆯ씨 부텨를 爲_윙ᄒᆞᅀᆞᄫᅡ ^[36앞] 禮_롕數_숭ᄒᆞᆸ디비 네 그에 ᄒᆞ논 禮_롕數_숭ㅣ 아니라 魔_망王_왕이 닐오딕 누느로 보매 尊_존者_쟝ㅣ 날 爲_윙ᄒᆞ야 절ᄒᆞ거시니 어드리 내 그에 절ᄒᆞ시ᄂᆞ다 아니 ᄒᆞ리잇고 尊_존者_쟝ㅣ 닐오딕 네 드르라 ᄒᆞᆰ과 나모와로 天_텬像_쌍 佛_뿛像_쌍ᄋᆞᆯ 밍ᄀᆞᆸ곡 ^[36뒤] 天_텬佛_뿛ᄋᆞᆯ 恭_공敬_경ᄒᆞᅀᆞᄫᅡ 저를 ᄒᆞᄂᆞ니 나모 홁개 절ᄒᆞ논 法_법이 아니라 나도 이 ᄀᆞᆮᄒᆞ야 부텨ᄭᅴ 절ᄒᆞᆸ디비 네 그에 ᄒᆞ논 저리 아니라 魔_망王_왕이 즉자히 도로 제 양ᄌᆡ ᄃᆞ외야 尊_존者_쟝ᄭᅴ 절ᄒᆞ고 하ᄂᆞᆯ로 도라가니라 네찻 說_쉃法_법홀 나래 ^[37앞] 魔_망王_왕이 尊_존者_쟝ᄅᆞᆯ 몯 니저 하ᄂᆞᆯ로셔 ᄂᆞ려와 뎐디위호딕 艱_간難_난티 마오져 ᄒᆞ며 하ᄂᆞᆯ해 나고져 ᄒᆞ며 涅_넗槃_빤ᄋᆞᆯ 得_득고져 ᄒᆞ거든 다 尊_존者_쟝 優_훃波_방毱_꾹多_당ᄭᅴ 가라 如_셩來_링ㅅ 說_쉃法_법ᄋᆞᆯ 몯 보ᅀᆞᆸ거든 ᄯᅩ 尊_존者_쟝 優_훃波_방毱_꾹多_당ᄭᅴ ^[37뒤] 가라 ᄒᆞ더라

    摩_망突_똛羅_랑城_쎵 中_듕엣 사ᄅᆞ미 優_훃波_방毱_꾹多_당ㅣ 魔_망王_왕 降_행服_뽁히다 듣고 얼운 사ᄅᆞᆷ들 數_숭千_쳔萬_먼이 다 尊_존者_쟝ᄭᅴ 오나ᄂᆞᆯ 尊_존者_쟝ㅣ 獅_숭子_중座_쫭애 올아 種_죵種_죵 妙_묳法_법ᄋᆞᆯ 니르니 百_빅千_쳔 衆_즁生_싱이 다 ^[38앞] 須_슝陁_땅洹_횐 斯_승陁_땅含_함ᄋᆞᆯ 得_득ᄒᆞ며 一_힗萬_먼八_밣千_쳔 사ᄅᆞ미 出_츓家_강ᄒᆞ야 阿_항羅_랑漢_한ᄋᆞᆯ 得_득ᄒᆞ니라

    其_끵七_칗十_씹九_굴

  入_십定_뗭 放_방光_광ᄒᆞ샤 三_삼明_명을 得_득ᄒᆞ시며 六_륙通_통이 ᄯᅩ ᄀᆞᄌᆞ시니

[38뒤] 明명星셩 비취어늘 十씹八밣法법을 得득ᄒ시며 十씹神씬力륵을 ᄯᅩ 시르시니

其끵八밣十씹

世셰界갱ㅅ 일을 보샤 아로미 훤ᄒ시며 ᄯᅡᆺ 相샹이 드러치니
[39앞] 智딩慧휑 ᄇᆞᆯᄀ샤 저푸미 업스시며 하ᄂᆞᆳ 부피 절로 우니

其끵八밣十씹一ᅙ

八밣部뽕ㅣ 둘어셔며 淨쪙居겅天텬이 깃그며 祥썅瑞쒱ㅅ 구룸과 곳비도 ᄂᆞ리니
諸졍天텬이 모다 오며 五ᅌᅩᆼ通통仙션이 [39뒤] 깃그며 하ᄂᆞᆳ 風봉流륳와 甘감露롱도 ᄂᆞ리니

二ᇰ月ᄋᆑᆳㅅ 初총닐웻날 魔망王왕 降ᅘᅡᆼ服뽁히시고 放방光광ᄒ시고 入십定뗭ᄒ샤 法법을 보샤 三삼明명을 得득ᄒ시며 六륙通통이 ᄀᆞᄌᆞ샤 [41앞] 三삼界갱 三삼世셰옛 이를 다 보샤 일훔과 빗괘 구즌 因ᅙᅵᆫ이오 八밣正졍을 行ᅘᅵᆼᄒ야ᅀᅡ 受쓩苦콩ㅣ 다 업는 ᄃᆞᆯ 아ᄅᆞ샤 죽사릿 根ᄀᆞᆫ源원엣 [41뒤] 三삼毒똑을 더러 ᄇᆞ리샨 주를 아ᄅᆞ샤 ᄒ시논 이를 ᄒ마 일우시니 智딩慧휑 ᄇᆞᆯᄀ샤 明명星셩 도둟 時씽節졇에 훤히 ᄀᆞ장 아ᄅᆞ샤 正졍覺각을 일우샤 十씹八밣不붏共꽁法법과 [42뒤] 十씹神씬力륵과 四ᄉᆞᆼ無뭉畏휭를 得득ᄒ시니

[43앞] 그 저긔 ᄯᅡ히 十씹八밣相샹ᄋᆞ로 뮈며 祥썅瑞쒱옛 구루미 ᄂᆞ리며 甘감露롱ㅣ 디고 곳비 오며 하ᄂᆞᆳ 부피 절로 울며 菩뽕提똉樹쓩를 둘어 셜혼여슷 由율旬쓘에 八밣部뽕ㅣ ᄀᆞᄃᆞᆨᄒ며 諸졍天텬이 香향 퓌우고 풍류ᄒ며 幢똥幡펀 ᄀᆞ초아 오니 無뭉量량 一ᅙᅵᆳ切촁 [43뒤] 衆즁生ᄉᆡᆼ이 다 서르 ᄉᆞ랑ᄒ며 五ᅌᅩᆼ淨쪙居겅天텬과 五ᅌᅩᆼ通통

仙션과 녀나몬 苦콩趣츙들히 다 깃거ᄒ더라

其끵八밣十씹二싱
부텻 본중을 彌밍王왕이 묻ᄌᆞᄫᅡᄂᆞᆯ [44앞]堅견牢를地띵神씬이 솟나아 니르니
부텻 긔별을 地띵神씬이 닐어늘 空콩神씬 天텬神씬이 ᄯᅩ 우희 알외니

彌밍王왕이 如셩來링ᄭᅴ 묻ᄌᆞᄫᅩᄃᆡ 네 功공德득은 뉘 본중고 如셩來링 ᄯᅡ홀 ᄀᆞᄅᆞ치시니 즉자히 六륙種죵 震진動똥ᄒ고 [44뒤]堅견牢를地띵神씬이 소사나아 닐오ᄃᆡ 내 본즈이로라 ᄒ더라 如셩來링 成쎵佛뿛ᄒ야시늘 ᄯᅡ햇 神씬靈령이 虛헝空콩ㄱ 神씬靈령ᄭᅴ 알외며 虛헝空콩ㄱ 神씬靈령이 하ᄂᆞᆶ 神씬靈령ᄭᅴ 알외야 ᄯᅩ 노ᄑᆞᆫ 하늘 우희 니르리 뎐톄로 알외더라

[45앞]其끵八밣十씹三삼
寂쪅滅멿흔 道똘場땅애 法법身신 大땡士쏭들히 들넚긔 구룸 몯ᄃᆞᆺ더시니
世솅界갱예 妙묠法법 펴리라 圓원滿만 報봉身신 盧롱舍샹那낭ㅣ 華ᇢ嚴엄經경을 頓돈敎굘로 니르시니

[45뒤]如셩來링 처ᅀᅥᆷ 正졍覺각 일우샤 寂쪅滅멿 道똘場땅애 겨샤 四ᄉᆞᆼ十씹一ᅙᅵᆯ位윙 法법身신 大땡士쏭와 아래 前쪈生ᄉᆡᆼ브터 [46앞]根근이 니근 天텬龍룡八밣部뽕ㅣ 一ᅙᅵᆯ時씽예 圍윙繞ᅀᅭᇢ흐ᅀᆞᄫᅡ ᄃᆞ님ᄭᅴ 구룸 ᄢᅵᄃᆞᆺ ᄒ얫더니 如셩來링 너기샤ᄃᆡ 내 得득혼 妙묠法법을 너비 펴아 世솅界갱를 利링케 ᄒᆞ사 ᄒᆞ리로다 ᄒ샤 盧롱舍샹那낭 身신을 나토샤 華ᇢ嚴엄經경을 니르시니 [46뒤]이 일후미 頓돈敎굘ㅣ라

其껭八밣十씹四승

[47앞]大땡法법을 몰라 드를씨 涅녏槃빤호려 터시니 諸졍天텬이 請청ᄒᆞᄉᆞᄫᆞ니

方방便뼌으로 알에 ᄒᆞ샤 三삼乘씽을 니ᄅᆞ시릴씨 諸졍佛뿛이 讚잔歎탄ᄒᆞ시니

如셩來링 남글 보며 싱각ᄒᆞ샤디 [47뒤]내 得득혼 微밍妙묠法법을 부톄ᅀᅡ 아ᄅᆞ시리라 衆즁生싱들히 五옹濁똭世솅예 이셔 三삼毒똑이 두퍼 福복이 엷고 智딩慧휑 업서 기픈 法법을 몰라 듣ᄂᆞ니 法법을 펴면 모다 비우서 그 다ᄉᆞ로 머즌 길ᄒᆞ로 드러 受쓩苦콩ᄒᆞ리니 이제 ᄲᆞᆯ히 涅녏槃빤ᄒᆞ사 ᄒᆞ리로다 [48앞]그 저긔 大땡梵뻠天텬王왕과 釋셕提똉桓꽝因인과 四승大땡天텬王왕과 大땡自쭝在찡天텬과 녀나ᄆᆞᆫ 諸졍天텬衆즁들히 虛헝空콩애 ᄀᆞ득기 ᄂᆞ려와 請청ᄒᆞᄉᆞᄫᅩ디 世솅尊존하 오래 生싱死ᄉᆞᆼ애 겨샤 法법 求꿀ᄒᆞ샤 나라히며 妻쳉子중ᅵ며 머리며 누니며 [48뒤]骨곯髓쉉며 ᄇᆞ리시니 오ᄂᆞᆳ날 成쎵佛뿛ᄒᆞ샤 엇뎨 說쉃法법 아니 호려 ᄒᆞ시ᄂᆞᆫ고 세 디위 請청ᄒᆞᄉᆞᄫᆞᆫ대 如셩來링 너기샤ᄃᆡ 디나건 부텨도 方방便뼌으로 ᄒᆞ시니 나도 이제 三삼乘씽을 說쉃法법호리라 ᄒᆞ야시ᄂᆞᆯ [49앞]그 저긔 十씹方방앳 부텨들히 알ᄑᆡ 와 現현ᄒᆞ야 ᄒᆞᆫ끠 讚잔嘆탄ᄒᆞ시더라

[49뒤]其껭八밣十씹五옹

成쎵道똘 後ᅘᅮᇢ 二싱七칧日ᅀᅵᇙ에 他탕化황自쭝在찡天텬에 가샤 十씹地띵經경을 니ᄅᆞ시니

成쎵道똘 後ᅘᅮᇢ 四승十씹九귷日ᅀᅵᇙ에 差챵梨링尼닝迦강애 가샤 加강趺붕坐쫭를 안ᄌᆞ시니

其_끵八_밣十_씹六_륙

홍졍바지돌히 길흘 몯 녀아 天_텬神_씬ㅅ긔 비더니이다

수픐 神_씬靈_령이 길헤 나아 뵈야 世_솅尊_존을 아읍게 ᄒᆞ니이다

其_끵八_밣十_씹七_칧

세 가짓 供_공養_양이 그르시 업슬씨 [50뒤]前_쪈世_솅佛_뿛을 ᄉᆞ랑터시니

七_칧寶_볼 바리예 供_공養_양을 담ᄋᆞ샤미 四_{ᄉᆞᆼ}天_텬王_왕이 請_쳥이ᅀᄫᆞ니

其_끵八_밣十_씹八_밣

녯날애 바리를 어더 毗_뼁盧_룽遮_쟝那_낭ㅅ 말로 오ᄂᆞᆳ 일을 기드리숩더니

[51앞]오ᄂᆞᆳ날 ᄠᅳ들 몯 일워 毗_뼁沙_상門_몬王_왕이 말로 녯ᄂᆞᆳ 願_원을 일우ᅀᄫᆞ니

其_끵八_밣十_씹九_굴

世_솅尊_존ㅅ 慈_쭝悲_빙心_심에 ᄒᆞ나흘 바ᄃᆞ면 네 ᄆᆞᅀᆞᆷ이 고ᄅᆞ디 몯ᄒᆞ리

[51뒤]世_솅尊_존ㅅ 神_씬通_통力_륵에 흔ᄃᆡ 누르시니 네 바리 브터 어우니

其_끵九_굴十_씹

ᄠᅳ들 을히 너기샤 佛_뿛法_법僧_승 니ᄅᆞ시고 偈_꼥 지서 ᄯᅩ 니ᄅᆞ시니

말을 올히 너기샤 터리 ᄲᅢ혀 주시고 손토ᄇᆞᆯ ᄯᅩ 주시니

[52앞]其_끵九_굴十_씹一_힗

無_뭉量_량劫_겁 우희 燃_션燈_등如_셩來_링ᄅᆞ 보ᅀᆞᄫᅡ 菩_뽕提_똉心_심ᄋᆞ로 出_츓家_강ᄒᆞ더시니

ᄒᆞᆫ 낱 머릿터러글 모ᄃᆞᆫ 하ᄂᆞᆯ히 얻ᄌᆞᄫᅡ 十씹億흑 天텬에 供공養양ᄒᆞᅀᆞᄫᆞ니

貪탐慾욕心심 겨시건마ᄅᆞᆫ ᄒᆞᆫ 낱 터럭 ᄲᅳᄂᆞᆯ 供공養양 功공德득에 涅녏槃빤ᄋᆞᆯ 得득ᄒᆞ야니

三삼藐막三삼佛뿛陁땅ㅣ어시니 ᄒᆞᆫ 터럭 ᄒᆞᆫ 토빈ᄃᆞᆯ 供공養양 功공德득이 어느 ᄀᆞ장 이시리

[53앞]如셩來링 成쎵道똫ᄒᆞ신 두 닐웻자히 他탕化황自쭝在찡天텬宮궁에 가샤 天텬王왕 爲윙ᄒᆞ야 十씹地띵經경을 說ᅀᅯᇙ法법ᄒᆞ시니라

○ 如셩來링 菩뽕提뗑樹쓩에 겨시다가 差챵梨링尼닝迦강ㅣ라 ᄒᆞᆯ 수프레 올마가샤 結겷加강趺붕坐쫭ᄒᆞ얫더시니 北북天텬竺듁國귁 [53뒤]두 흥졍바지 일후미 帝뎽梨링富뿡娑상와 跋뻟梨링迦강왜 智딩慧뻥ᄒᆞ고 ᄠᅳ디 正졍ᄒᆞᆫ 사ᄅᆞ미러니 中듕天텬竺듁으로셔 五옹百ᄇᆡᆨ 술위예 種죵種죵앳 쳔량 싣고 北북天텬竺듁에 도라가노라 ᄒᆞ야 如셩來링 겨신 수프레 갓가비 [54앞]디나가더라 뎌 흥졍바지ᄃᆞᆯ히 상녜 두 질든 쇼ᄅᆞᆯ 앏셰여 ᄒᆞ니더니 差챵梨링尼닝迦강 林림神씬이 그 쇼ᄅᆞᆯ 자바 몯 가게 ᄒᆞ야ᄂᆞᆯ 두 흥졍바지 優흫鉢밣羅랑花황ㅅ 줄기로 툐ᄃᆡ 아니 거르며 五옹百ᄇᆡᆨ 술윗 쇼도 다 걷디 아니ᄒᆞ며 술윗 연자이 다 ᄒᆞ야디거늘 [54뒤]두 흥졍바지ᄃᆞᆯ히 두리여 서르 닐오ᄃᆡ 엇던 厄ᅙᆡᆨ을 相샹逢뽕ᄒᆞ야뇨 ᄒᆞ고 各각各각 合합掌쟝ᄒᆞ야 諸졍天텬과 諸졍神씬ᄭᅴ 비ᅀᆞᆸ더니 그 수픐 神씬靈령이 現현身신ᄒᆞ야 닐오ᄃᆡ 너희 두리여 말라 이어긔 如셩來링 世솅尊존 阿ᅙᅡ羅랑阿ᅙᅡᆼ [55앞]三삼藐막三삼佛뿛陁땅 無뭉上썅菩뽕提뗑를 처엄 일우샤 수프레 겨시니 得득道똫ᄒᆞ샨 디 마ᄉᆞᆫ 아ᄒᆞ래로ᄃᆡ [55뒤]供공養양ᄒᆞᅀ

븡리 업스니 너희 ᄂ미 그에셔 ᄆᆞᆺ 몬져 世솅尊존ᄭᅴ 가ᅀᆞ바 麨ᄎᆑᆯ와 酪락과 蜜밇搏뽠ᄋᆞ로 供공養양ᄒᆞᅀᆞᇦ면 긴 바미 便뼌安ᅙᅡ호야 ᄀᆞ장 됴ᄒᆞᆫ 이ᄅᆞᆯ 어드리라

그 저긔 두 흥정바지 五웅百ᄇᆡᆨ 흥정바지 [56앞] ᄃᆞ리고 如셩來링ᄭᅴ 가아 머리 조ᅀᅡᇨ바 저ᅀᆞᆸ고 ᄉᆞᆯ보ᄃᆡ 世솅尊존하 우리ᄅᆞᆯ 어엿비 너기샤 조ᄒᆞᆫ 麨ᄎᆑᆯ酪락蜜밇搏뽠ᄋᆞᆯ 바ᄃᆞ쇼셔 如셩來링 너기샤ᄃᆡ 아랫 諸졍佛뿛이 바리로 바다 좌시ᄂᆞ니 내 이제 므스그로 바다머그려뇨 ᄒᆞ더시니 그 저긔 四ᄉᆞᆼ天텬王왕이 各각各각 [56뒤] 金금 바리ᄅᆞᆯ 가져와 ᄉᆞᆯ보ᄃᆡ 世솅尊존하 우리ᄅᆞᆯ 어엿비 너기샤 이 바리로 바다 좌쇼셔 世솅尊존이 아니 바다시ᄂᆞᆯ 四ᄉᆞᆼ天텬王왕이 金금 바리란 ᄇᆞ리고 銀은 바리ᄅᆞᆯ 가져다가 몬졋 양ᄋᆞ로 ᄉᆞᆲ바 받ᄌᆞᄫᅡᄂᆞᆯ 世솅尊존이 ᄯᅩ 아니 바ᄃᆞ신대 四ᄉᆞᆼ天텬王왕이 玻퍙璨령 瑠륳璃링 [57앞] 赤쳑珠즁 瑪망瑙놓 硨챵磲껑 바리ᄅᆞᆯ 다 그 양ᄋᆞ로 받ᄌᆞᆸ다가 몯ᄒᆞ야 毗삉沙상門몬天텬王왕이 세 天텬王왕ᄃᆞ려 닐오ᄃᆡ 녜 靑쳥色ᄉᆡᆨ 諸졍天텬이 들 바리 네흐로 우리ᄅᆞᆯ 주더니 그 저긔 ᄒᆞᆫ 天텬子ᄌᆞ 毗삉盧룽遮쟝那낭ㅣ라 호리 닐오ᄃᆡ 千쳔萬먼 이 바리예 밥 다마 [57뒤] 먹디 말오 塔탑 ᄀᆞ티 供공養양ᄒᆞ라 後ᅘᅮᇢ에 ᄒᆞᆫ 如셩來링 나시리니 일후미 釋셕迦강牟뭏尼닝시리니 그제ᅀᅡ 그듸내 이 네 바리ᄅᆞᆯ 받ᄌᆞᇦ라 ᄒᆞ더니 이제 時씽節졆이로다 ᄒᆞ고 四ᄉᆞᆼ天텬王왕이 各각各각 ᄒᆞ나콤 가져와 받ᄌᆞᇦ대 [58앞] 世솅尊존이 너기샤ᄃᆡ 四ᄉᆞᆼ天텬王왕이 조ᄒᆞᆫ ᄆᆞᅀᆞᄆᆞ로 바리ᄅᆞᆯ 주ᄂᆞ니 ᄒᆞ나ᄒᆞᆯ 바ᄃᆞ면 세히 ᄎᆞ기 너기리로다 ᄒᆞ샤 네 바리ᄅᆞᆯ 다 바ᄃᆞ샤 왼소내 포 싸ᄒᆞ시고 올ᄒᆞᆫ소ᄂᆞ로 누르시니 神씬通통力륵으로 ᄒᆞᆫ 바리 ᄃᆞ외요ᄃᆡ 네 그미 골잇골잇ᄒᆞ더라

[58뒤] 世솅尊존이 그 바리로 麨ᄎᆑᆯ酪락蜜밇搏뽠ᄋᆞᆯ 바다 좌시고 흥정바지ᄃᆞ려 니ᄅᆞ샤ᄃᆡ 너희들히 내 손ᄃᆡ 佛뿛法법僧승에 歸귕依ᅙᅴᆼ홈과 다ᄉᆞᆺ 가짓 警졍戒갱ᄅᆞᆯ 비호면 長땽夜양애 便뼌安ᅙᅡ코 즐거ᄫᅥ [59앞] 큰 됴ᄒᆞᆫ 이ᄅᆞᆯ 어드리라 흥정바지들히 三삼

歸굉依ᅙᅴ를 受ᅌᅲᇢᄒᆞ᮫ᆸ고 깃ᄉ바 또 ᄉᆞᆲ보ᄃᆡ 世솅尊존하 우리 爲윙ᄒᆞ샤 吉낋祥썅願원을 ᄒᆞ샤 길헤 마ᄀᆞᆯ 껏 업시 ᄲᆞᆯ리 나라해 도라가게 ^[59뒤] 쇼셔 世솅尊존이 吉낋祥썅願원ᄒᆞ샤 偈꼥 지서 니ᄅᆞ샤ᄃᆡ 願원ᄒᆞᆫ든 사ᄅᆞᆷ도 便뼌安한ᄒᆞ며 ᄆᆞ쇼도 便뼌安한ᄒᆞ야 녀는 길헤 거틸 꺼시 업고라

홍졍바지ᄃᆞᆯ히 또 ᄉᆞᆲ보ᄃᆡ 世솅尊존하 우리를 ᄒᆞᆫ 거슬 주어시든 本본鄕향애 가아 塔탑 일어 죽ᄃᆞ록 ^[60앞] 供공養양ᄒᆞᅀᆞᇦ 지이다 世솅尊존이 마리터럭과 손톱과를 주시고 니ᄅᆞ샤ᄃᆡ 너희 이 거슬 날와 달이 너기디 말라 홍졍바지ᄃᆞᆯ히 넌즈시 너겨 供공養양ᄒᆞᆯ ᄆᆞᅀᆞᄆᆞᆯ 아니 커늘 世솅尊존이 아ᄅᆞ시고 니ᄅᆞ샤ᄃᆡ 너희 이런 므슴 말라 아래 無뭉量량劫겁에 ᄒᆞᆫ 世솅尊존이 나 ^[60뒤] 겨시더니 일후미 燃션燈등如ᅀᅧ來링러시니 내 그 ᄢᅴ 婆뼁羅랑門몬이 ᄃᆞ외야 잇다니 世솅尊존 뵈ᅀᆞᄫᅡ라 蓮련花황城쎵의 드러가아 다숫 줄깃 靑쳥優ᅙᅮᆶ鉢밣羅랑花황로 부텻 우희 비코 菩뽕提똉心심을 내ᅘᅧ니 그제 世솅尊존이 나ᄅᆞᆯ 授ᅌᆃ記긩ᄒᆞ샤ᄃᆡ 네 쟝ᄎᆞ ^[61앞] 阿항僧승祇낑劫겁을 디나가 부톄 ᄃᆞ외야 號ᅘᅮᇢ를 釋셕迦강牟뭏尼닝라 ᄒᆞ리라 ᄒᆞ야시ᄂᆞᆯ 내 그 저긔 出츓家강ᄒᆞ니 내 마릿터럭 ᄒᆞᆫ 나ᄐᆞᆯ 十씹億즉 諸졍天텬이 ᄂᆞᆫ호아 가져다가 供공養양ᄒᆞ더니 내 이제 와 부톄 ᄃᆞ외야 이셔 佛ᅗᅮᇙ眼안ᄋᆞ로 뎌 衆즁生ᄉᆡᆼ들ᄒᆞᆯ 본댄 ^[61뒤] 各각各각 부텻 겨틔 이셔 涅넗槃빤ᄋᆞᆯ 得득ᄒᆞ니 업다 내 그 저긔 三삼毒똑을 몯 다 여희여 이션마ᄅᆞᆫ 내 마릿터리 供養ᄒᆞᅀᆞ온 德득으로 涅넗槃빤ᄋᆞᆯ 得득ᄒᆞ야니 ᄒᆞ믈며 오ᄂᆞᆳ나래 一ᅙᅵᇙ切촁 煩뻔惱놀ᄅᆞᆯ 다 ᄡᅳ러 ᄇᆞ롓거늘 내 마리와 손톱과ᄅᆞᆯ 엇뎨 넌즈시 ^[62앞] 너기ᄂᆞᆫ다 그제ᅀᅡ 홍졍바지ᄃᆞᆯ히 ᄀᆞ장 恭공敬경ᄒᆞᅀᆞᄫᅡ 과ᄒᆞᆯ 므슬믈 내ᅘᅧ아 禮롕數숭ᄒᆞᅀᆞᆸ고 세 번 값도ᅀᆞᆸ고 니거늘 世솅尊존이 菩뽕提똉樹쓩 아래 도로 오시니라

其끵九굴十씹三삼

善쎤鹿록王왕이실씨 목숨을 브료려 [62뒤] ᄒᆞ샤 梵뻠摩망達딿을 ᄀᆞᄅ치시니

忍신辱ᅀᅲᆨ仙션人ᅀᅵᆫ이실씨 손발을 바히ᅀᆞᄫᄮ나 歌강利링를 救굴호려 ᄒᆞ시니

如셩來링 前쪈生ᅀᅵᆼ애 菩뽕薩삻ㅅ 힝뎍 닷ᄀᆞ싫 時씽節졇에 善쎤鹿록王왕이 [63앞] ᄃᆞ외시고 提똉婆뼁達딿多당ᄂᆞᆫ 惡학鹿록王왕이 ᄃᆞ외야 各각各각 五옹百ᄇᆡᆨ 眷권屬쑉곰 ᄃᆞ려 鹿록野양苑훤에 사더시니

그 나랏 王왕 梵뻠摩망達딿이 鹿록野양苑훤에 山산行ᅘᆡᆼᄒᆞ거늘 善쎤鹿록王왕 [63뒤] 惡학鹿록王왕이 眷권屬쑉과 다 모리예 드러 잇더시니 善쎤鹿록王왕이 王왕씌 나ᅀᅡ 드러 ᄉᆞᆲ부샤ᄃᆡ 우리 一힗千쳔 사ᄉᆞ미 ᄒᆞᆫᄢᅴ 주그면 고기 물리니 王왕이 恩ᅙᆫ惠 뼁를 내샤 ᄒᆞᄅᆞ ᄒᆞ나콤 供공上쌍ᄒᆞ게 ᄒᆞ시면 王왕도 셩ᄒᆞᆫ 고기 좌시고 우리도 흘리나 더 [64앞] 살아 지이다 王왕이 그리 ᄒᆞ라 ᄒᆞ야시ᄂᆞᆯ 두 물 內뇡예셔 ᄒᆞᄅᆞ ᄒᆞ나콤 闕쿪티 아니ᄒᆞ더니

ᄒᆞᄅᆞᆫ 惡학鹿록王왕 무렛 삿기 빈 사ᄉᆞ미 次충第똉 다ᄃᆞᆮ거늘 그 사ᄉᆞ미 惡학鹿록王왕씌 ᄉᆞᆲ보ᄃᆡ 삿기 나코 즉가 지이다 惡학鹿록王왕이 듣디 아니홀씨 善쎤鹿록王왕씌 가아 ᄉᆞᆲᄫᆞᆯ대 [64뒤] 善쎤鹿록王왕이 니ᄅᆞ샤ᄃᆡ 슬플쎠 네 ᄆᆞ슴 노하 이시라 내 네 갑새 가리라 ᄒᆞ시고 ᄌᆞ개 니거시ᄂᆞᆯ 王왕이 무르신대 對됭答답ᄒᆞ샤ᄃᆡ 오ᄂᆞᆳ 次충第똉예 ᄒᆞᆫ 암사ᄉᆞ미 삿기 ᄇᆡ여셔 後ᅘᅮᆯ에 죽가 지라 커늘 목수믈 뉘 아니 앗길 껏 아니라 갑새 오리 업슬씨 구틔여 ᄎᆞ마 보내디 [65앞] 몯고 供공上쌍 闕쿪ᄒᆞ실까 ᄒᆞ야 내 오이다 王왕이 니ᄅᆞ샤ᄃᆡ 어딜쎠 너도 이런 ᄆᆞ슴 뒷거늘 나는 즁ᄉᆡᆼ이 ᄆᆞᄉᆞ미로다 고기를 ᄂᆞ외 아니 머구리니 ᄂᆞ외 供공上쌍 말라 ᄒᆞ시고 鹿록野양苑훤

을 사슴 치는 짜흘 사ᄆᆞ시니라 또 如_셩來_링 前_쪈生_{ᄉᆡᆼ}애 忍_{ᅀᅵᆫ}辱_{ᅀᅭᆨ}仙_션人_{ᅀᅵᆫ}이 ^[65뒤] ᄃᆞ외샤 ᄒᆞᆫ 뫼해 겨샤 苦_콩行_{ᅙᆡᆼ} 닷더시니 그 나랏 王_왕 歌_강利_링라 ᄒᆞ리 婇_{ᄎᆡᆼ}女_녕 더블오 그 뫼해 山_산行_{ᅙᆡᆼ} 갯다가 ᄌᆞ가 자거늘 그 婇_{ᄎᆡᆼ}女_녕ᄃᆞᆯ히 곳 것그라 가아 忍_{ᅀᅵᆫ}辱_{ᅀᅭᆨ}仙_션人_{ᅀᅵᆫ} 菴_함애 니거늘 仙_션人_{ᅀᅵᆫ}이 그 각시를 ᄃᆞ려 說_쉃法_법ᄒᆞ더시니 王_왕이 ^[66앞] ᄭᆡ야 각시내 업슬ᄊᆡ 環_{ᅘᅪᆫ}刀_돌 들오 推_췽尋_씸ᄒᆞ야 가니 仙_션人_{ᅀᅵᆫ} 菴_함애 갯거늘 王_왕이 怒_농ᄒᆞ야 仙_션人_{ᅀᅵᆫ}ᄭᅴ 묻ᄌᆞᄫᆞ디 네 엇더닌다 對_됭答_답ᄒᆞ샤디 忍_{ᅀᅵᆫ}辱_{ᅀᅭᆨ}仙_션이로이다 王_왕이 또 무ᄍᆞᄫᆞ디 못 노ᄑᆞᆫ 定_뗭을 得_득ᄒᆞᆫ다 對_됭答_답ᄒᆞ샤디 몯 得_득ᄒᆞ얫노이다 ^[66뒤] 王_왕이 닐오디 그러면 凡_뻠夫_붕ㅣ로다 ᄒᆞ고 環_{ᅘᅪᆫ}刀_돌 ᄲᅡ혀 仙_션人_{ᅀᅵᆫ}ㅅ 手_슣足_죡ᄋᆞᆯ 베텨늘 仙_션人_{ᅀᅵᆫ}이 아ᄆᆞ라토 아니코 겨시거늘 王_왕이 荒_황唐_{ᄯᅡᆼ}히 너겨 무ᄍᆞᄫᆞ디 네 날 向_향ᄒᆞ야 측ᄒᆞ니여 對_됭答_답ᄒᆞ샤디 측디 아니ᄒᆞ이다 내 成_쎵佛_뿛ᄒᆞ면 王_왕

〈*이하 낙장(落張)으로 내용을 알 수 없음〉

『월인석보 제사』 번역의 벼리

[1앞] 月印千江之曲(월인천강지곡) 第四(제사)

釋譜詳節(석보상절) 第四(제사)

　　기육십칠(其六十七)

　(태자가) 정각(正覺)을 이루시겠으므로 마궁(魔宮)에 放光(방광)하시어 파순(波旬)이를 항복(降服)하게 하리라 (하였느니라.)
　파순(波旬)이 (三十二相의) 꿈을 꾸고 신하(臣下)와 [1뒤] 의논(議論)하여 구담(瞿曇)이를 항복(降服)하게 하리라 (하였느니라.)

　　기육십팔(其六十八)

　(마왕이) 세 딸을 보내어 여러 말(言)을 사뢰며, 감로(甘露)를 (태자에게) 권(勸)하였으니.
　(마왕이) 중병(衆兵)을 모아 백 가지의 양자(樣子)가 되어 정병(淨甁)을 움직이게 하려 하였으니. [2앞]

　　기육십구(其六十九)

　(태자가) 백호(白毫)로 (여자들을) 겨누시니 여자가 더러운 아랫도리를 가린 것이 없게 되었으니.
　(태자가) 일호(一毫)도 아니 움직이시니, 귀병(鬼兵)들의 모진 무기가 (태자께) 나아가 대들지 못하게 되었으니.

기칠십(其七十)

여자가 또 배에는 큰 벌레, 골수(骨髓)에는 작은 [2뒤] 벌레, 밑에는 엉긴 벌레이더니.

여자가 또 가운데에는 개, 어깨에는 뱀과 여우, 앞뒤에는 아이와 할머니이더니.

기칠십일(其七十一)

마왕(魔王)이 노(怒)한들 도리(道理)가 허망하므로 무수(無數)한 군(軍)이 정병(淨瓶)을 못 흔들었으니. [3앞]

세존(世尊)이 자심(慈心)으로 삼매(三昧)에 드시니 무수(無數)한 (무기의) 날이 연화(蓮花)가 되었으니.

기칠십이(其七十二)

육천(六天)의 팔부(八部)의 귀병(鬼兵)이 파순(波旬)의 말을 듣고 (태자가 앉아 있는 곳으로) 와서 (태자의 정각을 방해하려는) 모진 뜻을 이루려 하더니. [3뒤]

무수(無數)한 천자(天子)와 천녀(天女)가 부처의 광명(光明)을 보아 좋은 마음을 내었으니.

기칠십삼(其七十三)

(마왕이) 보관(寶冠)을 벗어 (한 군데를) 겨누어 지옥(地獄)의 무기를 모아 구담(瞿曇)이를 반드시 잡아라 하더니. [4앞]

(태자가) 백호(白毫)를 들어서 (한 군데를) 겨누어서 지옥(地獄)이 물이 되어 죄인(罪人)들이 다 인간(人間)에 났으니.

기칠십사(其七十四)

마왕(魔王)이 말이 빨라서 부처께 나아 달려드니 몇 날인들 미혹(迷惑)을 어찌 풀리?

부처의 지력(智力)으로 魔王(마왕)이 ^[4뒤] 엎어지니 이월(二月)의 팔일(八日)에 정각(正覺)을 이루셨으니.

보살(菩薩)이 보리수(菩提樹)의 아래에 앉아 계시어 헤아려서 여기시되 "이제 무상정각(無上正覺)을 이루겠으니, 마왕(魔王)인 파순(波旬)이 가장 존(尊)하고 모지니, ^[5앞] 저(= 파순)를 오게 하여 먼저 항복(降服)시키고야 삼계(三界)의 중생(衆生)을 제도(濟渡)하리라." 하시고, 서른여드레를 보리수(菩提樹)를 보시며 도리(道理)를 생각하시니, 천지(天地)가 진동(振動)하더니 큰 광명(光明)을 펴시어 마왕궁(魔王宮)을 가리시는데 ^[5뒤]

마왕(魔王)인 파순(波旬)이 꿈을 꾸니, 집이 어둡고 못이 마르고 악기가 헐어지고, 야차(夜叉)와 구반다(鳩槃茶)의 머리통이 뜰에 떨어지고, 제천(諸天)이 제 말을 종(從)하지 아니하여 배반(背叛)하거늘, (파순이) 깨닫고 두려워하여 신하(臣下)며 병마(兵馬)를 모아서 꿈을 이르고 의논(議論)하되 ^[6앞] "어찌 하여야 저 구담(瞿曇)이를 (내가) 가서 항복(降服)시키려뇨?"

마왕(魔王)의 세 딸이 이르되 "우리가 능히 구담(瞿曇)의 마음을 잃게 하겠으니 염려 마십시오." 하고, 대단히 장엄(莊嚴)하여 보살(菩薩)께 와서 예수(禮數)하고 일곱 번 감돌고 사뢰되, "태자(太子)가 나실 때에는 ^[6뒤] 만신(萬神)이 시위(侍衛)하더니, (태자께서) 어찌하여 천위(天位)를 버리시고 이 나무 밑에 와 계십니까? 우리가 천녀(天女)이니 오늘 우리 몸을 태자(太子)께 바칩니다. (우리가) 가려운 데도 잘 긁으며 시큰시큰 저리는 데도 잘 주무르니, 태자(太子)가 피곤하면 잠시 누워 쉬시며 감로(甘露)를 ^[7앞] 자시소서." 하고, 하늘의 종종(種種) 음식을 보기(寶器)에 담아 바치니, 보살(菩薩)이 아무렇지도 아니하시고 미간(眉間)에 있는 흰 털로 (여자들을) 겨누시니, 그 딸들이 제 몸을 보니 더러운 데가 다 가린 것이 없고 수많은 벌레가 오장(五臟)을 빨고 ^[7뒤] 골수(骨髓)마다 작은 벌레들이 나거늘, 그 딸들이 즉시 구토(嘔吐)하고 제 몸을 다시 보니, 왼편에 뱀의 머리가 되고 오른편에는 여우의 머리가 되고, 가운데는 개의 머리가 되고, 등에는 할머니를 업고 앞에는 죽은 아기를 안고 있더니, 그 딸들이 두려워하여 소리치고 물러나서 걸어 가며 자기의 아래를 ^[8앞]굽어보니 많은 벌레가 엉기어 있어서 (아래를) 빨거늘, 그 딸들이 엎드려서 가거늘,

마왕(魔王)이 더 노(怒)하여 십팔억(十八億) 병마(兵馬)를 모으니, (그 병마들이) 변(變)하여 사자(獅子)며 곰이며 나비며 뱀이며 온갖 모습이 되며, 불도 토(吐)하며 산도 메며 우레와 번게가 치며 무기를 가져 보살(菩薩)을 두르니, ^[8뒤]보살(菩薩)이 자심(慈心)으로 하나의 털도 움직이지 아니하고 계시니 빛난 모습도 더욱 좋아지시더니, 귀병(歸兵)이 가까이 나아가 들어가지 못하더라. 마왕(魔王)이 대로(大怒)하여 육천(六天)과 팔부(八部)에 진수(盡數)히 병마(兵馬)를 일으켜서 ^[9앞]구담(瞿曇)에게 가라 하니 귀신들이 구름이 일어나듯 하더니, 귀신들이 머리가 쇠머리와 같고 마흔 개의 귀에 귀마다 쇠 화살이 돋아 붉게 달아 있으며, 여우의 머리와 같고 눈이 큰 귀신이 소리가 벽력(霹靂) 같은 것도 있으며, 귀신의 대장군(大將軍)들은 한 목에 여섯 머리이고, 가슴에 여섯 ^[9뒤]낯이요 무릎에 두 낯이요, 몸에 있는 털이 모양은 화살인데 몸을 움직이어 사람을 쏘고 눈에 피가 흐르더니, (마왕에게) 빨리 달려오거늘, 마왕(魔王)이 귀신더러 이르되 "구담(瞿曇)이는 어진 사람이라서 주(呪)를 잘하는 법(法)이 있느니라." 하고 ^[10앞]또 제 구슬로 사병(四兵)을 만들어 허공(虛空)으로부터서 내려왔니라.

파순(波旬) ^[10뒤]보살(菩薩)께 사뢰되, "너야말로 일어나서 가지 아니하면, (내가) 너를 잡아 바다의 가운데에다가 던지리라." 보살(菩薩)이 이르시되, "네가 나의 정병(淨瓶)을 먼저 움직게 하고서야 나를 던지리라." 하시거늘, 파순(波旬)의 팔십억(八十億) 귀신들이 그 병(瓶)을 움직이게 하다가 못하였니라. 파순(波旬)이 ^[11앞]또 여기되 "이 병마(兵馬)가 혹시 구담(瞿曇)이를 못 항복(降服)시킬까?" 하여, 제 보관(寶冠)을 벗어 염라왕궁(閻羅王宮)의 가까운 곳에 겨누어서 ^[11뒤]많은 귀신에게 알려, "너희가 옥졸(獄卒)과 (함께) 阿鼻地獄(아비지옥)에 있는 연장을, 칼이며 수레며 火爐(화로)며 다 가져서 閻浮提(염부제)로 오라." 하여 (귀신과 옥졸을) 모으고, 魔王(마왕) 波旬(파순)이 ^[12앞]쩌렁쩌렁하게 고함을 쳐서 "빨리 구담(瞿曇)이를 해(害)하라." 하니, 위로부터서 불이며 더운 쇠며 수레며 날이 있는 무기들이 허공(虛空)에서 서로 뒤엉키되 보살(菩薩)께 가까이 오는 것을 못 하더

니, 그때에 보살(菩薩)이 자심(慈心) 삼매(三昧)에 드시니 ^{[12뒤} 칼날의 끝마다 연(蓮)꽃이 나며, 우레와 번게와 우박과 비가 다 오색(五色)의 꽃이 되었니라. 보살(菩薩)이 미간(眉間)에 있는 흰 털을 천천히 드시어 아비지옥(阿鼻地獄)을 겨누시니, 털에서 큰 물이 흘러 큰 불이 잠깐 꺼지거늘, 죄인(罪人)들이 보고 제각기 ^{[13앞} 지은 죄(罪)를 알아, 마음이 시원하여 나무(南無) 불(佛)을 일컬으니, 그 인연(因緣)으로 (죄인들이) 인간(人間)에 다 나니, 마왕(魔王)이 이런 상(相)을 보고 시름하여 돌아갔니라.

보살(菩薩)의 흰 털이 바로 육천(六天)에 가서 그 끝에 여러 연(蓮)꽃이 ^{[13뒤} 나니 그 연(蓮)꽃에 일곱 부처가 앉아 계시며, 그 흰 털이 무색계(無色界)에 이르도록 가서 다 비추시니 (그 흰 털이) 순수한 파려경(玻瓈鏡)과 같으신데, 팔만사천(八萬四千)의 천녀(天女)들이 ^{[14앞} 마왕(魔王)을 보니 불에 눌은 나무와 같고, 오직 보살(菩薩)의 백호상(白毫相)의 광(光)을 우러러 무수(無數)한 천자(天子)와 천녀(天女)들이 다 무상보리도(無上菩提道)에 발심(發心)하였니라. 마왕(魔王)이 다시 병마(兵馬)를 일으켜서 내려와, 제(=마왕)가 나아가서 보살(菩薩)께 들어서 ^{[14뒤} 말(言)을 겨루더니, 보살(菩薩)이 지혜력(智慧力)으로 땅을 누르시니 즉시 지동(地動)하니 마왕(魔王)이며 제(= 마왕의) 귀신들이 다 거꾸러졌니라. 보살(菩薩)이 마왕(魔王)을 항복(降服)시키시고야 정각(正覺)을 이루셨니라.

기칠십오(其七十五)

우파국다 존자(優波毱多尊者)가 묘법(妙法)을 펴거늘 마왕(魔王)이 덤볐습니다.
대자비(大慈悲) 세존(世尊)께 버릇없던 일을 마왕(魔王)이 뉘우쳤습니다. ^{[15뒤}

기칠십육(其七十六)

(마왕이) 큰 용(龍)을 만들어 세존(世尊)의 몸에 감거늘 (세존이) 자비심(慈悲心)으로 말을 아니 하셨으니.
(마왕이) 화만(花鬘)을 만들어 존자(尊者)의 머리에 얹거늘 (우파국다 존자가) 신통력(神通力)으로 ^{[16앞} 목을 굵게 매었으니.

기칠십칠(其七十七)

바리를 부수는 소가 망령되건마는 (부처가) 자비심(慈悲心)으로 꾸짖는 것을 모르셨으니.

수플에 나타나는 부처가 망령되건마는 (존자가) 공경심(恭敬心)으로 기약(期約)을 잊었으니.

기칠십팔(其七十八) [16뒤]

(마왕이 세존의) 꾸짖음을 모르셔도 세존(世尊)의 덕(德)을 입어서 죄(罪)를 벗어 지옥(地獄)을 갈아서 났으니.

(우파국다 존자가) 기약(期約)을 잊어도 (마왕이) 존자(尊者)의 말에 항복(降服)하여 절하고 하늘에 돌아갔으니.

여래(如來)가 열반(涅槃)하신 후(後)에 [17앞] 대가섭존자(大迦葉尊者)가 정법(正法)을 맡아 있다가 아난존자(阿難尊者)에게 맡기거늘, 아난존자(阿難尊者)가 상나화수존자(商那和修尊者)에게 맡기거늘, 상나화수존자(商那和修尊者)가 우파국다존자(優波毱多尊者)에게 맡기니 [18앞] 듣고 많이 모여서 오거늘,

우파국다(優波毱多)가 예전에 여래(如來)가 설법(說法)하실 적에 모인 사람이 앉은 법(法)과 같이 하여, 그 날 모여 있는 사중(四衆)을 [18뒤] 반(半)달같이 앉히고 제불(諸佛)이 설법(說法)하시는 차제(次第)같이 사제법(四諦法)을 이르더니, 마왕(魔王)이 진주(眞珠)를 뿌려 여러 사람의 마음을 어지럽혀 하나도 득도(得道)를 못하게 하여, 우파국다(優波毱多)가 "(이 일이) 누구의 소작(所作)인가?"하여 보니, 마왕(魔王)의 [19앞] 소작(所作)인 것을 알았니라. 그 후(後)에 많은 사람이 "국다존자(毱多尊者)가 설법(說法)할 적에 진주(眞珠)가 떨어지더라." 듣고 구슬을 얻으러 오니, 그 탓으로 모인 사람이 더 많아지더라. 둘째의 설법(說法)하는 날에 마왕(魔王)이 또 금(金)비를 오게 하여, 모인 사람의 마음을 어지럽혀서 [19뒤] 하나도 득도(得道)를 못하게 하거늘, 존자(尊者)가 입정(入定)하여 "누구의 소작(所作)인가?" (하여

서) 보니, 마왕(魔王)의 소작(所作)인 것을 알았니라. 셋째의 설법(說法)하는 날에 나라의 사람이 다 모여 와 있더니, 마왕(魔王)이 또 풍류하는 천녀(天女)를 만들어 모인 사람의 마음을 [20앞] 어지럽혀 하나도 득도(得道)를 못하게 하고, 마왕(魔王)이 매우 기뻐하여 이르되 "국다(毱多)의 설법(說法)을 잘 훼방놓았다." 하더니, 존자(尊者)가 한 나무 아래에 앉아 입정(入定)하여 "누구의 소작(所作)인가?" 하여 보는 때에, 마왕(魔王)이 만다라화(曼茶羅華)로 화만(花鬘)을 만들어 [20뒤] 국다(毱多)의 목에 얹거늘, 존자(尊者)가 즉시 "누구의 소작(所作)인가?" 보아서 마왕(魔王)의 소작(所作)인 것을 알았니라.

존자(尊者)가 여기되 "마왕(魔王)이 자주 내 설법(說法)을 어지럽히나니, 부처가 어찌 저자를 항복(降服)시키지 아니하셨던가?" [21앞] 부처의 뜻에 일부러 나를 시켜서 '(마왕을) 항복(降服)시키오.' 하셨구나." 하고, 존자(尊者)가 죽은 뱀과 죽은 개와 죽은 사람의 세 가지의 주검으로 화만(花鬘)을 많이 만들어 마왕(魔王)에게 가져 가거늘, 마왕(魔王)이 보고 기뻐하여 이르되 "우파국다(優波毱多)도 나에게 자득(自得)한 [21뒤] 양 못하는구나." 하고 머리를 내밀어 화만(花鬘)을 받거늘, 국다(毱多)가 세 주검으로 마왕(魔王)의 목에 매니 마왕(魔王)이 세 주검을 보고 이르되, "어찌 이 주검을 내 목에 달았는가?" 존자(尊者)가 이르되 "중에게는 화만(花鬘)을 아니 얹는 것이거늘 (조금 전에) 네가 (화만을 나에게) 얹었으니, 너의 목에 [22앞] 주검이 (화만을) 못 맬 것이거늘 (이처럼 주검이 화만을 너의 목에 맨 것은) 내가 (너의 목에 화만을) 매는 것과 같으니, 네 힘으로 (주검을) 없앨 수 있거든 없애라. 네가 어찌 불자(佛子)와 싸우는가?" (불자와 싸우는 것은 마치) 바다의 물결이 파리산(頗梨山)을 부딪치듯 하니라."

마왕(魔王)이 제 목에 있는 주검을 없애다가 못하여 대로(大怒)하여, 허공(虛空)에 [22뒤] 솟아 달려서 이르되 "내가 비록 (주검을) 못 끄르더라도 나의 제천(諸天)들이 능히 끄르리라." 국다(毱多)가 이르되 "네가 아무리 범천(梵天)이며 석제환인(釋提桓因)이며 비사문천(毗沙門天)이며, 아무런 제천(諸天)들에게 가도 (주검을) 못 끄르리라." 마왕(魔王)이 제천(諸天)께 가서 "(주검을) 끌러 주오." [23앞] 하니 제천(諸天)들이 이르되 "우리야말로 못 풀겠구나." 하거늘, 범천(梵天)께 가서 합장(合掌)하여 "풀어 주오." 하니, 범천(梵天) 대답(對答)하되 "십력(十力)을 갖춘 세존(世

尊)의 제자(弟子)가 한 일이라서 우리의 힘이 미약하여 아무래도 풀지 못하겠으니, ^[24앞] 차라리 연(蓮)의 뿌리로 수미산(湏彌山)은 매어 달려니와 이것(= 주검)을 풀려 함은 옳지 아니하니라."마왕(魔王)이 이르되 "너야말로 (주검을) 못 풀면 내가 누구에게 가료?"범왕(梵王)이 이르되 "네가 어서 우파국다(優波鞠多)께 가서 ^[24뒤] 귀의(歸依)하여야 (주검에서) 벗어나리니, 네가 항복(降服)을 아니 하면 너의 천상(天上)의 쾌락(快樂)을 헐며 너의 존(尊)하고 귀(貴)한 이름을 헐리라."

마왕(魔王)이 여기되 "여래(如來)의 제자(弟子)의 세력(勢力)을 대범천왕(大梵天王)도 이리 공경(恭敬)하나니 ^[25앞] 부처의 세력(勢力)이야말로 어찌 한정(限定)이 있으리오? (부처가) 나를 속이려 하신다면야 무슨 일을 못 하시리오마는, 큰 자비심(慈悲心)으로 나를 불쌍히 여기시어 나에게 괴로운 일을 아니 하시더구나. 오늘날에야 여래(如來)의 덕(德)이 크신 줄을 ^[25뒤] 알았다. 나는 무명(無明)이 가리어서 간 데마다 여래(如來)께 덤비거늘, 여래(如來)가 한 번도 꾸짖지 아니하시더니라." 하고

즉시 교만(驕慢)한 마음을 덜어 버리고 존자(尊者)께 가서 땅에 엎드려 머리를 조아려 예수(禮數)하고 꿇어서 합장(合掌)하여 ^[26앞] 사뢰되 "존자(尊者)가 모르시는가? 내가 (여래께서) 보리수(菩提樹) 아래에(있을 때)부터 열반(涅槃)하시도록까지 여래(如來)께 여러 번 어지럽혔습니다."존자(尊者)가 묻되 "(네가) 무슨 일을 하였던가?" (마왕이) 대답(對答)하되 "옛날 여래(如來)가 바라문(婆羅門)의 마을에 양식(糧食)을 빌리시거늘, 내가 수많은 바라문(婆羅門)의 ^[26뒤] 마음을 가리게 하여 하나도 양식(糧食)을 아니 바치게 하니, 여래(如來)가 양식(糧食)을 못 얻으시어 게(偈)를 지어 이르시되, "쾌락(快樂)하여 (나에게) 딸린 것이 없어 편안(便安)하며 가벼우니, 음담(飮啖)에 마음이 탐(貪)하지 아니하면 마음이 늘 즐거워서 광음천(光音天)과 ^[27앞] 같으니라."하셨습니다. 또 (여래가) 기사굴산(耆闍崛山)에 계시거늘 ^[27뒤] (내가) 변화(變化)로 큰 소를 만들어 오백(五百) 비구(比丘)의 바리를 헐어버렸으나, 부처의 바리는 허공(虛空)에 날아오르므로 못 헐어버렸습니다. 또 후(後)에 변화(變化)로 용(龍)의 형체(形體)를 지어 부처의 몸에 이레를 감아 있었습니다. 또 부처가 열반(涅槃)하실 ^[28앞] 시절(時節)에 내가 변화(變化)로 오백(五百)의 수레를 만들어 하수(河水)를 흐리게 하여 부처가 물을 못 자시게 하니, 대강 사뢰거니와

이 모양으로 수백(數百) 번 (여래를) 어지럽히되 여래(如來)가 (나를) 불쌍히 여기시어 한 번도 아니 꾸짖으시니, 존자(尊者)는 아라한(阿羅漢)이시되, ^[28뒤] (어찌하여) 불쌍히 여기실 마음을 아니 하시어, 천인(天人)과 아수라(阿脩羅)의 앞에 나를 욕(辱)보이십니까?"

존자(尊者)가 이르되 "파순(波旬)아, 네가 무지(無知)하여 우리 성문(聲聞)에 속한 사람을 여래(如來)께 비교하나니, (이것은 마치) 겨자 쪽을 수미산(須彌山)에 ^[29앞] 견주며 반딧불을 해달(日月)에 견주며 떨어진 이슬을 바다에 견주듯 하니라. 여래(如來)의 대자비(大慈悲)는 성문(聲聞)에게 없는 것이니, 부처는 대자비(大慈悲)이시므로 너에게 죄(罪)를 아니 주시거니와, 우리 성문(聲聞)에 속한 사람은 부처와 같지 못하므로 너를 다스린다. ^[29뒤] 마왕(魔王)이 이르되 "어떤 인연(因緣)으로 여래(如來)가 인욕선인(忍辱仙人)이 되어 계실 때부터, 내가 장상(長常) 어지럽히되 (어찌) 잠잠하여 계셨습니까?" 존자(尊者)가 이르되 "네가 좋지 못한 인연(因緣)이 있어 부처께 모진 마음을 먹으니, ^[30앞] 이것이 죄(罪)가 많건마는 부처가 잠잠하신 뜻은, 나로 하여금 너를 항복(降服)하게 하여 네가 부처께 신(信)하여 공경(恭敬)할 마음을 내면, 이 마음의 탓으로 지옥(地獄)·아귀(餓鬼)·축생(畜生)에 아니 떨어지게 하시니, 이것이 부처의 공교(工巧)하신 방편(方便)이시니, ^[30뒤] 네가 여래(如來)께 적으나 신(信)한 마음을 두면, 예전의 죄(罪)가 다 없어져서 열반(涅槃)을 득(得)하리라."

마왕(魔王)이 듣고 기뻐하여 소름이 돋쳐 부처께 매우 기쁜 마음을 내어, "부처가 나를 불쌍히 여기시는 것이 부모(父母)가 자녀(子女) ^[31앞] 사랑하듯 하시어 허물을 아니 하시더구나." 하여, 즉시 일어나 합장(合掌)하여 이르되 "내가 부처께 향(向)하여 기쁜 마음을 내는 것이 존자(尊者)의 큰 은혜(恩惠)이시니, 내 목에 있는 주검을 푸소서." 존자(尊者)가 이르되 "아직 먼저 한 기약(期約)을 하고야 (주검을) 풀겠으니, 이로부터 후(後)에 ^[31뒤] 비구(比丘)에게 어지럽히지 말라." 마왕(魔王)이 이르되 "이르신 양으로 하겠습니다." 존자(尊者)가 또 이르되 "날 위(爲)하여 또 한 일을 하라. 내가 여래(如來)의 법신(法身)은 보았거니와 여래(如來)의 묘색신(妙色身)은 못 보았나니 ^[32앞] 나를 여래(如來)의 묘색신(妙色身)을 보게 하오." 마왕(魔王)이 이르되 "나도 존자(尊者)께 먼저 기약(期約)하나니, 내가 부처의 몸이 되어 (당신께) 보이거든 나에게 절을 마소서." 존자(尊者)가 이르되 "너에게 절을 아니 하리라." 마왕(魔王)이 [32뒤] 왕(王)이 이르되 "내가 잠시 수풀에 들어 있을 사이를 기다리소서. 내가 예전에 부처의 모습이 되어 수라장자(首羅長者)를 속였으니, 그때의 모습같이 되겠습니다." 존자(尊者)가 그 주검을 풀었니라.

마왕(魔王)이 수풀에 들어 부처의 모습이 되니 채색(彩色)으로 갓 그린 듯하더니, [33앞] 왼쪽에는 사리불(舍利弗)이 서고, 오른쪽에는 대목건련(大目犍連)이 서고, 아난(阿難)이 뒤에 서고, 마하가섭(摩訶迦葉)과 아누루두(阿㝹樓頭)와 수보리(須菩提) 등(等), 일천이백(一千二百) 쉰 대아라한(大阿羅漢)들이 (부처를) 위요(圍繞)하여 점점(漸漸) 수풀로부터서 나오거늘, [33뒤] 존자(尊者)가 일어나 합장(合掌)하여 골똘히 보고 게(偈)를 지어 이르되, "쾌락(快樂)스럽구나. 청정(清淨)한 업(業)이여! 능(能)히 이런 묘과(妙果)를 이루셨구나. 하늘로부터 나신 것이 아니며, 또 인연(因緣) 없이 되신 것이 아니다. [34앞] 낯빛이 연(蓮)꽃과 같으시며, 눈이 맑음이 명주(明珠)와 같으시며, 단정(端正)하신 것이 일월(日月)보다 더하시며, 애틋이 사랑하시는 것이 꽃의 수풀보다 더하시며, 맑음이 바다와 같으시며, 편안(便安)히 계시는 것이 수미산(須彌山)과 같으시며, 위엄(威嚴)의 광명(光明)이 해보다 [34뒤] 더하시며 천천히 걸으시는 것이 사자(獅子)와 같으시며, 돌아보시는 것이 우왕(牛王)과 같으시며, 빛이 자금(紫金)과 같으시니, 백천(百千) 무량겁(無量劫)에 몸과 입과 뜻을 깨끗이 닦으시므로 이런 몸을 얻으시니, 미워하는 사람이 보아도 기뻐하겠으니 [35앞] 하물며 내가 공경(恭敬)을 아니 하겠느냐?" 하고,

부처를 보는 마음이 지극(至極)하므로 첫 기약(期約)을 잊고 즉시 땅에 엎드리여 공경(恭敬)하여 예수(禮數)하니, 마왕(魔王)이 이르되 "존자(尊者)가 어찌 기약(期約)에 그릇하십니까?" 존자(尊者)가 묻되 [35뒤] (내가) 어찌해서 기약(期約)에 그릇하느냐?" 마왕(魔王)이 이르되 "존자(尊者)가 예수(禮數)를 아니 하려 하시더니 어찌 예수(禮數)하십니까?" 존자(尊者)가 이르되 "무상(無上) 세존(世尊)이 벌써 열반(涅槃)하신 것을 (내가) 알건마는, 이런 모습을 보니 부처를 본 듯하므로 부처를 위(爲)하여 [36앞] 예수(禮數)하지 너에게 하는 예수(禮數)가 아니다." 마왕(魔王)이 이르되 "눈으로 보니 존자(尊者)가 나를 위하여 절하시니, 어찌 '나에게 절하신다.'고 아니 하겠습니까?" 존자(尊者)가 이르되 "네가 (내 말을) 들어라. 흙과 나무로

천상(天像)과 불상(佛像)을 만들고 [36뒤] 천불(天佛)을 공경(恭敬)하여 절을 하나니, 나모와 흙에 절하는 법(法)이 아니다. 나도 이와 같아서 부처께 절하지만 너에게 하는 절이 아니다." 마왕(魔王)이 즉시 도로 제 모습이 되어 존자(尊者)께 절하고 하늘로 돌아갔니라. 네째의 설법(說法)하는 날에 [37앞] 마왕(魔王)이 존자(尊者)를 못 잊어 하늘로부터서 내려와 전하여 알려 주되, "간난(艱難)하지 말고자 하며 하늘에 나고자 하며 열반(涅槃)을 득(得)하고자 하거든, 다 존자(尊者) 우파국다(優波毱多)께 가라. 여래(如來)의 설법(說法)을 못 보거든 또한 존자(尊者) 우파국다(優波毱多)께 [37뒤] 가라." 하더라.

마돌라성(摩突羅城) 중(中)에 있는 사람이 "우파국다(優波毱多)가 마왕(魔王)을 항복(降服)시켰다." 듣고, 어른 사람들 수천만(數千萬)이 다 존자(尊者)께 오거늘, 존자(尊者)가 사자좌(獅子座)에 올라 종종(種種) 묘법(妙法)을 이르니, 백천(百千) 중생(衆生)이 다 [38앞] 수다원(湏陀洹)과 사다함(斯多舍)을 득(得)하며, 일만 팔천(一萬八千)의 사람이 출가(出家)하여 아라한(阿羅漢)을 득(得)하였니라.

기칠십구(其七十九)

(보살이) 입정(入定) 방광(放光)하시어 삼명(三明)을 득(得)하시며 육통(六通)이 또 갖추어져 있으시니. [38뒤]

명성(明星)이 비치거늘 십팔법(十八法)을 득(得)하시며 십신력(十神力)을 또 얻으셨으니.

기팔십(其八十)

세계(世界)의 일을 보시어 아는 것이 훤하시며 땅의 상(相)이 진동하였으니. [39앞]

지혜(智慧)가 밝으시어 두려움이 없으시며 하늘의 북이 절로 울었으니.

기팔십일(其八十一)

팔부(八部)가 둘러서며 정거천(淨居天)이 기뻐하며 상서(祥瑞)의 구름과 꽃 비도 내렸으니.

제천(諸天)이 모두 오며 오통선(五通仙)이 [39뒤] 기쁘며 하늘의 풍류(風流)와 감로(甘露)도 내렸으니.

(석가 보살이) 이월(二月) 초(初)이렛날에 마왕(魔王)을 항복(降服)시키시고, 방광(放光)하시고 입정(入定)하시어 법(法)을 보시어 삼명(三明)을 득(得)하시며, 육통(六通)이 갖추어져 있으시어 [41앞] 삼계(三界)와 삼세(三世)에 있는 일을 다 보시어, 이름과 빛이 궂은 인(因)이요 팔정(八正)을 행(行)하여야 수고(受苦)가 다 없어지는 것을 아시어, 죽살이의 근원(根源)에 있는 [41뒤] 삼독(三毒)을 덜어 버리신 것을 아시어 하시는 일을 이미 이루시니, 지혜(智慧)가 밝으시어 명성(明星)이 돋을 시절(時節)에 훤히 크게 아시어, 정각(正覺)을 이루시어 십팔불공법(十八不共法) [42뒤] 십신력(十神力)과 사무외(四無畏)를 득(得)하시니

[43앞] 그때에 땅이 십팔상(十八相)으로 움직이며, 상서(祥瑞)로운 구름이 내리며, 감로(甘露)가 떨어지고, 꽃비가 오며, 하늘의 북이 저절로 울며, 보리수(菩堤樹)를 둘러서 서른여섯 유순(由旬)에 팔부(八部)가 가득하며, 제천(諸天)이 향(香)을 피우고 풍류(風流)며 당번(幢幡)을 갖추어서 오니, 무량(無量)한 일체(一切) [43뒤] 중생(衆生)이 다 서로 사랑하며, 오정거천(五淨居天)과 오통선(五通仙)과 여느 고취(苦趣)들이 다 기뻐하더라.

기팔십이(其八十二)

부처의 증거를 탄왕(彈王)이 묻거늘 [44앞] 견뢰지신(堅牢地神)이 솟아나서 아뢰었으니.

부처의 기별(奇別)을 지신(地神)이 이르거늘 공신(空神)과 천신(天神)이 또 위에 아뢰었으니.

탄왕(彈王)이 여래(如來)께 묻되 "너의 공덕(功德)은 누가 증인인가?" 여래(如

來)가 땅을 가리키시니 즉시로 육종(六種)으로 진동(震動)하고 [44뒤] 견뢰지신(堅牢地神)이 솟아나서 이르되 "내가 증인이다." 하더라. 여래(如來)가 성불(成佛)하시거늘, 땅에 있는 신령(神靈)이 (그 사실을) 허공(虛空)의 신령(神靈)께 아뢰며, 허공(虛空)의 신령(神靈)이 하늘의 신령(神靈)께 아뢰어, 또 높은 하늘 위에 이르도록 차례로 번갈아 아뢰더라. [45앞]

기팔십삼(其八十三)

적멸(寂滅)한 도량(道場)에 법신(法身) 대사(大士)들이 달님께 구름이 모이듯 하시더니.

"세계(世界)에 묘법(妙法)을 펴리라." (하고) 원만(圓滿)한 보신(報身)인 노사나(盧舍那)가 화엄경(華嚴經)을 돈교(頓教)로 이르셨으니. [45뒤]

여래(如來)가 처음 정각(正覺)을 이루시어 적멸도량(寂滅道場)에 계시어, 사십일위(四十一位) 법신(法身) 대사(大士)와 예전 전생(前生)부터 [46앞] 근(根)이 익은 천룡팔부(天龍八部)가 일시(一時)에 위요(圍繞)하여 달님께 구름이 끼듯 하여 있더니, 여래(如來)가 여기시되 "내가 득(得)한 묘법(妙法)을 널리 펴서 세계(世界)를 이(利)롭게 하여야 하겠구나." 하시어, 노사나(盧舍那)의 신(身)을 나타내시어 화엄경(華嚴經)을 이르시니, 이 이름이 돈교(頓教)이다.

기팔십사(其八十四) [47앞]

(중생들이) 대법(大法)을 모르면서 들으므로 (여래가) 열반(涅槃)하려 하시더니 제천(諸天)이 (여래께 설법을) 청(請)하였으니.

(여래께서) 방편(方便)으로 알게 하시어 삼승(三乘)을 이르시므로 제불(諸佛)이 찬탄(讚歎)하셨으니.

여래(如來)가 나무를 보며 생각하시되 [47뒤] "내가 득(得)한 미묘법(微妙法)을 (오직) 부처이어야 아시겠다. 중생(衆生)들이 오탁세(五濁世)에 있어 삼독(三毒)이 덮어 복(福)이 엷고, 지혜(智慧)가 없어, 깊은 법(法)을 모르면서 (나의 설법을) 듣나니, (내가) 법(法)을 펴면 (중생들이) 모두 비웃어 그 탓으로 흉(凶)한 길로 들어서 수고(受苦)하겠으니, 이제 차라리 (내가) 열반(涅槃)하여야 하겠구나." ^[48앞] 그때에 대범천왕(大梵天王)과 석제환인(釋提桓因)과 사대천왕(四大天王)과 대자재천(大自在天)과 다른 제천중(諸天衆)들이 허공(虛空)에 가득이 내려와 청(請)하되, "세존(世尊)이시여, 오래 생사(生死)에 계시어 법(法)을 구(求)하시어, 나라며 처자(妻子)며 머리며 눈이며 ^[48뒤] 골수(骨髓)를 버리셨으니, 오늘날 성불(成佛)하셔서 어찌 설법(說法)을 아니 하려 하시는가?" 세 번 청(請)하니 여래(如來)가 여기시되 "지난 부처도 방편(方便)으로 하셨으니, 나도 이제 삼승(三乘)을 설법(說法)하리라." 하시거늘 ^[49앞] 그때에 시방(十方)에 있는 부처들이 앞에 와 현(現)하여 함께 찬탄(讚嘆)하시더라. ^[49뒤]

기팔십오(其八十五)

(여래께서) 성도(成道) 후(後) 이칠일(二七日)에 타화자재천(他化自在天)에 가시어 십지경(十地經)을 이르셨으니.

(여래께서) 성도(成道) 후(後) 사십구일(四十九日)에 차리니가(差梨尼迦)에 가시어 가부좌(跏趺坐)를 앉으셨으니. ^[50앞]

기팔십육(其八十六)

흥정바치들이 (차리니가 숲에 이르러서) 길을 못 다녀서 천신(天神)께 빌었습니다.

수풀의 신령(神靈)이 길에 나서 보이어 세존(世尊)을 (흥정바치들이) 알게 하였습니다.

기팔십칠(其八十七)

(흥정바치들이 세존께 바치는) 세 가지의 공양(供養)이 그릇이 없으므로 ^[50뒤]

전세불(前世佛)을 생각하시더니.

(흥정바치들이) 칠보(七寶) 바리에 공양(供養)을 담으신 것이 사천왕(四天王)의 청(請)이니.

기팔십팔(其八十八)

옛날에 (하늘의 부처들이) 바리를 얻어 비로자나(毘盧遮那)의 말로 (잘 간수하여 두고) 오늘의 일을 기다리더니. [51앞]

오늘날에 (부처께 바리를 바치는) 뜻을 못 이루어 (곤란하더니), 비사문왕(毗沙門王)의 말로써 옛날의 원(願)을 이루었으니.

기팔십구(其八十九)

세존(世尊)의 자비심(慈悲心)에 (사천왕이 준 바리 중에서) 하나를 (세존이) 받으면 (사천왕의) 네 마음이 고르지 못하리. [51뒤]

세존(世尊)의 신통력(神通力)에 (바리를) 한데 (모아 놓고) 누르시니 네 바리가 (한데) 불어서 합쳐졌으니.

제구십(第九十)

(세존이 두 흥정바치의) 뜻을 옳게 여기시어 불법승(佛法僧)을 이르시고 게(偈)를 지어 또 이르셨으니.

(세존이 두 흥정바치의) 말을 옳게 여기시어 털을 떼쳐 주시고 손톱을 또 주셨으니. [52앞]

기구십일(其九十一)

무량겁(無量劫) 위에 (세존이) 연등여래(燃燈如來)를 보아서 보리심(菩提心)으로 출가(出家)하시더니.

한 낱(個)의 머리털을 모든 하늘이 얻어서 십억(十億) 천(天)에 공양(供養)하였으니. [52뒤]

기구십이(其九十二)

(세존이) 탐욕심(貪欲心)이 있으시건마는 한 낱(個)의 털만을 공양(供養)한 공덕(功德)에 열반(涅槃)을 득(得)하였으니.

(세존이) 삼먁삼불타(三藐三佛陀)이시니 (흥정바치들이) 한 낱(個)의 털과 한 낱의 손발톱인들 공양(供養)한 공덕(功德)이 어찌 끝이 있으리? [53앞]

여래(如來)가 성도(成道)하신 두 이레째에 타화자재천궁(他化自在天宮)에 가시어, 천왕(天王)을 위하여 십지경(十地經)을 설법(說法)하셨니라.

○ 여래(如來)가 보리수(菩提樹)에 계시다가 차리니가(差梨尼迦)라 하는 수풀에 옮아가시어 결가부좌(結跏趺坐)하여 있으시더니, 북천축국(北天竺國)의 [53뒤] 두 흥정바치가 지혜(智慧)가 많고 뜻이 정(正)한 사람이더니, 중천축(中天竺)으로부터서 오백(五百) 수레에 종종(種種)의 재물을 싣고 북천축(北天竺)에 돌아가느라고 하여, 여래(如來)가 계신 수풀에 가까이 [54앞] 지나가더라. 저 흥정바치들이 항상 두 길든 소를 앞세워서 움직이더니, 차리니가(差梨尼迦)의 임신(林神)이 그 소를 잡아 못 가게 하거늘, 두 흥정바치가 우발라화(優鉢羅花)의 줄기로 (소를) 치되 (소가) 아니 걸으며, 오백(五百) 수레의 소도 다 걷지 아니하며, 수레에 실은 연장이 다 헐어지거늘, [54뒤] 두 흥정바치들이 두려워서 서로 이르되 "어떤 액(厄)을 상봉(相逢)하였느냐?" 하고, 각각(各各) 합장(合掌)하여 제천(諸天)과 제신(諸神)께 빌더니, 그 수풀의 신령(神靈)이 현신(現身)하여 이르되 "너희가 두려워 말라. 여기에 여래(如來) 세존(世尊) 아라가(阿羅呵)가 [55앞] 삼먁삼불타(三藐三佛陀)와 무상보리(無上菩提)를 처음 이루시어 수풀에 계시니, 득도(得道)하신 지가 마흔 아흐레이되 [55뒤] 공양(供養)할 이가 없으니, 너희가 남보다 가장 먼저 세존(世尊)께 가서 초(麨)와 낙(酪)과 밀단(蜜摶)으로 공양(供養)하면, 긴 밤에 편안(便安)하여 가장 좋은 일을 얻으리라.

그때에 두 흥정바치가 오백(五百) 흥정바치를 [56앞] 데리고 여래(如來)께 가서 머리를 조아려 절하고 사뢰되 "세존(世尊)이시여, 우리를 불쌍히 여기시어 깨끗한 초락밀단(麨酪蜜摶)을 받으소서." 여래(如來)가 여기시되 "예전의 제불(諸佛)이 바리로 받아 자시나니, 내 이제 무엇으로 받아 먹겠느냐?" 하시더니, 그때에 사천왕(四天王)이 각각(各各) [56뒤] 금(金) 바리를 가져와 사뢰되 "세존(世尊)이시여, 우리를 불쌍히 여기시어 이 바리로 받아 자시소서." 세존이 금(金) 바리를 아니 받으시거늘, 사천왕(四天王)이 금(金) 바리는 버리고 은(銀) 바리를 가져다가 먼저의 모양으로 사뢰어 바치거늘, 세존(世尊)이 또 아니 받으시니, 사천왕(四天王)이 파려(玻瓈), 유리(瑠璃), [57앞] 적주(赤珠), 마노(瑪瑙), 차거(硨磲)의 바리를 다 그 양으로 바치다가 못하여, 비사문천왕(毗沙門天王)이 세 천왕(天王)에게 이르되 "옛날에 청색(靑色) 제천(諸天)이 돌 바리 넷으로 우리를 주더니, 그때에 한 천자(天子)인 비로자나(毗盧遮那)이라고 하는 이가 이르되 '절대로 이 바리에 밥을 담아 [57뒤] 먹지 말고 탑(塔)같이 공양(供養)하라. 후(後)에 한 여래(如來)가 나시겠으니 이름이 석가모니(釋迦牟尼)이시겠으니, 그제야 그대들이 이 네 바리를 바쳐라.' 하더니, 이제야말로 (그) 시절(時節)이구나." 하고, 사천왕(四天王)이 각각(各各) (바리를) 하나씩 가져와 바치니 [58앞] 세존(世尊)이 여기시되 "사천왕(四天王)이 깨끗한 마음으로 바리를 주나니, 하나를 받으면 셋이 슬피 여기겠구나." 하시어, 네 바리를 다 받으시어 왼손에 포개어 쌓으시고 오른손으로 누르시니, 신통력(神通力)으로 한 바리가 되되 네 (개의) 금(線)이 분명하더라.

[58뒤] 세존(世尊)이 그 바리로 초락밀단(麨酪蜜摶)을 받아 자시고, 홍정바치에게 이르시되 "너희들이 나에게 불법승(佛法僧)에 귀의(歸依)하는 것과 다섯 가지의 경계(警戒)를 배우면, 장야(長夜)에 편안(便安)하고 즐거워 [59앞] 큰 좋은 일을 얻으리라." 홍정바치들이 삼귀의(三歸依)를 수(受)하고 기뻐하여 또 사뢰되 "세존(世尊)이시여, 우리를 위(爲)하시어 길상원(吉祥願)을 하시어, 길에 막을 것이 없이 빨리 나라에 돌아가게 [59뒤] 하소서." 세존(世尊)이 길상원(吉祥願)하시어 게(偈)를 지어 이르시되 "원(願)하건대 사람도 편안(便安)하며 마소도 편안(便安)하여, 가는 길에 거칠 것이 없어지게 하오."

홍정바치들이 또 사뢰되 "세존(世尊)이시여, 우리에게 한 물건을 주시거든 본향(本鄉)에 가서 탑(塔)을 세워 죽도록 [60앞] 공양(供養)하고 싶습니다. 세존(世尊)이

머리털과 손톱을 주시고 이르시되 "너희가 이것을 나와 달리 여기지 말라." 홍정
바치들이 대수롭지 않게 여겨 공양(供養)할 마음을 아니 하거늘, 세존(世尊)이 (홍
정바치의 마음을) 아시고 이르시되 "너희가 이런 마음을 말라. 예전의 무량겁(無
量劫)에 한 세존(世尊)이 나서 [60뒤] 계시더니 이름이 연등여래(燃燈如來)이시더니,
내 그때에 바라문(婆羅門)이 되어 있더니 세존(世尊)을 뵈러 연화성(蓮花城)에 들어
가서, 다섯 줄기의 청우발라화(靑優鉢羅花)로 부처의 위에 흩뿌리고 보리심(菩提
心)을 내니, 그때에 세존(世尊)이 나에게 수기(授記)하시되 "네가 장차(將次) [61앞]
아승기겁(阿僧祇劫)을 지나가 부처가 되어 호(號)를 석가모니(釋迦牟尼)라 하리라."
하시거늘, 내가 그때에 출가(出家)하니 내 머리털 한 낱을 십억(十億) 제천(諸天)이
나누어 가져다가 공양(供養)하더니, 내가 이제 와 부처가 되어 있어서 불안(佛眼)
으로 저 중생(衆生)들을 보니 [61뒤]각각(各各) 부처의 곁에 있어서 열반(涅槃)을 못
득(得)한 이가 없다. 내 그때에 삼독(三毒)을 몯 다 떨치어 있건마는, 내가 머리털
을 공양(供養)한 덕(德)으로 열반(涅槃)을 득(得)하니, 하물며 오늘날에 일체(一切)
의 번뇌(煩惱)를 다 쓸어 버렸거늘, 나의 머리와 손톱을 어찌 대수롭지 않게 [62앞]
여기는가?" 그제야 홍정바치들이 매우 공경(恭敬)하여 칭찬할 만한 마음을 내여
서 (세존께) 예수(禮數)하고 세 번 감돌고 가거늘, 세존(世尊)이 보리수(菩提樹) 아
래에 도로 오셨니라.

기구십삼(其九十三)

(석가모니께서 전생에) 선록왕(善鹿王)이시므로, 목숨을 버리려 [62뒤] 하시어
범마달(梵摩達)을 가르치셨으니.

(석가모니께서 전생에) 인욕선인(忍辱仙人)이시므로, 손발을 베시나 가리(歌
利)를 구(救)하려 하셨으니.

여래(如來)가 전생(前生)에 보살(菩薩)의 行績(행적)을 닦으실 시절(時節)에, 선록
왕(善鹿王) [63앞] 되시고 제파달다(提婆達多)는 악록왕(惡鹿王)이 되어, 각각(各各) 오
백(五百) 권속(眷屬)씩 데려서 녹야원(鹿野苑)에 사시더니,
　　그 나라의 왕(王)인 범마달(梵摩達)이 녹야원(鹿野苑)에 산행(山行)하거늘, 선록

왕(善鹿王)과 [63뒤]악록왕(惡鹿王)이 권속(眷屬)과 다 몰이에 들어 있으시더니, 선록왕(善鹿王)이 왕(王)께 나아가 들어서 사뢰시되 "우리 일천(一千) 사슴이 함께 죽으면 고기가 상해지니, 왕(王)이 은혜(恩惠)를 내시어 하루에 하나씩 공상(供上)하게 하시면 왕(王)도 성한 고기를 자시고 우리도 하루라도 더 [64앞]살고 싶습니다." 왕(王)이 "그리 하라." 하시거늘 두 무리 내(內)에서 하루 하나씩 (供上을) 궐(闕)하지 아니하더니,

하루는 악록왕(惡鹿王)의 무리에 있는 새끼를 밴 사슴이 차제(次第)가 다다르거늘, 그 사슴이 악록왕(惡鹿王)께 사뢰되 "새끼를 낳고 죽고 싶습니다." 악록왕(惡鹿王)이 듣지 아니하시므로 선록왕(善鹿王)께 가서 사뢰되 [64뒤] 선록왕(善鹿王)이 이르시되 "슬프구나! 네가 마음을 놓고 있으라. 내가 네 대신에 가리라." 하시고 당신이 가시거늘, 왕(王)이 물으시니 대답(對答)하시되 "오늘의 차제(次第)에 한 암사슴이 새끼를 배어서 '후(後)에 죽고 싶다'고 하거늘, 목숨을 누가 아니 아낄 것이 아니라서 암사슴 대신에 올 이가 없으므로 구태여 차마 [65앞] (다른 이를) 보내지 못하고, 공상(供上)을 궐(闕)하실까 하여 내가 (대신에) 왔습니다." 왕(王)이 이르시되 "어질구나. 너도 이런 마음을 두어 있거늘 나는 짐승의 마음이구나. 고기를 다시 아니 먹으리니 다시 공상(供上)을 말라." 하시고, 녹야원(鹿野苑)을 사슴을 치는 땅으로 삼으셨니라.

또 여래(如來)가 전생(前生)에 인욕선인(忍辱仙人)이 [65뒤]되시어 어떤 산(山)에 계시어 고행(苦行)을 닦으시더니, 그 나라의 왕(王)인 가리(歌利)라 하는 이가 채녀(婇女)를 더불고 그 산에 사냥(山行) 가 있다가 피곤하여서 자거늘, 그 채녀(婇女)들이 꽃을 꺾으러 가서 인욕선인(忍辱仙人)의 암자(庵子)에 가거늘, 선인(仙人)이 그 여자를 데리어 설법(說法)하시더니,

왕(王)이 [66앞]깨어 여자들이 없으므로, 환도(環刀)를 들고 추심(推尋)하여 가니 선인(仙人)의 암(菴)에 가 있거늘, 왕(王)이 노(怒)하여 선인(仙人)께 묻되 "네가 어떤 사람인가?" (선인이) 대답(對答)하시되 "인욕선(忍辱仙)입니다." 왕(王)이 또 묻되 "가장 높은 정(定)을 득(得)하였는가?" (선인이) 대답(對答)하시되 "못 득(得)하여 있습니다." [66뒤] 왕(王)이 이르되 "그러면 범부(凡夫)이구나." 하고 환도(還刀)를 빼어 선인(仙人)의 수족(手足)을 마구 베거늘, 선인(仙人)이 아무렇지도 아니하고

계시거늘, 왕(王)이 황당(荒唐)히 여겨 묻되 "네가 날 향(向)하여 섭섭하냐?" (선인이) 대답(對答)하시되 "섭섭하지 아니합니다. 내가 성불(成佛)하면 왕(王)

〈 *이하는 낙장으로 그 내용을 알 수 없다. 〉

월인천강지곡(月印千江之曲) 제사(第四)

석보상절(釋譜詳節) 제사(第四)

[부록 2] 문법 용어의 풀이*

1. 품사

한 언어에 속하는 수많은 단어를 문법적인 특징에 따라서 갈래지어서 그 범주를 설정한 것이다.

가. 체언

'체언(體言, 임자씨)'은 어떠한 대상의 이름이나 수량(순서)을 나타내거나 명사를 대신하는 단어들의 부류들이다. 이러한 체언에는 '명사', '대명사', '수사'가 있다.

① 명사(명사): 어떠한 '대상, 일, 상황' 등의 이름을 나타내는 단어이다.
  - 자립 명사: 문장 내에서 관형어의 도움 없이 홀로 쓰일 수 있는 명사이다.

    (1) ㄱ. 國은 <u>나라히라</u> (<u>나라ㅎ</u> + -이- + -다)   [훈언 2]
        ㄴ. 國(국)은 나라이다.
  - 의존 명사(의명): 홀로 쓰일 수 없어서 반드시 관형어와 함께 쓰이는 명사이다.

    (2) ㄱ. 어린 百姓이 니르고져 홇 <u>배</u> 이셔도 (<u>바</u> + -이)   [훈언 2]
        ㄴ. 어리석은 百姓(백성)이 이르고자 할 바가 있어도…

② 인칭 대명사(인대): 사람을 직시하거나 대용하는 대명사이다.

    (3) ㄱ. <u>내</u> 太子를 셤기ᅀᆞ보딕 (<u>나</u> + -이)   [석상 6:4]
        ㄴ. 내가 太子(태자)를 섬기되…

---

* 이 책에서 사용된 문법 용어와 약어에 대하여는 '도서출판 경진'에서 간행한 『학교 문법의 이해 2(2015)』와 '교학연구사'에서 간행한 『중세 국어 문법의 이해: 이론편, 주해편, 강독편(2015)』의 내용을 참조하기 바란다.

③ 지시 대명사(지대): 명사를 직접 가리키거나 대용하는 말이다.

    (4) ㄱ. 내 <u>이</u>를 爲ᄒ야 어엿비 너겨 (이 + -를)   [훈언 2]

        ㄴ. 내가 이를 위하여 불쌍히 여겨…

④ 수사(수사): 사람이나 사물의 수량이나 차례를 나타내는 체언이다.

    (5) ㄱ. 點이 <u>둘히</u>면 上聲이오 (둘ㅎ + -이- + -면)   [훈언 14]

        ㄴ. 點(점)이 둘이면 上聲(상성)이고…

나. 용언

'용언(用言, 풀이씨)'은 문장 속에서 서술어로 쓰여서 주어로 표현되는 대상(주체)의 움직임이나 상태, 혹은 존재의 유무(有無)를 풀이한다. 이러한 용언에는 문법적 특징에 따라서 '동사'와 '형용사', '보조 용언' 등으로 분류한다.

① 동사(동사): 주어로 쓰인 대상의 움직임을 표현하는 용언이다. 동사에는 목적어를 취하는 타동사(= 타동)와 목적어를 취하지 않는 자동사(= 자동)가 있다.

    (6) ㄱ. 衆生이 福이 <u>다ᄋ거다</u> (다ᄋ- + -거- + -다)   [석상 23:28]

        ㄴ. 衆生(중생)이 福(복)이 다했다.

    (7) ㄱ. 어마님이 毘藍園을 <u>보라</u> 가시니 (보- + -라)   [월천 기17]

        ㄴ. 어머님이 毘藍園(비람원)을 보러 가셨으니.

② 형용사(형사): 주어로 표현되는 대상의 성질이나 상태를 풀이하는 용언이다.

    (8) ㄱ. 이 東山은 남기 <u>됴ᄒ올씨</u> (둏- + -올씨)   [석상 6:24]

        ㄴ. 이 東山(동산)은 나무가 좋으므로…

③ 보조 용언(보용): 문장 안에서 홀로 설 수 없어서 반드시 그 앞의 다른 용언에 붙어서 문법적인 뜻을 더해 주는 기능을 하는 용언이다.

    (9) ㄱ. 勞度差ㅣ 또 ᄒᆞ 쇼를 지서 <u>내니</u> (내- + -니)   [석상 6:32]

        ㄴ. 勞度差(노도차)가 또 한 소(牛)를 지어 내니…

다. 수식언

‘수식언(修飾言, 꾸밈씨)’은 체언이나 용언 등을 수식(修飾)하면서 그 의미를 한정(限定)한다. 이러한 수식언으로는 ‘관형사’와 ‘부사’가 있다.

① 관형사(관사): 체언을 수식하면서 체언의 의미를 제한(한정)하는 단어이다.

    (10) ㄱ. 녯 대예 새 竹筍이 나며   [금삼 3:23]
          ㄴ. 옛날의 대(竹)에 새 竹筍(죽순)이 나며…

② 부사(부사): 특정한 용언이나 부사, 관형사, 체언, 절, 문장 등 여러 가지 문법적인 단위를 수식하여, 그들 문법적 단위의 의미를 한정하거나 특정한 말을 다른 말에 이어 준다.

    (11) ㄱ. 이거시 <u>더듸</u> 뻐러딜ᄉᆡ   [두언 18:10]
          ㄴ. 이것이 더디게 떨어지므로

    (12) ㄱ. <u>반ᄃᆞ기</u> 甘雨ㅣ ᄂᆞ리리라   [월석 10:122]
          ㄴ. 반드시 甘雨(감우)가 내리리라.

    (13) ㄱ. <u>ᄒᆞ다가</u> 술옷 몯 먹거든 너덧 번에 ᄂᆞ화 머기라   [구언 1:4]
          ㄴ. 만일 술을 못 먹거든 너덧 번에 나누어 먹이라.

    (14) ㄱ. 道國王과 <u>및</u> 舒國王은 實로 親ᄒᆞᆫ 兄弟니라   [두언 8:5]
          ㄴ. 道國王(도국왕) 및 舒國王(서국왕)은 實(실로)로 親(친)한 兄弟(형제)이니라.

라. 독립언

감탄사(감탄사): 문장 속의 다른 말과 문법적인 관계를 맺지 않고 독립적으로 쓰인다.

    (15) ㄱ. <u>의</u> 丈夫ㅣ여 엇뎨 衣食 爲ᄒᆞ야 이 ᄀᆞᆮᄒᆞ매 니르뇨   [법언 4:39]
          ㄴ. 아아, 丈夫여, 어찌 衣食(의식)을 爲(위)하여 이와 같음에 이르렀느냐?

    (16) ㄱ. 舍利佛이 슬ᄫᅩᄃᆡ <u>엥</u> 올ᄒᆞ시이다   [석상 13:47]
          ㄴ. 舍利佛(사리불)이 사뢰되, “예, 옳으십니다.”

2. 불규칙 용언

용언의 활용에는 어간이나 어미가 불규칙적으로 바뀌어서(개별적으로 교체되어) 일반적인 변동 규칙으로는 설명할 수 없는 것이 있다. 이처럼 불규칙하게 활용하는 용언을 '불규칙 용언'이라고 한다. 여기서는 'ㄷ 불규칙 용언, ㅂ 불규칙 용언, ㅅ 불규칙 용언'만 별도로 밝힌다.

① 'ㄷ' 불규칙 용언(ㄷ불): 어간이 /ㄷ/으로 끝나는 용언 중에는, 어간에 모음으로 시작하는 어미가 붙어서 활용할 때에, 어간의 끝 소리 /ㄷ/이 /ㄹ/로 바뀌는 용언이다.

    (1) ㄱ. 瓶의 므를 <u>기러</u> 두고사 가리라 (긷- + -어)   [월석 7:9]
        ㄴ. 瓶(병)에 물을 길어 두고야 가겠다.

② 'ㅂ' 불규칙 용언(ㅂ불): 어간이 /ㅂ/으로 끝나는 용언 중에는, 어간에 모음으로 시작하는 어미가 붙어서 활용할 때에, 어간의 끝 소리 /ㅂ/이 /ㅸ/으로 바뀌는 용언이다.

    (2) ㄱ. 太子ㅣ 性 <u>고ᄫᆞ샤</u> (곱- + -ᄋᆞ시- + -아)   [월석 21:211]
        ㄴ. 太子(태자)가 性(성)이 고우시어…

    (3) ㄱ. 벼개 노피 벼여 <u>누우니</u> (눕- + -으니)   [두언 15:11]
        ㄴ. 베개를 높이 베어 누우니…

③ 'ㅅ' 불규칙 용언(ㅅ불): 어간이 /ㅅ/으로 끝나는 용언 중에는, 어간에 모음으로 시작하는 어미가 붙어서 활용할 때에, 어간의 끝 소리인 /ㅅ/이 /ㅿ/으로 바뀌는 용언이다.

    (4) ㄱ. (道士ᄃᆞᆯ히) … 表 <u>지ᅀᅥ</u> 엳ᄌᆞᄫᅵ니 (짓- + -어)   [월석 2:69]
        ㄴ. 道士(도사)들이 … 表(표)를 지어 여쭈니…

3. 어근

어근은 단어 속에서 중심적이면서 실질적인 의미를 나타내는 실질 형태소이다.

    (1) ㄱ. 굴가마괴 (굴- + ᄀ마괴), 싀어미 (싀- + 어미)

       ㄴ. 무덤 (묻- + -엄), 늘개 (늘- + -개)

    (2) ㄱ. 밤낮 (밤 + 낮), 쌀밥 (쌀 + 밥), 불뭇골 (불무 + -ㅅ + 골)

       ㄴ. 검붉다 (검- + 붉-), 오ᄅᆞᄂᆞ리다 (오ᄂᆞ- + ᄂᆞ리-), 도라오다 (돌- + -아 + 오-)

- 불완전 어근(불어): 품사가 불분명하며 단독으로 쓰이는 일이 없고, 다른 말과의 통합에 제약이 많은 특수한 어근이다(= 특수 어근, 불규칙 어근).

    (3) ㄱ. 功德이 이러 당다이 부톄 ᄃᆞ외리러라 (당당 + -이)   [석상 19:34]
       ㄴ. 功德(공덕)이 이루어져 마땅히 부처가 되겠더라.

    (4) ㄱ. 그 부텨 住ᄒ신 싸히 ⋯ 常寂光이라 (住 + -ᄒ- + -시- + -ㄴ) [월석 서:5]
       ㄴ. 그 부처가 住(주)하신 땅이 이름이 常寂光(상적광)이다.

4. 파생 접사

접사 중에서 어근에 새로운 의미를 더하거나 단어의 품사를 바꿈으로써, 새로운 단어를 만들어 주는 것을 '파생 접사'라고 한다.

가. 접두사(접두)

접두사는 어근의 앞에 붙어서 새로운 단어를 형성하는 파생 접사이다.

    (1) ㄱ. 아ᅀᆞ와 아ᄎᆞᆫ아ᄃᆞᆯ왜 비록 이시나 (아ᄎᆞᆫ- + 아ᄃᆞᆯ)   [두언 11:13]
       ㄴ. 아우와 조카가 비록 있으나⋯

나. 접미사(접미)

접미사는 어근의 뒤에 붙어서 새로운 단어를 형성하는 파생 접사이다.

① 명사 파생 접미사(명접): 어근에 뒤에 붙어서 명사를 파생하는 접미사이다.

(2) ㄱ. ᄇᄅᆞᆷ가비(ᄇᄅᆞᆷ + -가비), 무덤(묻- + -음), 노픠(높- + -의)

ㄴ. 바람개비, 무덤, 높이

② 동사 파생 접미사(동접): 어근의 뒤에 붙어서 동사를 파생하는 접미사이다.

(3) ㄱ. 풍류ᄒᆞ다(풍류 + -ᄒᆞ- + -다), 그르ᄒᆞ다(그르 + -ᄒᆞ- + -다), ᄀᆞᄆᆞᆯ다(ᄀᆞᄆᆞᆯ + -∅- + -다)

ㄴ. 열치다, 벗기다 ; 넓히다 ; 풍류하다 ; 잘못하다 ; 가물다

③ 형용사 파생 접미사(형접): 어근의 뒤에 붙어서 형용사를 파생하는 접미사이다.

(4) ㄱ. 녇갑다(녙- + -갑- + -다), 골프다(곯- + -ᄇᆞ- + -다), 受苦룹다(受苦 + -룹- + -다), 외룹다(외 + -룹- + -다), 이러ᄒᆞ다(이러 + -ᄒᆞ- + -다)

ㄴ. 얕다, 고프다, 수고롭다, 외롭다

④ 사동사 파생 접미사(사접): 어근의 뒤에 붙어서 사동사를 파생하는 접미사이다.

(5) ㄱ. 밧기다(밧- + -기- + -다), 너피다(넙- + -히- + -다)

ㄴ. 벗기다, 넓히다

⑤ 피동사 파생 접미사(피접): 어근의 뒤에 붙어서 피동사를 파생하는 접미사이다.

(6) ㄱ. 두피다(둪- + -이- + -다), 다티다(닫- + -히- + -다), 담기다(담- + -기- + -다), 돔기다(둠- + -기- + -다)

ㄴ. 덮이다, 닫히다, 담기다, 잠기다

⑥ 관형사 파생 접미사(관접): 어근의 뒤에 붙어서 부사를 파생하는 접미사이다.

(7) ㄱ. 모든(몯- + -은), 오온(오올- + -ㄴ), 이런(이러- + -ㄴ)

ㄴ. 모든, 온, 이런

⑦ 부사 파생 접미사(부접): 어근의 뒤에 붙어서 부사를 파생하는 접미사이다.

(8) ㄱ. 몰내(몯 + -내), 비르서(비롯- + -어), 기리(길- + -이), 그르(그르- + -∅)

　　 ㄴ. 못내, 비로소, 길이, 그릇

⑧ 조사 파생 접미사(조접): 어근의 뒤에 붙어서 조사를 파생하는 접미사이다.

(9) ㄱ. 阿鼻地獄브터 有頂天에 니르시니 (븥- + -어)　　　　　　[석상 13:16]

　　 ㄴ. 阿鼻地獄(아비지옥)부터 有頂天(유정천)에 이르시니…

⑨ 강조 접미사(강접): 어근의 뒤에 붙어서 강조의 뜻을 더하면서 새로운 단어를 파생하는 접미사이다.

(10) ㄱ. 니르왇다(니르- + -왇- + -다), 열티다(열- + -티- + -다), 니르혀다(니르- + -혀- + -다)

　　 ㄴ. 받아일으키다, 열치다, 일으키다

⑩ 높임 접미사(높접): 어근의 뒤에 붙어서 높임의 뜻을 더하면서 새로운 단어를 파생하는 접미사이다.

(11) ㄱ. 아바님(아비 + -님), 어마님(어미 + -님), 그듸(그+ -듸), 어마님내(어미 + -님 + -내), 아기씨(아기 + -씨)

　　 ㄴ. 아버님, 어머님, 그대, 어머님들, 아기씨

5. 조사

'조사(助詞, 관계언)'는 주로 체언에 결합하여, 그 체언이 문장 속의 다른 단어와 맺는 관계를 나타내거나 특별한 뜻을 더해 주는 단어이다.

가. 격조사

그 앞에 오는 말이 문장 안에서 일정한 문장 성분으로서의 기능함을 나타내는 조사이다.

① 주격 조사(주조): 주어로서 기능하는 것을 나타내는 격조사이다.

(1) ㄱ. 부텻 모미 여러 가짓 相이 ᄀᆞᄌᆞ샤 (몸 + -의)　　　　　[석상 6:41]

ㄴ. 부처의 몸이 여러 가지의 相(상)이 갖추어져 있으시어…

② 서술격 조사(서조): 서술어로서 기능하는 것을 나타내는 격조사이다.

(2) ㄱ. 國은 나라히라 (나라ㅎ + -이- + -다)　　　　　[훈언 1]

ㄴ. 國(국)은 나라이다.

③ 목적격 조사(목조): 목적어로서 기능하는 것을 나타내는 격조사이다.

(3) ㄱ. 太子ᄅᆞᆯ 하ᄂᆞ히 ᄀᆞᆯᄒᆡ샤 (太子 + -ᄅᆞᆯ)　　　　　[용가 8장]

ㄴ. 太子(태자)를 하늘이 가리시어…

④ 보격 조사(보조): 보어로서 기능하는 것을 나타내는 격조사이다.

(4) ㄱ. 色界 諸天도 ᄂᆞ려 仙人이 ᄃᆞ외더라 (仙人 + -이)　　　　　[월석 2:24]

ㄴ. 色界(색계) 諸天(제천)도 내려 仙人(선인)이 되더라.

⑤ 관형격 조사(관조): 관형어로서 기능하는 것을 나타내는 격조사이다.

(5) ㄱ. 네 性이 … 죵이 서리예 淸淨ᄒᆞ도다 (죵 + -이)　　　　　[두언 25:7]

ㄴ. 네 性(성: 성품)이 … 종(從僕) 중에서 淸淨(청정)하구나.

(6) ㄱ. 나랏 말ᄊᆞ미 中國에 달아 (나라 + -ㅅ)　　　　　[훈언 1]

ㄴ. 나라의 말이 中國과 달라…

⑥ 부사격 조사(부조): 부사어로서 기능하는 것을 나타내는 격조사이다.

(7) ㄱ. 世尊이 象頭山애 가샤 (象頭山 + -애)　　　　　[석상 6:1]

ㄴ. 世尊(세존)이 象頭山(상두산)에 가시어…

⑦ 호격 조사(호조): 독립어로서 기능하는 것을 나타내는 격조사이다.

(8) ㄱ. 彌勒아 아라라 (彌勒 + -아)　　　　　[석상 13:26]

ㄴ. 彌勒(미륵)아 알아라.

나. 접속 조사(접조)

체언과 체언을 이어서 명사구를 형성하는 조사이다.

    (9) ㄱ. 입시울와 혀와 엄과 니왜 다 됴ᄒ며 (혀 + -와)   [석상 19:7]

        ㄴ. 입술과 혀와 어금니와 이가 다 좋으며…

다. 보조사(보조사)

체언에 화용론적인 특별한 뜻을 덧보태는 조사이다.

    (10) ㄱ. 나ᄂᆞᆫ 어버ᅀᅵ 여희오 (나 + -ᄂᆞᆫ)   [석상 6:5]

        ㄴ. 나는 어버이를 여의고…

    (11) ㄱ. 어미도 아ᄃᆞᆯ 모ᄅᆞ며 (어미 + -도)   [석상 6:3]

        ㄴ. 어머니도 아들을 모르며…

6. 어말 어미

'어말 어미(語末語尾, 맺음씨끝)'는 용언의 끝자리에 실현되는 어미인데, 그 기능에 따라서 '종결 어미, 연결 어미, 전성 어미'로 나누어진다.

가. 종결 어미

① 평서형 종결 어미(평종): 말하는 이가 자신의 생각을 듣는 이에게 단순하게 진술하는 평서문에 실현된다.

    (1) ㄱ. 네 아비 ᄒᆞ마 주그니라 (죽- + -∅(과시)- + -으니- + -다) [월석 17:21]

        ㄴ. 너의 아버지가 이미 죽었느니라.

② 의문형 종결 어미(의종): 말하는 이가 듣는 이에게 대답을 요구하는 의문문에 실현된다.

    (2) ㄱ. 엇뎨 겨르리 업스리오 (없- + -으리- + -고)   [월석 서:17]

        ㄴ. 어찌 겨를이 없겠느냐?

③ 명령형 종결 어미(명종): 말하는 이가 듣는 이에게 어떠한 행동을 하도록 요구하는 명령문에 실현된다.

    (3) ㄱ. 너희들히 … 부텻 마를 바다 디니라 (디니- + -라)   [석상 13:62]

        ㄴ. 너희들이 … 부처의 말을 받아 지녀라.

④ 청유형 종결 어미(청종): 말하는 이가 듣는 이에게 어떠한 행동을 함께 하도록 요구하는 청유문에 실현된다.

    (4) ㄱ. 世世예 妻眷이 ᄃᆞ외져 (ᄃᆞ외- + -져)   [석상 6:8]

        ㄴ. 世世(세세)에 妻眷(처권)이 되자.

⑤ 감탄형 종결 어미(감종): 말하는 이가 듣는 이를 의식하지 않고 자신의 감정을 표출하는 감탄문에 실현된다.

    (5) ㄱ. 義ᄂᆞᆫ 그 큰뎌 (크- + -Ø(현시)- + -ㄴ뎌)   [내훈 3:54]

        ㄴ. 義(의)는 그것이 크구나.

나. 전성 어미

용언이 본래의 서술 기능을 유지하면서도 다른 품사처럼 쓰이도록 문법적인 기능을 바꾸는 어미이다.

① 명사형 전성 어미(명전): 특정한 절 속의 서술어에 실현되어서, 그 절을 명사처럼 쓰이게 하는 어미이다.

    (6) ㄱ. 됴ᄒᆞᆫ 法 닷고ᄆᆞᆯ 몯ᄒᆞ야 (닭- + -옴 + -ᄋᆞᆯ)   [석상 9:14]

        ㄴ. 좋은 法(법)을 닦는 것을 못하여…

② 관형사형 전성 어미(관전): 특정한 절 속의 용언에 실현되어서, 그 절을 관형사처럼 쓰이게 하는 어미이다.

    (7) ㄱ. 어미 주근 後에 부텨씌 와 묻ᄌᆞᄫᆞ면 (죽- + -Ø- + -ㄴ)   [월석 21:21]

        ㄴ. 어미 죽은 後(후)에 부처께 와 물으면…

다. 연결 어미(연어)

이어진 문장의 앞절과 뒷절을 잇거나, 본용언과 보조 용언을 잇는 어미이다. 연결 어미에는 '대등적 연결 어미, 종속적 연결 어미, 보조적 연결 어미'가 있다.

① 대등적 연결 어미: 앞절과 뒷절을 대등한 관계로 잇는 연결 어미이다.

    (8) ㄱ. 子ᄂᆞᆫ 아ᄃᆞ리오 孫ᄋᆞᆫ 孫子ㅣ니 (아ᄃᆞᆯ + -이- + -고)　　　 [월석 1:7]

        ㄴ. 子(자)는 아들이고 孫(손)은 孫子(손자)이니…

② 종속적 연결 어미: 앞절을 뒷절에 이끌리는 관계로 잇는 연결 어미이다.

    (9) ㄱ. 모딘 길헤 ᄲᅥ러디면 恩愛ᄅᆞᆯ 머리 여희여 (ᄲᅥ러디- + -면) [석상 6:3]

        ㄴ. 모진 길에 떨어지면 恩愛(은애)를 멀리 떠나…

③ 보조적 연결 어미: 본용언과 보조 용언을 잇는 연결 어미이다.

    (10) ㄱ. 赤眞珠ㅣ ᄃᆞ외야 잇ᄂᆞ니라 (ᄃᆞ외야: ᄃᆞ외- + -아)　　 [월석 1:23]

        ㄴ. 赤眞珠(적진주)가 되어 있느니라.

7. 선어말 어미

'선어말 어미(先語末語尾, 안맺음 씨끝)'는 용언의 끝에 실현되지 못하고, 어간과 어말 어미 사이에 실현되어서 문법적인 기능을 나타내는 어미이다.

① 상대 높임의 선어말 어미(상높): 말을 듣는 '상대(相對)'를 높여서 표현하는 선어말 어미이다.

    (1) ㄱ. 이런 고디 업스이다 (없- + -Ø(현시)- + -으이- + -다) [능언 1:50]

        ㄴ. 이런 곳이 없습니다.

② 주체 높임의 선어말 어미(주높): 문장에서 주어로 실현되는 대상인 '주체(主體)'를 높여서 표현하는 선어말 어미이다.

(2) ㄱ. 王이 그 蓮花를 부리라 ᄒᆞ시다   [석상 11:31]

　　　(ᄒᆞ- + -시- + -Ø(과시)- + -다)

　　ㄴ. 王(왕)이 "그 蓮花(연화)를 버리라." 하셨다.

③ 객체 높임의 선어말 어미(객높): 문장에서 목적어나 부사어로 표현되는 대상인 '객체(客體)'를 높여서 표현하는 선어말 어미이다.

　　(3) ㄱ. 벼슬 노ᄑᆞᆫ 臣下ㅣ 님그믈 돕ᄉᆞᄫᅡ (돕- + -ᄉᆞ- + -아)   [석상 9:34]

　　　　ㄴ. 벼슬 높은 臣下(신하)가 임금을 도와 …

④ 과거 시제의 선어말 어미(과시): 동사에 실현되어서 발화시 이전에 어떠한 일이 일어났음을 무형의 선어말 어미인 '-Ø-'이다.

　　(4) ㄱ. 이 ᄢᅴ 아들들히 아비 죽다 듣고(죽- + -Ø(과시)- + -다) [월석 17:21]

　　　　ㄴ. 이때에 아들들이 "아버지가 죽었다." 듣고 …

⑤ 현재 시제의 선어말 어미(현시): 발화시에 어떠한 일이 일어나고 있음을 나타내는 선어말 어미이다. 동사에는 선어말 어미인 '-ᄂᆞ-'가 실현되어서, 형용사에는 무형의 선어말 어미인 '-Ø-'가 현재 시제를 나타낸다.

　　(5) ㄱ. 네 이제 또 묻ᄂᆞ다 (묻- + -ᄂᆞ- + -다)   [월석 23:97]

　　　　ㄴ. 네 이제 또 묻는다.

　　(6) ㄱ. 이런 고디 업스이다 (없- + -Ø(현시)- + -으이- + -다) [능언 1:50]

　　　　ㄴ. 이런 곳이 없습니다.

⑥ 미래 시제의 선어말 어미(미시): 발화시 이후에 어떠한 일이 일어날 것임을 나타내는 선어말 어미이다.

　　(7) ㄱ. 아들ᄯᆞ를 求ᄒᆞ면 아들ᄯᆞ를 得ᄒᆞ리라 (得ᄒᆞ- + -리- + -다) [석상 9:23]

　　　　ㄴ. 아들딸을 求(구)하면 아들딸을 得(득)하리라.

⑦ 회상 표현의 선어말 어미(회상): 말하는 이가 발화시 이전에 직접 경험한 어떤 때(경험시)로 자신의 생각을 돌이켜서, 그때를 기준으로 해서 일이 일어난 시간을 나타내는 선어말 어미이다.

(8) ㄱ. 뜨데 몯 마존 이리 다 願 ㄱ티 두외더라   [월석 10:30]

　　　(두외-+-더-+-다)

　　ㄴ. 뜻에 못 맞은 일이 다 願(원)같이 되더라.

⑧ 확인 표현의 선어말 어미(확인): 심증(心證)과 같은 말하는 이의 주관적인 믿음에 근거하여, 어떤 일을 확정된 것으로 표현하는 선어말 어미이다.

(9) ㄱ. 安樂國이는 시르미 더욱 깁거다   [월석 8:101]

　　　(깊-+-∅(현시)-+-거-+-다)

　　ㄴ. 安樂國(안락국)이는… 시름이 더욱 깊다.

⑨ 원칙 표현의 선어말 어미(원칙): 말하는 이가 객관적인 믿음에 근거하여, 어떤 일을 확정된 것으로 표현하는 선어말 어미이다.

(10) ㄱ. 사ᄅ미 살면… 모로매 늙ᄂ니라   [석상 11:36]

　　　(늙-+-ᄂ-+-니-+-다)

　　ㄴ. 사람이 살면… 반드시 늙느니라.

⑩ 감동 표현의 선어말 어미(감동): 말하는 이의 '느낌(감동, 영탄)'의 뜻을 나타내는 태도 표현의 선어말 어미이다.

(11) ㄱ. 그듸내 貪心이 하도다   [석상 23:46]

　　　(하-+-∅(현시)-+-도-+-다)

　　ㄴ. 그대들이 貪心(탐심)이 크구나.

⑪ 화자 표현의 선어말 어미(화자): 주로 종결형이나 연결형에서 실현되어서, 문장의 주어가 말하는 사람(화자, 話者)임을 나타내는 선어말 어미이다.

(12) ㄱ. ᄒ오ᅀᅡ 내 尊호라 (尊ᄒ-+-∅(현시)-+-오-+-다) [월석 2:34]

　　ㄴ. 오직(혼자) 내가 존귀하다.

⑫ 대상 표현의 선어말 어미(대상): 관형절이 수식하는 체언(피한정 체언)이, 관형절에서 서술어로 표현되는 용언에 대하여 의미상으로 객체(목적어나 부사어로 쓰인

대상)일 때에 실현되는 선어말 어미이다.

(13) ㄱ. 須達이 지순 精舍마다 드르시며   [석상 6:38]

(짓- + -Ø(과시)- + -우- + -ㄴ)

ㄴ. 須達(수달)이 지은 精舍(정사)마다 드시며…

(14) ㄱ. 王이 … 누론 자리예 겨샤 (눕- + -Ø(과시)- + -우- + -은) [월석 10:9]

ㄴ. 王(왕)이 … 누운 자리에 계시어…

〈 인용된 '약어'의 문헌 정보 〉

약어	문헌 이름		발간 연대	
	한자 이름	한글 이름		
용가	龍飛御天歌	용비어천가	1445년	세종
석상	釋譜詳節	석보상절	1447년	세종
월천	月印千江之曲	월인천강지곡	1448년	세종
훈언	訓民正音諺解(世宗御製訓民正音)	훈민정음 언해본(세종 어제 훈민정음)	1450년경	세종
월석	月印釋譜	월인석보	1459년	세조
능언	愣嚴經諺解	능엄경 언해	1462년	세조
법언	妙法蓮華經諺解(法華經諺解)	묘법연화경 언해(법화경 언해)	1463년	세조
구언	救急方諺解	구급방 언해	1466년	세조
내훈	內訓(일본 蓬左文庫 판)	내훈(일본 봉좌문고 판)	1475년	성종
두언	分類杜工部詩諺解 初刊本	분류두공부시 언해 초간본	1481년	성종
금삼	金剛經三家解	금강경 삼가해	1482년	성종

▌참고 문헌

〈 중세 국어의 참고문헌 〉

강성일(1972), 「중세국어 조어론 연구」, 『동아논총』 9, 동아대학교.

강신항(1990), 『훈민정음연구』(증보판), 성균관대학교 출판부.

강인선(1977), 「15세기 국어의 인용구조 연구」, 석사학위 논문, 서울대학교.

고성환(1993), 「중세국어 의문사의 의미와 용법」, 『국어학논집』 1, 태학사.

고영근(1981), 『중세국어의 시상과 서법』, 탑출판사.

고영근(1995), 「중세어의 동사형태부에 나타나는 모음동화」, 『국어사와 차자표기-소곡 남
　　　풍현 선생 화갑 기념 논총』, 태학사.

고영근(2010), 『제3판 표준 중세국어 문법론』, 집문당.

곽용주(1986), 「동사 어간-다' 부정법의 역사적 고찰」, 『국어연구』 138, 국어연구회.

교육인적자원부(2010), 『고등학교 교사용 지도서 문법』, (주)두산동아.

교육인적자원부(2010), 『고등학교 문법』, (주)두산동아.

구본관(1996), 「15세기 국어 파생법에 대한 연구」, 박사학위 논문, 서울대학교.

국립국어원, 『표준 국어 대사전』, 인터넷판.

권용경(1990), 「15세기 국어 서법의 선어말어미에 대한 연구」, 『국어연구』 101, 국어연구회.

김문기(1999), 「중세국어 매인풀이씨 연구」, 석사학위 논문, 부산대학교.

김소희(1996), 「16세기 국어의 '거/어'의 교체에 대한 연구」, 『국어연구』 142, 국어연구회.

김송원(1988), 「15세기 중기 국어의 접속월 연구」, 박사학위 논문, 건국대학교.

김영배(2010), 『역주 월인석보 4』, 세종대왕기념사업회.

김영욱(1990), 「중세국어 관형격조사 '익/의, ㅅ'의 기술과 관련된 문제 해결을 위하여」, 『주
　　　시경학보』 8, 탑출판사.

김영욱(1995), 『문법형태의 역사적 연구』, 박이정.

김정아(1985), 「15세기 국어의 '-ㄴ가' 의문문에 대하여」, 『국어국문학』 94.

김정아(1993), 「15세기 국어의 비교구문 연구」, 박사학위 논문, 서울대학교.

김진형(1995), 「중세국어 보조사에 대한 연구」, 『국어연구』 136, 국어연구회.

김차균(1986), 「월인천강지곡에 나타나는 표기체계와 음운」, 『한글』 182, 한글학회.

김충회(1972), 「15세기 국어의 서법체계 시론」, 『국어학논총』 5, 6, 단국대학교.

나진석(1971), 『우리말 때매김 연구』, 과학사.

나찬연(2011), 『수정판 옛글 읽기』, 도서출판 월인.

나찬연(2013ㄴ), 제2판 『언어·국어·문화』, 도서출판 월인.

나찬연(2013ㄷ), 제2판 『훈민정음의 이해』, 도서출판 월인.

나찬연(2013ㄹ), 『국어 어문 규범의 이해』, 도서출판 월인.

나찬연(2014ㄱ), 제5판 『중세 국어 문법의 이해－주해편』, 교학연구사.

나찬연(2014ㄴ), 제5판 『중세 국어 문법의 이해－강독편』, 교학연구사.

나찬연(2014ㄷ), 제5판 『중세 국어 문법의 이해－서답형 문제편』, 교학연구사.

나찬연(2015ㄱ), 제4판 『현대 국어 문법의 이해』, 도서출판 월인.

나찬연(2015ㄴ), 『학교 문법의 이해』 1, 도서출판 경진.

나찬연(2015ㄷ), 『학교 문법의 이해』 2, 도서출판 경진.

남광우(2009), 『교학 고어사전』, (주)교학사.

남윤진(1989), 「15세기 국어의 접속어미에 대한 연구」, 『국어연구』 93. 국어연구회.

노동헌(1993), 「선어말어미 ‘-오-’의 분포와 기능 연구」, 『국어연구』 114, 국어연구회.

류광식(1990), 「15세기 국어 부정법의 연구」, 박사학위 논문, 건국대학교.

리의도(1989), 「15세기 우리말의 이음씨끝」, 『한글』 206, 한글학회

민현식(1988), 「중세국어 어간형 부사에 대하여」, 『선청어문』 16, 17집, 서울대학교 국어교육과.

박태영(1993), 「15세기 국어의 사동법 연구」, 석사학위 논문, 단국대학교.

박희식(1984), 「중세국어의 부사에 대한 연구」, 『국어연구』 63, 국어연구회

배석범(1994), 「용비어천가의 문제에 대한 일고찰」, 『국어학』 24, 국어학회.

성기철(1979), 「15세기 국어의 화계 문제」, 『논문집』 13, 서울산업대학교.

손세모돌(1992), 「중세국어의 ‘ㅂ리다’와 ‘디다’에 대한 연구」, 『주시경학보』 9, 탑출판사.

안병희·이광호(1993), 『중세국어문법론』, 학연사.

양정호(1991), 「중세국어의 파생접미사 연구」, 『국어연구』 105, 국어연구회.

유동석(1987), 「15세기 국어 계사의 형태 교체에 대하여」, 『우해 이병선 박사 회갑 기념 논총』.

이광정(1983), 「15세기 국어의 부사형어미」, 『국어교육』 44, 45.

이광호(1972), 「중세국어 ‘사이시옷’ 문제와 그 해석 방안」, 『국어사 연구와 국어학 연구－안
    병희 선생 회갑 기념 논총』, 문학과 지성사.

이광호(1972), 「중세국어의 대격 연구」, 『국어연구』 29. 국어연구회.

이광호(1995), 「후음 ‘ㅇ’과 중세국어 분철표기의 신해석」, 『국어사와 차자표기－남풍현 선

생 회갑기념』, 태학사.

이기문(1963), 『국어표기법의 역사적 연구-신정판』, 한국연구원.

이기문(1998), 『국어사개설 - 신정판』, 태학사.

이숭녕(1981), 『중세국어문법 - 개정 증보판』, 을유문화사.

이숭희(1996), 「중세국어 감동법 연구」, 『국어연구』 139, 국어연구회.

이정택(1994), 「15세기 국어의 입음법과 하임법」, 『한글』 223, 한글학회.

이주행(1993), 「후기 중세국어의 사동법」, 『국어학』 23, 국어학회.

이태욱(1995), 「중세국어의 부정법 연구」, 박사학위 논문, 성균관대학교.

이현규(1984), 「명사형어미 '-기'의 변화」, 『목천 유창돈 박사 회갑 기념 논문집』, 계명대학
    교 출판부.

이홍식(1993), 「'-오-'의 기능 구명을 위한 서설」, 『국어학논집』 1. 태학사.

임동훈(1996), 「어미 '시'의 문법」, 박사학위 논문, 서울대학교.

전정례(995), 「새로운 '-오-' 연구」, 한국문화사.

정 철(1954), 「원본 훈민정음의 보존 경위에 대하여」, 『국어국문학』 제9호, 국어국문학회.

정재영(1996), 「중세국어 의존명사 '드'에 대한 연구」, 『국어학총서』 23, 태학사.

최동주(1995), 「국어 시상체계의 통시적 변화에 관한 연구」, 박사학위 논문, 서울대학교.

최현배(1961), 『고친 한글갈』, 정음사.

최현배(1980=1937), 『우리말본』, 정음사.

한글학회(1985), 『訓民正音』, 영인본.

한재영(1984), 「중세국어 피동구문의 특성에 대한 연구」, 『국어연구』 61, 국어연구회.

한재영(1986), 「중세국어 시제체계에 관한 관견」, 『언어』 11-2, 한국언어학회.

한재영(1990), 「선어말어미 '-오/우-'」, 『국어 연구 어디까지 왔나』, 동아출판사.

한재영(1992), 「중세국어의 대우체계 연구」, 『울산어문논집』 8, 울산대학교 국어국문학과.

허웅(1975=1981), 『우리 옛말본』, 샘문화사.

허웅(1981), 『언어학』, 샘문화사.

허웅(1986), 『국어 음운학』, 샘문화사.

허웅(1989), 『16세기 우리 옛말본』, 샘문화사.

허웅(1992), 『15·16세기 우리 옛말본의 역사』, 탑출판사.

허웅(1999), 『20세기 우리말의 통어론』, 샘문화사.

허웅(2000), 『20세기 우리말의 형태론(고침판)』, 샘문화사.

허웅·이강로(1999), 『주해 월인천강지곡』, 신구문화사.

홍윤표(1969), 「15세기 국어의 격연구」, 『국어연구』 21, 국어연구회.

홍윤표(1994), 「중세국어의 수사에 대하여」, 『국문학논집』, 단국대학교 국어국문학과.

홍종선(1983), 「명사화어미의 변천」, 『국어국문학』 89, 국어국문학회.

황선엽(1995), 「15세기 국어의 '-(으)니'의 용법과 기원」, 『국어연구』 135, 국어연구회.

〈불교 용어의 참고문헌〉

곽철환(2003), 『시공불교사전』, 시공사.

국립국어원(2016), 인터넷판 『표준국어대사전』, (http://stdweb2.korean.go.kr/main.jsp)

두산동아(2016), 인터넷판 『두산백과사전』, (http://www.doopedia.co.kr/)

운허·용하(2008), 『불교사전』, 불천.

원광대학교 종교문제연구소((1974), 인터넷판 『원불교사전』, 원광대학교 출판부.

이명환 역(2004), 『무기사전』, 이치카와 사다하루 저. 들녘.

한국불교대사전 편찬위원회(1982), 『한국불교대사전』, 보련각.

한국학중앙연구원(2016), 인터넷판 『한국민족문화대백과』, (http://encykorea.aks.ac.kr/)

홍사성(1993), 『불교상식백과』, 불교시대사.